LE TOUR DU DOIGT

DU MÊME AUTEUR

Romans

Le Chien du Seigneur (Plon, 1952 ; De Borée, 2005)
Les Mauvais Pauvres (Plon, 1954)
L'Immeuble Taub (Gallimard, 1956 ; Bartillat, 2001)
Le Fils de Tiberio Pulci (R. Laffont, 1959), ou *La Combinazione* (Julliard, 1988)
La Foi et la Montagne (R. Laffont, 1962)
Le Péché d'écarlate (R. Laffont, 1966)
La Garance (Julliard, 1968 ; AEDIS, 2000)
Un front de marbre (Julliard, 1970), ou *Les Mains au dos* (De Borée, 2004)
Un temps pour lancer des pierres (Julliard, 1974)
Le Pays oublié (Hachette, 1982 ; De Borée, 2003)
La Noël aux prunes (Julliard, 1983)
Les Bons Dieux (Julliard, 1984)
Avec flûte obligée (Julliard, 1986)
La Dame aux ronces (Presses de la Cité, 1989)
Juste avant l'aube (Presses de la Cité, 1990)
Un parrain de cendre (Presses de la Cité, 1991)
Le Jardin de Mercure (Presses de la Cité, 1992)
L'Impossible Pendu de Toulouse (Fleuve Noir, 1992)
Gens d'Auvergne (Omnibus, 1992)
Y a pas d'bon Dieu (Presses de la Cité, 1993)
Suite auvergnate (Omnibus, 1995)
La Maîtresse au piquet (Presses de la Cité, 1996)
Le Grillon vert (Presses de la Cité, 1998)
La Fille aux orages (Presses de la Cité, 1999)
Auvergne encore (Omnibus, 2000)
Les Puysatiers (Presses de la Cité, 2001)
Dans le secret des roseaux (Presses de la Cité, 2002)
L'Ecureuil des vignes (Presses de la Cité, 2004)
Avec le temps… (Presses de la Cité, 2004)
Une étrange entreprise (Presses de la Cité, 2005)
Le Temps et la Paille (Presses de la Cité, 2006)
Le Semeur d'alphabets (Presses de la Cité, 2007)
Le Bonne Rosée (Presses de la Cité, 2008)
Un coeur étranger (Presses de la Cité, 2008)
Les Permissions de mai (Presses de la Cité, 2009)
Les Délices d'Alexandrine (Presses de la Cité, 2009)
Le Voleur de coloquintes (Julliard, 1972 ; Presses de la Cité, 2010)
Des chiens vivants (Julliard, 1967 ; Presses de la Cité, 2010)
Une vie en rouge et bleu (Calmann-Lévy, 2010)

(Suite à la fin de l'ouvrage)

Jean Anglade

LE TOUR DU DOIGT

Roman

Terres de France

PRESSES DE LA CITÉ

Ce roman a paru aux éditions Julliard en 1977.

ISBN 978-2-258-11598-9

Presses de la Cité | un département **place des éditeurs**

place des éditeurs

Aux canaques qui survivent,
à leurs compagnons de Craonne
et autres lieux,
à la grenouille du lieutenant Luco.

C'est ainsi que je vais vieillir :
Mélangeant mémoire et prière...

Jean LOISY

Les canaques

Rouquette cligna de l'œil, cracha sa chique et sortit de sa poche un couteau de *nettoyeur*. Il prétendait s'en être servi dix-huit mois. A cause de ses compétences particulières.

« Quelles compétences ? Puisque tu commandais une section !

— Oui. Mais fils et petit-fils de boucher ! L'hérédité, les lois de Mendel, tu connais ?... Et aussi pour le plaisir. »

La lame était blanche, finement astiquée, avec une gorge longitudinale. Entre elle et le manche de pur sapin, à virole de fer, une large rondelle servait de garde. Dessous, dans la rainure, restait une crème brune, comme la crasse sous un ongle. Rouquette aurait pu la gratter avec une allumette, mais il la conservait précieusement, ça c'est du beurre de Boche, pendant dix-huit mois je l'ai mangé en tartines sur mon biscuit. Il réunissait devant sa bouche les cinq doigts d'une main, imitait le bruit d'un baiser, un baiser de gourmet :

« Extra ! »

D'autres fois, il jouait à d'Artagnan, pointait son couteau vers le ciel, arrondissait le bras gauche sur sa tête, faisait mine de nous embrocher. Il le remisait dans la poche intérieure de sa veste, à la place normale du portefeuille.

« Et ton portefeuille ?

— Sur mon cœur, en permanence sur mon cœur, avec les photos de famille. »

Et il posait la main sur la fesse droite. Rouquette avait toujours eu des façons singulières, mais quel que fût son cynisme, je suis certain que cet emplacement datait de la paix, photos de famille ou pas, chacun de nous avait au front grand soin de garder son portefeuille sur son cœur afin de le protéger. Les journaux racontaient des histoires mirobolantes de cœurs sauvés par des portefeuilles ; dans les bazars tu trouvais aussi le protège-cœur en acier à l'épreuve des balles ; tu te l'accrochais au cou sous la chemise, tel un scapulaire, retenu par une sangle. Les femmes, les fiancées, les marraines, en envoyaient dans les colis. Certains affectaient eux-mêmes la forme d'un cœur, ou d'une main, ou d'une rose, ou d'un écu. Moi, je n'en ai jamais porté, nul n'ayant pensé à me l'offrir, je trouvais ridicule de me l'offrir moi-même, sans doute que mon cœur de chair n'importait à personne.

Nous nous tenions donc réunis dans l'allée administrative – celle qui longeait le bâtiment de la direction et de l'économat – et nous étions ce qu'il y a de plus disparate. D'abord en taille et en âge. Depuis Rouquette qui avait coiffé sainte Catherine, jusqu'à des bleus comme Armilhon encore en pleine croissance. Ensuite par le vêtement. Nous arrivions dans des costumes pathétiques évoquant des modes assassinées : vestons d'alpaga à six boutons, pantalons exigus, amples costumes de coutil. Nous sentions le coing, le camphre, la naphtaline. Suspendues trois ou quatre années dans les placards, ces défroques en étaient restées à leurs dimensions originelles. Nous, cependant, avions poussé en tous sens. Nos mères avaient dû déployer des efforts surhumains pour nous faire tenir dedans, sortant les ourlets, tirant sur les manches, supprimant les pinces, descendant les culottes au plus bas, ce qui nous mettait le derrière au niveau des genoux. Deux ou trois, qui avaient trop forci pour s'accommoder de ces ajustements, combinaient la tenue bourgeoise et la militaire, la casquette et le ceinturon, le pantalon et la vareuse désécussonnée.

Nous vivions un des grands moments de notre existence. Les valises, les malles arrivaient des quatre points cardinaux, en charrette à âne, sur des brouettes, à dos d'homme. En notre honneur, Laroye, le concierge, avait repeint l'enseigne de la boutique, au-dessus du portail : *Honneur et Patrie ;* épandu sur les allées du sable neuf ; remis en marche le jet d'eau qui pissotait dans sa mare de purin vert ; l'horloge du fronton fonctionnait et sonnait ; on avait installé l'éclairage électrique dans toutes les pièces. Le repas du soir fut joyeux et substantiel, jusqu'au moment où l'économe, M. Pamaret, dit le Zig, apparut en supplément, un peu blanchi, un peu plissé, mais la moustache toujours agressive, le regard aussi dominateur. Il avait d'abord fait les cent pas, les mains dans le dos, cambrant sa courte taille sous les voûtes conventuelles. Le réfectoire comprenait deux salles.

Celle du fond contenait les trente-cinq élèves de première année, les *chiens*, recrutés au dernier concours, effectif copieux, destiné à combler les vides. La première nous revenait. Nous : ce qui restait de deux promotions interrompues : la 13-16 et les survivants démobilisés de la 14-17, car le service de trois ans en retenait sous les drapeaux. Les élèves de troisième, les *chapeaux*, et beaucoup de seconde, les *ex*, se trouvaient provisoirement occupés à occuper la rive gauche du Rhin. Une dizaine d'Alsaciens, éparpillés çà et là et fort silencieux, essayaient de pénétrer les subtilités du participe passé conjugué avec avoir et de l'imparfait du subjonctif, avant d'aller en faire profiter leurs compatriotes récemment rendus à la culture française.

Ayant un long moment promené de long en large son masque sourcilleux, l'économe ouvrit enfin la bouche, beaucoup trop tôt à mon sens :

« J'ai été mobilisé pendant cinq ans dans cette maison au service de la Patrie… »

Il avait en fait prononcé *cint ans*, M. Pamaret souffrait d'un défaut de langue qui l'obligeait à remplacer les C, les Q, les K par un T, au lieu de *casquette*, il disait *tastette*, on devait pour le comprendre être fort attentif, à cause des transpositions. Il avait eu pour ce dîner inaugural l'idée saugrenue de nous faire servir des noix en dessert. Il existe plusieurs manières de casser les noix : on les ouvre comme des huîtres avec la pointe d'un couteau, on les brise avec les dents, on les écrase sur la table du poing ou de la cuiller, on les jette par terre avec violence, certaines maisons raffinées usent même de casse-noix. En 1919, l'Ecole normale d'instituteurs de Clermont-Ferrand n'en possédait point. Aussitôt que le Zig eut d'emblée laissé entendre qu'il avait cinq ans servi la Patrie comme embusqué, les noix se mirent à craquer de toutes parts.

« Mobilisé pendant cint ans au service de la Patrie, répéta-t-il avec force et s'adressant spécialement à nous, j'ai accompli mon devoir ici comme vous le vôtre en d'autres lieux... Transformée en hôpital militaire, cette maison a reçu et soigné des centaines de blessés et de malades, et je peux dire... Un peu de silence, s'il vous plaît ! »

Malheureusement, la méthode la plus efficace pour casser les noix est aussi la plus bruyante. Stupéfiés d'abord par notre tapage, les *chiens* entreprirent vaillamment de nous imiter, Rouquette employait comme marteau le talon d'un de ses souliers, si bien que M. Pamaret dut renoncer à sa belle allocution :

« Vous êtes... vous êtes une bande de tanates ! »

Et il s'enfuit, noir de fureur. Des *tanates* en son patois ne pouvant signifier que des *canaques*, nous nous mîmes à scander en chœur, battant la mesure sur les tables :

« Des tanates ! Des tanates ! Des tanates !... »

Atterrés, les garçons de service contemplaient du couloir l'éparpillement des coquilles. Chaque fois aujourd'hui que je mange des noix – ce qui ne m'arrive plus guère à cause de mes mauvaises dents –, je revis ce 30 septembre 1919 et notre première victoire sur l'administration, beaucoup d'autres devaient suivre. Nous acceptions difficilement la nécessité après une longue rupture pédagogique, cinq années d'absence, dont plusieurs de godillots, de revenir nous mettre au garde-à-vous comme des enfants peureux devant l'économe, le directeur, les profs, les pions, le concierge ; de recopier les *plansos* de Berlieux ; de reprendre *Britannicus* et *Andromaque* à l'acte interrompu ; de désosser d'autres larves et d'autres vers crevés. Je vois encore Rouquette penché sur son lombric, lui fouillant les intestins avec sa lame de *nettoyeur*. Cette situation était cependant hautement souhaitable, expliquait la note de l'Inspection académique que chacun de nous avait reçue : notre carrière en dépendait, sans parler d'un certain nombre de valeurs morales :

La Nation… la Patrie… l'enfance qui vous sera confiée…

Afin de relever au plus vite ses ruines matérielles et spirituelles… de lourdes responsabilités entre vos mains… des maîtres compétents et qualifiés… accomplir dignement leurs devoirs professionnels…

En conséquence…

… le mardi 30 septembre avant seize heures…

Les élèves-maîtres recevront un enseignement général et pédagogique accéléré… Au terme de ces douze mois… les épreuves écrites et orales du Brevet Supérieur… si la note moyenne de l'ensemble des épreuves était inférieure à 10 sur 20… délégation provisoire… subir les épreuves écrites et pratiques du Certificat d'Aptitude Pédagogique… Faute de quoi…

Je suis sûr que vous comprendrez… occasion unique…

Les canaques

La Nation… la Patrie… votre intérêt… circonstances exceptionnelles… belote, rebelote et dix de der. Rataplan… rataplan… rataplan…

L'INSPECTEUR D'ACADÉMIE
Chevalier de la Légion d'honneur
Officier d'Académie
J. Rossignol

Après l'esclandre des noix, nous nous égaillâmes dans le jardin, nous avions énormément de choses à dire et à entendre, rien ne pressait, cependant, l'année tout entière n'y pouvait suffire. En définitive, chacun se sentit bientôt rempli de choses à taire, à quelques détails près, n'avions-nous pas vécu les mêmes événements ? Sué les mêmes sueurs, les mêmes angoisses, les mêmes agonies ? Souffert les mêmes froids, les mêmes faims, les mêmes déceptions, les mêmes douleurs ?

Nous avons regardé les étoiles, notre agitation est tombée, les voix mêmes perdaient de leur véhémence, bientôt nous n'avons plus été que des ombres silencieuses. Il était bon de marcher sur le gravier frais, de humer les senteurs végétales, d'effleurer au passage des branches vivantes et de vraies feuilles. J'allais à tout petits pas pour complaire à mon pied gauche qui craignait les mouvements brusques, parmi les braises rouges des cigarettes et sous les étoiles imperturbables.

« Ça ne fait rien, fit une voix de la nuit avec l'accent de Thiers, il nous manque du monde !

Treize rescapés sur vingt-cinq ! La moitié de notre effectif ! Crois-tu qu'il peut en rentrer encore ? »

Beyssac était un spécialiste des questions sans réponse possible. Nous avons compté ensemble les manquants, en additionnant nos informations. Martinet, de Saint-Eloy, tombé dès le début, en 15, je l'ai su par Maisonneuve, qui lui-même a disparu dans la Somme, il y a deux ans... Aubreton et Tardif : ils étaient tous deux dans les chasseurs alpins, zigouillés à Verdun, je crois... Dumas, notre cacique, de Brassac, disparu à Craonne... Craonne ? J'y étais en avril et mai ! J'aurais pu le rencontrer !... Rivet, Chaussière, Garachon, Bertrandias, on ne sait rien d'eux... Le triste défilé des absents continue, nous les sentons dans l'ombre autour de nous, leur voix, leur rire revivent un moment.

« Un jour, dit quelqu'un, j'ai rencontré Chaussière en gare de Saint-Germain-des-Fossés. J'arrivais en permission, lui repartait. On a bavardé ensemble, en buvant le pinard que distribuaient les poules de la Croix-Rouge. Puis, nous nous sommes serré la main, et j'ai conclu, fataliste : "Qu'ils fassent de nous ce qu'ils voudront. — Sauf des morts !" qu'il a répondu. »

Nous émergeons avec stupeur de cette énorme écrabouillade de chair fraîche, par quel miracle survivons-nous ? Par quelle injustice sommes-nous dans un jardin, parmi les rosiers, les buis, les dahlias, alors que nos douze absents s'ennuient au fond de leur triste sépulture ? Là-bas, les charrois de cercueils arrivaient quotidiennement avec la même régularité que les munitions, les macaronis, les lentilles. Merveilles de la logistique. On empilait les caisses dans les cantonnements, elles sentaient bon le sapin frais, les menuisiers de l'arrière travaillaient jour et nuit afin de satisfaire à la demande, et ils gagnaient gros. Parfois, nous en disposions quatre ensemble pour qu'elles nous servent de table, il a dû arriver plus d'une fois que l'un d'entre nous occupe le lundi la boîte sur laquelle il avait cassé la croûte le dimanche. Mais à la plupart toute pompe funèbre était refusée, un trou provisoire, une croix de bois faisaient leur affaire, ou bien les artilleurs se chargeaient de l'ensevelissement.

Au bout de l'allée principale, le portail enchaîné et cadenassé. La clé se trouve dans la poche de Laroye, et Laroye dans sa loge, nous surveillant à travers ses carreaux. En 13 et 14, Laroye avait une jolie fille de vingt ans qui se plaçait à la fenêtre du premier étage pour peigner et rouler ses cheveux, Laroye la gardait au moyen d'un fusil à deux coups, dont il se vantait avec ostentation :

« J'ai mon fusil à deux coups, je ne crains personne, ni bête, ni homme, ni diable ! »

Maintenant, la fille dépend d'un autre gardien, elle a quitté la loge paternelle, elle est partie se marier et faire des petits sans notre consentement.

Le dortoir a gardé une certaine odeur pharmaceutique. Cela me rappelle l'hôpital de Dinan, Côtes-du-Nord, où j'étais encore en avril dernier. Ville natale de Du Guesclin, dont la statue orne la place principale. Beaux remparts, belles vieilles maisons, beau jardin public. Et jolies Bretonnes sous ces coiffes de dentelle amidonnées qui ont l'air en porcelaine.

L'hôpital est le rêve du soldat en campagne. Pour l'atteindre, il te faut une bonne blessure, pas trop grave, mais suffisante. Certains levaient un bras en l'air, par-dessus le parapet, mais ce genre de blessure était très mal vu des gradés : tu risquais d'être accusé de mutilation volontaire, de passer au tourniquet. L'idéal était la maladie contagieuse. Et bénie entre toutes, celle des oreillons, parce qu'elle te met à l'âge adulte les testicules gros comme des oranges et menace de te rendre stérile, tu passes ton temps à les soutenir à pleines mains, et n'as plus rien de disponible pour tenir ton lebel. Les généraux n'ont que faire de tous ces orangers. De plus, la France a besoin de mâles reproducteurs, pour assurer la relève des bataillons décimés. Conclusion, plus que sur la prunelle de leurs yeux, les chefs doivent veiller sur les testicules de leurs hommes, sitôt qu'un cas d'oreillons se manifeste, on expédie le bénéficiaire vers le plus proche hôpital de l'arrière, douillet, à l'abri de son parc, rempli d'infirmières lisses et blanches comme des dragées qui te peignent, te lavent, prennent ta température, dorlotent tes mandarines, pyjama molletonné, trois repas chauds par jour, et dans des assiettes ! Pendant ce temps, les pauvres bougres restés à l'avant font la queue pour se rouler dans la paille encore chaude de l'évacué, pour essayer de recueillir quelque microbe.

J'ai connu un Parisien, sur qui les oreillons naturels n'avaient pas mordu, qui avait décidé de s'en procurer d'artificiels. Une nuit entière il a soufflé dans un bidon vide, soufflé de tous ses poumons, à se faire péter les joues. Au matin, il avait en effet les parotides tuméfiées, mon lieutenant, je crois bien que j'ai les oreillons. On l'a évacué provisoirement. Mais, séparé de son bidon, il n'a pu entretenir l'enflure, il s'est dégonflé comme un soufflé au fromage. Quatre jours après, il était de retour, juste à temps pour participer au festival du 16 avril 1917.

Nous revoici donc dans un hôpital, ou quasiment. Chacun trouve sur son lit une paire de draps, des couvertures. J'aurai pour voisins Beyssac et Jolivet. Nous faisons nos lits deux à deux, au moment du déshabillage, je deviens un objet de curiosité, tout le monde vient voir ma jambe de bois. Je fournis des renseignements complets sur les circonstances, le calibre, la façon de s'en servir.

« En somme, conclut Rouquette, pour toi, la guerre n'a pas été longue.

— Du 1er septembre 1916 au 4 juillet 1917. Un an moins huit semaines.

— Sacré veinard ! Tu as été une espèce d'embusqué, quoi !

— En quelque sorte. »

Ils examinent le moignon de ma cuisse gauche, le cuissard de toile et ses trois sangles, la ceinture de soutien, le pilon et sa talonnette, au bout de sa tige, le cuissard ressemble à une tulipe épanouie, tout ça est merveilleusement agencé. Je t'assure que ça se connaît à peine quand tu marches si on ne regarde pas le pied. Sauf le tchonc-tchonc-tchonc.

Vaut mieux perdre une jambe que la tête. Ou que les mandarines. Et puis, tu vas toucher une jolie pension ! Sacré veinard ! L'ennui, c'est le pied qui continue de me faire mal. Comment ça, le pied ? Puisque tu n'as plus qu'une rondelle en caoutchouc ? Je le sens quand même, il me fait mal exactement comme s'il était en place, dans des souliers trop justes. Que dis-je : dans un étau. Avec ça, une paire de pantoufles te durera deux fois plus longtemps qu'à nous. Et le marchand de chaussures te fera une belle réduction ! Peut-être même que tu pourrais dénicher un unijambiste du côté opposé, et te mettre en cheville avec lui pour vos achats de godasses. Sacré veinard !

En attendant, j'ai besoin d'une chaise supplémentaire pour installer ma tulipe et ma canne. Je m'enfonce dans la fraîcheur des draps de chanvre. Ils font partie du patrimoine de Pamaret, en même temps que les châlits, les matelas, les couvertures. En revanche, le couvre-pied est notre bien propre, comme la chemise de nuit, marqués à notre chiffre. De même, le papier nous viendra de l'école, mais les livres seront à notre charge. La nourriture est gouvernementale, mais nous sommes autorisés à acheter des fruits. Toutes les rubriques de la maison sont ainsi sous le régime de la copropriété.

Certains s'endorment et ronflent tout de suite, comme si, depuis leur retour, ils ne s'étaient pas encore rassasiés de sommeil. Les autres marmonnent de voisin à voisin, évitant le passé au profit de l'avenir. J'aurais pu plaquer la pédagogie ; j'avais déjà une sardine d'argent, on m'offrait de rester dans l'armée d'occupation ; d'ici quinze ou vingt ans, j'aurais été colonel ; mais en fait, l'uniforme, j'en ai soupé. Moi, j'ai enseigné en bleu horizon dès le mois de janvier, en Lorraine, on rassemblait les gosses dans les granges et les locaux disponibles, pour leur apprendre le français et les lettres latines. Maintenant, j'aimerais y retourner parce que j'ai connu là-bas une bonne amie. Oui, une de celles qui le dimanche se mettent un ruban-papillon sur la tête… L'horloge, après un raclement de rouages comme si elle allait tousser, sonne dix heures.

« Cent fois merde ! crie une voix. On va pas s'endormir au couvre-feu, tout bonnement ! Nous, des poilus ! Nous, sauveurs de la France et vainqueurs de la Bochie ! Pour commencer, j'en grille une autre ! »

Les lampes se rallument. Chacun imite Laval, originaire de Maringues. *Il est formellement interdit de fumer dans la maison. Spécialement dans les dortoirs. Plus spécialement la nuit. Toute infraction…* On cherche tabac, pipe, allumettes, briquets. Seul Rouquette ne fume pas : il préfère chiquer, il a pris au front cette habitude. La chique est dispose par tous les temps, neige, vent, pluie diluvienne, elle n'attire pas l'attention de l'ennemi. Discrète aussi : tu peux chiquer sous tes draps, à l'église, derrière un enterrement, en répondant au général ou au sous-préfet, à condition d'avaler ton jus. Elle ne laisse ni feu ni fumée, ni cendres ni mauvaise odeur. Economique enfin : tandis que la cigarette s'envole en un instant, une chique bien traitée peut te durer une semaine.

« Faut qu'on arrose nos retrouvailles ! décide Rouquette. Je vais chercher le nécessaire. Deux volontaires, camarades, pour m'accompagner ! Y aura peut-être de la casse ! »

Dix doigts se lèvent.

« Sergent Laval ! Caporal-chef Fabre ! »

Tous trois enfilent leur culotte, y tassent les pans de la liquette, fendent le brouillard tabagique, plongent dans les ténèbres de l'escalier. Nous nous livrons à des conjectures sur le lieu et le résultat du coup de main, sur les pertes éventuelles. Par une ancienne habitude, je tire ma montre : 10 h 13. Avec tendresse, je la garde au chaud comme naguère dans ma paume repliée, elle occupe juste l'espace du creux, elle et mon poing s'accordent aussi bien que la cerise et son noyau. Depuis que nous sommes ensemble, fidèlement, elle m'a suivi partout où je l'ai menée. Par prudence, j'avais gravé avec la pointe d'un couteau mon nom dans son boîtier, *Jules Vendange*. Grâce à Dieu, la précaution s'est révélée inutile. Je sens simultanément mon pouls et son tic-tac, ils marchent de conserve, mais non du même pas, l'un rapide et menu, l'autre tranquille et lourd, tu dirais un enfant qui veut suivre une grande personne. Bien souvent, il m'est arrivé de voir un chargement de morts, jetés en vrac dans un camion militaire, l'un sur l'autre, telles des betteraves. Une fois passé le temps de l'horreur et de la pitié, je les considérais avec une curiosité aiguë, cherchant à savoir comment ils avaient avalé cette pilule qui peut-être me serait présentée le lendemain. La plupart (excepté ceux qui avaient été frappés au visage) montraient une expression paisible et rassurante, le regard de leurs yeux entrouverts n'exprimait aucune terreur. T'en fais pas ! Tu y arriveras aussi bien que nous ! C'est pas la mer à boire. Ainsi, fraternellement, ils m'encourageaient. Or, chaque fois, je remarquais dans le tas bleuâtre, noirâtre, merdâtre, un certain nombre de montres. Au poignet des uns, ou pendues par leur chaîne à des boutonnières, elles continuaient leur petite existence mécanique, elles usaient l'ultime résidu de force que le défunt avait mise dans leur ressort, et leur mouvement soulignait son immobilité. Alors, je remontais la mienne jusqu'au dernier tour de molette, et je l'enfermais dans ma main. Je venais de préserver une parcelle de ma vie.

La patrouille remonte à 10 h 28, chargée de bouteilles. Où ils les ont prises ? Dans la cave du dépensier, tout simplement, en forçant un peu la porte. Du pinard ! C'est de la vinasse, ça réchauffe là où ce que ça passe. Vas-y bidasse remplis mon quart ! Les litres vont de main en main, de bouche en bouche.

« Ce qu'il faut, dit Beyssac, c'est que le pinard descende bien. Sinon, il se bloque dans l'œsophage, il t'étouffe. Ou il remonte. »

Il m'envoie dans l'échine de puissantes claques pour le faire descendre, et je le sens en effet qui m'irrigue les intérieurs, jusqu'aux extrémités de mon pied gauche.

Au milieu de ce bastringue, il y en a un qui ne participe pas : Lhirondelle. Endormi dès le premier instant, il continue de ronfler comme un trombone.

Alors, Laval se penche sur lui et entame une berceuse, reprise par le chœur des canaques :

Ferme tes jolis yeux !
Car les heures sont brè-èves,
Au pays merveilleux,
Au doux pays du rê-ève !

Rien à faire.

« Je connais une autre méthode ! » dit Rouquette.

Il glisse la main gauche sous la tête du dormeur et de la droite lui introduit entre les lèvres le goulot d'une bouteille. A ce baiser de la princesse charmante, le bel endormi se réveille, tousse, s'étouffe, éternue, ouvre des yeux hagards, ne comprend rien, puis comprend, veut crier : « Bande de fumiers ! », mais sa voix s'étrangle et se noie, tandis que les canaques autour de lui rigolent comme des crocodiles.

« Encore un petit coup, ça te remettra ! »

Lhirondelle ne refuse pas, il saisit le flacon à demi plein, le tète jusqu'à épuisement, cela l'élève à notre diapason. Il braille avec nous le répertoire qui ne nous vient pas de l'école primaire : *Tout le long de la Tamise, Je connais une blonde, Tu l'reverras Paname, Pour faire un soldat de marine, C'est le 8ᵉ qui défile devant vous.* De temps en temps, Rispal, notre spécialiste de musique, s'écrie :

« Vendange ! Ne fais pas la tierce ! A l'unisson !

— Je fais pas la tierce ! Je chante faux. »

Dans nos chemises blanches, nous brandissons les bouteilles séchées, les choquons, les portons à nos lèvres. Nous nous étreignons en une embrassade collective, comme des frères que nous sommes, et il arrive que nos pieds nus, de leur côté, se chevauchent et se congratulent.

Au fond de la chambrée, là où elle s'ouvre sur les lavabos communs, apparaissent quelques visages de jeunes recrues : elles jouissent de notre music-hall avec stupeur et admiration. Mais Linder, un pion réformé pour faiblesse de poitrine, surgit de sa niche, toutes dents dehors, leur jappe aux mollets :

« Rentrez dans votre dortoir ! Immédiatement ! Sinon, gare aux sanctions ! »

Les pauvres *chiens* battent en retraite, sont enfermés à double tour, Linder feint de nous ignorer et nous laisse le champ libre.

Et puis, tout à coup, il y a je ne sais quel enfoiré qui attaque *C'est à Craonne :*

Adieu la vie, adieu l'amour !
Adieu toutes les femmes !
C'en est fini et pour toujours,
De cette guerre infâme.
C'est à Craonne, sur le plateau,
Qu'on va laisser sa peau.
Car nous sommes tous condamnés :
Nous sommes les sacrifiés !

A Craonne, sur le plateau, j'y étais ! J'y ai laissé un peu de moi-même, comme on dit dans les discours commémoratifs : dix livres de viande et d'os, c'est à Craonne, sur le plateau de Californie, le 4 juillet 1917, aux toutes premières lueurs de l'aube, que j'ai perdu ma patte gauche. Une patte qui me donnait entière satisfaction. Alors, plus qu'aucune autre, cette chanson-là me remue jusqu'aux orteils. Et si je la chante, juste ou faux, avec le quarteron d'ivrognes qui m'entourent, c'est le visage ruisselant de larmes. Ils me comprennent et me soutiennent. Beyssac m'envoie des claques dans le dos pour faire descendre mon chagrin, pour l'empêcher de me rester dans l'œsophage ou de remonter. Je chante et pleure mon joli pied, ma cheville fine, mon mollet charnu, ma cuisse fleurie. A dix-sept ans, je montais les escaliers quatre à quatre, je grimpais aux arbres comme un écureuil, je sautais les ruisseaux comme un lièvre… C'est à Craonne, sur le plateau, que j'ai encaissé le plus beau marmitage de la saison, accroupi avec six autres dans une sape qui sentait les excréments. A chaque explosion, la terre frémissait sous nous, et palpitait comme un ventre de femme où bouge un enfant. Ensuite, nous sommes sortis : Aux créneaux ! Aux créneaux ! Les Boches arrivaient, crachant des flammes. On en a éteint tant qu'on a pu… Enfin, cet éclatement, tout près de moi, un éclair rouge entouré de dentelles safran d'un très joli effet. Je me suis retrouvé par terre. Je ne sais qui m'a garrotté la jambe, tandis que je regardais tranquillement la Grande Ourse. Toutes les étoiles me sont comme qui dirait entrées dans la tête. Elles n'en sont ressorties réellement qu'à Dinan, quatre jours après… Et il m'a fallu encore quatre autres jours, pour comprendre que… A Craonne, sur le plateau… Je ne danserai plus jamais, je ne foulerai plus le raisin dans les bacholles et dans les cuves, je ne cueillerai plus de violettes, je n'irai plus au bois poser des lapins aux lacets… Je veux dire : poser des lacets aux lapins… Ne reste-t-il pas un fond de bouteille, camarades ?… J'ai tant de choses à pleurer… Par exemple, mes copains du 121e… Luco… Cher Roger Luco, qui me disait : « Moi, je comprends bien ces paysans bretons, auvergnats, pyrénéens, savoyards. Ils se battent tête baissée, avec fureur, pour leurs champs, pour leurs pâturages, pour leurs bois, pour leur mare aux canards. Mais moi qui n'ai rien ? Moi, Parisien du 13e, pourquoi faut-il que je me batte ?... Mon gosse m'écrit qu'il élève une grenouille dans un bocal, qu'il lui rendra la liberté dès que la guerre sera finie et moi revenu. Alors je me bats pour la grenouille de mon gosse... » Luco ne reviendra jamais, la grenouille restera prisonnière... Luco est mort à Craonne, sur le plateau... Les canaques n'en finissent pas de me consoler, de m'essuyer la figure, de me soutenir au-dessus du plancher pour me faire oublier ma jambe de bois. Me laisser croire que j'ai des ailes. Et, à la fin, ce qu'ils trouvent de mieux à faire, c'est de pleurer avec moi comme vingt-quatre veaux. Car chacun a son Craonne et son Luco et quelque chose de perdu.

Ainsi finit de façon très lamentable cette soirée commencée dans la joie en l'honneur de nos retrouvailles.

Enfantines

J'ai été amené à l'enseignement par une circonstance particulière qui a fait de moi longtemps la honte de ma famille et le déshonneur de l'Auvergne : je n'aimais pas le fromage. On peut chez nous ne pas aimer la politique, la lecture, le poisson, ne pas aimer les curés, les médecins, les gendarmes, les rats-de-cave, rien de tout cela ne tire à conséquence, mais ne pas aimer le fromage, c'est faire insulte à un héritage millénaire de la province, à une de ses gloires et de ses raisons de vivre. Quand mon père parlait de moi, afin de me distinguer de ses autres enfants parfaitement normaux, il disait avec consternation :

« Vous savez bien !... Jules, c'est celui qui n'aime pas le fromage ! »

On avait essayé de m'en faire avaler par surprise d'infimes quantités dans la soupe, dans les omelettes, dans les patates, dans nos rustiques pâtisseries, mais rien ne pouvait tromper mon estomac qui, par une révolte immédiate, renvoyait à l'expéditeur les aliments adultérés. Mon aversion était si forte qu'un couteau à part m'était réservé exclusivement, je refusais tout pain, tout accompagnement qui n'avait pas été coupé de sa lame. Au cours de nos entretiens de famille, mon père ne cachait pas ses inquiétudes :

« Je me demande ce qu'on va faire de toi ! »

L'agriculture, l'élevage m'étaient évidemment fermés. Je suggérais timidement :

« Peut-être... je pourrais entrer dans la carrière... quand nos aînés n'y seront plus.

— Qu'est-ce que tu me racontes avec tes aînés ? Pisque c'est toi l'aîné, barbouillis !

— Je veux dire : pour prendre ta suite, plus tard...

— Et qu'est-ce que tu mangeras au casse-croûte, barbouillas ?

— Ben... du lard, du saucisson...

— Tu penses peut-être que tu gagneras assez suffisamment pour t'acheter deux cochons par an ? Nous autres, si on n'avait pas notre peu de bien en propre, tu crois sans doute que mes dix-neuf francs par mois suffiraient à nourrir et habiller notre ménage ?

— Eh bien ! Ma femme fera comme ma mère. Elle en élèvera deux, et même trois s'il faut. »

Il s'énervait, tapait du poing sur la table :

« Mais... bougre de jean-foutre de barbouillis-barbouillas... tu crois qu'on peut élever comme ça des cochons sans patates, sans topines, sans petit-lait ? Y a que le paysan qui peut élever des porcs ! Et pour être paysan, faut avoir de la terre, et des vaches pour la travailler. Et comment que tu ferais pour tenir des vaches, pisque t'aimes pas le fromage ! »

On butait toujours sur le même obstacle têtu.

« Sans parler, ajoutait-il en se passant une main sur le front pour effacer ce cauchemar, sans parler du bel exemple que tu donneras à tes drôles ! »

Les fromages que faisait ma mère cependant n'étaient pas spécialement nauséabonds, comme elle employait la crème du lait pour le beurre, ils devenaient très vite durs. Si durs quelquefois qu'on aurait pu en paver la cour.

« Ne dis pas, protestait-elle, que mes fromages puent !

— Non, non, ils puent pas. Mais ils sentent.

— Qu'est-ce qu'ils sentent ?

— Le fromage.

— Et ma main sur ta figure, est-ce qu'elle sentirait le fromage ?

— Oui, elle le sentirait aussi. »

Elle se reniflait la main, me fusillait des yeux, puis empoignait son sabot, le brandissait sur ma tête, les dents serrées, en s'écriant :

« Ah ! si je ne... »

Heureusement, elle se... C'était une comédienne de première force.

La nuit, je demandais dans mes prières au petit Jésus de me faire aimer ce fromage de tous les diables.

Pourtant, il m'aurait plu de travailler dans la carrière où le père Vendange, avec quelques autres petits hommes en casquette ou chapeau de feutre blanchi attaquaient l'énorme muraille de granit, la perçaient de toutes parts, comme les vers percent le bois des solives. Il leur fallait une longue patience et le cliquetis des marteaux sur les barres à mine et sur les burins qui ressemblait le soir au chant des grillons. Quand les barres et les fleurets y avaient creusé des trous assez nombreux et assez profonds, les carriers les lardaient de cartouches dont ils nouaient ensemble, à l'extérieur, les mèches soufrées. Alors, toute la compagnie en courant prenait ses distances. Deux ouvriers soufflaient dans des cors de chasse pour avertir du danger les passants éventuels. Mon père demeurait le dernier, comme le capitaine sur son navire évacué, allumait de son briquet le nœud des mèches, puis s'éloignait d'un pas dont j'admirais de loin la tranquillité. Il rejoignait notre abri, disait avec calme encore six ; je comptais, et immanquablement la sixième seconde faisait exploser la montagne, tressaillir le sol sous nos pieds, pleuvoir une grêle de roches, de blocs, de cailloutis. Quand on revenait, la carrière fumait encore, aussitôt, les compagnons s'élançaient vers la pierre dégagée pour compléter au pic le travail de la poudre. Tout Vollore-Montagne avec son église, toutes les fermes, tous les ponts, les croix, les bornes des environs sortaient de ce trou.

« Non, disait mon père, tu ne seras pas carrier. T'as pas la constitution, et tu l'auras jamais. Impossible. »

Il en faisait, me semble-t-il, une question de principe, pour me punir de mon aversion scandaleuse. Je reconnais que ma corpulence n'avait rien de la sienne. Fort de ventre, large d'épaules, le cou taurin, la figure boucanée – mais percée d'autant de trous que notre pelote à épingles –, il inspirait plus de frayeur que de pitié. Toute sa force, assurait-il, lui venait du fromage, devant lui, notre mère filait doux, bien qu'il n'eût jamais levé sur elle le petit doigt. Il nous enseignait de la sorte, à mes deux frères, à ma sœur Antonine et à moi-même, l'aîné, un des fondements de la société auvergnate : l'obéissance des femmes et l'autorité des hommes. Le dimanche après-midi, une fois mangés notre *patcha* et notre lard, une fois bu par les grands le café d'orge grillée, le père Vendange s'assoupissait à table, le menton sur la poitrine, le nez plongeant dans sa moustache. Alors, sa femme profitait de la situation pour lui faire dans le dos des mines assassines, elle menaçait de l'assommer en brandissant la louche, le pique-feu ou une casserole, ou son poing dont elle faisait saillir la jointure du médius. Un moment contenus, nos rires finissaient par le tirer de son sommeil :

« Hein ? Quoi ! Qu'est-ce qu'il y a ? »

Les regards involontaires que nous tournions vers la mère Vendange la dénonçaient assez.

« C'est encore toi qui… ? »

Et elle, un peu confuse, mais jamais prise au dépourvu :

« Je mesurais ce cou que tu as. »

Elle nous prenait à témoin : « *Dèvejè què coppë !* Regardez cette nuque !

— Qu'est-ce qu'elle a, ma nuque ?

— Je me demandais si… comment elle ferait… en cas de besoin… pour passer par le trou de la guillotine. Faudrait agrandir la lunette ! »

Ainsi nous apprenait-elle qu'en Auvergne, si l'homme dispose de la force, la femme a pour elle la malice.

Puisque les métiers de la terre et de la pierre m'étaient inaccessibles, j'envisageai des professions qui exigeaient moins de muscle, deux se présentèrent à mon esprit parce que j'avais avec elles une fréquentation quotidienne : celle de curé et celle d'instituteur. Car j'étais à la fois enfant de chœur au service de l'abbé Goigoux, et écolier au service de M. Chevalérias. A force de répétitions, le premier m'avait fait entrer dans le crâne les prières françaises auxquelles je ne comprenais rien, et les latines auxquelles j'entendais quelque chose, mais à ma façon. Ainsi le *De profundis* :

Des profondisses que la Marie attelle :
dominez ! dominez !
Fiente ou reste ; où est cette indentesse ?
Il vaut cent des précautionisses, mais...
Signe et quitte ta caisse au servavérisse :
dominez ! dominez !...

Etrange récit plein de personnages aux noms surprenants, Tribouitet, Annoc, Animaméa, introuvables sur le calendrier des postes. L'abbé Goigoux m'avait aussi appris les répons de la messe et l'art de manœuvrer les burettes, l'encensoir, l'éteignoir, se réservant l'usage de la corbeille à offrandes qu'il promenait personnellement sous le nez des paroissiens tout en chantant le *Credo*. D'autres acolytes partageaient mes attributions et nous avions ordre d'arriver dans l'église un quart d'heure avant l'office afin de préparer les lieux. Les enterrements de première classe étaient les plus attendus, car en ces occasions le curé employait cinq enfants de chœur qui recevaient de ses mains deux sous par tête. Les secondes classes ne faisaient que trois heureux. Les troisièmes qu'un seul. Les gages qui nous étaient attribués ne satisfaisaient pas mon copain Moignoux : il osait critiquer la Sainte Eglise catholique et affirmait fortement : « On nous exploite ! Je veux implanter le socialisme ! » On se demande comment lui étaient venues des idées aussi impies, à Vollore-Montagne. Le jeudi matin, il me prenait au passage et, quand je traînais un peu, m'interpellait en termes énergiques :

« Alors, Julot ! Viens-tu au catéchisme, bon Dieu de bon Dieu ? »

Au grand scandale de ma mère qui le traitait de païen et de franc-maçon. C'est qu'il me poussait à arriver dans l'église avant l'heure afin que nous puissions nous livrer tranquillement à certaines rapines : on puisait dans la réserve à hosties non consacrées et l'on buvait du vin de messe. En regagnant l'assemblée des catéchumènes, nous nous essuyions les badigoinces d'un index faussement discret pour les informer que nous avions pris un supplément à nos honoraires d'enfants de chœur.

L'abbé Goigoux commettait lui-même le péché de gourmandise, non par la bouche, mais par le nez, c'était un enragé priseur. Je l'ai vu plus d'une fois, juste avant de revêtir les ornements sacrés, ouvrir sa tabatière et se garnir les narines. Je me demande ce que devaient ensuite éprouver le corps et le sang du Christ en arrivant dans un réceptacle ainsi parfumé. Lorsqu'il montait en chaire, il tirait de sa manche un grand mouchoir à carreaux et le secouait sur ses paroissiens, laissant tomber une pluie de poussière, puis se mouchait à deux ou trois reprises, bruyamment, comme s'il sonnait du cor. Les chaises du dessous étaient régulièrement vides.

Maraudeurs de sacristie, nous ne l'étions pas moins à l'école laïque, au service de notre vieil instituteur, M. Chevalérias. Celui-ci pleurait chaque fois qu'il prononçait le nom de l'Alsace-Lorraine, pour nous préparer à la reconquête il nous exerçait au maniement d'armes avec un bâton : « Arme sur l'épaule... droite ! Reposez... arme ! Baïonnette... on ! » En même temps que maître d'école, il était marchand de fournitures, livres, ardoises, plumes, crayons ; la couverture de chaque cahier illustrait en couleurs un grand moment de notre histoire militaire : *La prise de la smala d'Abd el-Kader par le duc d'Aumale, La capitulation de la reine Ranavalona, La charge héroïque de Reichshoffen, La victoire de Villersexel, La garnison de Belfort reçoit les honneurs de la guerre*... Les seules chansons que M. Chevalérias nous enseignait étaient des chants patriotiques : le *Chœur des girondins, Le Chant du départ, La Marseillaise.* Sans oublier un seul couplet. Celui des enfants me remplissait d'orgueil, il avait de toute évidence été composé pour un fils de carrier, rare privilège puisque l'auteur n'avait rien prévu pour les autres corporations :

Nous entrerons dans la carrière
Quand nos aînés n'y seront plus.
Nous y trouverons leur poussière,
Et la trace de leurs vertus...

Cette « trace de leurs vertus » me laissait cependant perplexe. S'il m'arrivait, le dimanche après-midi, de rendre visite à la carrière au repos, j'y trouvais certes une poussière abondante ; mais la « trace de leurs vertus » ne m'apparaissait pas clairement.

Nous chantions aussi les six couplets du *Clairon* de Déroulède :

… A la première décharge,
Le clairon sonnant la charge
Tombe, frappé sans recours ;
Mais par un effort suprême,
Menant le combat quand même,
Le clairon sonne toujours.

Nous savions qu'il n'y a pas de guerre sans clairon, pas d'attaque sans musique. Sur la carte de la France mutilée, le maître cernait de sa baguette les provinces roses qu'il nous faudrait délivrer un jour. Dix ans plus tard, je pouvais dire voilà qui est fait, nous les avons libérées, le zouave de Déroulède n'est pas mort pour des prunes.

M. Chevalérias complétait enfin notre préparation physique en nous faisant travailler son jardin. Non pas tous les jours, certes, mais aussi souvent que l'exigeait la végétation. Avant de nous faire quitter nos bancs, il écrivait au tableau en grosses lettres blanches ce message destiné à l'inspecteur éventuel : *Nous sommes en classe-jardinage.*

Il avait divisé ses ouailles en trois groupes : les forts qui avaient la charge du bêchage et des transports ; les moyens qui semaient et récoltaient ; les faibles qui grattaient les allées, ratissaient, épuceronnaient. Ainsi, chacun y trouvait son compte : la pédagogie et le pédagogue. Pour ce qui est des récompenses, nous n'avions rien à espérer du printemps ; en revanche, les derniers jours de juin et tous ceux de juillet nous offraient des cerises, des fraises, des groseilles, des prunes reines-claudes, qu'il fallait prendre sans se faire prendre ; en octobre, M. Chevalérias nous engageait royalement à recueillir des pommes et des poires tombées : elles représentaient officiellement notre salaire des quatre saisons.

J'hésitais donc entre ces deux professions également respectées, lucratives et reposantes. L'été, le curé, aussi bien que le maître d'école, se tenait à l'ombre et buvait frais, tandis que mon vieux dans sa carrière transpirait comme une poire cuite. Toutefois, ma préférence allait à la seconde pour beaucoup de raisons. Alors que j'achevais ma dixième année, je fus gardé en retenue dans la classe un soir d'hiver afin de mieux apprendre les tables de onze et de douze. En ce temps-là, on faisait bonne mesure. Douze fois 7 : 84. Douze fois 8 : 96. Douze fois 9 : 108. Douze fois 10 : 120. Douze fois 11 : 132. Une table indispensable pour vendre les œufs. Les noix et les pommes s'achetaient au quarteron, les clous à la centaine, les couteaux se montaient à la grosse. Près du poêle, ce soir-là, M. Chevalérias ressemelait sur un pied de fer ses souliers et ceux de sa famille, tout en surveillant d'un œil ses punis, les coups de marteau s'arrêtaient seulement quand nous devions réciter. C'était un homme habile ; il construisait aussi de petits meubles, des cages à lapins et à merles, il rempaillait les chaises, modelait des figures en terre. L'une d'elles représentait Gambetta avec tous les poils de sa barbe comme s'il les avait comptés un à un, il ne lui manquait que la parole. Et je ne doutais pas que notre maître eût acquis tous ces talents dans les études qu'il avait faites pour devenir instituteur.

Mon tour venu, je m'approchai du poêle, tous les autres avaient déjà recouvré la liberté.

M. Chevalérias leva les yeux de son savetage, la bouche pleine de caboches, émit des sons étouffés dont je devinai le sens, plutôt que je ne le compris :

« Vas-y. Je t'écoute. »

Mon corps entra d'abord en mouvement. Car il était de tradition dans notre école que la récitation d'une table s'accompagnât d'un balancement du buste et du derrière, très comparable à celui qu'exercent les juifs de Jérusalem pour rythmer leurs prières devant le Mur des Lamentations. Cette gymnastique était fort spectaculaire en cas de récitation collective, à cinq ou six, sur l'estrade de la classe, au pied du tableau noir. Au signal du maître, les six postérieurs se mettaient en branle en même temps que la psalmodie :

Trois fois un, trois.
Trois fois deux, six.
Trois fois trois, neuf.
Trois fois quatre, douze...

M. Chevalérias marquait la cadence en battant la main droite sur le dos de la gauche. Le groupe comprenait toujours un ténor qui donnait aux autres le ton et les paroles ; les figurants se bornaient à être sa caisse de résonance. Quand par hasard le ténor avait un trou de mémoire, il s'immobilisait tout confus, alors que les cinq autres derrières poursuivaient quelques secondes encore leur ondulation ; puis, ils s'arrêtaient à leur tour ; le mécanisme se trouvait alors bloqué :

« Sept fois huit... Sept fois huit... »

Combien peut bien faire sept fois huit, sacré bon sang ? Est-ce cinquante-huit ? Cinquante-six ? Cinquante-sept ? M. Chevalérias foudroyait ses lévites du regard, lançait la réponse d'une voix tonnante :

« Cinquante-six !!! »

Et illico le mouvement perpétuel recommençait.

Ce soir-là, me balançant selon les règles, je récitai sans une erreur les deux tables mal sues dans la journée, l'instituteur cracha dans sa main gauche les clous qui lui encombraient les lèvres, pour me féliciter :

« A la bonne heure ! Tu vois que tu fais bien, quand tu veux ! Pourquoi m'obliges-tu à te punir ? On a besoin dans la vie de connaître ses tables par cœur, quel que soit le métier qu'on fasse. Sinon, les autres te roulent comme un tonneau. Et tu n'aimerais pas être roulé, bien sûr ? »

Je secouai la tête. Il me frotta les cheveux de sa main droite, ce qui était une façon de me congédier. Je le compris, je me mis à ranger mes livres, mes cahiers dans la musette qui me servait de cartable, et la boîte en fer qui me servait de plumier, souvenir d'une ancienne folie de ma mère : elle sentait le cacao. Or voici que le tête-à-tête inattendu me donne soudain des idées, et ces idées de l'audace :

« M'sieu... s'il vous plaît... »

Lui a déjà les lèvres rechargées de clous, il lève les yeux avec surprise.

« Je voudrais savoir...

— Heu... heu ?

— C'est-y très difficile de faire instituteur, comme vous ? »

Du coup, il recrache ses caboches :

« D'abord, il ne faut pas dire *c'est-y*, mais *est-ce* : Est-ce très difficile... Ou encore : Est-ce que c'est très difficile... Ensuite, on ne dit pas *faire instituteur*, mais *devenir instituteur*.

— Est-ce que c'est-y très difficile ?

— Tu aimerais ?... Vraiment ?

— Si je peux. Je crois que j'aimerais.

— Oui, naturellement, c'est difficile. Il faut d'abord que tu sois reçu au certificat d'études dans de bonnes conditions. Nous en reparlerons d'ici deux ans. D'accord ? »

Mais il me reste un dernier poids sur l'estomac :

« S'il vous plaît, m'sieu... pour devenir instituteur... est-ce qu'il faut aimer le fromage ? »

J'explique que le fromage m'empêche d'être paysan et d'être carrier. M. Chevalérias me rassure : il ne m'empêchera point de devenir maître d'école comme lui. Ce jour-là, s'est décidé mon avenir.

L'année fatidique venue – qui fut 1909 si je compte bien – Vollore-Montagne présenta cinq candidats au certificat d'études. Une terrible épreuve. D'abord, dès le chant du coq, la charrette de Gouttebarge, dont le père était marchand de bois à Sugier, vint nous prendre avec notre instituteur pour nous transporter jusqu'à Courpière, le chef-lieu de canton. Deux heures et demie de voyage le long d'une route sinueuse et défoncée par les pluies, abrutis de sommeil et de cahots, nous nous accrochions les uns aux autres pour ne pas tomber. Tout le long du chemin, le maître nous harcela de son côté de questions-pièges, afin de nous tenir alertes, sur les matières du programme : orthographe, analyse, système métrique, histoire, géographie, sciences, calcul mental, nous arrivâmes avec une tête grosse comme une coucourle. A part cela, nous avions pour tout bagage nos outils d'écriture et de dessin, plus un cahier contenant six récitations. M. Chevalérias emportait son parapluie dans un fourreau de toile cirée.

A huit heures, appel, immédiatement suivi de la dictée et des questions. Calcul, composition française, chant, récitation. A cinq heures de l'après-midi, nous avons reçu nos diplômes, M. Chevalérias nous a embrassés, les yeux humides, nous sommes remontés dans la charrette, ivres de joie et de fierté. Ce retour a été un long triomphe. Avant même d'être sortis de Courpière, d'avoir franchi le pont sur la Dore, notre maître a déboutonné le fourreau de son parapluie, en a tiré un objet rouge, a déployé soudain le drapeau tricolore au bout de son manche, tel un faiseur de tours :

« Je m'étais promis de ne le sortir que si vous étiez tous reçus ! »

Nous avons désormais traversé chaque village, passé devant chaque maison isolée en criant vive la France, vive la République, et en chantant les sept couplets de *La Marseillaise*. La jument nous a hissés jusqu'à Vollore-Ville où elle est arrivée toute fumante, à ce moment, Gouttebarge père lui a pincé les fesses de son fouet pour ranimer sa pétulance, tandis qu'il nous encourageait :

« Allez-y, mes drôles ! Donnez de la voix ! Faut qu'on montre aux brûle-morts ce que les Chapelats sont capables de faire ! »

Ici sont nécessaires deux explications. Primo, les Vollorois se sont mérité ce sobriquet du jour où ils voulurent transformer le cimetière de leur église en place publique et en foirail ; pour éviter que les os de leurs aïeux ne fussent piétinés par les sabots des hommes et des vaches, ils en firent simplement un feu de joie, couvrant d'une ignominie perpétuelle eux-mêmes et leurs descendants. Secundo, Vollore-Montagne ne s'appelle ainsi que depuis un siècle, auparavant, notre bourg faisait partie de la paroisse de Vollore sous le nom de La Chapelle-Trinquard, à cause d'une chapelle dont il subsiste encore quelques ruines, et du Trinquard qui continue de couler en sautillant sur ses cailloux. Le divorce eut lieu parce que nos ancêtres voulaient leur indépendance, leur mairie, leur église, leur école à eux, cela se fit par référendum, au grand dépit des brûle-morts. D'où cette distinction entre Vollore-Ville et Vollore-Montagne. Mais les habitants de l'ancienne Chapelle-Trinquard, pour eux-mêmes et pour leurs voisins, sont toujours des Chapelats.

Voilà pourquoi nous avons traversé la commune-mère braillant et caracolant, fiers comme le pharaon au retour de ses victoires. Les Vollorois n'en croyaient pas leurs yeux. Même fanfare à Chossières et tout le long du parcours. Enfin, à la tombée du jour, nous sommes entrés dans Vollore-Montagne-la-

Chapelle en tourbillon, couverts de gloire et de poussière, diplômes et couleurs flottant au vent, tandis que la jument pétait de partout. En ce temps-là, obtenir le certificat d'études primaires élémentaires était une grande chose.

Je me rappelle encore les noms de mes quatre colistiers. Georges Gouttebarge, fils de notre transporteur ; il sera tué dans l'Argonne en 1918. Maurice Magne, dont le père tenait un hôtel près de l'église et portait une peau de bique pour montrer sa fortune : il tombera en Champagne la même année. Maurice Vachias : lui en réchappera, sera paysan sur la ferme de ses vieux ; il est mort voici deux ans d'un coup de pied de vache dans l'estomac, faute d'avoir appliqué une recette très ancienne que chacun connaît pourtant bien dans la région thiernoise : celle du remède contre les coups de pied de vache. On prend un litre d'eau bénite et un verre d'huile de rave, on met tout ça dans un flacon et l'on agite vigoureusement jusqu'à ce que l'huile et l'eau se mélangent ; ensuite, avec un tampon d'ouate on enduit l'endroit, juste avant de recevoir le coup de pied. Moignoux, le socialiste, est mort aussi, je ne sais plus comment, sans avoir rien implanté du tout. Moi, le cinquième, Jules Vendange, je suis donc seul à survivre bêtement, tout honteux de ma longévité, malgré tant d'occasions qui m'ont été fournies.

Au mois d'octobre 1909, je quittai mes bois tapissés d'airelles et me trouvai étroitement enfermé au cours complémentaire de Thiers, il fonctionnait au dernier étage de l'école dite *Cloîtras*, parce qu'elle avait été construite à l'emplacement d'un ancien cloître démoli par la Révolution. Des pierres, des linteaux de l'ancien établissement se trouvaient noyés dans les bâtiments laïques, bien que marqués de signes chrétiens : la croix, les poissons, l'alpha et l'oméga. Les enfants de l'école l'appelaient simplement la « classe supérieure » ; mais elle possédait deux maîtres : M. Maurière, qui enseignait les matières scientifiques et dirigeait l'ensemble de la maison ; M. Tournebize, spécialiste des choses littéraires. A la demie de onze et de six heures, un coup de sifflet, long et roulant, traverse la maison pour appeler les internes dans la salle à manger. Mme Maurière les nourrit d'aliments bon marché : pommes de terre, morue, boudin, cervelas, fraise de veau, fressures diverses. Son plat favori est le mou de bœuf en civet ; on a l'impression de manger des morceaux d'éponge. Les repas sont communautaires : pris à une table d'hôte aux bouts arrondis où président, côté est M. Maurière, côté ouest M. Tournebize. Entre eux, une douzaine de grimauds, âgés de douze à dix-sept ans. Mme Maurière, en long tablier bleu, le buste imposant, installe le plat ou la soupière au centre de symétrie de cette ellipse, et remplit personnellement les assiettes en commençant par celle de son mari qui a droit, de même que son adjoint, à une louchée supplémentaire. Il n'y a jamais de second service. Elle-même ne se nourrit pas. Ou si elle le fait, c'est dans sa cuisine, à l'abri de nos regards. M. Tournebize doit s'offrir des suppléments clandestins car, à l'heure du sifflet à roulette, on le voit paraître fréquemment avec des miettes dans la barbe. La sienne est noire et carrée ; celle du maître de sciences courte et grisonnante, ce qui lui donne quelque ressemblance avec Louis Pasteur. Les repas se déroulent dans un silence monastique, on entend seulement le tintement des fourchettes et des cuillers, M. Maurière fait la chasse aux bruyantes aspirations de bouillon, en s'écriant :

« Pas de machines pneumatiques ici, s'il vous plaît ! »

Injonction parfaitement comprise de garçons qui ont étudié la pression des gaz et tous les instruments qui en dérivent. De même, M. Maurière nous interdit de nous moucher, il nous autorise seulement à exercer sur nos narines une pression des doigts absolument silencieuse, comparable à celle des mains sur le pis d'une vache laitière. Et si malgré ses ordres l'un d'entre nous se mouche avec fracas :

« Ecoutez, s'écrie-t-il, les trompettes de Jéricho ! »

Après trois ou quatre années d'études sous sa direction, nous maîtrisons les principes scientifiques dont les effets sont démontrés entièrement au tableau, blanc sur noir, en dessinant à la craie les tubes, les ballons, les éprouvettes, les pistils, les étamines. Jamais un seul court-circuit. Jamais une seule goutte d'acide sulfurique ne nous gicle dans l'œil. C'est que le contenu de notre armoire aux instruments est maigre, et squelettique notre budget, s'il nous arrivait par malheur de casser une pipette, avec quel argent la remplacerions-nous ? Alors, on laisse tout cela dormir sous la poussière laïque et obligatoire. De loin en loin seulement, environ deux fois chaque année, M. Maurière ose en tirer quelque pièce physico-chimique : une loupe, un miroir concave, un bâton de soufre. Un frisson de plaisir parcourt nos cinquante échines : il va faire une EXPÉRIENCE ! Le plus souvent, il s'agit d'une expérience d'optique, réalisée pendant les heures sombres de l'étude. Eteignez les lumières ! On allume une bougie placée au centre focal sur le bureau du maître, celui-ci promène une feuille blanche dans l'atmosphère traversée de rayons et, après quelques recherches, ô merveille ! il fixe sur son papier l'image renversée de la flamme, comme un chasseur de papillons capture une noctuelle. L'objet le plus étonnant de l'armoire est une machine de Ramsden, nous nous réunissons devant elle en formant une chaîne, le premier et le dernier posent leur main libre sur une manette de l'appareil, alors M. Maurière met en mouvement un certain disque au moyen d'une manivelle. Aussitôt, Ramsden nous envoie jusqu'aux coudes une décharge qui se transmet de proche en proche, les éléments se convulsent, poussent des cris de surprise. C'est d'ailleurs la seule électricité dont nous disposions, car les classes sont encore éclairées au gaz.

M. Tournebize, lui, préposé aux matières littéraires, n'a besoin de rien d'autre que de livres et de mots, je vois encore sa tête laineuse : la barbe lui montait jusqu'aux yeux, tout en haut sa chevelure crépue s'élevait prodigieusement ; entre ces deux masses symétriques, des îlots poilus, cils, sourcils, trous des narines ; si bien que la peau nue n'occupait qu'une surface réduite. De tout cela venaient des regards bleus et une voix d'une douceur surprenante, quasi féminine. Nous disposions d'un manuel où se trouvaient rassemblés les principaux auteurs de la littérature française. Mais M. Tournebize avait un faible pour la poésie, il nous faisait apprendre par cœur Villon, La Fontaine, Lamartine, Leconte de Lisle, et aussi les productions d'un mystérieux Hector Casteloux dont jamais plus je n'ai entendu parler.

Je suis sûr à présent que M. Tournebize était l'auteur de ces épanchements romantiques, et que nous formions son seul public, il usait et abusait de nous :

Pâle convalescente aux longues mains, qu'on porte
Dans le jardin rempli de parfums, pour t'offrir
Au soleil, tu te crois déjà guérie et forte,
Et la fête te plaît. Souris : tu vas mourir...

Après le dernier vers, M. Tournebize ne manquait pas de nous faire préciser :

« Le nom de l'auteur ?

— Hector Casteloux. »

Ce qu'il recevait avec un sourire satisfait.

Au troisième rang de la hiérarchie : Mme Maurière, forte, un chignon roux en équilibre sur sa tête comme une boule de levain. Un soupçon de moustache. Par un zèle inopportun, elle surveillait nos écarts dans la cour et signalait à son mari nos manquements, nous l'appelions « la mouche bleue » ; chaque fois qu'au cours de nos leçons le mot « mouche » venait à être prononcé, c'étaient aussitôt des rires étouffés, des bourdonnements que le directeur faisait mine de ne pas entendre. S'il était question de « mouche bleue », notre amusement devenait si visible qu'il lui fallait bien réagir :

« Attention ! Les rieurs seront les payeurs ! Beyssac, pourquoi ris-tu ?

— C'est Douris qui me chatouille, M'sieu.

— Et toi, Néron, pourquoi ris-tu ?

— C'est de voir rire Beyssac, M'sieu.

— Donc, Douris, tu es la cause, et eux l'effet.

— Mais, M'sieu...

— Silence ! Pain sec pour demain midi ! Tu préviendras ta famille qu'elle ne t'attende pas pour dîner ! »

Nous nous vengions de la « mouche bleue » en barbouillant les murs de graffiti à son encontre. A tel point que le directeur dut demander à sa femme de ne plus exercer sa surveillance que sur ses casseroles.

Cela dit, le travail – quoique essentiellement livresque – était intense dans notre cours complémentaire qui chaque année obtenait des succès éclatants à l'Ecole normale de Clermont. Les internes pouvaient sortir le jeudi et le dimanche après-midi, sous la responsabilité de correspondants, les miens étaient une tante et un oncle de Beyssac. Nous nous promenions par les rues de cette ville singulière où les montées sont deux fois plus nombreuses en été que les descentes, où les descentes l'emportent en hiver.

Les Thiernois sont des gens de bonne humeur, toujours prêts à rire de tout. Et spécialement les uns des autres. Rien ne les met plus en joie que de voir en décembre un de leurs concitoyens glisser sur une de ces pentes verglacées, partir les quatre fers en l'air, retomber sur le fondement. Quitte à se précipiter ensuite pour relever le malencontreux, lui tapoter les vêtements, lui rajuster les moustaches, le réconforter d'un bon conseil :

« *Torna pa fouére !*... Ne recommencez pas ! »

A la belle saison, ils prenaient leur repas du soir dans la rue même. Une de ces rues aux noms étranges : rue des Groslières, rue Malaurie, rue du Phénail, rue des Barres, rue du Piquet, rue Conchette, place de la Chabre, rue Grenette, rue de Piaure, rue du Jardin-des-Cœurs, rue des Patières. Devant leur porte, dis-je, assis sur la première marche de l'escalier, ou sur une chaise, ou sur un banc de pierre. Ce souper, il est vrai, n'était rien d'autre qu'une soupe bien épaisse. Chaque participant arrivait avec son écuelle à oreilles, remplie de pain coupé. En attendant le liquide, c'étaient de joyeuses parleries tout le long de la rue et d'une rive à l'autre. On interpellait les passants, on se moquait du bon Dieu et de ses saints. Puis venait un énorme fait-tout dans lequel une femme puisait des louchées de bouillon brûlant, sentant le chou et la rave, elle allait d'écuelle en écuelle et trempait toutes les soupes. Chaque ménagère à tour de rôle était de service pour un soir, ainsi toute la rue partageait la même soupe et la même amitié. Beaucoup les parfumaient en y ajoutant une giclée de leur vin, la plupart de ces couteliers possédaient un lopin de vigne qu'ils soignaient avec amour, où ils allaient en villégiature le dimanche et les soirs d'été.

Moins heureux que les écoliers, les travailleurs d'alors ignoraient les vacances qui existent aujourd'hui, toutefois, les maîtres couteliers donnaient congé deux fois l'an à leur monde pour les fêtes de saint Eloy, leur patron : la *sint Elho de la moufa* (la Saint-Eloy des fraises) le 25 juin ; et la *sint Elho de lo gogo* (la Saint-Eloy du boudin) le 1er décembre. Un congé sans salaire, mais au cours duquel les ouvriers mangeaient et buvaient du moins à la charge des patrons.

Beyssac et moi participions à ces réjouissances tout à fait inconnues à Vollore-Montagne-la-Chapelle. La tante me bourrait de *pompe* aux pommes ; de *guenilles* qui sont des *bugnes* lyonnaises plus fermes ; de *flaco-gogno* qui est une tarte à la bouillie.

L'oncle Beyssac était charbonnier rue Conchette. Même lavé de frais, il gardait autour des yeux des cercles foncés qui lui faisaient un regard de chat-huant. Pour ses livraisons en ville, il disposait d'un cheval et d'un âne appelé Mironton, qu'il nous confiait quelquefois. Mon copain restait derrière la charrette pour ouvrir et fermer la mécanique suivant la pente du terrain, je me tenais devant, la bride de Mironton dans la main. Une bête assez impétueuse, avec des caprices brusques qu'il fallait contenir. Il lui arrivait de s'arrêter tout soudain, malgré mes efforts, les quatre pattes écartées, et de pousser vers le ciel un braiment tonitruant qui nous couvrait de honte. Des ménagères affolées paraissaient aux fenêtres :

« Mais qu'est-ce qui se passe ?... Oh ! Sainte Vierge ! Arrêtez-le ! Toutes mes casseroles tremblent ! »

Beyssac lui tannait la croupe avec le manche de son fouet, on repartait sous une pluie d'invectives. Un jour que nous descendions sans méfiance la rue des Grammonts, nous nous trouvons soudain au niveau d'une voiture de laitière, que tire une jolie ânesse grise. Aiguillonné brusquement par le démon de la chair, notre âne s'élance, traverse la rue, se cabre, renverse sur la chaussée nos sacs de boulets, tandis que la laitière furibonde distribue les coups de canne à l'aveuglette en vociférant dans son patois :

« Approchez-vous, et vous en aurez ! Voulez-vous laisser mon ânesse tranquille ! »

Des bidons de lait vont finir sur la chaussée et se répandent sur notre charbon. Tous les Thiernois à leurs fenêtres et sur les trottoirs rigolent comme des canes, mais pas un pour nous secourir. Seul le gardien du Crédit Lyonnais, qui n'est pas du pays, ose s'approcher, il commence par recevoir lui aussi un coup de bâton sur le crâne, puis, s'étant expliqué avec l'infernale laitière, il parvient à éloigner l'une de l'autre les deux charrettes, les deux bourriques, à ramasser les bidons vides, à sauver ce qui reste des pleins, tandis que mon copain et moi pourchassons nos boulets dans les caniveaux et remettons à pleines mains dans les sacs cet étrange charbon blanc. Il a fallu ensuite consoler la bonne femme qui pleurait son lait renversé et réclamait une indemnisation, lui expliquer que si elle poussait si loin les choses elle nous réduirait au chômage. Elle a fini par renoncer à toute poursuite, mais nous devions une fière chandelle au gardien du Crédit Lyonnais, il est rentré dans la banque en se tamponnant le front de son mouchoir.

Heureusement, Thiers nous offrait d'autres plaisirs. Ses échoppes d'artisans, où des couteliers hirsutes travaillaient à la vue des passants, les uns debout, les autres assis, ou accroupis, ou couchés sur le ventre. Ses maréchaux-ferrants, dans leur antre puant la corne brûlée. Ses encaisseurs à bicornes. Ses poids-publics et ses lavoirs. Et puis, Beyssac et moi profitions certains dimanches de notre tenue numéro un pour aller voir les filles, celles de l'école supérieure. Leur cour en terrasse dominait la terrible descente de la rue Prosper-Marilhat d'où nos regards pouvaient aisément les atteindre. Elles se promenaient bras dessus, bras dessous, ou sautaient à la corde, jouaient à la balle ou au bilboquet, elles portaient des sarraus noirs, de longs cheveux, elles nous regardaient à travers les barreaux de leur grille, riaient, nous faisaient des signes effrontés. Parvenus en bas de la pente, nous remontions, à notre second passage, elles nous reconnaissaient, nous lançaient des appels moqueurs : « Jojo... Lulu !... », nous tiraient la langue, nous lançaient des morceaux de craie ou des boulettes de papier. Séparés ainsi par une grille, nous ne savions trop qui avait l'air de singes ou de singesses, et qui de spectateurs. De toute manière, ces marques d'intérêt suffisaient à nous donner des palpitations, à nous sécher la gorge. Nous en tirions même des vanteries, une fois rentrés dans notre dortoir rempli de lits étroits, sans sommier ni ressorts. Nos matelas reposaient sur des planches nues. C'est très bon pour la colonne vertébrale.

Les grands jours de l'année précédaient les vacances de Noël, de Pâques et de l'été : nous attendions la visite de nos normaliens, lâchés à Clermont au début de l'après-midi et arrivés en gare de Thiers par le « léger » de 15 h 12. Une heure à l'avance, nous guettions leurs pas dans l'escalier, la plume suspendue, l'esprit ailleurs. Ils s'annonçaient enfin, frappaient avec la vigueur qui convient aux personnes arrivées. M. Maurière se levait pour les accueillir, nous poussions un ah ! de plaisir. Ils entraient rayonnants dans leur costume bleu nuit, n'enlevaient leur casquette marquée des palmes qu'une fois au milieu de nous, nous les trouvions forcis, nous les admirions baveusement, sur toutes les coutures, des souliers à leur moustache adolescente, le directeur lui-même semblait impressionné de leur assurance. Il questionnait :

« Comment vont vos études ? Avez-vous des difficultés ? »

Eux employaient dans leurs réponses des expressions inouïes, qui nous laissaient bouche bée, ceci compense cela, une chose est la théorie autre chose la pratique, c'est un principe auquel chacun doit se plier, il y a loin de la coupe aux lèvres. M. Maurière approuvait de la tête, fier du langage châtié de ses anciens élèves, cependant que des rêves de gloire germaient sous nos fronts boutonneux, voilà peut-être ce que je serai moi-même dans un an, dans deux ans, si j'arrive à me fourrer dans le ciboulot la géographie des Alpes, j'ai toujours eu en horreur la géographie des Alpes, je suis sûr qu'au concours je serai interrogé sur la géographie des Alpes, ô sainte Mère de Dieu, protégez-moi de la géographie des Alpes. Quand venait l'heure de sortir, nous nous pressions autour de nos glorieux prédécesseurs, pour les interroger, pour toucher leurs habits, pour essayer leur casquette. Je sus très tôt qu'à l'Ecole normale on servait quelquefois du fromage, mais qu'il n'y avait aucune obligation de le consommer.

Quoique élève d'une école laïque et gratuite (sauf en ce qui concernait les fournitures), je croyais en la sainte Mère de Dieu depuis mon enfance. La *Bouno Vierdjo* qu'invoquait ma mère lorsqu'elle avait mal au ventre. Car elle souffrait souvent de coliques, elle se mettait des briques chaudes pour les atténuer, elle appelait la *Bouno Vierdjo* à son secours ; un peu la brique, un peu la *Bouno Vierdjo*, le mal finissait par s'évaporer. Chaque pièce de notre maison était ornée d'une de ses photographies clouée au mur, pointillée de chiures de mouche, on l'y voyait seule, la tête penchée, ou en compagnie de son Enfant, et ses yeux me suivaient dès que j'avais passé une porte, sans me lâcher un instant, à droite, à gauche, en haut, en bas. Ce qui fait que lorsque l'un de nous quatre commettait une canaillerie, menaçait d'un coup de pied le frère ou la sœur, commençait une colère, notre mère tendait le doigt vers l'image :

« Vois la Bonne Vierge qui te surveille ! »

Il n'y avait aucun portrait d'elle dans la sacristie de Vollore-Montagne quand j'y pillais le vin de messe et les hosties profanes ; autrement, je n'aurais jamais osé affronter son regard. Bref, lorsque je fus à mon tour candidat en 1913, je comptais très fort sur son appui pour entrer à l'Ecole normale. D'autant plus qu'au cours complémentaire j'étais un élève moyen, peu doué pour les matières scientifiques, fort embarrassé des dates, des points culminants, de la longueur des fleuves. Que me restait-il ? Le français, l'orthographe, les analyses, les récitations, tous ces vers dont M. Tournebize nous avait farci les méninges, Lamartine, Leconte de Lisle, Hector Casteloux. « N'ayez pas peur d'en placer dans vos compositions françaises. Rien ne fait plus d'effet qu'une belle citation, pourvu qu'elle vienne à propos et soit exacte. » C'est avec ce bagage que je me préparais à subir en culottes courtes et en casquette à oreilles le concours qui déciderait de mon avenir.

Nous savions que chaque épreuve devait durer un temps précis : tant pour la dictée, tant pour la rédaction, tant pour les sciences. La première précaution était donc de se munir d'une montre. A la maison, nous recevions l'heure d'une horloge à balancier, encore ne possédait-elle que la petite aiguille, la longue s'étant perdue au cours de ses voyages, ce qui pour nous n'était pas de grand inconvénient. Le père Vendange dans sa carrière lisait l'heure directement au soleil. La seule montre qui existât chez nous appartenait à ma mère, elle l'avait reçue en cadeau de mariage d'une parente lyonnaise : une petite chose bien ronde qui devait, en principe, se porter au cou attachée à une chaînette, en fait elle dormait sur un lit d'ouate rose, dans sa boîte d'origine, elle-même enfermée dans l'armoire familiale. Ma mère la tira de l'ombre, tourna le remontoir avec précaution, et la petite montre se réveilla de son long sommeil, prête à rendre service. Ma mère la baisa sur son cadran, en souvenir de la tante lyonnaise ou d'autre chose, et me la remit :

« C'est la première fois qu'elle va servir, quasiment. En somme, je la gardais pour toi ! Et elle est en argent pur ! »

Il n'était pas question de me la suspendre au cou, on la glissa dans la poche extérieure gauche de ma veste, retenue par un cordon à la boutonnière du revers. M. Tournebize accompagnait les six candidats du cours complémentaire thiernois, après leur avoir réservé des chambres dans un hôtel de Clermont pour deux nuits, et acheté un billet aller et retour de troisième classe. C'était mon premier voyage en chemin de fer et ma première visite au chef-lieu du département, tout me captivait : le paysage, les gares traversées, le signal d'alarme, le système de fermeture des portières, la sangle à œillets qui permettait d'abaisser et de remonter la vitre. A Pont-de-Dore, long arrêt pour assurer la correspondance avec le train d'Ambert. On descend la vitre, nous respirons un peu, des gens montent, dont le patois nous fait rire, parce qu'il ne prononce pas les mots comme nous. Au moment où le convoi redémarre, je me penche à la portière afin de jeter un dernier coup d'œil à la montagne thiernoise qui s'éloigne derrière nous, au-delà des premiers plans j'imagine Vollore-Montagne blotti dans son creux, tous les Vendange agenouillés devant la sainte image et appelant sur ma tête la protection de la Bonne Vierge. La locomotive prend de la vitesse. Et soudain je pousse une bramée, mes compagnons me voient rentrer la tête, livide, une main sur le cœur :

« Ma montre !... Elle est tombée de ma poche ! »

Je tiens entre mes doigts le cordon au bout duquel pend une agrafe inutile. La belle montre d'argent de ma mère ! Comment pourrai-je passer mon concours sans montre ? Le signal d'alarme ! Voilà une occasion de s'en servir. M. Tournebize arrête mon bras *in extremis* :

« Malheureux ! On ne tire pas le signal d'alarme pour une montre perdue ! Lis ce qui est écrit : *En cas de danger*... Une montre qu'on perd, ce n'est pas un danger ! Je te prêterai la mienne... »

Il porte la main à son gousset : « Mer d'Azov ! »

Nous le regardons tous avec surprise, fouillant ses poches l'une après l'autre. Nous savons que la mer d'Azov est une mer triangulaire, quelque part au sud de la Russie, M. Tournebize est poète, mais aussi professeur de géographie, et nous nous demandons ce que cette mer triangulaire vient faire au milieu de sa conversation :

« Mer d'Azov !... Je l'ai oubliée dans mon autre gilet ! Voilà qui est embêtant ! »

En attendant, le train court comme un perdu, chaque tour de roue nous éloigne davantage de Pont-de-Dore et de ma pauvre montre, tombée quelque part sur le ballast, ou dans le fossé, ou dans le persil de la garde-barrière, malgré mes quinze ans et demi, je fonds en larmes.

« On la retrouvera, dit M. Tournebize. Sitôt arrivés à Clermont, on ira faire une déclaration au chef de gare. Tu demanderas l'heure à ton voisin, pendant les épreuves, ou bien à quelque surveillant... »

Il cherche à me consoler, mais je suis inconsolable, mes yeux ne cessent leur suintement qu'après Vertaizon lorsqu'il a l'idée de nous nommer les collines et les pitons disposés sur la plaine comme les pièces d'un jeu d'échecs :

« Vous voyez là-bas Beauregard, où l'évêque autrefois passait l'été en villégiature, bêchant et cultivant son jardin... De l'autre côté, Moissat, où vint, dit-on,

Charlemagne… Au fond, le puy de Dôme, au sommet duquel un aviateur s'est posé il y a deux ans… En dessous, Clermont, avec les deux flèches de sa cathédrale… »

Nous arrivons enfin, nous cherchons le chef de gare qui accepte de prendre mon nom et mon adresse, on va faire des recherches, on vous écrira. L'esplanade est encombrée de fiacres hôteliers descendus de Royat recevoir leur chargement quotidien de cardiaques. Notre hôtel à nous n'est qu'à deux pas, il suffit de traverser la place : *Hôtel du P.L.M.* Pour ses candidats et lui-même, M. Tournebize a retenu quatre lits distribués en deux chambres ; il nous répartit comme il l'entend ; Beyssac et moi aurons l'honneur de partager la sienne.

« Débarbouille-toi un peu, tu ressembles à un clown. »

Je me regarde dans la glace, les larmes et les escarbilles m'ont peint les joues d'une aquarelle noire. C'est aussi la première fois que j'entre dans un hôtel, tout y est prévu pour notre confort : un miroir incliné, une table, deux chaises et un fauteuil, deux lits, deux cuvettes, un broc plein d'eau fraîche, deux serviettes, les élèves se partageront la première, le maître de poésie aura la seconde. Et surtout, l'éclairage électrique !

On tourne une sorte de petit robinet blanc, le courant se précipite le long du fil jusqu'à l'ampoule où un fil en forme de tire-bouchon devient aussitôt éblouissant. Nous sommes éblouis.

Le soir, au restaurant, on nous sert des artichauts, légume qui n'a pas cours à Vollore-Montagne, et que je ne connais que de nom, je me prépare à le découper menu comme une pomme de terre. M. Tournebize sourit et me montre la façon de le dépouiller, les cinq autres ricanent franchement, il ne faudrait pas me pousser beaucoup pour que je me remette à pleurer. Mais lui coupe court :

« Nous nous coucherons tôt, demain nous avons de grandes choses à faire, Beyssac et Vendange, qui êtes mes compagnons de chambre, allez tout de suite vous mettre au lit, j'arrive dans un instant. »

Exécution. Dans nos chemises de jour, nous nous enfonçons entre les draps après avoir tiré à la courte paille pour savoir qui dormirait côté mur. Je n'aime pas dormir près du mur : à la Chapelle, c'est toujours par là que montent les punaises, il y en a une provision sous le galandage où elles se tapissent le jour, car la punaise est un animal nocturne, forcément, elle ne va pas grimper dans le lit quand il est vide. Heureusement, Beyssac est désigné, il accepte le verdict de la courte paille à condition de changer de place la nuit suivante. Alors, vient M. Tournebize. Il se déshabille discrètement ; mais, tout en faisant semblant de dormir, nous ne le perdons pas de vue entre nos cils, quand il traverse la chambre pour aller tourner le robinet de la lumière, nous sommes éberlués par son immense chemise de nuit blanche sur laquelle descend sa barbe noire. Il ressemble à un bourgeois de Calais.

Je dors très mal parce que Beyssac me gêne, et surtout parce que je pense à la montre de mariage de ma mère, qui ne s'en était jamais séparée et que j'ai traitée indignement.

Le lendemain, nous traversons la ville à pied pour nous rendre à l'Ecole normale. J'admire cette grande et belle usine où l'on fabrique les maîtres d'école. Le texte d'orthographe nous est dicté par un homme aux cheveux ras, portant les moustaches basses et la mouche ; il a le ton cassant, les gestes brusques d'un militaire défroqué. Il dicte ensuite les questions, et précise :

« Vous avez quarante-cinq minutes pour répondre. Pas quarante-six ! »

Il marche de long en large en mordillant les poils de sa moustache nerveusement. Ses souliers semblent inaugurés de frais, car ils craquent à chacun de ses pas. On raconte dans ma famille que mon grand-père maternel, à quelque importante occasion, était descendu en sabots à Noirétable pour se commander une paire de brodcquins sur mesure et il avait exigé du cordonnier :

« Surtout, n'oublie pas d'y mettre un *zigoui* ! »

Le *zigoui* est la petite musique que font les souliers neufs, elle attire l'attention du monde, car il n'est pas suffisant d'avoir sur soi de bonnes et belles choses, encore faut-il qu'on les remarque. Et des *zigouis*, le cordonnier en avait mis deux, un à chaque pied. Comme j'ai dit : en ce temps-là on faisait toujours bonne mesure. Or voilà que les chaussures de mon surveillant moustachu ont aussi un *zigoui*. Ce qui est une chose proprement ridicule : s'il convient à un pauvre paysan de faire remarquer qu'il s'est mis dans ses beaux souliers afin de vous faire honneur, en est-il de même pour un professeur d'Ecole normale ? En quoi cela l'élève-t-il ?

Ayant lu et relu maintes fois ma dictée pour y débusquer les fautes possibles, j'ai répondu à deux des questions posées quand une angoisse m'étreint tout à coup : et si le temps venait à me manquer ? O la montre de ma mère...

Je me penche vers mon voisin de droite, je demande : quelle heure est-il ? Mais, dur d'oreille ou trop occupé par sa composition, il ne me répond pas. Je me tourne vers celui de gauche : quelle heure est-il ? A ce moment une voix forte tombe du plafond :

« Dites donc, vous, là-bas, la veste à carreaux ! »

L'homme aux cheveux ras s'approche de ma table, faisant *zigoui, zigoui, zigoui* :

« Comment vous appelez-vous ?

— Moi ?

— Oui, vous.

— Vendange... Jules.

— Tiens ! tiens ! Vendange !... Eh bien ! Vendange Jules, ne savez-vous pas qu'il est interdit de communiquer ?

— Je... je demandais l'heure, m'sieu.

— Je sais. Dans ces cas, on demande toujours l'heure. »

Il sort de sa poche un crayon de charpentier, marque d'un signe l'angle supérieur de ma copie et s'éloigne sans plus d'explications. Je considère avec horreur ce hiéroglyphe bleu, cette marque d'infamie, un moment je songe à l'effacer, à arracher le coin de la feuille, mais je comprends que je ne ferai qu'aggraver mon cas. Mon nom, Vendange, n'est pas de ceux qu'on oublie. Je me dis que tout est perdu, même l'honneur ; que l'usine à maîtres d'école ne peut admettre un tricheur de mon espèce ; que je n'ai plus qu'à retourner à Vollore-Montagne me faire sonneur de cloches ou m'adonner à la mendicité. Ma poitrine se glace, mon cœur cesse de battre. C'est alors que je reçois dans le pied gauche une certaine douleur qui suffit, me semble-t-il, à remettre le système en mouvement. Une voix me chuchote :

« Réveille-toi !... Continue ! Va jusqu'au bout ! »

Il s'agit de mon second voisin, un nommé Valette, placé juste avant moi dans l'ordre alphabétique, et qui m'a fait la charité d'un coup de soulier dans la cheville. D'une main tremblante, je reprends ma plume, la trempe dans l'encrier, et m'emploie comme je peux à répondre aux dernières questions. Par la suite, je marcherai à chaque nouvelle épreuve comme le condamné marche au supplice.

Le lendemain soir, nous regagnons notre cours complémentaire. Huit jours plus tard, arrivent les résultats de l'écrit : nous sommes admissibles tous les six, en ce qui me concerne, c'est une heureuse surprise qui me rend un peu de courage. Second départ pour Clermont, où cette fois nous entrons en loge, c'est-à-dire qu'il n'est plus besoin d'hôtel, nous coucherons dans un dortoir de l'usine. La première nuit, je tiens à la Mère de Dieu ce raisonnement : « Bonne Vierge, merci de m'avoir protégé dans mon écrit. Encore que, dans l'accident de la montre, il y aurait bien de quoi dire. Mais je me rends compte que vous avez beaucoup à faire et qu'il est difficile d'avoir les yeux partout. Passons. Vous m'avez donc, comme qui dirait, fait un très joli cadeau en m'accordant le succès aux premières épreuves. A présent, si vous entendez me laisser échouer aux secondes, je considérerai que vous m'aurez donné le manche d'un couteau sans me donner la lame. Que voulez-vous que je foute du manche d'un couteau ? Ce serait vraiment vous moquer de ma figure. Alors je vous en prie, Bonne Vierge, faites que je sois également reçu à l'oral. Sinon je ne vous parle plus de ma vie ! » Sans doute ne l'aurais-je pas fait, mais la Mère de Dieu dut être impressionnée par ma menace. L'après-midi du troisième jour, les résultats furent proclamés par le directeur lui-même, sur le perron administratif :

« Voici la liste par ordre de mérite des candidats reçus en 1913 au concours d'entrée à l'Ecole normale de Clermont-Ferrand :

1er, Dumas Alphonse ;
2e, Martinet Louis ;
3e, Jolivet Maurice ;
4e, Laval Jean-Marie ;
5e, Beyssac Jacques… »

Mon cœur sauta au nom de mon copain de Thiers. Puis, vers le milieu de la liste, sortit celui d'un autre Thiernois, Douris Vincent… Puis, rien que des noms inconnus. A mesure qu'on approchait de la fin, il me venait des éblouissements. Après le 24e, *Rouquette Pierre*, le directeur prononça :

« Et… »

Cette conjonction de coordination signifiait qu'il ne restait plus qu'un élu. Tous les non-appelés, les entrailles tordues par l'angoisse, se dressèrent sur la pointe des pieds afin de mieux entendre :

« Et… *25e, Vendange Jules.* »

Vint ensuite une liste supplémentaire de deux ou trois noms à qui restait le mince espoir de remplacer un reçu frappé par la foudre ou l'embolie. Trois admissibles thiernois gisaient sur le carreau. Et aussi le brave Valette, mon voisin de gauche à l'écrit, dont le coup de talon m'avait sauvé. On me félicita, non sans quelque ironie, de ma place de lanterne rouge, me combla des consolations habituelles, il faut bien un dernier aussi, tu es sûr ainsi de ne pouvoir reculer au prochain classement, mieux vaut se trouver juste devant la porte que juste derrière.

Comme un bonheur n'arrive jamais seul, quelques jours plus tard, je reçus un avis de la gare de Thiers m'invitant à aller reconnaître et retirer ma montre qui avait été retrouvée le long de la voie ferrée, saine et sauve, sans même une bosse.

J'eus à préparer mon trousseau, ma mère cousit tout l'été mes caleçons, mes chemises de jour et de nuit, tricota mes maillots et mes chaussettes. Le gros morceau échappait à sa compétence, le costume bleu nuit, les revers brodés de palmes d'or, elle dut s'adresser au tailleur de Noirétable, il l'informa qu'il lui en coûterait dix-huit francs.

Et elle, horrifiée : « Dix-huit francs pour un complet ?

— Oui, ma chère. Un costume de ratine. Votre garçon ne l'usera pas. Vous le payeriez vingt francs à Thiers, vingt-cinq à Vichy, trente à Clermont.

— Ça représente un mois de travail pour mon homme, dans sa carrière de Vollore-Montagne ! Et vous, vous prétendez les gagner en dix jours ?

— Et l'étoffe ? Et la doublure ? Et le fil ? Et les boutons ? Et les broderies ?

— A lui seul, ce complet me coûtera donc plus cher que tout le reste du trousseau !... »

Moi, déjà mesuré en long, en large, en travers, j'assistais avec confusion à ce marchandage, me demandant si un habit aussi dispendieux convenait bien à ma modeste personne et si, mis en vente moi-même, je produirais dix-huit francs de liquide. Enfin, ma mère obtint vingt sous de remise, satisfaite, elle s'engagea à régler rubis sur l'ongle au jour de la livraison. En réalité, mon père gagnait dix-neuf francs chaque mois, on n'est pas obligé de tout dire, dix-neuf francs à arracher de la montagne, au pic, aux coins, à la poudre noire et à la barre à mine, les blocs de granit à maçonnerie, la caillasse, le gravillon pour les routes. Il avait accumulé dans le corps une quantité incroyable de poussière, il expectorait des crachats au poivre. Le jour de la paye, il emportait une pièce blanche de vingt sous, avec la semeuse, ajoutée à son salaire, elle lui permettait de recevoir du patron un louis entier, une rondelle d'or, brillante comme un soleil. On l'enfermait avec quelques autres dans un boursicot dont le lacet de cuir fermait la bouche, à la façon d'un sphincter. Ma mère s'efforçait de ne pas toucher à ces pièces, qui devaient protéger la famille en cas de grande calamité : mariage, maladie, famine, incendie, accident. Elle n'y portait la main qu'à la toute dernière extrémité, elles étaient notre Sécurité sociale. Le peu de bien que nous possédions, nos quatre vaches, nos poules, nos lapins suffisaient à nous nourrir, il était permis pour les emplettes de dépenser les pièces d'argent ou de bronze, mais point les jaunets. C'est ainsi que ma mère paya mon costume bleu nuit avec des pièces de vingt-cinq centimes.

« Vous avez cassé sa tirelire ? » fit le tailleur, ironique.

De toute façon, le costume n'était destiné qu'aux dimanches, avec la casquette palmée et la cravate lavallière. Les jours de semaine je continuerais d'user mes anciennes braies courtes. C'est ainsi que j'entrai en qualité d'élève-maître à l'Ecole normale, un des plus jeunes de la promotion, timide, rougissant jusqu'aux rotules. Cela se passait en septembre 1913, un nombre qui ne m'a pas porté bonheur.

Ceux de la 13

J'ai oublié cent mille choses de ma vie, principalement celles de l'an passé, ou d'avant-hier, ou de ce matin, j'ai oublié les neuf dixièmes des élèves que j'ai formés, en trente-cinq ans de pédagogie militante, s'il m'arrive d'en rencontrer un qui me dit : Je suis un de vos anciens élèves, vous savez bien, à tel moment, en tel endroit (car je suis passé par plusieurs endroits), je suis heureux qu'il se rappelle encore mon enseignement et en garde un bon souvenir ; mais moi, presque toujours, j'ai oublié ce garçon. C'est comme ça. En revanche, les images du temps le plus lointain me sont restées dans l'esprit, nettes, colorées, sans une flétrissure. Il suffit que je ferme les yeux, allongé près de mes ruches, et toute mon adolescence me remonte aux dents comme le poisson mal digéré. Exemple précis : l'Ecole normale en octobre 1913. J'ai même gardé dans les narines ses odeurs fortement pédagogiques. Autour des cuisines et des réfectoires, celle de la morue aigre. Elle s'élevait jusqu'à l'entresol où elle rencontrait la fragrance des fromages, car là, se trouvaient entreposées nos « boîtes à fruits » : seul complément alimentaire admis par

M. Pamaret. En fait, chacune était pleine de chèvretons, de bleu de Laqueuille, de gaperons, de fourme d'Ambert, notre économe passant par ce secteur devait non seulement fermer les yeux mais se boucher les narines. Au premier étage, des salles de classe et d'étude, arrivait l'effluve moite de nos respirations, des cigarettes clandestines, de l'encre et du papier. Plus haut, à l'étage des dortoirs et des lavabos, le parfum de la savonnette luttait contre celui du Crésyl. Au dernier, occupé par les vestiaires, l'horloge, les combles, triomphait le musc des chaussettes et de nos sueurs en conserve. Je ne sais pourquoi, nous appelions ces dépendances « chez le Comte », bien qu'aucun comte n'y eût jamais fréquenté. Les surveillants ne nous y poursuivaient pas trop, c'était un endroit plein de cloisons, de poutres, d'anfractuosités, l'on s'y rencontrait pour échanger des confidences, pour jouer aux cartes, on pouvait aussi, à l'inverse, s'isoler pour y écrire des vers ou des lettres d'amour. Au-dessus, des vasistas permettaient de grimper sur les toitures d'où l'on jouissait d'une vue panoramique sur la ville, ses clochers, ses cheminées d'usine, sa demi-enceinte de collines vineuses, la tour de guet de l'asile Sainte-Marie, plus communément appelé Bois-de-Cros, l'Ecole normale entretenait de bons rapports de voisinage avec la maison des fous. Par les nuits chaudes de juin-juillet, nous allions parfois nous établir ainsi au sommet de la nôtre, les locataires des étages environnants nous voyaient courir sur les tuiles comme des chats.

J'entrai donc dans cet établissement le 30 septembre 1913, avec ma veste à carreaux et mes premières braies longues. L'habit bleu était couché dans ma malle ainsi que le reste du trousseau : chemises diurnes et nocturnes, caleçons de laine pour l'hiver, de toile pour l'été, mouchoirs, cravates, chaussettes, manteau, cache-nez, parapluie. L'indispensable parapluie. Un élève-maître ne pouvait espérer, au cours de ses métamorphoses, devenir pédagogue parfait sans le secours de son parapluie. L'enseignement était imparti par le directeur lui-même, aidé de cinq professeurs d'Etat et de deux municipaux, le maître de musique et le maître de gymnastique. Gens graves, coiffés de chapeaux melon, vêtus de deuil, même aux plus fortes chaleurs. Tout ce qu'ils se permettaient alors était de descendre dans la cour pendant les interclasses afin de s'aérer un peu, le gilet ouvert, le couvre-chef se balançant derrière leur dos entre leurs mains réunies. Nous nous écartions avec déférence afin de ne pas gêner ces allées et venues. Parfois, il arrivait cependant à certains bouts de craie de s'envoler pour retomber adroitement dans la coiffe des chapeaux.

Au cours complémentaire de Thiers, les pensionnaires marchaient au sifflet. A l'Ecole normale, notre vie fut réglée par le clairon. L'exécutant était M. Laroye, le concierge, moustache gauloise, la joue gauche balafrée, ancien militaire du Tonkin et de Madagascar, gardien vigilant de nos entrées et sorties, ordonnateur de notre travail et de notre repos. A cinq heures du matin, il nous tirait du lit, nous marchions comme des somnambules vers nos lavabos de zinc, en forme d'abreuvoir, les robinets y dispensaient une eau glaciale. Toujours titubants, nous descendions ensuite à nos salles d'étude où nous restions jusqu'à sept heures. Après quoi, trente minutes étaient consacrées à nos divers services et corvées. Petit déjeuner au réfectoire. A huit heures moins cinq, le concierge ressortait de sa niche, s'avançait d'un pas noble, comme au défilé, le pavillon de son instrument posé sur la hanche, il se léchait les lèvres, les étirait, baisait l'embouchure. Ses *taratata* nous dirigeaient vers nos salles de cours, qui communiquaient entre elles, nous pouvions les atteindre par l'escalier intérieur ou par un balcon courant le long de la façade. J'avais été émerveillé des meubles mis à notre disposition : tables individuelles à pupitres mobiles, chaises de bois, casiers fermants, poêles à charbon.

La première heure nous fait connaître dans ses fonctions enseignantes le directeur de l'école, dit le *Khâgnc* : M. Langlais, profcsscur dc philosophie, sociologie, pédagogie. Courtaud, pansu, il porte pour se grandir un chapeau melon tout spécial, dont la calotte surélevée, dessinée sur commande, fait un chapeau pastèque. Bien qu'il sache par cœur les meilleurs théoriciens, Montaigne, Fénelon, Rousseau, Pestalozzi, Fröbel, c'est un pédagogue détestable. Dans nos divers cours complémentaires, nous ne connaissions d'autre façon de fixer par écrit les choses à retenir que sous la dictée. Il nous met en demeure de renoncer à cette méthode enfantine de l'*in extenso* et de prendre désormais des *notes*, c'est-à-dire des résumés, des repères, une sélection des grandes idées. Faute d'entraînement, le procédé nous désoriente, nous nous contentons de pêcher à la ligne, d'attraper au hasard un mot par-ci, un mot par-là, il en résulte des salmigondis effroyables. La pensée de M. Langlais est elle-même fort confuse pour nos cervelles paysannes. (Que dire de ma cervelle à moi, celle du vingt-cinquième sur vingt-cinq !) De loin en loin, pour éclairer ses propos, il s'efforce d'y introduire des divisions qui, au contraire, nous confondent davantage. C'est ainsi qu'au beau milieu de cette vase il jette comme une pierre un : *Troisièmement...* Ou un : *Petit b...* Sans avoir fourni jamais ni *premièrement*, ni *secondement*, ni *petit a.* Un jour, il lui arrivera même de commencer ainsi sa leçon : « Point-virgule... »

Quand il s'adresse nommément à l'un de nous, il ne peut s'empêcher de nous abreuver de *crétin, idiot, abruti, tête de pingouin.* Il a la plus désastreuse opinion sur l'intelligence des pingouins. C'est un homme sanguin, violent, qui n'hésitera pas même à exercer sur nous des voies de fait, quitte à les regretter et à s'en excuser la minute qui suivra. Et, cependant, il nous enseigne la psychologie ! Au cours de cette leçon inaugurale, je le vois encore posant sur la table le chapeau pastèque, et tournant vers moi un index interrogateur :

« Vous, là, le Thiernois... »

Je ne suis pas thiernois, mais chapelat, originaire de Vollore-Montagne-la-Chapelle-Trinquard ; toutefois, pour ne pas le désobliger, j'accepte sans protester cette appellation :

« ... que voyez-vous au milieu de cette table ? »

Ce que je vois ? L'évidence en est telle que j'hésite à répondre. Je tourne alternativement des yeux ronds vers le directeur et le chapeau pastèque, quel piège me tend-il ? Mais il s'impatiente de mon silence, tape du pied :

« Alors quoi ? Etes-vous sourd ? Que voyez-vous ?

— Je vois…

— Quoi ? quoi ? quoi ?

— … votre chapeau.

— Eh non ! Tête de pingouin ! Eh non ! »

Que le feu du ciel me brûle si je ne vois pas son chapeau au centre de la table ! Est-ce que j'ai la berlue ? Aurait-il caché quelque chose, dessous, derrière ? Eperdu, j'écarquille les yeux, je ne vois rien d'autre.

« Que voyez-vous *ré-el-le-ment ?* Répondez ! »

Ben, réellement, je vois un chapeau. Point final. Un chapeau, un chapeau, un chapeau. Le chapeau de notre directeur. Le chapeau pastèque.

« Incroyable ! Vous ne voyez même pas ce que vous voyez !

— Je vois… je vois votre chapeau melon.

— Vous n'êtes qu'un abruti de Thiernois ! Je vais vous le dire, moi, ce que vous voyez. Ecoutez bien ! Et tâchez de comprendre. Vous voyez une tache.

— Une tache ? »

Je cherche des yeux cette tache. Après tout, c'est bien possible, la calotte est sans doute tachée, je n'ai pas la vue assez fine pour m'en apercevoir. Mais aussi, à cette distance…

« Oui, une tache !… Une tache de couleur anthracite, avec une partie ronde et une partie plate. Et vous vous dites… Qu'est-ce que vous vous dites ? »

Moi ? Je ne me dis rien du tout. Du diable si je me dis quelque chose. Il hausse les épaules avec mépris.

« Vous vous dites : cette tache anthracite, c'est un chapeau. C'est le chapeau du directeur. Par ce raisonnement, vous passez de la sensation à la perception. Comprenez-vous, tête de pingouin ? »

Pardi ! Si je dis non, je sens qu'il va me battre. Alors, je hoche la tête d'un air convaincu : le chapeau, la tache, la perception, la sensation, c'est assez clair. Il continue, toujours me fixant de ses yeux aigus, comme si la démonstration s'adressait à moi seul :

« Il en est de même chaque fois que vous regardez un objet. Une carotte, c'est une tache rouge et allongée. Une assiette, une tache blanche. Un caillou, une tache grise. Vous voyez ces taches et, sans avoir besoin de toucher l'objet lui-même, vous vous dites : c'est un caillou, c'est une assiette, c'est une carotte. Comprenez-vous ça, espèce d'ahuri ? »

Je crois, en toute humilité, que je commence à comprendre.

« Passons maintenant à un autre phénomène… »

Où ça ? Où y a-t-il un phénomène ? Le mot ne m'est pas inconnu, quoique dernier de la classe. J'ai entendu, au cours de mes études et conversations, parler de veau-phénomène, de potiron-phénomène, d'oiseau-phénomène, comme l'autruche, qui mange des réveille-matin. Mais autour de moi, je n'aperçois ni autruche ni potiron. M. Langlais distingue quelque trouble sur ma figure. Il s'interrompt et me demande :

« Au juste, expliquez-moi ce que c'est qu'un phénomène. »

J'aimerais bien qu'il s'adresse à d'autres. Je ne suis pas le seul *chien* de cette classe. Je n'en suis même que le vingt-cinquième.

« Un phénomène ?... Ben... par exemple... un animal qui... »

Son éclat de rire me foudroie :

« Je m'en doutais ! Pour lui, un phénomène, c'est un veau à cinq pattes ! Mais nous ne sommes pas à la foire, ici, pauvre malheureux !... »

Plaise à Dieu que nous y soyons ! A la foire du Pré, par exemple, *lo feiro do Pra*, le plus grand événement annuel de la région thiernoise. Depuis des siècles, il a lieu le 14 septembre dans un pré dépendant jadis des moines de la basse ville, le Moutier. Les moines ont disparu, le pré et sa foire persistent. Un moment, face à ce gros bonhomme écarlate, je m'abandonne à rêver d'elle, je ne suis plus un petit garçon tremblant et prisonnier mais un moineau libre qui s'envole, la vraie liberté est celle que l'on se donne. C'est à la foire du Pré qu'on en peut voir des phénomènes, et mille sortes de bestiaux ! On participe au piétinement de la foule dans l'herbe spongieuse, à cette date, c'est la règle, il pleut ou il vient de pleuvoir, ce qui n'empêche pas la bonne humeur, les plaisanteries traditionnelles :

« Alors, vous ne descendez pas à la foire du Pré ?

— Je ne peux pas cette année. Mais ça ne fait rien, j'y suis allé plus de cent fois ! »

A cette occasion, la ville et les environs cessent de travailler, les juges de juger, les malades de mourir. Les Thiernois invitent leurs parents expatriés, frères et sœurs, oncles et neveux, cousinage jusqu'au douzième degré. A leur intention, ils ont dédoublé les lits, les femmes ont cuit des montagnes de *pompes* et de *guenilles*. Les paysans arrivent des extrémités les plus reculées du canton, on les voit marcher en files noires le long des routes, des chemins de crête, des sentiers, pareils à des fourmis. Ils vendent ou ils achètent, ils se font tirer le portrait, ils mangent du boudin rôti, ils se saoulent comme des grives, ils se payent leur folie annuelle. Dans mon pays, on a besoin d'un jour de folie chaque année pour vivre moins déraisonnable le reste du temps.

Plaise au ciel que je vive un 14 septembre. Mais le Khâgne tape du pied, il me ramène à la leçon de psychologie et aux phénomènes.

« Quatrièmement ! » lance-t-il dans la consternation générale.

A l'heure suivante, paraît dans notre classe celui dont j'attendais la venue avec le plus d'appréhension, M. Berlieux, professeur de français, d'histoire et de géographie, l'homme aux cheveux ras et aux façons militaires qui, le jour du concours, a distingué ma feuille entre toutes d'un hiéroglyphe bleu. Nous avons trois ans à vivre ensemble, quels vont être nos rapports ? Je me dissimule derrière l'échiné qui me précède afin qu'il me voie le plus tard possible. Il accroche sa canne à une patère, s'assoit, allonge devant lui ses jambes héronnières, il a remplacé les souliers à *zigoui* par des chaussures montantes, d'où émergent des chaussettes de laine blanche. Sans un mot, dans le silence respectueux de la classe, il tire un dossier de sa serviette, l'étale devant lui, sort un lorgnon dont il se pince le nez, nous regarde par-dessus, nous examine longuement comme si nous étions je ne sais quoi, des poissons rouges dans un bocal, une préparation anatomique. De part et d'autre, c'est toujours un silence surprenant. Et voici qu'il lâche tout à coup :

« Bonjour messieurs ! »

Nous recevons cette salutation au creux de l'estomac, elle nous coupe le souffle, personne ne sait comment réagir.

« Voyons, continue-t-il, faisons connaissance. Chacun de vous va se lever, dans l'ordre de son classement au concours d'entrée. »

Notre cacique, Dumas Alphonse, de Brassac, inaugure. Il est blondâtre, les cheveux broussailleux, l'œil protubérant, avec un air de faux benêt qui est une de ses forces. Berlieux le félicite chaleureusement... le travail toujours récompensé... des maîtres de grande valeur... la France et la République... je vous prédis un brillant avenir. Dumas Alphonse sera estourbi à Soupir en 1917, pas très loin de l'endroit où je perdrai ma jambe bien-aimée. Après lui, se lève Martinet Louis, de Saint-Eloy. Un fils de mineur, et le plus âgé de la promotion. Comment s'explique ce retard ? Ah ! oui ! La scarlatine... parfait, parfait. Mes compliments quand même pour cette place brillante... conditions difficiles. Au suivant. Jolivet Maurice, du cours complémentaire de Riom... Excellent établissement, habitué aux succès... Gardien de prison ? Pas possible ? Il est vrai qu'à Riom... Mieux vaut fils de gardien que fils de gardé, n'est-ce pas ?... A mesure que se poursuit la présentation dans l'ordre descendant, les félicitations se raccourcissent, se refroidissent, finissent par s'éteindre complètement. A partir du vingtième, elles sont remplacées par des commentaires ironiques... queue du convoi... fourgon à bagages... Les derniers rentrent la tête dans les épaules, les premiers sourient avec condescendance. Excepté le cacique qui garde son impénétrable masque de benêt. Arrive enfin mon tour, je me lève, les jambes molles. Par-dessus le pince-nez, les yeux de Berlieux me percent comme des tire-bouchons :

« Eh bien ! Avez-vous oublié votre nom ?

— Vendange... Jules.

— Vendange Jules... Un nom poétique, et qui convient bien à la saison... Adieu paniers, vendanges sont faites... Et vous êtes entré ! Le vingt-cinquième ! La lanterne rouge ! »

Oui, je suis entré malgré son hiéroglyphe. Je sens ce qu'il y a eu dans ce résultat de choquant et d'insultant pour lui, je comprends l'hostilité de son regard. Mais j'en comprends aussi l'injustice. L'envie de me disculper me vient tout à coup, une envie folle qui a raison de ma frayeur :

« Monsieur, je... je demandais réellement l'heure à mon voisin. »

Et lui, furibond :

« Que me chantez-vous là ? Vous ai-je posé une question ? Assis ! On ne parle pas, dans cette maison, sans être interrogé ! »

Excepté Beyssac qui est dans la confidence, les autres n'ont rien compris à cet échange de répliques, ils nous considèrent avec stupeur. Aux trimestres suivants, après un effort intense, je quitterai l'arrière-garde, me hisserai jusqu'au douzième rang, gagnant ainsi treize places. A l'inverse, Dumas dégringolera de son point culminant. Mais jusqu'au terme de notre présence dans l'école, il restera le cacique aux yeux de l'homme aux chaussettes blanches, et moi la lanterne rouge.

Le clairon sonne et fait entrer M. Pamaret, dit le Zig, notre économe. Il cumule les fonctions : professeur de sciences naturelles, docteur en médecine, auteur d'un manuel de zoologie-botanique qui figure sur la liste des livres obligatoires, il nous fournit le vivre et le couvert, surveille notre santé, nous fait disséquer des sangsues, s'enrichit des droits d'auteur que nous lui procurons. En outre, pendant la saison, il soigne à Royat une clientèle privée. Peut-être fait-il des briques à ses moments perdus. Avcc tant de talents et de ressources, il n'est pas surprenant qu'il ait une haute considération pour lui-même, un profond mépris pour les petits croquants à quatre quartiers de bouse que nous sommes presque tous, excepté les fils de mineurs et du geôlier riomois dont la bouse remonte à la génération précédente. Le docteur Pamaret porte des moustaches-paratonnerres, il cherche à compenser par sa cambrure le désavantage que lui inflige son défaut de prononciation. Il nous fera étudier les *fontsions* naturelles, la digestion, la respiration, la *cirtulation*, la *taséine* du lait, le *tarbone, l'otsygène*, l'hydrogène, les *fétulents*, les *sutres*. Des anecdotes courent sur son compte. On raconte qu'un jour il a interrogé une jeune candidate au concours d'entrée à l'Ecole normale ; sa question portait sur la baleine. Il demande à la demoiselle à quoi servent les fanons. Elle, intimidée, ne sait que répondre. Il essaye de la guider :

« T'est-ce te vous avez dans votre torset ? »

Elle croit avoir mal entendu, le prie de répéter.

« Dans votre torset, t'est-ce te vous avez ? »

Comme il a promené ses mains sur son propre buste par raison démonstrative, cette fois elle est bien obligée de comprendre. En ces temps-là, les jeunes filles, même avant d'être en âge, s'efforçaient de suivre la mode vulgarisée par les cartes postales. Ce que j'appelle la mode-sablier : volumineuses par le haut et par le bas, étranglées par le milieu. Quand elles manquaient un peu de substance, elles y remédiaient au moyen de rembourrages. Voici donc la jeune candidate qui rougit jusqu'aux cheveux, et avoue en baissant les paupières :

« Du coton. »

Lui, au lieu de rire du quiproquo, comme aurait fait tout homme d'une taille et d'une importance ordinaires, s'en irrite :

« Du toton ! Du toton ! Je ne vous parle pas du tontenu mais du tontenant ! »

La malheureuse ne savait pas qu'à cet endroit-là elle avait des fanons de baleine. Le mot fut publié. Peu à peu, nous apprenions de la sorte le passé et le folklore de nos maîtres, ce qui les réduisait à des dimensions plus humaines. Je ne parlerai pas des autres. Ce furent de braves gens sans éclat mais sans reproche, ils faisaient ce qu'ils pouvaient pour nous décroûter. Ils devaient d'ailleurs, après un an, disparaître de notre horizon, et n'y plus revenir.

La discipline intérieure et extérieure est rigoureuse. Au cours de nos « services », sous la surveillance et la responsabilité d'un *chapeau*, chaque *chien* doit assurer la propreté et le bon fonctionnement d'une partie de la maison. Pour moi, j'ai la charge de la salle de sciences naturelles ; je suis le protecteur des vitrines, l'ange gardien des oiseaux empaillés, l'ami attentionné de Paul et Virginie, nos deux squelettes, mâle et femelle. Collectivement, nous bêchons le jardin, curons le bassin, épluchons les pommes de terre. Ainsi se trouvent réduits à presque rien le nombre et le rôle des « serviteurs à gages » prévus par les règlements. Il faut dire que l'économe dispose pour notre hébergement, notre entretien, notre nourriture, d'un crédit de quatre-vingt-quinze centimes par tête et par jour ; dans le même temps, les intendants militaires reçoivent un franc cinquante par cheval. Nos repas sont donc légers, arrosés d'eau rougie, à raison d'un litre par tablée de six. Le vendredi, laïquement mais assidûment, nous faisons maigre par le hareng ou la morue. Je préfère cependant cette cuisine à celle du cours complémentaire de Cloîtras : au lieu de la fraise et du mou, on nous sert ici de la vraie viande, du vrai bœuf bouilli, de vraies saucisses, de vraies côtes de porc. Le tabac nous est interdit, les surveillants le tolèrent néanmoins à l'extérieur des bâtiments. Il va de soi que les professeurs et le Khâgne se permettent ce qu'ils nous défendent : chaque fois qu'il nous arrive d'entrer sur convocation dans leur salle réservée ou le bureau directorial, nous les trouvons empestés de fumées et de cendres. Je m'essaye à la cigarette, au cigare, à la pipe, je n'y trouve aucun plaisir ; l'habitude ne m'en viendra que plus tard, par pure mesure hygiénique, au fond des tranchées, où il vaudra mieux respirer le tabac que les excréments dont elles seront remplies. Ce qui est péché véniel à l'intérieur de notre enceinte devient faute inexpiable en ville, seuls les voyous et les prostituées fument dans la rue. Notre promenade favorite est formée par la demi-circonférence rue de l'Ecu, rue Saint-Louis, rue Neuve ; les après-midi du jeudi et du dimanche, nous y tournons de longues heures, comme les écureuils dans leur roue. Si à ce moment-là un de nos maîtres suit le même chemin, il est sûr de nous rencontrer, nous le saluons en soulevant notre casquette palmée, il répond de son chapeau rond, tout est dans les règles, l'ordre règne à Clermont-Ferrand. Il arrive que le Khâgne emprunte aussi notre parcours ; il nous surveille de loin, ou, nous tournant le dos, espionne notre reflet dans les vitrines.

Pour une cigarette, un drame en trois actes se produisit un jour. Aubreton était fils d'un paysan d'Ambert qui s'était saigné aux quatre veines pour le garder dans les écoles. Il n'avait pas les moyens d'acheter du tabac, mais l'acceptait volontiers si on lui en offrait. Ce jeudi-là, Jolivet, fils d'un fonctionnaire pénitentiaire, vient de s'offrir un paquet de vertes, il manifeste l'intention d'en fumer une illico, en dépit des prohibitions, nous proposant de l'imiter si nous sommes des hommes. Nous n'en sommes point. Seul Aubreton relève le défi. Maigrelet, en proie à une croissance ingrate, il a sans doute plus que nous besoin de cette affirmation. Les voilà donc tous deux en train de flamber leur verte. Jolivet, conscient de ses réserves, arrive très vite au bout de la sienne, tandis qu'au contraire Aubreton économise et prolonge. Ils en sont à ce point quand tout à coup, second acte : M. Langlais jaillit d'une rue latérale, se rue sur l'Ambertois, lui arrache sa cigarette des lèvres, le soufflette en vociférant :

« Brute ! Brute épaisse ! Rôdeur de barrières ! Dans mon bureau ce soir à huit heures ! »

Il s'éloigne sous les yeux des passants admiratifs. A notre costume bleu nuit, notre lavallière, notre casquette, nos palmes, ils ont compris que nous sommes des normaliens, de futurs éducateurs auxquels n'est permis aucun écart de conduite. Que le porteur du chapeau pastèque ne peut qu'être un de nos professeurs. Qu'il a lui-même une haute conception de la moralité et le sens de la pédagogie active. Que, nous châtiant bien, il ne peut au fond que bien nous aimer. Qu'il est un de ces maîtres admirables chargés de former la génération de la Revanche. Ils l'approuvent donc entièrement, si Aubreton a reçu deux torgnoles en public, il n'a qu'à s'essuyer les babines. Le Khâgne donne une suite à l'événement en écrivant au père Aubreton : il ne doit pas laisser des sommes inconsidérées à son fils, puisque celui-ci les gaspille en achetant des cigarettes, qu'en outre il ose fumer dans la rue.

Troisième acte. Le père Aubreton descend d'Ambert on ne sait comment, fumant de colère. Il se trouve justement que son fils a été mal classé au précédent trimestre, qu'il a perdu un certain nombre de places. Pardi ! On ne peut tout faire, travailler et fumer la cigarette ! Et où a-t-il pris l'argent ? Faut-il qu'il l'ait volé ? Vous feriez mieux d'élever des cochons que des enfants pareils, quand ils seraient gros, vous pourriez du moins les manger. Et durant toutes les heures du voyage, le père Aubreton bretonne de la sorte contre son fils indigne, se jurant de lui tanner le cuir comme il faut pour le remettre dans le droit chemin. La rencontre a lieu dans le bureau directorial, en présence du Khâgne, sous les yeux de Montaigne dont le portrait fait face à celui de Poincaré, notre nouveau président. Montaigne qui rêvait de pédagogues musiciens, peintres et poètes. Il dit quelque chose là-dessus, sur la joie dans les écoles, je ne me rappelle plus les termes avec exactitude : *j'y voudrais voir pourtraire l'allégresse, et Flora, et les grâces*... Le premier coup du père Aubreton atteint son fils à l'oreille droite et le couche sur le parquet. Il le relève de son gros poing habitué à gouverner les bœufs de son seigneur, mais c'est pour l'atteindre sur la tempe gauche et le renvoyer au tapis. Il l'empoigne par les cheveux, le travaille du pied et du poing, ne l'abandonne que lorsqu'il l'a estourbi aux quatre cinquièmes. En 1913, le paysan ambertois a droit de vie et de mort sur sa progéniture mineure ou majeure. M. Langlais n'intervient point pour modérer la fureur du bouvier. Il a ses raisons à lui, dans l'intérêt de la France, de l'école, de la discipline et de la morale, du coupable lui-même. Et les mois suivants, tant qu'il aura le jeune Aubreton sous sa coupe, il le rappellera à l'ordre, ou au travail, ou au sens du devoir dans les mêmes termes :

« Prenez garde ! Si votre conduite ne me satisfait pas, j'écris à votre père, il descend d'Ambert et il vous réduit en paillasson ! »

Là-dessus, ses moustaches se soulèveront, et découvriront ses dents noircies par le tabac. C'est un homme qui deviendra très vieux, profitera d'une longue et paisible retraite, terminera sa vie dans un fauteuil, les pieds au chaud dans ses pantoufles. Il mourra par inadvertance, m'a-t-on dit, d'un éternuement un peu trop vif qui lui brisera le cœur. Quelle belle et digne fin : mourir d'un éternuement ! Quant à Aubreton, qui avait un an de plus que moi, il fut mobilisé dès 1915 au 14e BCA de Grenoble ; l'année suivante, un jour que les deux artilleries s'en donnaient à cœur joie, il eut la malchance de se trouver au milieu. C'était, paraît-il, sous le fort de Souville et il fut proprement écrabouillé. Ce qui s'appelle écrabouillé. Il avait juste vingt ans, on l'avait pris malgré son manque de poids qui le faisait paraître plus jeune que son âge. Ce qui resta de lui, dit-on, n'aurait pas suffi à nourrir un chat une journée.

Le mercredi après-midi, nous recevions. Une classe de l'école d'application nous rendait visite, conduite par un maître titulaire. Pour être nommé dans ces classes-là, il fallait d'exceptionnelles compétences pédagogiques, puisqu'on y enseignait aux futurs enseignants la façon d'enseigner. Cette école modèle se tenait au-dessus du théâtre municipal. On la sentait dès le fond de l'escalier, à l'odeur d'urine. Une fois dans leur classe, les enfants entendaient sous leurs pieds les flonflons des répétitions pendant les silences du maître, prêtant plus volontiers l'oreille aux premiers qu'au second. Durant les récréations, ils ne disposaient pour s'ébattre que du palier de leur étage et des WC. Aussi attendaient-ils avec impatience le mercredi qui, par roulement, les faisait marcher jusqu'à l'Ecole normale. Là, dans le grand amphithéâtre, en présence des trois promotions dispersées sur les gradins, du professeur spécialiste, du directeur, du maître en titre, ils se prêtaient à la leçon impartie par un élève de troisième année. Nous assistions ainsi à la défense et illustration du *nombre sept*, de la *betterave*, du *passé composé*, de la *pâquerette*. Ensuite, les élèves regagnaient leur théâtre, tandis que le *chapeau* passait en jugement devant ses pairs et ses supérieurs.

Les exercices physiques n'étaient point négligés. Plus encore qu'à Thiers et qu'à Vollore, nous faisions de la préparation militaire et du maniement d'armes. Non point avec des bâtons, mais avec de vraies armes à feu. Des fusils Gras, modèle 1895, à balles de plomb. Une fois par mois, en uniforme, au pas cadencé, nous traversions la ville sous le martial commandement de notre maître de gymnastique pour aller nous exercer au tir réel sur le stand du 92ᵉ RI. Nous nous y mêlions avec orgueil aux soldats en treillis ou en pantalons rouges, pris en main par un authentique sous-off' qui nous bourrait le moral jusqu'à l'éclatement.

Tir couché, tir debout à 250 mètres sur cibles fixes et cibles mobiles représentant un Prussien en casque à pointe. Les meilleurs tireurs étaient récompensés par un cor de chasse en laine jaune que nous avions le droit de faire coudre sur notre manche. Nous n'y manquions pas.

Une chose cependant nous troublait : cette loi de trois ans que le Parlement avait récemment votée, contre laquelle s'élevaient si fort la CGT, Jean Jaurès et la classe ouvrière parisienne. A quoi bon trois années de service militaire ? Fallait-il trois ans pour nous préparer à manier le fusil et la baïonnette ? Nous faisions le compte qu'au sortir de l'Ecole normale, nous ne retrouverions la vie civile qu'en 1919, ce qui nous paraissait effroyablement éloigné. Ainsi, du cours complémentaire à la caserne, j'aurais personnellement purgé dix années d'emprisonnement.

Il y eut une erreur de calcul.

L'affaire du hanneton

Nous terminâmes l'année dans une pagaille innommable : assassinat de Jaurès, mobilisation, union sacrée. Les commerçants fermaient leur boutique et clouaient sur les volets des écriteaux : *Fermé pour cause de Revanche.* Ou : *M. Ross est allé rosser les Prussiens.* Ou : *M. Prugne est parti pour Berlin. Il sera de retour avant la Noël. Préparez les commandes.* C'était dans toutes les villes une débauche de fleurs et d'enthousiasme, les régiments défilaient avec leurs tambours et leurs clairons avant de prendre le « train de l'offensive ». Les campagnes se montraient plus lugubres, avec ces tocsins qui se répondaient d'un clocher à l'autre et les blés penchants qui demandaient à être coupés. La presse annonçait que des déserteurs sortaient de leur cachette : trois mille, venant de Suisse, d'Angleterre, d'Amérique, avaient repassé la frontière pour s'engager. Les usines sans ouvriers avaient fermé leurs portes, le commerce et l'agriculture continuaient cahin-caha avec l'aide des femmes et des vieillards.

Tous les instituteurs en mesure de porter les armes étaient partis. On rappela des retraités pour prendre leur place, on eut recours aux normaliens de première et de seconde année. A cause de son jardin, de sa situation aérée, de ses vastes dortoirs, notre école se vit transformée en hôpital, marquée au front par l'emblème de la Croix-Rouge. Blaise Pascal lui-même fut mobilisé, comme il se devait, il accueillit dans son lycée – ancien collège de ses ennemis jésuites – ce qui restait de l'Ecole normale, élèves, professeurs, bouquins, squelettes, dossiers, tableaux muraux. Quant à moi, je fus dès octobre, à l'âge de dix-sept ans, nommé dans un village appelé Aulhat, à quelques kilomètres d'Issoire, sur la rive droite de l'Allier. J'y arrivai par la patache à deux chevaux qui assurait la liaison quotidienne Issoire-Sugères, ma valise trouva sans peine une place sur l'impériale, mais lorsque je voulus entrer, je m'aperçus que les deux banquettes étaient remplies de voyageurs bien tassés.

« Bah ! fit le cocher, en toute innocence. Une de ces dames vous cédera bien sa place, et vous la prendrez sur vos genoux. »

Il me calibra de l'œil, ne me trouva pas trop épais et désigna la plus légère. C'était aussi la plus maigre, avec des fesses dures et pointues qui me bleuirent les cuisses. Après trois heures de cahots et d'arrêts devant les divers bistrots, nous descendîmes dans le petit bassin d'Aulhat. Alentour, un paysage de collines crevées çà et là par des cornes basaltiques, surmontées jadis de châteaux dont il ne reste que le souvenir et quelques pierres : Ybois, Usson, Nonette, Vichel. Les eaux s'écoulent vers l'Allier par l'Ailloux, qui en est le diminutif, et une rivière au nom prétentieux, l'Eau-Mère. La population y vivait d'élevage, de vignes et de cultures, et logeait dans de vieilles maisons en pierre noire, à tuiles roses. On se trouvait ici en pays fortement républicain et anticlérical, comme le proclamait sur la place principale une fontaine à obélisque portant fièrement la date de son érection : *l'an 114*, ce qui veut dire *1906* pour les enragés chrétiens. Le nom du maire responsable de ce monument y sonnait comme un juron : *Jean-Baptiste Bordel*, à la face de l'église biscornue et de son clocher dont l'ombre offusquait en contrebas la maison d'école, marquée au front de deux majuscules pourpres : *RF*. Elle comprenait le préau et la cour supérieure, la classe unique, l'habitation du maître et de sa famille, la cour inférieure, le jardin chaud et le jardin frais. Un garde-corps séparait les deux cours, l'une destinée aux garçons, l'autre aux filles, ombragées par quatre tilleuls et deux acacias. De temps en temps, il arrivait qu'un petit réussît à passer la tête entre les barreaux et y demeurât coincé, retenu par les oreilles, poussant des cris de putois, houin, houin, jusqu'à ce que le maître et deux ou trois grands élèves accourussent le délivrer.

L'un des deux cafés du pays, tenu par la veuve Augier, accepta de me loger et de me nourrir, les vignerons promirent qu'ils ne me laisseraient pas souffrir de soif, mes besoins en ce domaine étaient encore très modestes, ils deviendront plus grands par la suite. Quant au logement de l'école, il se trouvait occupé par Mme Gagneraud, épouse de l'instituteur précédent actuellement sous les drapeaux, et leurs deux enfants en bas âge. C'était une femme jeune et belle, quoique un peu grasse, qui m'accueillit avec un sourire tremblant et me montra en s'essuyant les yeux la classe où je devrais exercer mes fonctions. Au tableau noir était restée une ligne d'une splendide écriture, aux majuscules impeccablement dessinées, comme je n'en avais vu – et rarement ! – qu'autour des billets de la Banque de France. Tracée dans les derniers jours de la paix par la main de M. Gagneraud :

Rentrée le vendredi 2 octobre 1914

Tout était parfaitement à sa place : le registre d'appel enveloppé de papier bleu dans le tiroir du bureau ; la carte de France et la carte du monde suspendues à leurs clous ; les livres de bibliothèque dans leur chemise grise, numérotée ; la vipère dans son bocal d'alcool ; les fleurs et les feuilles séchées entre les pages de l'herbier communautaire ; les encriers des tables dans leur trou ; les craies dans leur boîte.

« Comme vous êtes jeune ! dit Mme Gagneraud.

— J'ai dix-sept ans.

— Vous aurez des élèves qui en ont quinze. Il faudra bien les occuper afin qu'ils n'aient pas le temps de songer à faire des bêtises. »

Quoique non enseignante elle-même, elle me donna toutes sortes de conseils pédagogiques, elle était comme ces épouses de médecins qui, sans diplôme, savent presque autant de médecine que leur mari. J'aurais des élèves de tous âges et de tous niveaux, les uns ignorant encore la lecture et l'écriture, les autres déjà certifiés. Peu de leçons étaient susceptibles de s'adresser à tous en même temps : la morale, l'histoire, le chant, la gymnastique. Le plus souvent, je devrais parler aux uns quand les autres écriraient ou dessineraient : tel était le principe de base, la clé de l'enseignement dans une classe unique. Mais il y a ceux qui ont fini leur travail avant les autres, plus rapides, ou plus intelligents, ou moins appliqués. Ils ouvrent le bec, ils réclament de la nourriture. « M'sieu, qu'est-ce que je fais ? — Relis ton travail. — J'ai déjà relu. — Relis encore, tu as certainement laissé des fautes. — Ça y est, j'ai relu encore, qu'est-ce que je fais ? »... Pendant ce temps, vous, vous êtes en train d'expliquer la Révolution ou le Bassin parisien. L'autre, ça ne l'intéresse pas, il est trop petit pour vous suivre. Alors : fais un dessin. Quel dessin ? Une poupée, une maison. Quelle maison ? La tienne. Le dessin est un merveilleux bouche-trou. Vous n'aurez pas une seconde de répit. Ils seront accrochés à vous comme des teignes. Alors, préparez avec beaucoup de soin, sur un cahier, les exercices que vous prévoyez, lecture, écriture, dictée, vocabulaire, élocution, grammaire, leçon de choses, instruction civique... Tout ça ? Oui, tout ça... Pauvre petit ! Je vous plains. Espérons que l'an prochain vous retournerez dans votre école à vous. Quand vous n'en pourrez plus, quand vous serez à bout de nerfs, faites-les chanter, *Au clair de la lune*, n'importe quoi... Je chante très mal, ils ne reconnaîtront pas l'air... Allons bon, voilà autre chose. Si vous voulez, je viendrai chanter à votre place, appelez-moi, envoyez-moi un élève, par exemple Jeanne Gaillard, elle offre toutes les garanties... Vous feriez ça ?... Il faut bien qu'on s'aide, c'est la guerre. Cette femme-là est extraordinaire, elle devrait être inspectrice de l'Enseignement primaire. Que dis-je ! Inspectrice d'Académie ! Inspectrice générale !

N'empêche que le vendredi matin, je me sens terriblement ému. Ma première classe ! J'ai quarante-huit élèves, vingt-six garçons et vingt-deux filles, y compris trois réfugiés venant des régions envahies. Tous en tablier noir, la plupart en sabots, les gars coiffés de larges bérets alpins, avec des braies mi-longues qui leur couvrent les genoux ; les filles en tresse double ou simple, parfois un châle sur les épaules. J'ai lu quelque part que la nature a le pressentiment des grandes hécatombes, guerres, épidémies, invasions barbares ; elle s'arrange pour favoriser le sexe qui doit en souffrir le plus. La preuve m'est apportée que beaucoup d'hommes, beaucoup plus sans doute qu'on n'imagine, périront dans la guerre à peine commencée. Après deux mois de batailles, les hôpitaux sont pleins de blessés. La presse est discrète sur nos pertes, mais des chiffres effroyables sont prononcés de bouche à oreille : 100 000 morts aux frontières, 150 000 sur la Marne. A cette vitesse-là... Voilà pourquoi j'ai plus de filles que de garçons. Non, c'est le contraire. Ma tête est pleine de confusion, qui va me garder de faire et de dire des bêtises trop énormes ?

J'examine la division des petits. Car j'ai moi aussi des divisions à mener, à manœuvrer, à servir, comme nos généraux. Je dispose donc sur mon flanc gauche les huit nouveaux et nouvelles, dont deux pleurent encore et trois sont probablement en train de faire pipi dans leurs culottes. Au milieu, la division des anciens, les plus nombreux. A droite, les territoriaux. Les longues tables dures, noueuses, incommodes avec leurs bancs étroits et sans dossier, sont prévues pour six occupants, huit en les tassant un peu. Ils s'adossent en principe à la table de derrière ; si bien que ceux du fond n'ont aucun appui, il ne leur reste qu'à devenir bossus. Elles sont d'une taille unique. Seuls les moyens donc s'y logent à leur aise ; les grands se contorsionnent pour y entrer ; la tête des petits dépasse à peine le pupitre, je dois les hausser en leur glissant sous les fesses des piles de vieux cahiers conservés à cet usage par mon prédécesseur.

Mme Gagneraud ne m'a pas dit comment je devais commencer.

« Ecoutez, dis-je, vous ne me connaissez pas. Je remplace M. Gagneraud qui est en train de faire la guerre contre nos ennemis, et qui reviendra bientôt. Sans doute aux vacances de Noël. Ou un tout petit peu après. Vous ne me trouverez pas aussi habile que lui pour faire la classe. C'est que, moi-même, j'étais élève comme vous, pour apprendre à devenir un bon maître d'école. A cause de la guerre, j'ai dû... et cætera et cætera. Et maintenant, je vous écris mon nom au tableau. »

Je prends le bâton de craie parallélépipédique, je l'appuie trop fort contre le bois, il se brise en plusieurs morceaux que je ramasse à quatre pattes. Avec plus de précautions, j'arrive à tracer, en lettres malhabiles et « en montant au grenier », comme disait à Vollore M. Chevalérias : *Jules Vendange*. « Qu'as-tu toujours à monter au grenier ? Efface et recommence... Bon, voilà maintenant que tu descends à la cave. Efface encore... » Au troisième essai seulement ma ligne conservait un semblant d'horizontale. Je me retourne, ma quarantaine de grimauds a déchiffré les syllabes de mon nom. Ils n'en reviennent pas, le relisent, me regardent avec effarement, se demandent si je suis sérieux. Je confirme que je m'appelle bien Jules Vendange. C'est vrai, j'avais oublié... Ils se ferment la bouche d'une main, mais des rires latéraux s'échappent malgré leurs efforts.

« D'accord, c'est un nom rigolo, Vendange. Moi, j'y suis habitué, je n'y fais plus attention. Alors, je vous autorise à rire un bon coup, tant qu'il vous plaira. Et ensuite, ça sera terminé, on n'en parlera plus. »

Ils ne se le font pas dire deux fois. Ils se tiennent les côtes, ils se plient en deux, ils se mordent les chaussures. Voilà, Montaigne, je suis ton conseil, *j'y voudrais voir pourtraire la joie et l'allégresse.* Les petits, les tout-petits, qui ne comprennent rien à rien, rient plus fort que les autres et se fendent la pipe jusqu'aux oreilles. Et quand ils me voient rire avec eux, c'est du délire, des convulsions. Maintenant, j'aimerais bien que ça s'arrête. Comment faut-il faire pour stopper le mécanisme ? Mon changement de visage les refroidit cependant peu à peu. Le plus terrible est déjà passé. Leur hilarité s'atténue, puis cesse comme un orage qui s'éloigne. Nous en sommes aux dernières gouttes. Plus qu'un : ha... C'est fini. Le travail commence.

A mon aile droite : « Sortez votre cahier-brouillon. Racontez quelque chose que vous avez fait durant les vacances. N'importe quoi : une promenade, un jouet, un outil, un travail... »

A mon centre : « Prenez votre livre de calcul. Et faites-moi tel problème, à telle page. *Votre maman a acheté au marché une livre de beurre, 1 franc 25, un fromage de chèvre, 60 centimes, une douzaine d'œufs, 80 centimes. On demande...* »

C'est ridicule : je suis certain que leur maman n'achète jamais ni beurre, ni œufs, ni fromage... Du fromage, pouah !... Elle en vend plutôt. Ça ne fait rien. Raisonnons juste sur des figures fausses. A moi maintenant le flanc gauche, les tout-petits. Leurs yeux ronds sont tournés vers moi comme des héliotropes, et suivent chacun de mes mouvements. Je suis leur soleil. Les deux qui pleuraient ne pleurent plus ; les larmes séchées ont laissé des traces verticales sur leurs joues ; ainsi, la bave des escargots qui ont voulu grimper sur un mur. On me les a présentés spécialement : ce sont deux frères, Louis, presque sept ans, et Claude, cinq ans. L'aîné a attendu son cadet pour qu'ils fassent le voyage ensemble. Ils habitent une ferme isolée à trois kilomètres du bourg, au milieu des bois ; à deux, ils se défendront mieux contre la marche et contre les loups.

Et me voici devant eux, les mains vides et les poches crevées. Sans matériel, sans principes, sans expérience. Je dois leur donner ma première leçon. Pour en retarder l'instant, je les apprivoise, je leur parle gentiment, votre papa n'est pas à la maison en ce moment, il est parti faire un voyage, quand il reviendra il sera bien content de constater que vous avez appris à lire pendant son absence.

« D'accord ? Tu veux bien, Claude ? »

Leurs yeux s'élargissent davantage encore s'il est possible. Personne ne répond. J'insiste : dis-moi quelque chose, Claude. Il pousse un soupir, secoue la tête, et finit par lâcher, s'adressant plutôt à son frère aîné qu'à moi-même :

« Comprègne re do to. »

Il ne comprend rien du tout ! Plusieurs ne connaissent pas un mot de la langue officielle et seule autorisée. J'ai prêché pour les merles. Voilà qui va simplifier ma tâche ! Je devrai m'exprimer avec les mains, avec la figure, avec la craie. Et si nous ne nous entendons pas complètement, je recourrai de temps en temps, en dépit des prohibitions, au patois auvergnat, à mon véritable parler maternel. Pour l'instant, mes ambitions sont modestes. Je dis O, je montre ma bouche comme le maître de philosophie à M. Jourdain. Je crois bien que pendant des siècles l'apprentissage de la lecture et de l'écriture en pays latins a commencé par le O. Tout le savoir que contiendront les livres, la littérature, les sciences, la philosophie sont en germe dans ce petit rond. Je le trace au tableau, je demande à la division des minuscules de faire de même sur l'ardoise. Avez-vous compris ? *Abez comprengu ?* N'oubliez pas la queue du O, surtout, c'est très important, on s'en servira pour l'attacher aux autres lettres, les lettres sont attachées ensemble comme les saucisses qu'on fait sécher au plafond, par la queue, voilà pourquoi elle est si importante, mettez-la bien en place, en haut, sur le bord, à la façon d'une queue de cerise. Allez-y, dessinez-en une pleine ardoise.

Ouf !... Voyons où en est ce problème de beurre, d'œufs et de fromages. Quelle opération faut-il faire ? Une addition, parfaitement. Seulement, attention, il ne faut pas additionner les francs et les centimes... Je sors mon boursicot, je montre les pièces blanches, avec la semeuse, et les brunes. Lisons ce qui est écrit dessus : *Cinq centimes... Dix centimes... Liberté, Egalité, Fraternité...* Les unes sont en argent : un métal rare et précieux, on en fabrique des bijoux, des vases, des montres. Les autres sont en bronze, qui vaut beaucoup moins cher, on en fait les statues, les cloches, les poignées de porte. Voilà pourquoi les centimes sont en bronze, les francs sont en argent... Pendant que je m'évertue dans ces explications, je vois soudain le cadet de mes deux sauvages, Claude, sortir de sa longue table et se diriger tranquillement vers la porte.

« Hep ! Où vas-tu comme ça ? »

Il s'arrête, interdit, me regarde, pas très sûr de ce que je lui demande. Alors, l'aîné prend la parole pour me fournir l'explication, en toute simplicité, dans les termes reçus de ses père et mère :

« *Vé tcha no gordjado*[1]. »

Voilà qui ne manque pas d'une certaine poésie. Mais ce n'est pas ainsi qu'il faut dire, cela s'appelle aller au cabinet, et il faut demander la permission : Monsieur, est-ce que je peux aller au cabinet, s'il vous plaît ? Répète un peu : Monsieur... est-ce que... Mais je vois que les choses pressent, va vite au cabinet, nous terminerons tout à l'heure, tu sauras te débrouiller seul, au moins ? Et tu sauras revenir ici ? *Souras fouère*

1. Il va ch... une bouchée.

to sou ? E souras torna ? Bon ! tant mieux, ne tombe pas dans le trou. Pour plus de prudence, je laisse la porte ouverte afin de surveiller les parages, je crois que j'ai frôlé la catastrophe. Ah ! mon père et ma mère ! Pourquoi ne m'avez-vous donné qu'une tête et qu'une paire de bras ? Comment voulez-vous que j'affronte tant d'obligations en même temps ? Retournons aux œufs et aux fromages. Je disais donc...

Un œil à la cour et un œil à la classe. Un œil sur les progrès de la composition française, un œil sur la fabrication des O. Intensifiez la production ! Surtout, n'oubliez pas la queue ! Tu as rempli ton ardoise ? Bon, efface et recommence. Fais des O plus petits, les tiens ressemblent à des pommes de terre... Comme je disais, il n'est pas question d'additionner des francs d'argent et des centimes de bronze, de même qu'on ne met pas dans la même boîte les clous et les allumettes. Si donc je veux savoir ce qu'a dépensé maman au marché... Mais que fabrique mon enfant des bois ? Pourquoi ne revient-il point ? Je vais être obligé d'envoyer son frère... Peut-être est-il réellement tombé dans le trou. Et toi, tu restes le bec ouvert ? Tu n'as donc rien fait du tout pendant les vacances, tu n'as rien à raconter ? Sans doute faut-il que je te tienne la main, comme aux petits ?... Bon. Avec un franc, combien puis-je avoir de centimes ? Et avec un franc vingt-cinq ? Bravo. Donc, d'un côté, pour payer la livre de beurre...

« *Le vetchë*[1], m'avertit l'aîné à haute voix. Il n'a pas su rattacher ses braies ! »

1. Le voici !

L'autre revient en effet, traînant des pieds, entravé par les culottes tombées sur ses chevilles. C'était bien la peine de dire que tu saurais te débrouiller tout seul. Jeanne, aide-le un peu.

Ce qu'il y aura de merveilleux dans cette classe unique, c'est l'aide. L'aide constante que nous nous apporterons les uns aux autres. Le matin, les premiers arrivés m'aideront à balayer la classe, à allumer le poêle, à vider les cendres. A midi, je les aiderai dans leur repas, je ferai chauffer leur gamelle, je couperai les gros morceaux. Je mangerai la mienne à côté de la leur, grâce à Mme Augier qui me l'enverra par sa servante, car je n'ai pas le droit de m'absenter une minute ; tant qu'ils sont dans la maison, il m'est interdit de les quitter des yeux. De temps en temps, un grand ou une grande prendra ma place pour faire lire les minuscules. Jeanne Gaillard me sera particulièrement précieuse. Elle a douze ans quand elle devient mon élève. Moi, dix-sept. Dans trois ou quatre ans, je pourrais l'épouser. Elle a le front large et lisse, le teint un peu pâle, des yeux de velours qui m'emplissent d'une étrange douceur chaque fois qu'elle les tourne vers moi. On ne voit pas le reste du visage. Tout de suite, j'ai l'impression de l'avoir rencontrée précédemment. Où ai-je déjà reçu ce regard-là ? Parfois, quand mes élèves sont particulièrement insupportables, ou trop bêtes, ou trop somnolents, il me vient envie de leur crier une de ces épithètes dont on a souvent usé à mon égard : « Bande de... Espèces de... Têtes de... » Ou de taper du pied comme faisait le Khâgne. A ce moment je tourne la tête vers mon aile droite, je quête une approbation, une excuse du moins. Non, je ne l'aurai pas, les yeux graves et doux de Jeanne m'observent et me retiennent, impossible de me laisser aller sous leur regard à la moindre incongruité.

Et puis, je reçois l'aide, dans mes leçons de chant, de Mme Gagneraud, à condition que je l'aide à garder ses enfants à elle. J'écris d'abord au tableau et explique les paroles un rien cucul de notre chansonnette :

Une noce guillerette, maluron-lurette,
Par les prés s'en va joyeusement.
La gentille pâquerette, maluron-lurette,
La regarde, et dit « Que c'est charmant ! »...

Chacun de mes grimauds recopie le texte, sans oublier une virgule, un guillemet. Alors, je fais signe à Jeanne Gaillard : « Va ! » Dans l'instant qui suit, Mme Gagneraud paraît, accompagnée de Lolo et Lala, peignée, ajustée comme si elle n'attendait que ma messagère. Elle porte une mandoline suspendue à son cou par un ruban.

La classe frémit d'allégresse, les occupants de chaque table de six se serrent pour recevoir l'un ou l'autre des deux petits, ils se le disputent : c'est à nous ! non, c'est à nous ! vous l'avez déjà eu ! vous aussi ! Jeanne elle-même, Jeanne la sérieuse, Jeanne la toujours grave, sourit de la compétition.

Mme Gagneraud passe derrière mon bureau, je vais m'asseoir au fond derrière les nouveaux, comme si j'étais le dernier de la classe. Très droite sur ma chaise, elle tourne un moment les clés de la mandoline pour l'accorder, puis elle joue l'air que nous devons apprendre et que les territoriaux connaissent déjà. Nous béons d'admiration tandis que ses doigts fins sautillent sur les cordes métalliques.

« Je rejoue ! Ecoutez bien ! »

Et elle rejoue. Puis elle découpe la mélodie en tranches minces, faciles à avaler, dont elle nous abecque patiemment, s'y reprenant à dix fois s'il le faut, jusqu'à ce que nous répétions juste. En fait, je n'en suis pas. Mon estomac refuse la musique avec plus d'aversion encore que le fromage. Je fais semblant, je remue les lèvres, je mâchouille, je m'applique à ne point susciter de scandale. De temps en temps, l'un des deux Gagneraud échappe à ses adorateurs, se sauve à quatre pattes au milieu de la classe, provoquant une explosion de rire. Je regarde ces enfants autour de moi, dont les pères sont en train de mourir dans ces sillons du Nord et de l'Est, insatiables de sang versé. Qui a dit qu'on ne meurt qu'une fois et en un instant ? On peut mourir pendant des années par la mort des autres ou en attendant sa propre mort. On se dit : « Dans trois minutes j'y aurai passé. » On regarde autour de soi, et l'on se dit qu'un tiers, ou la moitié, ou les trois quarts des autres y auront passé aussi, ça c'est une chose sûre. On est en état de mort chronique et si, par miracle, un rayon de soleil, un papillon, une cétoine verte vient se poser sur ta manche, un instant où il a perdu la boussole, tu n'y crois pas, tu te dis ce n'est pas possible, il n'y a plus de papillons, il n'y a plus de cétoines vertes, il n'y a plus de soleil, je suis donc déjà mort, j'ai été bousillé sans m'en apercevoir.

Tout cela, je ne le sais pas encore, mais je le pressens, dans la classe de M. Gagneraud. Plusieurs de ces enfants sont sans doute orphelins déjà, il ne manque plus que l'avis officiel de la mairie. Peut-être Lolo et Lala eux-mêmes. Par la fenêtre, je vois les douces collines de la Comté et du Livradois, et la Limagne où coulent seulement des fleuves d'eau. Et j'ai honte de notre paix, de nos petits bonheurs, d'avoir oublié un instant ceux qui tombent ou vont tomber. Mon cœur se serre, j'ai envie de crier : « Assez ! Assez ! Ne chantez plus ! Ne savez-vous pas ? » Jeanne tourne la tête, me regarde, et elle sourit encore, faiblement, la lumière noire de ses yeux m'enveloppe. D'accord, j'ai compris… Chantons encore tandis que nous le pouvons. Nous pleurerons demain.

Et les avis officiels arrivent. Le fils Baubet, le fils Couriol, le fils Fayard… Trois morts déjà pour une commune de quatre cents habitants ! Au café Augier, les vieux ne parlent que de ça, on commente le communiqué du jour paru dans *Le Moniteur*. Le père Tournade, dit Garde-à-Vous, a fait la campagne de Crimée.

« Le plus dur est fait. Les Prussiens croyaient prendre Paris, à présent, ils sont foutus. Encore quelques semaines, et ça sera l'armistice.

— Y a plus de Prussiens, père Tournade. Rien que des Boches.

— Appelle-les comme tu voudras. Moi, j'étais à Sébastopol, attention ! Garde-à-vous ! Ce qui arrive maintenant ne peut pas être plus terrible que ce qu'on a eu à Sébastopol. On recevait de ces boulets de canon ! On en rotait !

— Ben, il paraît qu'à présent ils n'en rotent pas, mais qu'ils en crèvent. »

Mme Gagneraud reçoit des cartes-lettres de son mari, sous-lieutenant de dragons, écrites au crayon-encre. Elle m'en lit des passages.

> Cette guerre des tranchées est un cauchemar. Pendant deux mois, je suis resté à peu près continuellement en selle, comme les Huns d'Attila. Le dos de mon cheval n'était plus qu'une plaie. Du moins, on était à l'air, on bougeait. Puis, toutes les bêtes ont été tuées. Et maintenant, je mène une vie de rat d'égout. C'est sans doute ce qu'a voulu dire le Grand Chef : je les *grignote*...

Plusieurs lignes étaient couvertes d'un large trait noir : censure. Ensuite, Mme Gagneraud pleure ; moi, je me sens coupable d'être là, jeune, vivant, les pieds au sec dans mes chaussettes de laine, protégé par ma date de naissance. En mettant les choses au pire, je ne partirai pas avant trois ans. D'ici là, la guerre sera finie depuis longtemps, l'Alsace-Lorraine reconquise. Lala a déjà complètement oublié son père, et Lolo est en bonne voie, le soir, nous jouons ensemble dans l'appartement, la petite s'accroche à moi quand vient l'heure de nous quitter :

« Reste ! Pourquoi tu s'en vas ?

— Il faut que j'aille travailler dans la classe, corriger les cahiers, tout préparer pour demain.

— Non. Pas s'en vas. »

Alors, je reste encore. Heureusement, la nuit tombe, l'heure du coucher se met entre nous, bonsoir, à demain. Je me retrouve seul en face des huit longues tables vides. Sur les cahiers des petits, en tirant la langue, je dessine les modèles d'écriture à l'encre rouge, les petites phrases ineptes : *lolo a lu le livre de lala… maman a mis dédé au dodo… paul a pris la pipe de papa…* Au-dessus de ma tête, j'entends des voix, des cris, des rires, des pleurs, il y a du grabuge chez les Gagneraud. Tout à coup, une porte s'ouvre, on m'appelle dans l'escalier :

« Monsieur Vendange ! Si vous ne venez pas un moment à mon secours, je n'arriverai pas à les mettre au lit. Ils ne tiennent pas en place ! »

Me voilà. Toujours prêt. En ma présence, les deux petits acceptent un compromis :

« On se couche, exige Lolo, mais tu nous racontes une bêtise que tu faisais quand tu étais petit. »

Car j'ai eu le malheur de leur avouer que, moi aussi, autrefois, il y a très longtemps, j'avais fait des tas de bêtises. Ça les intéresse et ça les réconforte. Une fois, je m'étais enfoncé dans le nez un épi de seigle, pas un gros, un petit, mais il était monté si haut que je ne pouvais pas le faire redescendre. Il avait fallu appeler le médecin qui m'avait soigné de son mieux, au milieu de mes éternuements ; car je lui éternuais dans les doigts toutes les cinq secondes, c'est-à-dire le temps de compter jusqu'à cinq. Pchoum !… Un, deux, trois, quatre, cinq, pchoum !… Un, deux, trois, quatre, cinq, pchoum !… Je raconte le jour où je suis tombé dans le ruisseau et j'ai failli me noyer… Le jour où je m'étais déguisé en diable pour le carnaval et où je me suis fait peur moi-même en me regardant dans un miroir... Vous allez leur donner des idées, dit Muguette Gagneraud. A la fin, ils consentent à fermer les yeux, pourvu que je les tienne par la main. En fait, je n'ai pas quarante-huit élèves, j'en ai cinquante, dont deux en heures supplémentaires. Quand ces deux-là sont endormis, tenez-moi compagnie aussi un moment, s'il vous plaît, dit la mère. Cinquante et un. Je serais contente si vous acceptiez de souper avec moi. Pourquoi pas ? Mais il faudrait que j'avertisse Mme Augier. Mme Augier ? Avez-vous des comptes à lui rendre ? Je ne voudrais pas qu'elle m'attende. Vous lui paierez sa pension intégrale, le reste ne la regarde pas.

A vrai dire, ça m'ennuie un peu de devoir rester seul auprès d'elle, suppose, Jules, que le sous-lieutenant Gagneraud arrive en permission, crac ! juste au moment où tu te trouves en tête à tête avec sa femme, que penserait-il de la situation ? Maintenant que les maris sont mobilisés, les souris dansent, pas toutes, mais quelques-unes, qui ne font pas dire du bien de leur conduite. A l'arrière, il n'y a plus d'hommes, excepté les vieux et les tout jeunes. J'ignore si je suis un homme ou encore un enfant, je penche pour la première hypothèse, car je me rase. Une fois par semaine. Et je sais aussi que Muguette Gagneraud est une vieille femme, vingt-six ans, deux fois mère de famille, et qui pleure quand elle lit les cartes-lettres de son mari absent. Mais justement, lorsqu'on pleure devant témoin, c'est peut-être pour chercher des consolations. Les larmes lui vont bien, elles colorent ses joues, lui font briller les yeux, et j'ai réellement envie de la prendre alors dans mes bras, de lui tapoter les mains, comme je fais à mes minuscules éplorés. Point final. Pas envie d'autre chose. En temps de paix, il faudrait voir ; mais nous sommes en temps de guerre… l'ennemi sur notre territoire… le sol sacré de la Patrie… le sacrifice sublime des combattants… Seulement, il ne faut pas approcher le feu de la paille. Et enfin… Enfin quoi, Jules ?… S'il se passait entre elle et moi quelque chose d'inavouable… Eh bien, Jules ?… Jamais plus je n'oserais affronter le regard de Jeanne.

Cependant, Muguette marche dans sa cuisine d'un pas feutré, va du fourneau au buffet, balaye dans sa main les miettes de la table, les jette par la fenêtre, pour les oiseaux. C'est une vieille, d'accord, mais elle a l'air en état de parfaite conservation, sa silhouette suit exactement la mode sablier. Ti sait si elle a mis du toton dans son torset ? Au cours de ses préparatifs, il lui arrive de me frôler, elle sent la crème Tokalon. Pour qui donc se met-elle de la crème, puisque son mari patauge dans la boue à six cents kilomètres d'Aulhat ? Peut-être pour son propre plaisir, la crème lui est sans doute aussi nécessaire que le tabac à certains hommes, je ne connais rien aux femmes. Je ne crois pas qu'elle cherche à me troubler, n'empêche qu'elle me trouble. Alors je pose des questions sur le sous-lieutenant, je le place entre elle et moi, elle me répond avec plaisir, me raconte ses goûts, ses idées :

« Il ne souhaitait pas la guerre. Mais il disait que si l'Europe monarchiste et impériale avait l'intention de réduire en esclavage la France républicaine, il suivrait l'exemple des patriotes de 1793. Il détestait cette littérature parisienne, Psichari, Péguy, Barrès, qui exaltait le sacrifice, le massacre rédempteur, glorifiait le canon, confondait la fin nécessaire et les tristes moyens. Il n'est pas parti dans l'enthousiasme, mais calmement, sereinement... Vous aimez les haricots en salade ?

— J'aime tout, sauf le fromage. »

Nous mangeons face à face, je garde autant que je puis le nez sur mon assiette.

« Du vin ?

— Un peu. »

Nous buvons à la Victoire-aux-grandes-ailes, on termine par des pommes. Au lieu de peler la sienne, elle y enfonce ses dents, qu'elle a blanches et larges. Elle m'interroge à son tour, veut savoir d'où je viens. De très loin, d'un misérable ouvrier carrier à dix-neuf francs par mois, et d'une pauvre paysanne. D'un village perdu dans la montagne, un pays de bois sombres et de vaches maigres. Mes lectures ?... Heu... vous savez, à l'Ecole normale, la littérature française s'arrêtait en 1885, à la mort de Victor Hugo.

« Je vous prêterai des livres. Anatole France, Romain Rolland, vous connaissez ?

— De nom. Mais je connais André Theuriet, Jean Aicard, Alphonse Daudet : ils figuraient dans notre livre de textes, au cours complémentaire de Thiers. Et des poètes. Auguste Angellier :

Le jardin n'a plus que des chrysanthèmes,
Et nos cœurs aussi.

« Et encore, Hector Casteloux.

— Qui est-ce, Hector Casteloux ?

— Je ne sais pas. Ou peut-être, je sais. Je ne sais pas si je sais. A Thiers, M. Tournebize... je soupçonne... pseudonyme...

— Aimez-vous la photographie ?... Oui, Marcel est photographe amateur. Je vais vous montrer quelques-uns de ses travaux. »

Les albums n'ont pas cours encore. Elle va chercher une boîte, s'assied près de moi, étale les photos sur la table. Ici, sa mère et son père, dans leur jardin. Le chien de la maison, Tobie. Tobie *or not* Tobie, comme disait mon grand-père. Moi, à dix-huit ans, quand nous étions fiancés. Lolo dans son moïse, âgé de quelques semaines. Lolo sur mes genoux. Lolo dans son baquet. Lolo à cheval sur Tobie... Nos visages sont si rapprochés que ses cheveux me chatouillent la joue. L'odeur Tokalon me monte à la tête. Cette femme est folle ou inconsciente. La paille et le feu. Heureusement, je suis un grand patriote ! Elle va, elle va, pas émue du tout, semble-t-il, comme un enfant marche en paix au bord d'un précipice. Sait-elle que je me rase une fois la semaine ?... Ici, c'est Lala, son frère se penche sur elle et la regarde dormir. Lala rit et montre sa première dent. Lala et Lolo. Lolo et Lala. Lala est en train de humer les feuilles de la verveine.

« A propos, il faut que je vous fasse goûter quelque chose. »

Elle se lève encore, va au placard, en tire une bouteille quasi pleine d'un liquide trouble et verdâtre, pose deux petits verres devant nous.

« Qu'est-ce que c'est ?

— De la liqueur de verveine, selon une recette à moi. Vous me direz si vous l'aimez. »

Question stupide. Comment lui dirais-je que je ne l'aime pas ? Elle remplit mon verre. C'est fort ?... Non, non. En réalité, c'est plutôt fort. Nous trinquons à la Paix-couronnée-d'olivier.

« Votre opinion ?

— Elle a réellement le goût de verveine.

— Il n'y a pas de doute. A la République-victorieuse !

— A la République ! »

J'ai compris la manœuvre, elle espère m'enivrer pour m'avoir ensuite à sa merci. Ainsi procèdent les infâmes suborneurs envers les malheureuses qu'ils convoitent. Mais je ne suis pas homme à succomber après deux petits verres. D'ailleurs, je ne fais que tremper mes lèvres dans le second. Mon devoir de Français et d'enseignant est de préserver l'honneur du sous-lieutenant de réserve Marcel Gagneraud. Elle a remis toutes les photos dans leur boîte.

« Allons ! Finissez votre liqueur ! Il faut que je profite un peu de vous. Depuis cinq mois, je n'ai pratiquement reçu aucune visite, on dirait que les gens me fuient. Je vis comme une fille-mère. Nous allons faire une partie. D'accord ?

— Une partie de quoi ?

— De belote. Vous ne connaissez pas la belote ? »

Oh ! que si ! J'ai fréquenté naguère assidûment les combles de l'école, chez notre comte sans comté. Cela change notre ordonnance : nous voici maintenant disposés en triangle, elle, la lampe et moi. L'odeur du pétrole éloigne le parfum Tokalon et attire les mites. Mon imagination s'apaise. Le bois pétille dans le fourneau, le réveil tictaque, nos voix sont calmes et réfléchies, avec des éclats pour rire :

« Cinquante.

— Cinquante majeur !

— Quelle atrocité ! Me faire ça à moi ! »

Entre nous, aucune machination, si ce n'est celle du valet Lancelot contre le roi Charlemagne, dans la pièce voisine Lolo et Lala dorment en suçant leur pouce, Muguette me sourit pour se faire pardonner chaque fois qu'elle me saisit une carte importante, demain, je pourrai affronter tête haute le regard de Jeanne. Après le troisième mille, nous arrêtons les frais. Mme Gagneraud, la lampe à la main, éclaire pour moi l'escalier, car l'école ne bénéficie pas encore des inventions pluricentenaires de Volta, de Joule, d'Ampère, de Coulomb et du trop fameux Ramsden. « A demain ! » Sa voix est sourde, complice pourrait-on croire, mais c'est pour ne pas réveiller les enfants.

Au café-auberge, tout est éteint, excepté une lueur qui filtre de l'arrière-cuisine. Quelqu'un m'attend, je devrais présenter des explications et des excuses. Quand je pousse la porte, la lumière se fait, brutale, aveuglante, Mme Augier paraît devant moi, le visage féroce, elle est à peu près de l'âge de ma mère et lui ressemble vaguement, sauf qu'elle louche.

« Vous avez soupé ?

— Oui, oui. Pardonnez-moi, je n'ai pu vous avertir, j'ai été retenu...

— Retenu ? Retenu par qui ? »

Je devrais l'envoyer au diable ; mais elle m'a fait une faveur en me prenant chez elle, et pourrait m'y envoyer elle-même.

« Par... des amis. Nous avons joué aux cartes, nous n'avons pas vu passer les heures...

— C'est mauvais pour votre santé, les cartes... si tard... »

Ces yeux bigles ! Est-ce qu'on ne pourrait pas leur rectifier le parallélisme ? Je ne sais où donner de la vue. Et qu'a-t-elle à me dévisager de la sorte, et à se taire si longtemps ? « Méfiez-vous ! » lance-t-elle enfin. Son gros index désigne l'affiche de la salle où l'on voit un imprudent confier des secrets à un gros bonhomme dont l'ombre s'effile et se termine par une silhouette à casque pointu : *Des oreilles ennemies vous écoutent.* Qu'ai-je à voir avec ces personnes ? Quels secrets ai-je à perdre ?

« J'ai gardé au chaud votre souper au coin du feu. Vous n'allez pas me le laisser, tout de même !

— C'est que j'ai déjà soupé, et je ne peux pas...

— A votre âge ? Allons donc ! Quand on se ramasse à plus de onze heures de la nuit, la faim est sûrement revenue. Surtout après une longue partie de cartes ! »

Bon, d'accord, je mangerai un petit quelque chose, j'aurai une digestion longue et laborieuse, comme celle de Kaa le python de la jungle.

Le lendemain, quand je me lève, je trouve la terre gelée, sous les sabots des paysans, elle sonne comme une cloche. Je me hâte d'aller regarnir mon poêle, puis je me lave dans la cuvette émaillée. Un peu avant huit heures, mes mammifères arrivent, se répartissent entre les deux cours, ainsi l'a voulu mon prédécesseur qui était un homme sage : les gars d'un côté, les filles de l'autre. Non point qu'il craignît les mélanges, comme le curé dans son église, mais parce que chaque sexe a sa façon de jouer, violente chez les uns, tranquille chez les autres. Puis, je tire la chaîne de la cloche, ils s'alignent, ils entrent en passant devant moi :

« Pardon m'sieu, pardon m'sieu, pardon m'sieu, pardon m'sieu... »

Le premier quart d'heure est consacré à la leçon de morale. Je prends pour thème de mon homélie : la propreté. Montrez-moi vos mains, dessous, dessus, revue d'ongles, revue d'oreilles, revue de cou. J'en ai le droit : me voici devant vous, le cœur aussi net que les mains. Jeanne me présente les siennes, courbe docilement la nuque comme Maric Stuart dcvant son bourreau, puis se redresse, m'enveloppe de son regard profond. Je ne baisse pas les paupières.

Je savais bien que j'avais déjà vu quelque part ces yeux hiératiques : à Vollore-Montagne-la-Chapelle, tout simplement. Dans la maison de mon père et de ma mère, sous les chiures de mouche. C'est ceux de l'image sainte clouée au mur, dont on me menaçait enfant :

« *Mifio te ! La Bono Vierdjo te pimo !* Prends garde ! La Bonne Vierge te surveille ! »

Comment ne l'ai-je pas découvert plus tôt ? Jeanne Gaillard, c'est la Sainte Vierge dans ma classe, ne me perdant pas une seconde de vue. Voilà. Tout s'explique à présent. Une Sainte Vierge qui sait traire les vaches, s'occupe de ses frères et sœurs, porte mes messages, est toujours volontaire lorsque, un de mes nouveaux s'étant oublié dans ses culottes, je demande :

« Qui veut passer l'éponge ? »

Elle est la servante du seigneur.

Tant crie-t-on Noël qu'il vient. Il vient, mais la paix promise et espérée manque au rendez-vous. Elle est blottie quelque part, là-haut, dans un trou d'obus, grelottante, déplumée, n'osant mettre le bec dehors. Les journaux nous informent que les soldats du front ont été joliment gâtés : chacun a touché une tranche de jambon, une orange, une pomme, des noix, un quart de vin mousseux, un cigarillo ; tout cela en plus du rata ordinaire ! Pour rendre visite aux miens, j'entreprends un voyage lent, glacial, malaisé, les trains sont rares et bondés, la gare de Clermont encombrée de pantalons rouges, de faisceaux, de blessés sur leurs brancards, de dames de la Croix-Rouge, de gendarmes casqués, mousqueton à la bretelle. Quand j'arrive à Noirétable, à six heures du soir, le courrier est parti depuis longtemps ; je dois faire à pied les dix kilomètres qui me séparent de Vollore, par monts et par vaux, à travers des bois effroyables, dans la nuit qu'éclaire la blancheur de la neige, avec la crainte de perdre mon chemin. Heureusement, de hautes pierres le signalent, plantées à intervalles réguliers. Enfin, la lumière des premières maisons, celles de Fafournoux, me guide et me rassure, me voici dans notre cour, les chiens annoncent ma présence.

« Qui est-ce ? » crie la voix de mon père.

Je donne le mot de passe. On m'ouvre, on ne reconnaît pas cette statue de sel qui souffle de la vapeur par les naseaux, on me dégèle au coin du feu, on me gave de soupe brûlante. Je retrouve mon lit, sa paillasse remplie de feuilles de frêne qui craquent à chacun de mes mouvements, ses draps de chanvre, les fidèles punaises qui montent, qui montent, qui montent du côté de la muraille. Chacun chez nous y est habitué, elles font partie de la famille. Je passe ainsi, malgré le malheur du monde, huit jours heureux dans l'affection des Vendanges et Vendangettes, des vaches, des chiens, du cochon, des lapins, de la volaille. Parce que j'enseigne à Aulhat – un poste de choix, en pays limagner – même sans brevet supérieur, ma mère me témoigne une certaine déférence. Un peu comme celle de je ne sais plus quel père italien qui, du jour de l'ordination de son fils, ne l'appela plus que « mon père ». Chacun se met en quatre pour me faire plaisir. Elle me prépare du *flacogogno* ; le carrier m'emmène au bois poser des collets ; ma sœur Antonine m'apporte mon café au lit ; mes frères me donnent des nouvelles de tout ce que j'ai dû quitter : l'école, mes anciens condisciples, le Trinquard, les truites, les écrevisses ; le chat me chauffe les genoux ; les poules s'écorchent le derrière pour me pondre un œuf frais tous les matins. En revenant de la collecte, ma mère me le fait remarquer, depuis que tu es là je ramasse le double, tu es bien vu, pour sûr !

La maison sent bon la bouse, l'oignon sec, le vieux bois, la pomme et le coing. Le soir, nous entourons la cheminée, au coude à coude, nous nous sentons menacés de toutes parts, nos propres chaleurs nous réconfortent, personne ne parle des morts, mais chacun y pense, même Antonine. Un matin, elle m'apporte le café d'orge grillée, recette maison, dans lequel, pour lui donner de la noirceur, ma mère a coutume de placer un charbon. Les colorants ne sont pas une invention de notre époque : les Limagners jadis avaient aussi coutume de teindre leur vin en y écrasant des baies de sureau. Ainsi, Antonine me demande :

« Tu ne vas pas partir à la guerre, toi ? »

Je ris : « Bien sûr que non ! Je suis bien trop jeune ! »

Le 1er janvier, nous nous embrassons tous, nous nous souhaitons la bonne année. La bonne année 1915. Le lendemain, je rejoins mon poste, en emportant une musette pleine de saucissons et une provision de puces.

Les journaux rapportent des nouvelles surprenantes. Le 25 décembre, presque sur toute la ligne du front, les armes se sont tues, on a entendu des cantiques monter des tranchées allemandes, auxquels ont fait écho des cantiques venus des lignes françaises, *jouez hautbois, résonnez musettes*. L'artillerie a mis fin à cette courte trêve de Dieu.

Maurice Barrès, en chapeau melon et jaquette, est allé rendre visite à nos soldats, et *L'Echo de Paris* a recueilli cet article tout chaud pondu :

Qu'ils sont beaux, nos défenseurs, dans ces carrières, dans ces trous, derrière leurs talus, leurs fils de fer barbelés, creusant leurs redoutes dans la glaise, couverts de boue, embrassant la terre natale... Ce soldat semble une figure sans âge, éternelle, chargée de tout le passé et de qui dépend l'avenir, une jeune divinité.

Un élève m'apporte un petit livre vendu dix centimes par un colporteur, « à l'usage des familles et des écoles », paraissant toutes les quinzaines, orné de charmantes gravures. Un inspecteur d'académie honoraire y complète la description des tranchées faite sommairement par l'illustre écrivain susnommé :

On n'y est pas mal. Il y a des chambrettes-abris, aménagées de distance en distance. C'est là qu'on place les vivres et les munitions. Elles servent aussi de dortoirs, de salons de conversation et de lecture... Chaque homme s'arrange selon ses goûts et ses besoins. Nos poilus ne s'ennuient pas dans les tranchées ; celles-ci sont loin d'être moroses. Les gramophones les égaient.

Et dire que certaines femmes, certaines mères se rongent le foie et le cœur d'angoisse à leur sujet, tandis qu'eux jouent du gramophone ! On se demande, dans ces conditions, comment ils peuvent mourir si nombreux ! Deux Aulhatois sont encore tombés, dont le père d'une de mes fillettes. Elle a manqué trois jours, puis elle est revenue ; déjà vêtue de deuil, comme toutes, elle porte à présent des rubans noirs au bout de ses tresses. A Clermont, on célèbre tant de services funèbres dans les églises que les messes sont dites pour plusieurs défunts en même temps.

Une autre lettre du sous-lieutenant Gagneraud nous arrive, écrite le 26 décembre. Il a eu un Noël sec :

> *... Le bon Dieu a fermé les robinets de la flotte, la terre est dure, mais il souffle une bise sibérienne. Plutôt que le vin mousseux, on aimerait mieux une couverture pour se protéger les oreilles.*

Puis le printemps annonce sa prochaine venue : les premières violettes lèvent un doigt parmi l'herbe : M'sieu, s'il vous plaît, est-ce que je peux sortir ? J'empoigne la bêche de mon prédécesseur, je retourne les deux jardins. Muguette proteste un peu :

« Pour qui donc travaillez-vous ?

— Pour la Patrie !

— Allez-vous utiliser ce qui poussera ?

— Les légumes seront pour vous, pour moi, pour qui en aura besoin. Tandis que toute la France se mobilise, on ne va pas laisser cette bonne terre embusquée. »

Nous finissons par établir un accord de métayage : je mangerai à sa table sans scrupule chaque fois qu'elle m'y invitera. Malheureusement, la mobilisation de 1914 l'a empêchée de recueillir les semences. Je lance un appel à mes ouailles :

« Si vos mères peuvent me vendre de la graine de salade, de persil, d'oignon, de petits pois, de poireau, j'en achèterai volontiers. »

Dix doigts se lèvent pour dire :

« Nous, m'sieu, on en a... Nous aussi... Nous aussi... »

Et quelques autres pour dire :

« Nous, m'sieu, on n'en a pas. »

Le lendemain, mon bureau est couvert de sacs et de sachets, mais personne ne veut de mon argent. Alors, j'achète des pastilles à l'épicerie, je les distribue à mes généreux donateurs et même aux autres, nous les suçons ensemble, nous nous léchons les doigts. J'ensemence le jardin et les pluies viennent, qui semblaient n'attendre que ça. Mme Gagneraud me reçoit donc souvent à sa table, en présence de Lolo et Lala. Pour elle, je n'éprouve, me semble-t-il, que des sentiments fraternels, les deux petits nous protègent de toute autre pensée. Ils me rendent la politesse en se mêlant parfois aux enfants de ma classe, où ils sont un élément d'indiscipline et d'hilarité. Lala en est à l'âge où l'on attrape toutes les phrases qui volent, pour les resservir avec plus ou moins d'à-propos. Un matin que je suis en train de remplir, de table en table, les encriers de porcelaine, elle me dit la langue entre les dents :

« A ta santé ! »

Une autre fois que sa mère lui présente une tartine de beurre, elle secoue la tête doucement :

« Ze veux pas vous faire de la dépense ! »

Ainsi s'apprennent les bonnes manières. Nous sommes une communauté de cinquante enfants, deux adultes et une mandoline ; nous vivons, nous vibrons, nous chantons ensemble ; nous aimerions bien être heureux, si c'était permis. Ça ne l'est pas, la guerre est en train de piler les hommes comme je voyais ma mère piler le gros sel dans le mortier. La classe 15, qui aurait dû partir en 16, a bel et bien été appelée ce printemps, on est en train de la mignoter dans les casernes avant de la jeter sous le pilon. Si la Victoire n'arrive pas très vite, je calcule que mon tour viendra l'année prochaine. De nouveaux morts aulhatois sont annoncés. Muguette reçoit des cartes-lettres, elle me les lit, nous sommes vraiment frère et sœur. Alors, se produit l'incident du hanneton.

Il s'agit d'un soir encore. Un soir de mai, tandis que les colombes blanches comme le Saint-Esprit s'attardent à faire la roue sur le toit de l'église, s'envolent brusquement, puis reviennent sans qu'on sache pourquoi. Il est doux de vivre. Chez les Gagneraud, nous avons dîné de soupe, d'œufs et de pissenlits, en buvant de l'eau de réglisse. Ensuite, quand les enfants sont couchés, leur mère et moi restons assis de chaque côté de la table, tournée vers la fenêtre ouverte d'où viennent les bruits paisibles de la campagne : abois des chiens, mugissements des vaches qui réclament leurs veaux ; cahots des chars sur les chemins pierreux. Et aussi ce reste de jour dont on s'éclaire... Puis, l'ombre s'épaissit, Muguette allume la lampe de cuivre. Nous bavardons de ces choses qu'on dit sans importance et qui sont le tissu de la vie. Un bourdonnement léger nous interrompt : un hanneton s'est jeté dans la pièce, frais sorti de sa chrysalide avec les premières chaleurs ; il se cogne à l'abat-jour, zigzague autour de nos têtes. Tout à coup, Muguette se dresse, pousse un cri, se contorsionne :

« Sale bête !... Là ! Là !... Il m'est tombé dans le cou ! Aïe, aïe ! s'il vous plaît ! Au secours ! Aidez-moi ! »

Je n'ai pas peur des hannetons. A Vollore-Montagne, nous leur enfoncions une paille dans le trou qui ne sert pas à respirer, leur attachions un fil à la patte et nous amusions à les faire voler de longues heures, jusqu'à ce qu'ils tombent d'épuisement. Nous les appelions des cancailles. Je me précipite donc :

« Où est-il ?

— Entre mes épaules... vite ! »

J'enfonce ma main par l'encolure du corsage dans cette tiédeur veloutée, je cherche, tandis qu'on me guide :

« Plus bas... à droite... non, à gauche... »

J'atteins la bestiole crochue, l'immobilise, la retire enfin, et à regret.

« Elle m'a piquée ! Je suis sûre qu'elle m'a piquée !

— Mais non, les hannetons, ça ne pique pas.

— Je le sens bien !... Voulez-vous regarder, s'il vous plaît ? »

Je regarde, j'écarte l'étoffe, je ne vois rien. Si ce n'est, sous les cheveux relevés, la peau blanche de la nuque, prolongée par un doux sillon. Mon cœur se met à battre, le sang me monte aux tempes, me fait oublier tout sentiment de fraternité, je couvre de baisers impétueux tout ce qui se présente à mes lèvres, le cou, le corsage, les épaules. Muguette ne se défend pas ; elle reçoit cet orage toute frissonnante, un de ses bras relevé me serre contre elle. Et puis, soudain, elle me repousse, se sauve, court dans la pièce voisine se placer sous la protection de ses enfants. Je reste seul, avec entre mes doigts le hanneton mort, cause de ce désastre. Machinalement, je vais le jeter par la fenêtre, je n'ai plus qu'à partir, avec mes remords et ma turpitude. De la chambre me parvient par la porte ouverte un bruit de reniflements et de petits sanglots. Mme Gagneraud pleure sur mon outrage, sur notre amitié brisée. Comment mon sens civique, mon patriotisme ont-ils pu ?... L'épouse d'un valeureux défenseur du pays ! Un officier de dragons, au surplus, alors que je ne suis pas même caporal ! Enfin, une femme qui a neuf ans de plus que moi, qui pourrait presque être ma mère ! Dois-je présenter des excuses, ou m'enfuir comme un malpropre ? Paralysé de honte, j'attends la suite des événements, la décision de l'offensée, prêt à faire n'importe quoi, à remettre ma démission à l'inspecteur d'académie, à m'engager dans l'infanterie de marine. Enfin, elle reparaît, s'essuyant les yeux, le nez rouge, échevelée, l'air abattu. Mon cœur déborde de repentir. Je bredouille :

« Pardonnez-moi... pardonnez-moi... je vous ai manqué de respect... je comprends votre déception... sur mon compte. »

Elle relève la tête, avec brusquerie :

« Manqué de respect, ma déception... Qu'est-ce que vous allez croire ?

— Ma conduite indigne... votre confiance...

— Cessez de dire des bêtises. Si j'ai pleuré, vous vous figurez donc que c'est, comme vous dites, parce que vous m'avez manqué de respect ! »

Et elle sourit, malgré ses paupières gonflées, me caresse les cheveux, me tapote une joue, enfant, vous êtes bien un enfant… Alors quoi ? Si je ne l'ai pas offensée, si je n'ai pas commis un attentat contre son honneur, pourquoi ces larmes ?

« Mais non, il n'est pas question d'honneur ! Je pleure sur moi, pas sur vous. Je pleure sur ma faiblesse, car j'ai senti tout de suite que j'étais prête à succomber, et avec une folle joie encore ! »

Ayayaye ! Voilà qui se complique, nous sommes en plein Racine, en plein Corneille, la passion et le devoir, percé jusques au fond du cœur.

« Vous comprenez qu'il ne s'agit pas d'offense !

— Mais alors…

— Non, non, il n'y a pas de mais alors. Restons-en là. Je n'ai pas envie de me jeter dans une tempête, je ne sais pas nager, et il ne faut pas que je me noie.

— Comment allons-nous faire ? Qui donnera des leçons de chant à mes gosses ?

— Nous ferons comme avant. Sauf que, sans doute, je vous recevrai moins souvent chez moi. Par prudence, à présent que je me connais.

— Je n'oserai plus vous regarder en face, plus vous sourire.

— Vous avez décidé de les dire toutes ! »

Elle s'approche, c'est elle qui me sourit, elle saisit mon visage entre ses mains, me pose sur les lèvres un baiser appuyé mais court. Pour la première et la dernière fois.

L'année scolaire se termine. Au début de juillet, arrivent les premiers permissionnaires. Ils ne portent plus ni guêtres ni pantalons rouges, mais des culottes bleues et des bandes molletières ; les parents s'en trouvent bien rassurés ; ils attireront moins les balles ennemies, maintenant qu'ils ont pris la couleur de l'horizon. Les soldats reprennent leurs habits de paysans, fauchent les prés du matin au soir, remuent le foin, ébranchent les vignes, se tuent au travail ; au bout de six jours ils rendossent l'uniforme, et repartent se faire tuer par d'autres moyens. Vers le 25 juillet, à la veille des vacances scolaires, de grands cris sortent de la boulangerie Fournier. Comme leur nom l'atteste, les Fournier ont chauffé le four et cuit le pain d'Aulhat pendant des générations. Jean Fournier, l'ancêtre, a repris du service au départ de son fils et de son petit-fils sous les drapeaux. Louis Fournier, le fils, a eu le malencontreux destin de se faire écrabouiller par un 210 en même temps que sa cuisine roulante, on ne sait trop où. Il reste, pour assurer la continuation du nom et de la boulangerie, Maurice Fournier, venu en permission après le 14 Juillet. Il a vingt-deux ans, il connaît le métier, il a mis la main à la pâte pour soulager son grand-père. Quand vient le moment de repartir, sa mère, déjà veuve de Louis Fournier, pousse des hurlements, s'accroche à lui des bras, des mains, des ongles :

« Non, non ! Ne repars pas ! Ils te tueront, comme ils ont tué ton père ! Je ne te reverrai plus ! »

Il la décroche, doucement mais fermement, le vieux la retient. Maurice s'éloigne. Mais elle se dégage, rattrape son fils dans la rue :

« Pour l'amour de Dieu ! N'y retourne pas !

— Aimes-tu mieux qu'on me fusille comme déserteur ? »

Elle ne comprend rien à la guerre ni aux règlements, au droit des gens ni à l'Alsace-Lorraine, elle ne veut rien entendre que le droit naturel qu'elle a de garder son fils vivant. Alors, il la soulève de terre, légère comme elle est, et la rapporte à la boulangerie, la confie au grand-père qui gémit de son côté et se mouille la barbe. Retenez-la, voyons ! Maurice se sauve de nouveau à grands pas. Et de nouveau, elle le poursuit, le rattrape, s'agrippe à lui comme une tique, une seconde fois, il doit la rapporter à bras-le-corps. On réussit à l'enfermer au verrou, tandis que lui retourne achever son destin.

Il arrive qu'on entende par les bois et par les champs des femmes hurler à la mort lorsqu'elles se croient dans la seule compagnie de leurs vaches et de leurs chèvres, elles évitent de se livrer chez elles à leur douleur pour ne pas déranger le voisinage, le chagrin des uns ne peut qu'augmenter le chagrin des autres. On en est maintenant à six morts et deux disparus. La mère Courtine ne veut pas croire à la disparition du sien, pour sûr, il se sera échappé à quelque bonne occasion chez les Allemands ou les Suisses, et il a bien fait. Un soldat de plus ou de moins, est-ce que ça compte dans le total ? Il reviendra après la paix. Et pendant des années, m'a-t-on dit, elle ira l'attendre le soir sur la route d'Orbeil, pensant qu'il ne reviendra qu'à l'ombre tombée, en se dissimulant. Elle laissera nuit et jour sa porte ouverte afin qu'il puisse entrer à toute heure. Puis elle se dira qu'il n'ose sortir de sa cachette, par crainte de la loi et des gendarmes. Elle mourra enfin, toute triste, persuadée qu'il s'est fait une autre vie, en un certain endroit du monde, et qu'il a oublié l'Auvergne et sa mère.

A la fin du mois d'août, la batteuse ronronne à la ferme de la Plagne, une des plus grosses du pays, où plusieurs femmes sont engagées afin de préparer la pitance de tout ce monde, une quarantaine de personnes. Marie Pomerol doit laver la vaisselle, alimenter le feu, éplucher les légumes. Vers la fin du repas de midi, alors que chacun a bien mangé et bien bu, bien rigolé, bien médit du curé de la paroisse, voici qu'arrive en estafette un enfant d'Aulhat, envoyé par le maire. Il apporte une nouvelle : Augustin Pomerol a été tué. Il la donne au maître de la Plagne, selon les recommandations.

« Excusez, dit le gosse, j'aurais dû venir hier soir, et puis j'ai oublié.

— Qu'est-ce que tu as oublié ?

— De venir vous dire ça, d'Augustin Pomerol.

— Depuis hier soir tu le savais ?

— Ça m'était sorti de la tête. J'y ai repensé ce matin.

— Merci bien, dit le maître. Tiens, voici une tranche de pompe. »

Et le gamin s'en retourne en mangeant sa pompe. Maintenant, il faut informer la mère d'Augustin, au fond de la salle où elle rince les plats. La maîtresse s'en charge :

« Ma pauvre Marie… »

Et l'autre, levant sa tête grise : « Qu'est-ce qu'il y a ?

— Il y a qu'on nous a apporté une bien triste nouvelle… à propos de votre garçon.

— On l'a tué ?

— Oui, ma pauvre. Que le bon Dieu ait pitié de lui. »

Marie Pomerol s'assoit sur une chaise et pleure tout son saoul dans son tablier, tandis que les autres femmes lui murmurent des consolations : vous avez une gendresse gentille pour vous, et vos petits-enfants, il est maintenant au ciel, il a fini de souffrir, ne pleurez plus ma pauvre, à quoi ça sert. Ce qui les préoccupe dans l'immédiat, c'est aussi d'arrêter ces larmes qui retardent le travail. Il y a encore le repas du soir à préparer, le ragoût de mouton, les pommes de terre, et tous ces hommes qui dévorent pire que des loups. Eux, quand ils ont appris le message de l'estafette, ils ont vidé le fond de leur verre de gnôle et sont repartis au battage sans plus rien dire. Mais ils reviendront en fin de journée avec tout leur appétit, et il ne faudra pas leur en promettre. Et cette montagne d'assiettes sales ! Alors, Marie Pomerol se remet à honorer son engagement, les hommes peuvent mourir, il faut que les battages se fassent, elle épluche les patates de ses mains qui tremblent, elle porte les débris aux poules, elle lave les assiettes. Mais elle ne peut arrêter pour autant le cours de son chagrin, l'eau de ses yeux tombe dans son eau de vaisselle. Elle reste ainsi à son poste jusqu'à la fin de la besogne, sans cesser de pleurer. Quand le maître de la Plagne lui verse son gage, elle n'a pas volé cet argent.

En septembre, le sous-lieutenant Gagneraud vient passer à Aulhat ses six jours réglementaires, je n'ai pas l'occasion de le rencontrer. Quand je reviendrai, on me laissera entendre qu'il y a eu du bruit dans quelques familles, que certains permissionnaires, mécontents de la conduite de leur femme, lui ont fait des yeux au beurre noir, l'ont mise à la porte, ont cassé le mobilier. Les permissions, c'est comme toutes les inventions humaines, cela présente un bon et un mauvais côté.

La journée des bleuets

La situation à Vollore-Montagne n'est pas plus réjouissante.

Le 23 septembre, jour de la Saint-Constant, j'accomplis ma dix-huitième année. Je la célèbre dans la plus stricte intimité, en tête à tête avec moi-même car je suis le seul à m'en être aperçu. Il n'est pas d'usage dans ma famille de fêter quoi que ce soit à qui que ce soit, on n'en finirait point. Mon père, d'ailleurs, n'a jamais su les dates de naissance exactes de ses enfants. Ma mère a meilleure mémoire, mais trop de soucis par la tête. Les seuls jours de réjouissance de l'année sont les fêtes publiques : Noël, 1er janvier, Pâques, 14 juillet, Assomption. Encore n'ont-elles jamais empêché, en cas d'urgence, de rentrer un char de foin ou de gerbes.

Au début d'octobre, je suis présent à Aulhat. Face à moi, de nouveaux tabliers noirs. Ceux de l'Assistance publique se reconnaissent aisément à leurs fronces particulières sur la poitrine. Jeanne Gaillard m'a quitté, reçue au certificat d'études à Issoire. Non pas première du canton, c'eût été de l'orgueil, mais en très bon rang. Que vais-je devenir sans toi, sans ton regard, ta vigilance, ton dévouement ? Suis-je à jamais privé de la nuit de tes yeux et du petit matin de ton sourire ? J'ai perdu toute confiance en moi-même. Contre chaque pierre je trébucherai, je le sens, et s'il n'est qu'un seul endroit bourbeux sur mon chemin, c'est là que mon pied, inexorablement, se posera. Qui lèvera le doigt désormais pour me laisser entendre, les jours de glace, que le feu est près de s'éteindre :

« Monsieur, puis-je ajouter une bûche ? »

Il faut donc que tu grandisses et vieillisses, que tu deviennes pareille aux autres, que tu entres dans le groupe des impurs, un garçon de quatorze, quinze ou seize ans est en train quelque part de traire des vaches, de charger du fumier, ou de raboter des planches, qui osera lever les yeux vers toi, ô ma Vierge, et dire : je la veux. Et pour peu qu'il ait du bien, quelques cartonnées de terre à culture, des économies à la Caisse d'épargne, ton père te donnera à lui en disant merci, et tu auras des enfants par l'opération de ce vacher. A quoi te réduira-t-on, ô mon Immaculée ?

Maintenant que je me retrouve dans les lieux où je l'ai connue, le souvenir de ses traits perdus me dérange l'esprit. Pas une seconde je n'envisage cependant de la rencontrer dans la ferme paternelle, de déclarer aux parents : Je pars bientôt pour la guerre et je reviens sans retard, gardez-la-moi les trois ans qui vont suivre, je me la réserve. Car je ne pense pas à elle comme un garçon fait habituellement d'une fille. Il est difficile d'expliquer cela. Je l'aime comme j'aimerais la Dame à la Licorne.

Les amoureux désespérés ont encore une chance s'il leur reste de l'appétit : j'en avais. Pour m'en donner davantage encore, je prêtais mes bras disponibles aux jardins de Mme Gagneraud et aux paysans des alentours, je vendangeais, j'arrachais les pommes de terre, je sciais les troncs au passe-partout, je participais à la *bouée* du boulanger. Celle-ci consistait en un immense charroi formé de quinze ou vingt attelages, on allait jusqu'aux forêts de la Comté chercher tout le bois nécessaire pendant un an à la cuisson du pain, bûches, bûchettes, fagots. Le vieux Fournier payait la marchandise, mais non le transport ni la main-d'œuvre, si ce n'est d'un repas où ne manquaient ni le principal ni l'accessoire. Ainsi, le pain qui sortirait de son four durant une année serait un peu l'œuvre de tous, en le mangeant chacun se sentirait en dette envers les autres.

Lolo faisait maintenant officiellement partie de mon effectif. Mes relations avec Muguette demeuraient excellentes, et il lui arrivait encore de m'inviter de loin en loin à sa table, mais jamais aucune autre cancaille maquerelle ne s'avisa de voleter entre nous.

La guerre marquait beaucoup moins les enfants que les adultes. A vrai dire, elle ne les marquait pas du tout. Ils buvaient leur saoul de lait, mangeaient leur saoul de saucisson, respiraient leur saoul d'oxygène, se passaient leur saoul de farces et de cabrioles. Les garçons poursuivaient la patache, essayaient de sauter sur le marchepied extérieur, le manquaient parfois et roulaient dans la poussière. Ils capturaient des lézards gris dans des boîtes d'allumettes et tâchaient, en classe, de les envoyer sous les jupes des filles qui poussaient des cris aigus, se dressaient sur le banc, secouaient leurs cotillons. Et moi, naïf comme un enfant de Marie :

« Qui a fait ça ? Qu'il se dénonce tout de suite s'il est un homme ! »

Ils baissaient tous la tête, sournoisement, c'était leur politique, en sorte qu'au lieu d'un seul coupable j'en avais douze à guillotiner. Mais la victime aussitôt le *vendait* :

« C'est Martin Chavarot ! »

Cramoisi d'indignation, Chavarot s'écriait avec cet accent de l'innocence outragée qui ne trompe point, malgré ses poches pleines de *grisolles* :

« Pas vrai, m'sieu... C'est une langue de peille ! »

Les filles venaient à l'école avec des crottes de brebis enrobées de farine, elles les offraient à leurs ennemis héréditaires :

« Tiens, une croustille ! Toute fraîche ! »

Le pire de tout était les jours de pluie qui rassemblaient mes deux quarterons sous le préau exigu, piaffant, piétinant la poussière, se bousculant, se tirant les tresses et les oreilles, faisant les quatre cents coups des quatre cents diables. On rentrait dès que possible, et pour les calmer un peu j'envoyais chercher Mme Gagneraud et sa mandoline. Non, les massacres lointains ne les empêchaient pas de rigoler, ils n'avaient une pensée pour les absents que lorsque je les y contraignais par mes leçons de morale.

C'est alors que la presse apporta enfin une bonne nouvelle : la solde des hommes de troupe venait d'être quintuplée par la Chambre, passant de cinq à vingt-cinq centimes. Pour compenser cette largesse, on rognerait la solde des officiers.

Au mois de mai, dans la salle de la mairie d'Issoire, en même temps qu'une centaine d'autres de la classe 17, je me mets tout nu devant des majors habillés, qui me toisent, me pèsent, me découvrent les dents, me retroussent la paupière, me tâtent le garrot, font des remarques sur ma viande et mon ossature et me déclarent bon pour l'abattage. Au milieu de cette foire, soudain un des conscrits se roule sur le parquet, avec des glapissements, des coups de talon, la bave aux lèvres, les yeux révulsés : il veut laisser entendre par là qu'il est atteint du haut mal et se trouve inapte ; son numéro semble parfaitement au point. Les maquignons se penchent sur son cas, l'examinent attentivement, parlent de simulation, de conseil de guerre. Les besoins du marché sont tels qu'on ne peut se permettre de négliger une tête, convulsionnaire ou non. Service auxiliaire, provisoirement. On vous reverra à la caserne.

Depuis des mois, on entend parler de Verdun où se livre une bataille comme il n'y en a jamais eu dans l'Histoire, comme il n'y en aura plus jamais, les généraux des deux camps y lancent à pleines mains leurs régiments, ainsi que des confettis sur le carnaval. Ils ont recours aux hommes les plus savants de leur pays, aux ingénieurs pourvus des plus hauts diplômes afin de construire, perfectionner, élargir cette admirable machine à tuer. Cela ressemble aux hachoirs géants de Chicago, en moins propre, on y peut débiter une moyenne de 200 000 bêtes par mois. Car en fait il n'est pas question d'avancer ni de reculer, de prendre ou de perdre tel fort, telle crête, tel observatoire, mais de saigner à blanc l'adversaire, celui à qui restera un seul combattant debout sur les deux armées mortes pourra se proclamer le vainqueur. Chaque jour, des noms champêtres truffent les communiqués, tu croirais qu'il s'agit d'une partie de campagne : ferme des Chabrettes, ferme de Thiaumont, ravin des Vignes, ruisseau des Forges, bois Chauffour, bois Bourru. De tout cela émerge une figure effroyable, une sorte d'ogre impossible à rassasier, dont on ose à peine prononcer le nom barbare : le Cromprinze, le Croquemitaine des temps nouveaux. Le long du mur du cimetière, une inscription au charbon dit : *A mort le Kronprinz*. Seul *le Petit Parisien* garde un moral de fer... *La bataille de Verdun suit son cours sans nouvelles modifications sensibles, la décision peut être encore très longue à venir, et c'est tant mieux, car le temps travaille pour nous.*

En juillet, les gendarmes m'apportent, contre décharge écrite, mon fascicule de mobilisation me donnant droit *au transport en 3e classe sur les lignes du réseau ferré pour un seul voyage à destination du lieu indiqué et sans délivrance préalable du billet.* Je dois prendre le train à la gare la plus proche de mon domicile afin de me présenter le 1er septembre 1916 à la caserne du 121e RI à Montluçon (Allier).

L'avant-dernier jour du mois, c'est la fête de l'école. Mes mammifères m'apportent des fleurs, des serpentins, des pâtisseries, des fruits, du sirop de grenadine. Nous nous vautrons dans une horrible orgie. Le lendemain, la classe a lieu normalement : morale

(Nous devons tenir nos engagements... parole d'honnête homme... chose promise...), écriture, lecture, problème, leçon de choses : autopsie d'un roseau, racines, feuilles en lame de sabre, tige, moelle, panache. La dernière heure seulement échappe à l'emploi du temps officiel. Mme Gagneraud se joint à nous, on récite des poésies, on chante *La Marseillaise*. J'écris au tableau la consigne d'usage :

Rentrée lundi 2 octobre 1916

Puis, je serre toutes les mains, nous nous quittons virilement, ils s'égaillent vers les horizons, je regarde s'éloigner leurs petites taches noires. Le lendemain, je pars à mon tour avec mes cliques et mes claques et je rejoins Vollore-Montagne pour y passer mes dernières semaines de vie civilisée. Naguère, quand je marchais dans la maison, je n'avais sur moi qu'une paire d'yeux : ceux de la Vierge aux mouches. A présent, j'en sens deux paires. Que je m'asseye ou me lève, que je mange ou me rase, que je me mouche ou éternue, ma mère n'a plus qu'une occupation : me regarder. Elle ne se nourrit plus, ses mains restent oisives l'une dans l'autre : elle me regarde. Chacun me comble de mamours, de mots doucereux, d'attentions irritantes. Il est clair que je suis un condamné à la peine capitale, ils veulent que j'emporte d'eux une bonne image quand je sauterai le pas, ils adoucissent mes derniers instants. Je suis tenté d'écrire mon testament, mais j'y renonce, n'ayant rien à léguer d'autre que ma montre. Un article en nickel, acheté dans une horlogerie d'Issoire avec l'argent de mon premier salaire. Or, je l'emporte avec moi, nous vivrons ou mourrons ensemble.

Je me donne deux jours pour rejoindre mon corps à la date imposée. Le 30 août, je monte dans la berline de Noirétable en même temps que Gouttebarge, mon collègue de certificat d'études, qui part pour Besançon. Il emporte dans sa musette un litre de *blanche* et, quand nous atteignons le terminus, je crois bien qu'à nous deux nous l'avons bu à moitié. Heureusement, le chef de gare me pousse dans le train approprié sur présentation de mon ordre de route. Et il se trouvera toujours, jusqu'à mon arrivée à Montluçon, un employé des chemins de fer du réseau français pour m'installer obligeamment dans la bonne voiture. Mêlés d'abord aux civils, nous nous trouvons dès la moitié du parcours exclusivement entre nous, ceux de la 17. Nous partageons nos vivres, vidons nos bouteilles, notre moral est au zénith, la guerre comme la peste a de bons côtés. Nous finissons par nous endormir, les uns appuyés aux autres.

A la caserne Richemond, nous sommes confiés à des caporaux précédemment blessés, bardés de brisques, qui emploient leur convalescence à nous instruire. Ils ont huit, dix, douze ans de plus que nous. De braves pères de famille qui nous racontent leurs souffrances, les massacres de 1915, quand on les envoyait en terrain découvert, dans leurs pantalons rouges, prendre d'assaut à la baïonnette les mitrailleuses boches. A présent, nos généraux sont un tout petit peu moins dépensiers, ils ont calculé qu'à cette cadence la guerre ne pourrait pas durer, ils s'efforcent de nous économiser. Ces caporaux me semblent plutôt miteux dans leur propagande. Pour moi, je dois dire que si l'idée de monter au front me cause une frayeur normale, elle pique en même temps ma curiosité. Nous nous faisons photographier en groupes, envoyons des clichés à nos familles, les assurant de notre excellente santé et de nos bonnes dispositions. Je me fais l'effet de cet individu dont parle Voltaire et qui, tombant du haut d'une tour élevée, se disait à mi-chemin : tout va bien pour l'instant. Quand nous avons quartier libre, nous nous promenons dans Montluçon et sur les bords du Cher. C'est une ville très active, la plupart des femmes sont employées dans les usines à fabriquer des munitions, on voit le long de certaines rues des stères et des stères d'obus empilés, des 220 et autres gros calibres, qui attendent aussi leur départ. Quand nous entrons dans un bistrot, le patron nous tutoie, nous appelle « l'ancien » pour nous faire plaisir, qu'est-ce que tu bois, l'ancien, et il refuse notre argent. A ce prix, on lui pardonne d'être embusqué.

Habituellement, les instituteurs sont destinés au peloton d'élèves-officiers, mais je ne suis pas instituteur en titre, je ne possède pas le diplôme du brevet supérieur, pas eu le temps de le préparer, je ne suis guère plus qu'un péquenot sachant lire et écrire, alors mon sort sera celui des autres péquenots. Je n'en suis pas mécontent, je ne fais qu'obéir à une recommandation de ma mère : « Surtout, ne te fais pas remarquer. » Fin octobre, on nous embarque, après nous avoir coiffés du nouveau képi bleu horizon qui s'harmonise avec l'uniforme. Nous atteignons Paris, grouillant de civils et de militaires, je vois des Anglais pour la première fois, dans leur étrange costume caca d'oie, mais nous ne sommes que de passage, impossible d'aller à Montmartre, on reviendra après l'armistice. Au pas cadencé, arme sur l'épaule, nous défilons de la gare de Lyon à la gare du Nord. Il tombe une pluie froide qui nous prive à peu près complètement de spectateurs. Sur les quais, nous installons nos faisceaux et notre barda, certains achètent des journaux pour avoir, si possible, des nouvelles de la guerre. *L'Humanité, Le Petit Parisien, L'Echo de Paris*. Des colonnes en blanc plus ou moins vastes y marquent les ravages de la censure. Maurice Barrès, intouchable, y parle précisément de nous :

> *Un élan magnifique soulève nos recrues. Elles sont l'étoile de notre destin, le signe du salut national. Le voilà, le bel astre que nous appelions, avec la certitude qu'il apparaît sur le bord du ciel nocturne. De ses doigts de rose, la jeunesse, comme jadis chez les Hellènes, écarte les ténèbres et dit en souriant : « Tout nous est facile, joyeux, lumineux... » C'est une jeunesse héritière en même temps que novatrice. Et nul, l'ayant rencontrée qui part à la bataille avec des cris de joie, ne peut mettre en doute l'immortalité de la race.*

Ça sonne autrement que les jérémiades de nos vieux caporaux !

En fin de journée, nouvel embarquement, moins confortable en wagons de marchandises, *quarante hommes ou huit chevaux en long*. C'est ici comme à l'Ecole normale : la République a plus de sollicitude pour ses chevaux que pour ses citoyens. On s'allonge sur les planchers nus, sans un brin de paille, on mange le pain biscuit, on tète le pinard des bidons, tenus par nos doigts de rose. Avec beaucoup d'hésitation, des arrêts prolongés, le convoi s'enfonce dans la nuit, vers un étrange horizon qui s'illumine souvent de brusques clartés, pareilles aux éclairs de chaleur, accompagnées d'un grommellement sourd. Au petit jour, arrêt définitif, terminus, tout le monde descend, nous sautons sur le ballast et sur les quais. Soissons, victoire de Clovis, 486. Le centre est très endommagé, autour de la cathédrale aux façades crevées. Ce qui n'empêche pas le commerce : le marché se tient au milieu des ruines. Beaucoup plus près maintenant, le canon mène son récital wagnérien de grosses caisses. Au sud de la ville, un cimetière improvisé réunit un millier de tombes fraîches, chacune avec sa croix de sapin et son inscription gravée au pique-feu : nom, prénom, régiment du propriétaire, date à laquelle il a cessé toute activité. Des camions nous ramassent et nous emportent vers nos cantonnements, leurs bandages font un clappement continu dans la boue des routes, parfois ils s'enlisent, refusent d'aller plus loin, il faut descendre, s'enliser soi-même, les pousser au derrière. Enfin, nous arrivons dans un autre tas de ruines appelé Révillon, comme le chocolat. Il est situé au fond d'une cuvette entourée de plateaux, protégée au nord, semble-t-il, par un canal et le cours de l'Aisne, vers laquelle descend un ruisseau sinueux.

Nous couchons sous la tente, sur un lit de paille humide, car ça tonne dur au nord-ouest, en direction de Condé. Une dizaine de buvettes de planches se sont établies dans le secteur, où l'on vend à boire et à manger. Nous nous sentirions heureux comme des poissons dans l'eau si les mastroquets ne pratiquaient pas des prix si exorbitants : 38 sous le litre de vin ordinaire et 3 francs le vin bouché, 7 sous un œuf, 10 sous une salade, 32 sous un camembert. Certains jours, le vin ordinaire fait complètement défaut, il ne reste au négociant que du bouché à 3 francs, qui en fait est le même liquide mis secrètement en bouteille et cacheté. Nos cinq sous de solde quotidienne ne vont pas loin. Un certain Grimard et sa femme se montrent particulièrement rapaces. Nous les traitons de vieux salauds, vieux grigous, vieux ceci, vieux cela, nous les menaçons de foutre le feu à leur cambuse et de les faire griller comme de vieux poux qu'ils sont, ils font semblant de rire et rétorquent :

« Vous serez bien avancés après ! Qui vous donnera à boire ? Qui se procurera le ravitaillement nécessaire et vous l'apportera à quatre pas des lignes ? Est-ce que ce risque ne vaut pas un peu d'argent ?

— Et nous, le risque, est-ce qu'on nous le paye, vieilles sangsues du Soissonnais ? »

Alors, certains consommateurs se vengent sur les maisons abandonnées. Il s'en trouve dans la campagne quelques-unes encore épargnées par les marmitages, on les défonce, on les retourne, on fouille les caves et les meubles, on propose le butin aux Grimard et à leurs pareils, cuillers d'argent, gobelets, pendulettes, tout cela part ensuite vers l'arrière, dissimulé dans des tonneaux vides. Drôles de Madelons que nous avons là. Leur cas n'est pas isolé : de la mer du Nord aux Vosges, cette espèce de charognards prospère à l'abri du front, dans les bourgs et les villages, pour le repos et le plaisir du militaire.

Au nord de notre secteur, là où descendent vers l'Oise les eaux limoneuses de l'Aisne, c'est le feu de Dieu, le martèlement des artilleries, le grésillement des mitrailleuses. Mais il semble que, pour l'instant du moins, le commandement nous tienne en réserve, nous les *biquets* de la 17 qui, depuis notre incorporation, n'avons pas grillé deux douzaines de cartouches. Pendant une semaine, on nous fait construire des baraques avec du bois récupéré. Le sous-lieutenant qui nous commande me dit un jour : « Vous, vous êtes un intellectuel. » Il semble que je porte sur ma figure ce stigmate. Je ne sais pas, ça dépend de ce qu'on entend par intellectuel... Votre raisonnement prouve que vous en êtes un. Il ne méprise pas les jeunes paysans qui forment le gros de notre effectif, mais il est content de pouvoir causer avec quelqu'un de son espèce. Il s'appelle Roger Luco, il est parisien, libraire, marié et père d'un enfant. Durant les pauses, qu'il prolonge et multiplie, il s'assied près de moi, m'interroge sur mes études, mes lectures, me parle des siennes. Cependant qu'à dix kilomètres de cette conversation mondaine, des dizaines d'hommes sont passés à la moulinette. Une telle familiarité entre un officier et un deuxième pompe indispose le bidasse moyen qui me regarde de travers et siffle entre ses dents : « Suçon, fayot, lèche-bottes. » Un jour où le ciel est dégagé et que les canonniers semblent en grève, Luco nous fait grimper à titre de manœuvre sur le plateau de Beauregard d'où l'on a, comme ce nom l'indique, une vue sur tous les horizons. A nos pieds, l'Aisne enroule et déroule ses anneaux, paisiblement.

« Pourquoi, ai-je demandé un matin à mes ouailles d'Aulhat, les cours d'eau dessinent-ils des méandres dans les plaines ?

— Parce que, a répondu quelqu'un, ils sont trop longs pour leur lit. C'est comme nous quand nous dormons en chien de fusil. »

Du plateau de Beauregard, on distingue aussi, au septentrion, une longue crête grise, Luco l'examine de ses jumelles, nous la décrit scientifiquement :

« Je la connais, je l'ai vue de près en septembre 1914. Il s'agit d'une sorte de rempart de calcaire construit par la nature pour arrêter les vagues de l'envahisseur. Tantôt large et tantôt étroit. Creusé de grottes plus ou moins profondes, d'anciennes carrières, certaines traversent de part en part, les paysans y logeaient leurs moutons, on les appelle ici, suivant leur capacité, des *creutes*, des *boves*, des *bovettes*. Malheureusement, nous l'avons mal défendu, il est aux mains des Boches. De l'autre côté, imaginez nos compatriotes réduits en esclavage. Un jour, nous reprendrons cette falaise, nous irons les délivrer. »

Il allume une cigarette, ajoute un dernier détail :

« Le long du plateau court une route presque droite, de Condé à Craonne. Dans le passé, elle a été empruntée par plusieurs princesses royales qui venaient en villégiature dans les châteaux de la région. C'est pourquoi elle porte ce joli nom : le Chemin des Dames. »

Nous redescendons vers nos cantonnements en nous laissant glisser sur nos derrières bleu horizon. Nous sommes en plein tourisme.

Ces vacances ne durent guère. A la mi-novembre, nous quittons Révillon avant le jour, protégés par un brouillard à manger en tartines, et marchons vers la grande falaise. Nous franchissons l'Aisne et son canal près d'une ancienne sucrerie dont on pourrait à présent mettre les morceaux dans le café. Nous marchons durant trois heures, tantôt à découvert, tantôt au milieu des arbres ou de ce qu'il en reste. Le cœur me bat, parce que je vais toucher du doigt le front, le fameux front de la guerre. Pour l'instant il n'a pas trop de température : les Boches doivent dormir dans leurs creutes aménagées, si l'on en croit les révélations des prisonniers, en hôtels de première catégorie, avec poêles, tables, chaises, paillasses, couchettes, infirmeries et même – luxe des luxes – cimetières souterrains. Nous atteignons le centre d'une cuvette appelée Vallée-Foulon parce que les paysans y venaient jadis puiser des tombereaux d'argile afin de blanchir la laine de leurs brebis. Des pentes abruptes l'entourent : celles de gauche nous appartiennent ; devant, se dresse l'étranglement de Hurtebise. Voici enfin les premières tranchées françaises. Des hommes y grouillent comme des asticots dans une charogne. Ils considèrent avec surprise nos faces imberbes et virginales. C'est la relève ?... Non, pas encore, on fait pas le poids. En attendant de le faire, nous crachons dans nos mains, nous empoignons la pelle et la pioche, nous creusons de nouvelles tranchées, plantons des réseaux de fils barbelés ou téléphoniques, posons des caillebotis pour assécher les boyaux. De temps en temps, désireux de se rappeler à notre bon souvenir, ceux d'en face nous expédient franco de port un gros paquet-cadeau, au moyen de ces canons courts qu'ils appellent *Minenwerfer* et nous *crapouillots*. Ils disposent de fins pointeurs qui calculent exactement la parabole et l'hyperbole. On entend la torpille monter avec un froufrou d'oiseau prisonnier, elle dessine une courbe, elle bascule en hurlant, c'est un engin diabolique en forme de seau à charbon, elle reste en l'air, elle réfléchit et fonce là où elle voit du monde. Tu t'aplatis, tu t'efforces de disparaître sous ton sac, d'entrer dans ton casque, l'explosion te secoue jusqu'aux entrailles, te couvre de terre et de débris. Longtemps, tu n'oses bouger pied ni patte, te rendre compte si tout fonctionne, si rien ne manque en toi. Des hurlements montent de tous côtés. Brancardiers ! Brancardiers ! Par ici ! Je vais mourir ! Brancardiers ! Mais les brancardiers ne peuvent suffire à la demande, s'ils se font trop visibles, les tireurs de la falaise les fusillent comme des renards. Des paquets bleu horizon ont été projetés loin des tranchées et gisent à découvert, on ne sait si c'est du mort ou du vif. Après une heure ou deux d'attente, c'est nécessairement du mort. On essaye quand même de les récupérer la nuit. Dans les cas les plus difficiles, on recourt à des spécialistes qui s'efforcent de les crocheter avec des grappins, qui les tirent à eux comme les pêcheurs bretons leurs filets. On ne peut les abandonner, cela fait mauvais effet et mine le moral de la troupe. Quand, après trois jours passés dans la Vallée-Foulon, nous sommes ramenés à Révillon, nous ne sommes plus les mêmes.

Cependant, l'hiver se passe de manière assez tranquille dans notre secteur où arrivent même au repos des troupes durement éprouvées à Verdun ou dans la Somme. On joue aux cartes, on écrit aux familles, on échange des confidences, on sculpte des cannes et des pipes, on mange chaud grâce à la proximité des cuisines roulantes, on boit frais : le picrate de l'intendance, le pinard des buvettes privées. C'est à ce moment-là que j'ai pris des habitudes d'intempérance qui devaient durer longtemps. Beaucoup de Soissonnais sont revenus habiter leurs anciennes maisons, à quelques kilomètres des lignes, même s'ils les ont retrouvées pillées ou crevassées. Le dimanche, les curés disent la messe dans ce qui reste de leurs églises, et des paroissiens y paraissent, en manteaux bordés de fourrure. Luco me montre des photos de sa femme, qui continue de vendre des livres dans le 13e, et de son gosse. Il tient au crayon-encre un journal de guerre qu'il publiera après la démobilisation. Je trouve à emprunter une vieille bicyclette civile, qui me permet de rôdailler aux environs. Je pousse jusqu'à Craonnelle, défoncée par des tranchées et défrisée par des chevaux de frise en travers des rues. De là, on voit très bien Craonne démoli, occupé par les Allemands, la tour carrée de son église, pareille à celle d'Aulhat.

Des patrouilles maintiennent le contact avec l'ennemi, elles ont mission de capturer des prisonniers, par eux l'on apprend qu'en face c'est aussi zone de calme et de silence, on y envoie au repos des régiments fatigués. La vie est belle. Ils nous surveillent cependant, des saucisses se balancent au-dessus de leurs lignes, des avions à croix noires tournoient comme des éperviers au-dessus des nôtres. Le seul inconvénient de notre existence est le surnombre. Des unités nouvelles arrivent chaque jour : zouaves, cavaliers, artilleurs, chasseurs et même Sénégalais. Ceux-ci sont établis sur notre gauche, à Longueval, et souffrent terriblement du froid. Leurs officiers les font courir sur les routes comme des dératés afin de leur réchauffer le sang et d'améliorer leurs gelures. Le matériel arrive aussi : toiles de tente, caissons, munitions, ça finit par devenir inquiétant. A partir de la fin décembre, plus aucun doute ne subsiste, l'état-major est en train de monter une grande offensive, il le fait avec une insolence qui enthousiasme : en plein jour, canons et fantassins défilent des deux côtés de l'Aisne, de l'est à l'ouest, du sud au nord, passent sans interruption le canal et la rivière. A la sortie de Bourg-et-Comin, obus, bombes à ailettes, caisses de cartouches et de grenades s'empilent en un énorme dépôt, pour essayer les lance-flammes on brûle des broussailles et des fourrés, ce qui produit des fumées épaisses. L'importance des préparatifs apparaît bientôt si considérable qu'il ne peut s'agir que de l'offensive décisive, celle qui chassera sans appel l'envahisseur du sol sacré de la Patrie. Tout le monde en parle autour des roulantes, dans les cantines. Les mastroquets expriment même leur inquiétude commerciale, le bon temps de la bibine en bouteille cachetée va finir. On l'évoque dans les lettres et la censure laisse passer. Cependant que d'innombrables affiches continuent leurs recommandations : *Taisez-vous ! Méfiez-vous ! Silence ! Motus ! Bouche cousue !*

Vers la fin du mois de février, je suis de guet un matin au pied du plateau de Cerny, à trois cents mètres des lignes adverses, lorsque j'entends tomber et rouler quelque chose devant moi, j'écarquille les yeux, je distingue dans la brume une tache rouge et blanche et je m'enfonce dans la tranchée, craignant une explosion. Ils ont des inventions infernales. Comme au bout d'un quart d'heure rien ne s'est produit, je regarde encore : l'objet est toujours là. Je le regarde toute la matinée. Deux camarades se joignent à moi, et nous le regardons ensemble. A la fin, ils se procurent des lattes, les lient bout à bout, fixent une gamelle à l'extrémité et réussissent à en coiffer la chose. Ils la ramènent avec prudence. Il s'agit d'une sorte de balle à trois épaisseurs, formée d'un caillou, d'une feuille de papier et d'une enveloppe de toile aux couleurs de la Bochie impériale : rouge, noir, blanc. Le message est écrit en français, sans une faute d'orthographe :

> *... Nous savons que vous préparez contre nous une grande offensive. Nous allons vous casser les reins. Dans l'attente, nous passons du bon temps avec vos femmes. Gardez le drapeau, il vous sera utile : vous emploierez le rouge pour mettre une pièce à vos culottes ; le noir marquera le deuil de vos illusions ; le blanc, la virginité de notre sol qui jamais ne sera foulé par vos godillots.*

Je porte la lettre au lieutenant Luco, qui sourit : « Ils sont quand même moins bien informés que ce qu'ils prétendent. Depuis longtemps, nous ne portons plus de pantalons rouges. » Puis il lui fait suivre la voie hiérarchique. Conséquence ou non de mon caillou tricolore, le commandant décide de camoufler ses intentions. Il fait aussi camoufler les batteries, les chemins, les dépôts de munitions. Dieu est avec nous, car une neige épaisse nous apporte un camouflage de complément. Cela n'arrête pas les commentaires. « Alors, nous demande le petit commerce, c'est pour quand votre offensive ? » Un jour tombent du ciel des tracts lâchés par un avion boche, qui nous posent la même question : *Quand venez-vous nous voir ? Nous sommes prêts à vous accueillir.*

Et le matériel arrive toujours, les bombes de même, la logistique est sur les dents. On a l'impression que toute l'armée française s'est rassemblée ici, au coude à coude, au pied à pied. L'espace nous manque aussi à cause des débordements de l'Aisne, il a fallu évacuer des tranchées où l'on risquait la noyade, la plupart de nos livrets militaires portent cette mention : *Ne sait pas nager.*

Nous ne savons pas non plus que l'affaire se cuisine en gare de Compiègne, laborieusement mais minutieusement. Local : le wagon-salon du président de la République. Grand Patron : Poincaré. Conseillers gastronomiques : Ribot et Painlevé. Maître queux : Nivelle. Petits-maîtres : Castelnau, Franchet d'Esperey, Pétain, Micheler. Marmitons : Mangin, Mazel, Duchêne, Fayolle.

« Deux facteurs essentiels, dit Poincaré, vont influencer nécessairement les opérations sur le front de l'Ouest : l'arrivée prochaine des troupes américaines, et la prochaine paralysie de notre allié russe en proie aux affres de la révolution. En conséquence de quoi, je passe la parole à Painlevé.

— Attendons, conseille Painlevé, l'arrivée des soldats d'outre-Atlantique. Jusque-là, contentons-nous d'entretenir le feu sous la marmite, sans rien incendier. D'ailleurs, nos effectifs se trouvent trop réduits pour que nous puissions entreprendre actuellement une vaste offensive. »

Telle n'est pas l'opinion de son compère Ribot qui saute sur le dernier mot prononcé :

« L'offensive ! L'offensive ! L'offensive !... La défensive conduit toujours à la défaite. Le caractère particulier du soldat français... l'épée qui se rouille dans le fourreau...

— Je suis aux ordres de Vos Seigneuries, dit avec prudence le maître queux Nivelle. Simplement, si elles me donnent des consignes qui me paraissent inacceptables... honneur militaire... démission.

— Ne vous offensez pas ! Conscients de votre valeur et de votre fortune... vous soutiendrons toujours...

— Je crois pouvoir dire qu'en effet la chance a été avec moi dans tout ce que j'ai cuisiné jusqu'ici. Ce que je vous ai servi à Mulhouse, sur l'Ourcq, à Douaumont m'a paru être assez de votre goût.

— D'accord, mais : l'attaque ! l'attaque ! l'attaque ! insiste Ribot.

— Peut-on connaître exactement votre recette ? demande Poincaré.

— La percée est possible pourvu qu'une artillerie puissante écrase d'abord les tranchées et les canons ennemis. Alors nos fantassins, dans un élan brutal et irrésistible, franchiront toutes les lignes adverses. Nous devons donc avoir trois armes dans notre poing : le feu, la rapidité, la surprise.

— Justement, cette surprise, parlons-en ! Tout le monde semble déjà informé de la prochaine offensive Nivelle : les députés, les journalistes, les cantinières, les matelassiers.

— Il me reste bien des éléments de surprise : notre méthode, nos moyens, le jour, l'heure, le lieu. Voyez-vous, nos hommes en ont assez de cette guerre de taupes. Il faut qu'ils réapprennent à marcher ; que leurs officiers les guident à la boussole. L'avance sera réglée comme un mouvement d'horlogerie, à l'allure de cent mètres par minute, soit deux kilomètres à l'heure et vingt kilomètres par journée. »

Micheler ose alors intervenir :

« Si je peux me permettre... Peut-être serait-il bon de marquer un temps d'arrêt. Laissons à l'artillerie la possibilité de suivre.

— L'attaque ! L'attaque ! L'attaque ! rabâche Ribot.

— Au jour J + 1, poursuit Nivelle, la cavalerie devra atteindre la plaine de Laon. A J + 2, une ligne Nouvion-Catillon-La Fère. A J + 3, l'Oise. A J + 4, la Somme. A J + 5... N'oubliez pas ce qu'a dit Napoléon le jour d'Austerlitz... Violence, brutalité, rapidité, secret... Nous savons que le moral de l'ennemi est au plus bas : il ne tiendra pas devant notre fureur.

— Ha, ha, ha, ricanent les petits-maîtres.

— La seule chose que je redoute, c'est que l'ennemi fasse le vide devant nous, comme à Royce-Coucy. Plus il sera nombreux, plus notre victoire sera éclatante. Nous ramasserons au moins cent mille prisonniers.

— Ha, ha, ha.

— Permettez-vous, cher maître, demande Poincaré, que nous entendions l'avis de vos adjoints ?... La parole est à Castelnau.

— Je ne suis pas au courant, reconnaît Castelnau en mordant sa mouche. Personne ne m'a rien confié avant que je n'arrive à Compiègne... Secret bien gardé... Pas eu le temps de réfléchir... Quoi qu'il en soit, toujours d'accord !

— Moi, dit Franchet d'Esperey, je connais bien l'adversaire... très sérieuses capacités de résistance... mais me conformerai aux ordres reçus. »

Micheler exprime son opinion en ces termes :

« Heu... heu... heu... »

Ce qui fait bondir Franchet :

« Je proteste avec la plus vive indignation contre cet avis de Micheler. Aujourd'hui, il nous dit en effet exactement le contraire de ce qu'il m'a déclaré hier matin. »

Alors, Micheler précise sa pensée :

« Pour le jour J, je dis oui. Pour J + 1, heu... heu... Pour J + 2, je me réserve.

— Voilà qui est clair et net ! »

Sollicité à son tour, Pétain parle de puissance de feu française inférieure à ce qu'elle a été, de difficulté du terrain, manifeste des doutes sérieux sur le succès de l'opération. Poincaré tire alors la conclusion de l'entretien : vu... attendu... entendu... gouvernement estime que la bataille offensive doit être conduite avec prudence et immédiatement arrêtée au cas où le front ennemi ne serait pas largement rompu après les efforts initiaux. Nivelle se dresse, pâle comme un linge, et présente sa démission de maître queux.

« Allons donc ! Allons donc ! s'écrient les trois compères. Plaisanterie !... Paroles ont dépassé notre pensée... sentiment du devoir... simple échange d'informations dans une intimité confiante... seul souci est de réaliser une entente complète des divers artisans... sol sacré de la Patrie... » Le Grand Patron refuse tout net d'accepter ladite démission, vous avez toute la confiance du gouvernement, nous reparlerons de tout cela après déjeuner. Après quoi, il pousse ses invités vers le wagon-restaurant.

Pendant ce temps, derrière les sacs de sable, dans nos granges, sous nos tentes, nous grelottons. On a tellement froid qu'on en pleure. Les officiers essaient de nous réchauffer en nous frictionnant avec des espérances. Mettons les choses au pire : le premier jour, on avancera de cinq à six kilomètres. Le soir, on mangera la soupe des Boches. Le colonel exige que les musiciens emportent leurs instruments : en arrivant à Martigny, ils joueront *La Marseillaise*... Des postes de secours, major ? Vous tracassez pas. Tout ce que vous aurez à soigner, au plus, c'est des entorses. Encore un coup de collier, les gars, et la guerre est finie ! La seule chose à craindre est que l'ennemi ne s'enfuie trop vite, que nous n'ayons pas le temps de le rattraper.

Cela dit, l'offensive Nivelle est fin prête, il ne lui manque pas un bouton de guêtre. Le 11 avril, une explosion terrifiante fait trembler la terre, un souffle formidable couche les arbres, renverse les hommes, puis, durant un quart d'heure, des détonations moins fortes se succèdent en chapelets : le dépôt de munitions établi près de Bourg-et-Comin vient de sauter, détruisant le village, faisant des centaines de victimes... Ça commence mal, mon lieutenant... D'accord, mais vous en faites pas, il en reste... On se déplace pour aller admirer l'énorme cratère, ce ne peut être tout de même le fait du hasard. Au fond du trou, parmi toutes sortes d'autres débris, on peut distinguer un objet étrange : une bottine de femme, là-dessus, les esprits carburent : le coup est l'œuvre d'une espionne, voilà tout ce qui reste d'elle.

Depuis une semaine, notre artillerie procédait à de modestes tirs de réglage, de même qu'un chanteur toussote pour s'éclaircir la voix avant d'entamer son grand air. Et voici qu'elle l'entame précisément le jour de l'explosion, comme pour rassurer les pessimistes. Allez, les artilleurs ! Nous comptons sur vous, vieux frères, pour nous frayer le chemin : aplatissez les barbelés, écrabouillez les casemates, faites taire ces chiennes de mitrailleuses. Le tintamarre de nos canons est pour nous la plus douce musique. Faites-leur voir, à ceux d'en face, ce que vaut cette belle marchandise fabriquée en France qui leur arrive sur le coin de la gueule. A certains moments, on ne peut plus parler ; alors, on se regarde les uns les autres, et l'on rigole dans nos capotes mouillées. Le 13 – un vendredi : je me dis que Nivelle est superstitieux et qu'il pense à notre bonheur – grande distribution de pinard, deux litres par bidon, et une chopine d'eau-de-vie, repas chaud : le dernier sans doute avant longtemps. Défense de toucher au remontant jusqu'à ce que nous soyons dans les tranchées. Tenez-vous prêts. Cette fois, les *biquets* n'ont plus droit aux égards. La veille, il est rentré des permissionnaires, tu les repères à l'odeur. Eux ne sentent rien, les femmes ont lavé leurs frusques, tandis que nous, nous puons comme des boucs. Et je dois dire ce qui est : ils semblent contents d'arriver assez tôt pour participer à la poursuite finale. Il fait un temps affreux : froid, brouillard, pluie ou neige. Depuis trois nuits, pratiquement, impossible de fermer l'œil avec ce vacarme. Alors, qu'on en finisse ! Qu'on en finisse !

L'ordre vient. Nous marchons vers le Chemin des Dames. Nous dépassons les batteries de tous calibres – il y a même des pièces de marine – que nous saluons frénétiquement du bras ou de la gueule, elles sont si serrées que les servants se gênent les uns les autres, ça sent tellement la mélinite et les gaz brûlés qu'on se demande comment ils respirent. Nous rencontrons des Sénégalais, le sac dans le dos les gêne et ils le portent sur la tête en psalmodiant des mélopées de leur tribu, beaucoup, à cause de leurs gelures, ont les mains enveloppées de pansements, manier le fusil avec ça, c'est comme vouloir coudre avec des gants de boxe. Cette fois, nous ne sommes pas dirigés vers la Vallée-Foulon mais plus à l'ouest, sous le plateau de Cerny, devant les ruines d'un village appelé Troyon. On s'installe dans les boyaux, on regarde en l'air, des aéroplanes à croix noires se promènent insolemment sur nos têtes sans rencontrer d'opposition, nous leur lâchons quelques pruneaux qui passent à côté de la cible, ils répondent en nous envoyant des tracts, toujours la même littérature. Après quarante-huit heures passées dans la tranchée, certains ont déjà vidé tout leur bidon et se sont souillés comme des porcs. Le chiche rata qui nous arrive est gelé, nous grignotons les biscuits de réserve. Ceux qui ne sont pas de guet s'efforcent de somnoler. Ou vont à la chasse aux poux sous leurs hardes. Ou écrivent une dernière lettre qu'ils confieront au porte-soupe. Ou bavardent entre eux, échangent les adresses de leur famille pour le cas où. Plus aucune excitation ne me soutient, ma curiosité est totalement satisfaite, j'aimerais bien retourner à Vollore-Montagne, à Aulhat ou à Clermont. Qu'est-ce que tu faisais dans le civil ? Toutes les professions sont ici représentées : pédago, charcutier, ouvrier, cordonnier ; mais surtout : paysan, paysan, paysan. Les tranchées sont remplies de paysans, notre guerre est une guerre de paysans, d'ouvriers agricoles, de métayers, de betteraviers, de vignerons, de hacheurs de paille, d'écaleurs de noix. Les aumôniers circulent comme ils peuvent, avec leur boîte à hosties. O les bonnes hosties sèches que je chipais dans la sacristie de la Chapelle-Trinquard ! Elles collaient au palais comme des timbres-poste. Celles-ci ont beaucoup d'amateurs, une précaution qui ne coûte rien, les confessions sont ultra-rapides : *Je confesse à Dieu*, baste, je n'ai pas le temps d'écouter votre prétintaille. La communion est aussi facilitée par le fait que nous sommes souvent à jeun depuis des heures. Amen, merci mon père, au suivant. J'ai l'impression qu'on nous a fait venir trop tôt, à quoi ont servi ces deux jours de pataugе ?

Le dimanche 15, le matin est assez ensoleillé, mais la pluie revient dans l'après-midi. Le soir, des feuilles blanches sont mises en circulation, faites passer, faites passer. On y lit, en gros caractères : *Aux officiers, sous-officiers et soldats des Armées françaises. L'heure est venue. Confiance et courage. VIVE LA FRANCE ! Général R. Nivelle.* Ça y est donc. Les sergents nous préviennent : réveil demain à trois heures et demie. On dort ou on ne dort pas, adossés aux parois grasses et glissantes comme des mottes de beurre. Toute la nuit, notre artillerie continue de marmiter, ce qui m'inquiète, c'est que les Boches ripostent, ils ne sont donc pas entièrement anéantis. En fait, le branle-bas commence plus tôt que prévu, et débute par une distribution de café froid, ceux qui n'ont pas vidé complètement leur topette y ajoutent un peu de gnôle. Chocolat, biscuits, boîtes de singe : voilà comment on nourrit les héros. Au dessert : grenades. Six par homme dans la musette arrière ; et les ultimes recommandations : « Il n'y aura ni fusée ni clairon. Pas de cris non plus. Vous arriverez sur le Boche tels des fantômes. Neige et brouillard : le temps idéal pour le surprendre. » On serre les mains de ses voisins, connus ou inconnus, comme on fait à des amis qui partent pour un long voyage. Malgré l'optimisme officiel, je me demande si nous nous en tirerons uniquement avec des entorses.

Encore un petit quart d'heure. Baïonnette au canon ! Cliquetis des armes. Le Boche ne nous voit pas, il est mort ou enterré. Enterré au fond de ses tranchées et de ses creutes, après une semaine de pilonnage ininterrompu. Je ne repasse point ma vie comme une leçon. Je songe à ce que je dois faire : monter cette sacrée pente en courant aussi vite que possible, cent mètres par minute en moyenne, selon les ordres du généralissime, qui sort de Polytechnique. Davantage si j'ai assez de souffle. Deux grenades par ligne, six pour trois lignes, le compte y est. Sauter dedans, supprimer ce qui bouge encore. A partir de là, gueuler comme les quatre cents diables. Ressortir, passer à la seconde, et ainsi de suite. C'est tout simple. Demain on est à Martigny, défilé, croix de guerre, fourragère, permissions, ya-hou !!! Luco me regarde et me sourit. Je veux me battre aussi pour la grenouille de son gosse.

Plus qu'une minute.

En avant !

Nous bondissons. Et la pente ? Avions-nous songé à la pente ? Elle est pareille à l'escarpe d'une route, boueuse, neigeuse, merdeuse, tu crois faire un pas et tu t'agenouilles. Pourquoi Nivelle n'a-t-il pas choisi un temps de forte gelée, de terre dure et portante ? Péniblement, ces cent premiers mètres, on les fait quand même, on tient à peu près le rythme. Encore quelques secondes et on arrive à la première tranchée. Alors brusquement, le versant grisâtre de la falaise au-dessus de nos têtes s'allume et crépite d'un bout à l'autre. Luco crie : « Couchez-vous ! » Les balles sifflent comme un essaim de guêpes furibondes, tintent sur les casques, les gamelles, les fusils. Quelque chose n'a pas fonctionné dans notre balistique, et je vois quoi en un éclair : les creutes crachent le feu à pleines gueules, elles sont protégées par trente mètres de terre et de rocher, la falaise est truffée de nids de mitrailleuse que nos gros calibres n'ont pas su trouver. Une semaine de pilonnage, quatre millions d'obus pour rien si la situation est la même tout le long du plateau. Même les crêtes pètent le feu. Malgré les consignes de silence, des hurlements jaillissent de tous côtés. Au secours ! Je suis foutu ! Mon lieutenant ! Au secours !... On voulait de la surprise, on en a. Je rampe quand même, éberlué d'être toujours en vie. Ça ne durera pas. Quelques fantômes bleus se relèvent, font demi-tour, essayant de retourner à leur point de départ.

« Avancez ! Salauds ! Lâches ! »

Je vois un officier qui lève son revolver, tire dans le plus proche fuyard. Les autres corrigent leur direction, ou bien se jettent par terre et font semblant d'être morts. Peut-être le sont-ils. La première ligne boche est encore à cinquante mètres, beaucoup de barbelés ont été épargnés ou relevés la nuit dernière. Je plonge dans un cratère d'obus où deux autres m'ont précédé. Mes pieds et mes jambes restent dehors. A force de contorsions, je réussis à les ramener, car j'y tiens énormément. A peine suis-je tout entier à l'abri qu'un de mes compagnons de trou explose et part en morceaux. C'est un coup des grenades de sa musette, je ne sais comment il s'est arrangé pour accomplir cet exploit. Pas eu le temps de lui demander une explication, son nom ni son adresse. Par la même occasion, son voisin reçoit des éclats dans je ne sais quels organes essentiels, il se tient la poitrine, gémit et vomit rouge. Et moi, toujours intact ! Réservé sans doute par les puissances célestes pour pouvoir raconter ces choses.

« Attends, dis-je, je vais te donner à boire. »

Je vide de mon café carabiné dans mon quart, je le lui présente, il me regarde, crache rouge encore une fois et crache son âme en même temps. Je bois le café pour que tout ne soit pas perdu. Me voilà seul avec deux morts. A l'étage au-dessus, c'est toujours le tonnerre des artilleries, les triples croches des mitrailleuses, interrompues de temps en temps par un soupir pour changer de chargeur, les hurlements des vivants et des blessés, l'éclatement sec des grenades. Je pense aux miennes et à celles qui restent en dépôt dans la musette du second copain. Un dépôt extrêmement dangereux. Un moment, je songe à les balancer à l'aveuglette de mon cratère en direction de la tranchée allemande, mais je crains d'atteindre des nôtres. Pour me rendre compte où en est leur progression, je sors mon casque au bout de mon lebel, il est reçu par une giclée. A ce moment, j'entends gémir en bordure de l'entonnoir, ayayaye, je peux plus bouger, je vais crever ici. Je reconnais la voix d'un *biquet* de ma classe dont j'ai tout à l'heure serré la main.

« Attends !... Je vais te tendre mon flingue, tu t'accrocheras, je te tirerai jusqu'ici. »

La tête enfoncée dans les épaules, je pousse le fusil, tournant vers moi le côté qui pique.

« Attrape-le ! Tiens bon !

— D'accord ! »

Tagadagadagadagada !... Tu m'écoutes ? Tu es prêt ? Le *biquet* n'a plus besoin de mes secours. Je regarde ma montre : six heures dix.

Des heures, je reste cloué au fond du trou, en compagnie de mes deux muets. Un et demi, plutôt, mais les têtes sont intactes. Tandis que je m'impatiente et me martyrise, eux se foutent bien de la République, ils regardent tranquillement les nuages, pour eux la guerre est terminée. J'envie leur calme définitif. Parfois un 77 tombe dans nos environs et nous saupoudre. Alors, pour m'occuper les mains et l'esprit, m'empêcher de ne penser qu'à moi-même, je rampe vers eux, je me redresse avec prudence, j'essuie les figures de mes compagnons, à présent lisses et reposées. Elles étaient encore colorées ce matin, au court moment de notre rencontre, les voici maintenant jaunâtres, vieil ivoire, elles ne deviendront pas blanches, de ce blanc marmoréen auquel n'atteignent pas les morts de la paysannerie. Car ils étaient, eux aussi, des coupeurs de paille. De même que le *biquet* resté dehors, il me reste le souvenir de sa main épaisse, aux bourrelets intérieurs rugueux. J'aurai sans doute été le dernier à le toucher vivant. Avec des précautions de Sioux, je risque un œil autour de l'entonnoir. Les pentes du plateau qui à l'aube étaient grises sont maintenant toutes bleues. Bleu horizon. Une jonchée de bleuets, comme pour la fête-Dieu. Parfaitement immobiles. Si au contraire je répète l'expérience du casque au bout du fusil, immanquablement j'attire une volée de triples croches. J'ignore ce que sont devenus les autres, s'ils sont tous morts, s'ils ont battu en retraite, s'ils jouent comme moi au grillon au fond d'un terrier.

A partir de midi, nos artilleurs semblent rectifier le tir. J'ai l'impression que leurs zébrures volent plus bas. Moi aussi, je me suis mis à regarder le ciel sombre sur lequel je distingue nettement la traînée brillante des projectiles. Surtout quand il s'agit d'un envoi groupé. Ou bien je me ratatine, les mains sur les oreilles, l'esprit occupé par un perpétuel étonnement, celui de vivre encore, impossible de penser à rien d'intellectuel avec ce vacarme, le mugissement des torpilles, les explosions qui secouent la terre, le crépitement des mitrailleuses, les appels, les gémissements, les malédictions. Et ainsi des heures encore. J'attendrai que le jour tombe pour essayer de sortir. Je ne vais pas tout seul, avec mes six grenades, attaquer la première ligne boche. Et soudain, vers cinq heures et demie, d'autres cris éclatent : En avant ! En avant ! Et d'étranges glapissements, des appels inconnus, incompréhensibles, quelque chose comme *acoula, acoula, acoula !* Une deuxième vague déborde de nos tranchées, les triples croches recommencent de pleuvoir. Dernier essai avec mon casque au bout du fusil. Cette fois, il ne suscite aucune réaction particulière. Je lève la tête, et ce que je vois me remplit de stupeur : un régiment de Sénégalais, hagards, vociférants, trébuchants, s'aidant de leurs mains et de leurs pieds gelés, charge à la baïonnette. Il en tombe, il en tombe, les autres enjambent et avancent, *acoula, acoula*. O sang du Christ ! Vais-je rester à attendre l'armistice dans mon trou ? La présence de mes compatriotes africains me donne soudainement un courage dont je ne me croyais pas capable, je bondis de mon entonnoir, je balance mes grenades dans la tranchée boche, les Sénégalais me rattrapent, nous sautons dedans, ils embrochent tout ce qu'ils trouvent, au milieu des cris de terreur : *Die Schwarzen ! Die Schwarzen !* Les Noirs ! Les Noirs ! La première ligne est prise. Selon les instructions de Nivelle, nous devions l'enlever en quelques minutes. Il a fallu la journée et le massacre de trois cents compagnies parties dans l'enthousiasme, vingt mille morts dans la journée.

Les jours suivants, sur toute la ligne du front, nous constaterons d'autres erreurs de calcul de nos polytechniciens. Nous trouverons des réseaux de barbelés pratiquement intacts, des mitrailleuses bien à l'abri dans des caches bétonnées et qu'on ne pourra faire taire que de tout près, à la grenade. Plusieurs régiments d'infanterie coloniale réussiront à franchir le balcon de la ferme Hurtebise, et à dévaler vers la forêt de Vauclerc. Alors, des Allemands jailliront du sol, de puits, de grottes, de taupinières, les fusilleront de dos et de profil tandis que leurs secondes lignes les recevront de face. Toute la falaise a été transformée en un énorme bastion. Leur artillerie est aussi dense que la nôtre, mais elle a su, elle, garder le secret de ses emplacements et de son nombre. Pour la première fois, des chars d'assaut auront été employés, à l'est de Craonne, la moitié mise hors de combat. Nous aurons quand même réussi à enlever sur la gauche Chavonne, la Cour-Soupir, le mont Sapin, c'est-à-dire à progresser d'un kilomètre en moyenne. On se raconte l'histoire des Sénégalais dont le fusil est tellement terreux qu'ils n'en ont pas l'usage, alors, ils nettoient les tranchées au coupe-coupe. Dans une certaine creute, ils tombent sur un groupe de Fritz occupés tranquillement à faire chauffer des saucisses sur un poêle. *Acoula, acoula.* Les Sénégalais les réduisent en pâté, et mangent les saucisses. On craignait le pire. Mais d'autres Noirs se sont enfuis vers l'arrière, malgré leurs bergers blancs qui les poursuivaient, revolver au poing, en fin de journée, ils sont arrivés à Courlandon, à quinze kilomètres au sud des lignes, ont pris d'assaut un train sanitaire, obligé médecins et infirmiers à soigner en priorité leurs gelures.

Dans la tranchée ennemie bouleversée par nos 75, en attendant mieux, nous cherchons si un peu de nourriture n'aurait pas été oubliée par les précédents locataires. Tout à coup, dans cette terre labourée, couleur de chocolat, je distingue une boule de pain, je me baisse et j'empoigne la tête rousse d'un Fritz, incomestible. Il faudra se contenter des provisions de la musette. Les trois jours suivants, la bataille continue, avec moins d'ambition et plus de prudence, les consignes des officiers sont : « Consolidons ! Consolidons ! » On consolide, au prix de nouvelles pertes. Le 19, enfin, je peux dormir dans une *bovette* évacuée par les Allemands, sauf trois coiffés de leur casque grotesque pareil à un chaudron. Accroupis, ils s'étreignent, s'arc-boutent l'un à l'autre comme pour tirer on ne sait quel énorme poids. Mais leur effort est inutile, car c'est la mort qui les tient liés ensemble. On les délie, on les fout à la porte, ils roulent la pente, s'arrêtent en bas les jambes en l'air. Et nous couchons sur leur paille, grouillante d'énormes poux boches marqués sur le dos de l'aigle impériale.

On n'avance plus, mais il faut se défendre, l'ennemi ne nous laisse pas une minute de répit. Le ravitaillement est dérisoire, moins de pain, moins de viande, moins de pinard, la soupe nous arrive mélangée à la terre, on finit par n'avoir plus que de l'eau comme boisson. Malgré ça, on s'accroche au peu de terrain qu'on a repris et qui nous a coûté si cher. C'est seulement au début du mois de mai que vient la relève. A l'arrière du front, les chemins creux sont encombrés de postes de secours sous la tente, entourés de blessés, d'agonisants, de morts, les uns sur des brancards, d'autres à même le sol. Tout ça hurle, gémit, pleure, ou se tait lugubrement. On ne sait ce qui se passe sous la tente, mais quand un médecin ou un infirmier paraît, on le voit couvert de sang jusqu'aux oreilles, comme aucun boucher ne l'a jamais été. Des ambulances souvent conduites par des femmes viennent de temps en temps prendre un chargement. Ceux qui restent tendent les mains, réclament d'une voix lamentable : « Et moi !... Et moi !... S'il vous plaît, prenez-moi, madame ! »

A Fismes, nous pouvons goûter un peu de repos, on nous distribue des frusques propres, l'intendance a des disponibilités, la moitié de nos effectifs est passée à la moulinette. Le lieutenant Luco est du nombre. Il me reste de lui quelques lignes d'écriture sur un calepin : l'adresse de sa librairie et deux vers, que je crois de Péguy :

Mère, voici tes fils faibles et saugrenus ;
Qu'ils ne soient pas jugés sur leur basse fatigue.

C'était un garçon promis à de grands honneurs.

Nous retrouverons ici les petits charognards, les mastroquets rapaces, le pinard à trente ou quarante sous, mais il existe une coopérative qui vend le sien seize sous la bouteille, elle ne suffit pas à la demande. Les flacons circulent dans les cantonnements et les idées aussi. La chaleur du vin délie les langues et décolle les paupières. Les héros savaient déjà que les armées françaises étaient menées par des généraux incapables : l'un n'a jamais cru aux mitrailleuses, l'autre jamais cru aux chars d'assaut, l'autre jamais cru aux avions, l'autre jamais cru à la victoire ; en revanche, ils croyaient aux pantalons rouges, à la baïonnette, aux canassons, à la *furia francese*, au casoar, aux gants blancs, aux boutons astiqués, aux marques extérieures de respect, au communiqué, aux promotions. Les héros savaient déjà que ces nullités s'étaient foutues de leur gueule depuis le début, avant et après le 2 août 1914. Les héros savaient déjà qu'elles avaient autant de souci d'eux, de leur vie, de leurs souffrances que l'âne attaché à sa roue de moulin a souci des crottes qu'il foule[1]. Tout cela, ils le savaient, mais n'osaient point le dire. A peine osaient-ils le penser. Et voici que le vin leur donne ce courage, comme il leur donnait hier celui de sauter le parapet et de se jeter en avant. Des groupes se forment en criant : « A bas la guerre, on ne remontera plus à l'attaque, permissions, permissions, on en a

1. Proportionnellement aux effectifs mobilisés de 14 à 18, les tués de l'armée française ont été de 40 % plus nombreux que ceux de l'armée allemande.

marre, marre, marre, marre », il en est même qui chantent *L'Internationale.* Les témoins impartiaux remarqueront que presque tous sont éméchés, parfois même saouls comme des vaches. Faut-il être saoul pour brailler des choses aussi insensées ! Les gars du 109e semblent particulièrement cuits, ils entrent dans les cantonnements, le fusil braqué :

« Tout le monde avec nous ! On fait la révolution, comme en Russie !... A bas la guerre ! Ceux qui ne marchent pas, on les flingue ! »

Quelques-uns marchent, d'autres essayent de discuter. Mais les gars du 109e ne veulent rien entendre, depuis qu'ils voient clair. « A Paris ! A Paris ! » répondent-ils. Ils sortent du village, prennent ce qu'ils croient être la route de la capitale, ils veulent aller secouer les puces aux députés, aux ministres, aux embusqués. De gré ou de force, ils entraînent les isolés qu'ils rencontrent. Bientôt, ils sont deux ou trois cents, la crosse en l'air, un bout d'étoffe rouge au bout d'une baïonnette. Des camions remontent en sens inverse, leurs occupants regardent, éberlués, cet étrange troupeau. A Paris ! A Paris ! Des enrôlés involontaires s'échappent dans les champs, les autres leur tirent dessus. Après plusieurs heures de ce grabuge, épuisés, ils s'assoient dans l'herbe. L'ivresse leur passe, la résignation leur revient, ils disent : « On n'a pas assez de munitions, pas assez de ravitaillement. » Quelques-uns s'enfoncent les poings dans les yeux et pleurent. Ils rebroussent chemin, tout péteux, sans drapeau rouge et sans *Internationale.* Trois jours plus tard, ils remontent en ligne.

Il faut reformer les régiments détruits, regrouper les restes, combler les vides. Pour cette raison ou pour d'autres, pour nous éviter peut-être des contacts pernicieux, nous nous trouvons expédiés plus au sud. C'est une direction que j'aime bien. On nous établit dans une région appelée le Tardenois, près des sources de l'Ourcq. Par la presse ou le bouche à oreille, des nouvelles déprimantes arrivent de la capitale où des ouvrières se sont mises en grève pour obtenir la semaine anglaise. Des troupes annamites les ont bousculées, dispersées, canardées, disent certains. Tout cela écœure, de quelque côté qu'on le regarde. Des permissions nous sont attribuées par tranches décroissantes, selon des calculs compliqués. Moi, je suis incorporé de trop fraîche date pour pouvoir en espérer une. Le printemps est venu, plein de violettes, de pâquerettes, de muguet, un printemps incroyable après l'enfer dont nous émergeons. On se déshabille au bord de l'Ourcq, on entre dans l'eau peu profonde, on se purifie d'âme et de corps comme si c'était dans le Jourdain, les chemises sont lessivées, étendues sur les rives. Ensuite, il faut reprendre nos hardes dont nous avons secoué la vermine, mais non la puanteur, l'odeur nauséeuse de la guerre. Alentour, des femmes piochent la terre, vieilles, vêtues de noir, les yeux caves, avec des gestes lents et crochus. La rive de l'Ourcq est parsemée de pierres blanches qui luisent comme des ossements. L'artillerie martèle l'horizon, mais nous ne l'entendons plus, de même que les familles des cheminots n'entendent plus passer les trains. Du courrier arrive, des photos, des chaussettes, des mandats, de l'argent. Les bistrots ne désemplissent pas malgré les prix élevés, jusqu'au moment où le clairon sonne le rassemblement autour des roulantes.

La propagande contre la guerre se répand de plus en plus, à la manière d'une épidémie. Des meetings se tiennent où des orateurs exposent un programme de revendications : paix immédiate, amélioration de la nourriture, permissions plus nombreuses, on acceptera de combattre, mais uniquement pour repousser les Boches, refus de toute attaque ; on en a marre de se faire bousiller tandis qu'à l'arrière les affectés spéciaux gagnent de l'argent et mènent la belle vie. Les officiers interviennent, ils comprennent les mécontents, ils réussissent à calmer le tumulte ; et tout le monde va se coucher, les uns sur la paille pourrie, les autres entre des draps. Un jour, le chahut est poussé beaucoup plus loin par des gars du 23e, des Jurassiens et des Lyonnais, en attente de leurs permes. Après avoir combattu sans interruption sur la Somme, ils ont comme nous savouré l'offensive du cuisinier Nivelle, tout spécialement au nord de Reims, dans le secteur de Courcy et du fort Brimont. Or, au lieu des vacances formellement promises, ils reçoivent à présent l'ordre de remonter en ligne. Ça les rend fous de rage. Ils se mettent à brailler comme les quatre cents diables, voilà ce que vaut la parole des gradés, de ces buveurs de sang qui commandent par téléphone : « Attaquez ! Attaquez ! Quel qu'en soit le prix ! » Et qui vont ensuite se mettre les pieds sous la table. « Baptiste, servez chaud. » Alors, les hommes du 23e chantent eux aussi *L'Internationale*, brandissent leur clarinette et jurent qu'ils vont s'en servir sans compter les galons ni les étoiles. Ils forment un cortège, se dirigent vers Ville-en-Tardenois en scandant : « A mort les assassins ! » Beaucoup d'entre nous les suivent, par curiosité ou sympathie, et je suis du nombre, gueulant aussi fort qu'eux, bien que je me sente indigne avec mes six mois de présence sur le front, et malgré la recommandation de ma mère : « Surtout, ne te fais pas remarquer ! » Car je pense à tous ces bleuets répandus et hachés sur les pentes qui montent au Chemin des Dames.

Deux limousines roulent à notre rencontre et nous barrent la route. Il en descend un groupe d'officiers, rien que des cinq galons, et au milieu un général de brigade, la poitrine tapissée de décorations, court, bedonnant, rougeaud, les yeux hors de la tête. Il ressemble au Khâgne qui souffletait ses élèves dans la rue. Toute ma vie, je trouverai ainsi sur mon chemin des hommes courts, rougeauds, bedonnants, étouffés par le sang et la vanité, et qui me voudront du mal. Celui-là, entouré de ses colonels, marche vers le troupeau vociférant, hurle des ordres : « Halte ! Halte ! A mon commandement ! Je suis le général Mulot ! — On s'en fout ! Mort aux vaches ! — Conseil de guerre, insoumission, fusillés ! — Tu y passeras d'abord !... » Un caporal sort des rangs, porte la main sur sa vareuse, lui arrache ses médailles, sa fourragère, le soufflette. Le coup est si rude que le général tombe par terre, où des godillots prennent la relève. Les colonels se précipitent, le ramassent, le poussent vers la limousine entourée de rebelles. Elle aussi reçoit son compte de coups de pied, le fanion étoilé finit sous les semelles. « Laissez-moi manœuvrer, nom de Dieu ! crie le chauffeur. Moi, je suis pour rien dans la stratégie ! » Il recule, parvient à faire demi-tour, emporte son chargement de galonnés. Le général a été sauvé par son chauffeur. Le départ des deux voitures est salué par nos applaudissements, nos rires, nos huées. Comme la nuit tombe, les mutins se contentent de ce succès, renoncent à leur marche sur Ville-en-Tardenois et regagnent leurs granges.

Le lendemain, la rébellion repart, après s'être largement abreuvée dans les bistrots du Tardenois.

« Camarades ! proclame un orateur, je vous annonce que pratiquement toute la 41e division a mis la crosse en l'air, et que nous allons recevoir des renforts ! »

Et toute la journée, ce sont les mêmes refrains, les mêmes imprécations contre les responsables, civils et militaires. Le soir, il y a énormément de viande saoule. Alors que la nuit est déjà venue, voilà que nous dégringole dessus, non point les renforts espérés, mais la gendarmerie montée, sabre au clair. Ils sautent de cheval. Une lanterne à la main, ils parcourent les rues du village, visitent les granges et les cafés, lisent les écussons, empoignent au hasard une vingtaine de caporaux et de soldats du 23e, à la lueur de leurs lanternes. Jamais la Justice n'a eu la vue plus basse. Le jour suivant, le 23e est muté de cantonnement. Nous serons informés par la suite que cinq « meneurs » ont été condamnés à mort et exécutés, six autres déportés en Afrique. Nous saurons aussi – ce qui mettra un peu d'huile sur notre amertume – que plusieurs officiers supérieurs ou subalternes ont été privés de leur commandement.

Pétain, le successeur de Nivelle, fera de son mieux pour améliorer les conditions de vie des soldats, mettra plus de paille dans nos cantonnements, plus de vin dans notre eau, plus de viande dans nos lentilles, distribuera plus de médailles aux sans-grade et moins aux galonnés d'état-major, nous assurera des permissions plus régulières. Pour moi, je ne profiterai pas de ces améliorations, car je vais prochainement partir en congé libérable.

La nuit du 3 au 4 juillet – en fait, il s'agit du 4, puisque les choses se sont déroulées à trois heures du matin – je me trouvais devant Craonne repris depuis un mois par les Béarnais et les Basques du 18ᵉ. Nous occupions une ancienne tranchée allemande dans un secteur appelé Californie. La nuit était douce, belle et puante à cause des charognes répandues un peu partout. Tu entendais les rats couiner et se battre entre eux comme des forcenés pour en jouir. Avec cinq ou six autres, je m'étais assoupi au fond d'une sape à demi comble d'excréments français et germaniques. Dans ces circonstances, avant de fermer les yeux, je pensais une courte prière adressée à la Bonne Vierge de Vollore : j'aimerais mieux pas ; mais si vous pensez que ma mort est indispensable à cette guerre, faites, Bonne Vierge, que je meure pendant mon sommeil. Inutile d'insister sur le gros avantage qu'il y a à mourir en dormant : ta métamorphose passe comme une lettre à la poste. Tout à coup, nous sommes réveillés par un brusque pilonnage de 210. Aussitôt, je me dis que ma requête est repoussée ou que je ne dois pas mourir. Nous savons ce que veut dire cette préparation. Dès qu'elle ralentit, ce n'est qu'un cri tout le long de la tranchée : Aux parapets ! Nous y courons, prêts à recevoir l'assaut des fantassins adverses.

Ils arrivent en poussant des hurlements de sauvages. Certains sont précédés de lance-flammes, la plupart seulement de cette baïonnette terrifique qui ressemble au rostre du poisson-scie. Les premiers ont commis l'erreur d'allumer trop tôt leur chalumeau oxhydrique, nous les soignons spécialement, les chalumeaux font long feu. Nous tiraillons à volonté dans tout ce qui brille et tout ce qui bouge. Il en tombe beaucoup. Quelques-uns cependant réussissent à s'approcher, en nous expédiant leurs grenades à manche. Et tout à coup, l'une d'elles pète à cinq mètres de moi, ça y est, tu y passes, adieu la vie, adieu l'amour, adieu toutes les femmes. Un choc, un arrachement au genou. D'abord, je me tiens sur une patte, comme la grue, et quand je veux bouger, le côté gauche fléchit, je m'affaisse doucement dans le boyau, cherchant à quoi me raccrocher. Je vois là-haut les étoiles, la Grande et la Petite Ourse, tête-bêche, et l'étoile Polaire... Christophe Colomb... l'Amérique... les perroquets des Antilles... Merci, Bonne Vierge, je sens que je vais mourir doucement. Jeanne, Jeanne, petite sœur...

J'ai imaginé la suite comme j'ai pu. En juillet, le soleil se lève tôt : ç'a été ma chance. On m'a d'abord piétiné pendant une heure, on avait autre chose à faire qu'à s'occuper de mon cadavre. Ensuite, quand les Boches ont été complètement dissuadés, quelqu'un s'est aperçu que mon cadavre bougeait un peu, qu'il poussait même de petits gémissements. C'est un biquet de la 17, il a un sale trou à la patte. On me garrotte la cuisse, on me tire de la mouscaille, un moment après, je suis sur un brancard au plus proche poste de secours, au milieu des ruines de Craonne. « Tiens ! dit le docteur, en v'là un qu'a le bénéfice d'une anesthésie naturelle ! Genou complètement escagassé. Je coupe ou je coupe pas ? Qu'est-ce que je risque ? Ou bien il lui reste encore assez de sang, et il ne sera que mieux réparti. Ou bien non, et je ne peux pas le tuer, puisqu'il est déjà mort. Tension 6. Je coupe. Peut-être que plus tard il me dira merci. »

Voilà comment j'ai été séparé le 4 juillet 1917 de ma jambe et de ma cuisse gauche, qui, bien ménagées, pouvaient encore me faire un long usage. Et jamais je n'ai su qui je devais remercier. C'est à Craonne, sur le plateau.

Premiers refus

Le matin du mercredi 1er octobre 1919, revue de paquetage. Je veux dire, revue de trousseau. Par-devant Mme Malleret, qui est lingère-infirmière, également apte à enfoncer des aiguilles dans nos draps officiels et dans nos fesses privées. Ni jeune, ni vieille, ni laide, ni jolie. Elle compte et contrôle nos mouchoirs, nos chemises de jour et de nuit, nos caleçons de toile et de molleton.

« Vraiment, dit-elle à Rouquette, votre peignoir n'est pas beau.

— Ah ! Madame Malleret, j'ai des compensations, dit Rouquette.

— Quelles compensations ?

— Vous voulez que je vous montre, madame Malleret, ce que j'ai de plus beau en moi ? Le voulez-vous, madame Malleret ? »

Elle le regarde, puis rougit, puis éclate de rire :

« Vous savez, j'en ai tellement vu pendant quatre ans que ça ne m'impressionnerait pas !

— Vraiment, madame Malleret ? Vous avez passé quatre ans à regarder ce genre de chose ?

— Je veux dire que je soignais les blessés et les malades, ici même.

— Dites chiche, madame Malleret ! Dites chiche, vous ne le regretterez pas !

— Je ne dis pas chiche ! Vous m'embêtez, allez-vous-en ! »

Le défilé continue. Tout par un coup, arrive M. Pamaret, dit le Zig. L'œil du maître. Un moment, il assiste aux opérations, le sourcil terriblement froncé :

« Et le parapluie ! s'écrie-t-il. Nous n'avons pas tontrôlé le parapluie !

— Le parapluie ?

— Oui. Il fait partie du trousseau tomme le reste. Te chatun aille chercher le sien et l'apporte ici. Je veux le voir. »

M. Pamaret se venge du scandale des noix. Mal remis de nos fatigues de la nuit précédente, nous montons aux vestiaires, redescendons en serrant le parapluie réglementaire sur notre cœur. Ceux du moins qui en sont pourvus. Et les autres ? Eh bien ! On s'arrangera. L'économe nous appelle par ordre alphabétique :

« Armilhon ?

— Voilà, monsieur.

— J'enregistre. Bertrand ?

— Oui, monsieur.

— Votre parapluie ?

— Je n'en ai pas, monsieur. Je compte m'abriter sous le parapluie d'Armilhon, monsieur.

— Sous le parapluie d'Armilhon ? Vraiment ?

— Oui, monsieur. Armilhon possède un grand parapluie. Il m'en a offert une partie en cas de besoin, monsieur.

— J'enregistre. Bertrand sous le parapluie d'Armilhon. Beyssac ?

— Présent, monsieur.

— Votre parapluie ?

— Je compte partager celui de Vendange, monsieur.

— Vous êtes d'attord, Vendange, pour partager votre parapluie ?

— Oui, monsieur.

— Je note : Vendange sous celui de Beyssac.

— C'est le contraire, monsieur.

— Le tontraire. Bon. Je torrige. Fabre ? Je vois te vous avez un parapluie. Avet ti le partagez-vous ?

— Je ne le partage pas, monsieur.

— Pourtoi dont ?

— Parce que je suis une exception, monsieur.

— Je note. Fabre, tout seul, etception. Lhirondelle ?... »

Ainsi a été réglée au mieux, à la satisfaction de tous, l'affaire des parapluies.

Nous retrouvons les salles de classe, notre chaise de bois, nos pupitres à couvercle, entreposés chez le Comte depuis 1914. L'intérieur est tapissé d'exclamations : *Vive la DKL ! Au bagne le Khâgne !* D'anciennes confidences : *Lucie, je t'aime*. D'initiales, de dates, de formules algébriques, de dessins grivois. A quatorze heures, nous attendons le premier cours de M. Langlais. Parce que je suis le plus spectaculaire avec ma jambe de bois, les canaques unanimes ont exigé que je me place au premier rang : tu avances ton pilon juste sur son passage, avec un peu d'adresse tu lui fais faire la culbute. Il arrive enfin, précédé de son ventre, suivi de son derrière. Rien dans les mains, sauf un feutre à larges bords par lequel il a remplacé le chapeau pastèque, il le dépose sur son bureau d'un geste léger. Va-t-il me reposer sa question :

« Vous, là, le Thiernois, que voyez-vous au milieu de cette table ? »

Sa calvitie brille comme la pleine lune. Nous l'accueillons debout, il nous rassoit de la main. Mon pilon est en place, mais lui se tient près de la fenêtre, hors de portée, il nous débite un compliment : soldats de la République... jeunes et vaillants poilus... heureux de vous revoir... pense avec émotion à vos valeureux camarades... ici la liste de vos deux promotions martyres... Il tire de sa poche une feuille et commence à faire l'appel des cinquante noms confondus. Chaque absent bénéficie d'une courte oraison funèbre en langage télégraphique, qui sonne comme une citation à titre posthume :

« Excellent élève. Plein de finesse. Pouvait s'élever dans la fonction enseignante jusqu'aux plus hautes cimes.

« Garçon sérieux. Famille particulièrement modeste. Beaucoup de mérite. Ne laisse que des regrets.

« Jeune homme sympathique, toujours de belle humeur. Parfait camarade. *De profundis...* »

Quand vient son tour, chaque vivant se lève, il a droit à un style plus déployé : je suis content de vous revoir... vous aviez des dons pour la musique jadis, il faudra les cultiver... le chant, particulièrement le chant choral, précieuse discipline... j'ai appris votre brillante conduite au front... beaucoup de regrets d'être né trop tôt pour pouvoir participer moi-même... Nous l'attendons à quelques-uns qu'il a naguère spécialement maltraités : Courtines, Aubreton. Celui-ci surtout, qu'il menaçait de faire réduire en paillasson. Mais ils reçoivent comme les autres les formules honorifiques :

« Beaucoup de sérieux. Aurait fait un maître d'une grande conscience professionnelle. Gros travailleur. Regrets éternels. »

Alors sort de la liste un nom qui m'est familier :

« Vendange Jules. »

Je me lève, laborieusement, il ne me l'interdit pas. Marques extérieures du respect. Mon pied gauche m'élance chaque fois que je change de position. Lui, notre directeur, ne peut le savoir. Je le lui dirai un jour : mal dans le pied gauche, la sensation et la perception. Il me félicite de m'être fait couper une patte, ça n'empêche pas de devenir très vieux, il a connu plusieurs anciens de 1870 qui avaient eu la même idée que moi, je suis l'image même du combattant français marqué dans sa chair, modestie, sacrifice, laïcité. Asseyez-vous.

« Maintenant, si vous voulez bien, travaillons un peu. »

Après cinq années de séparation, nous sommes sûrs qu'il va commencer par : « Troisièmement... » Ou encore : « Point-virgule... » Nous ne nous trompons guère :

« Je disais donc... »

Quand disait-il cela ? Pardi ! Le 15 juin 1914 ! Professeur tout à fait remarquable, mémoire exceptionnelle, immense culture, Rabelais, Montaigne, Fénelon, Pestalozzi, a toujours conduit ses troupes... élite de l'enseignement. Tout à coup, il interrompt son exposé, nous enveloppe d'un regard réprobateur bien qu'encore respectueux, dit d'un ton affligé :

« Vous ne prenez pas de notes ? »

Nous répondons par des sourires amusés, voire par de petits rires impertinents. Nous secouons la tête. Eh bien ! Non ! Nous ne sommes plus des croque-notes. Trop de choses nous sont advenues.

« Mais comment retiendrez-vous... ? »

Qu'avons-nous à retenir ? Nous savons déjà tout, nous avons tout appris. Comment nous partager en quatre, nous distribuer aux différentes divisions, chacun en a sa part et tous l'ont en entier. Victor Hugo. Les bûchettes à calcul. L'alphabet de carton. Les petits à démouscailler quand ils oublient de lever le doigt. Les grands à embaucher comme moniteurs. Les dessins sur l'ardoise. Les graines de haricots dans le coton humide. Et mille autres choses accessoires : comment allumer un feu de bois sous la pluie ; comment ouvrir une boîte de sardines sans clé ; comment désinfecter une blessure sans eau oxygénée ; comment laver son linge sans savon ; comment rester trois jours sans manger ni boire ; comment parcourir deux cents mètres sur le ventre.

« Peut-être bien. Mais les notions théoriques ! Le décalogue ! Le credo ! Les principes indispensables au pédagogue pratiquant !

— Nous nous fierons à notre instinct.

— Comme vous voudrez. A vos risques et périls. Petit *b.* »

Après le Khâgne, vient le prof de musique, M. Gatignol. C'est un ancien combattant comme nous, tout de suite nous fraternisons, il nous appelle *camarades*, nous raconte ses exploits dans l'aviation. Vous étiez volant ? Oui, mitrailleur. Guynemer, non, je n'ai pas connu, mais j'en ai connu d'autres : Fonck, Gilbert, Sardier, Chaput, Delorme, Nungesser. Celui-ci avait peint sur son zinc un grand cœur, et dedans, un cercueil entre deux cierges, une tête de mort, des tibias croisés, il portait le même emblème sur sa vareuse. Chaque victoire nous valait une permission. A Paris, les femmes raffolaient des bandes blanches de nos culottes, de notre képi bleu ciel, nous avions tous une canne avec laquelle on écrasait les chapeaux melon, on mangeait des perdreaux truffés. Napoléon disait que l'infanterie est la reine des batailles, il ne connaissait pas l'aviation, naturellement. Notre uniforme nous donnait tous les droits. Un jour, j'ai vu Navarre, importuné par les sergents de ville dans son cabriolet, sous prétexte qu'il allait trop vite, faire la chasse aux flics, en coincer quatre sur un trottoir, quand ils ont su à qui ils avaient affaire, ils lui ont présenté des excuses. Les lois et règlements inventés pour les ânes ne conviennent pas aux aigles. Ainsi parle M. Gatignol. Après quoi, il écarte ce passé récent d'un geste de la main, saisit son violon, penche la tête sur sa table, ferme les yeux, se jette dans une improvisation échevelée, remue orages, cascades, tourbillons, nous arrache des larmes et des applaudissements.

Or, cet archange descendu du ciel est aujourd'hui premier violon dans l'orchestre municipal de Clermont qui se produit de loin en loin au théâtre, il porte des culottes râpées et des chaussettes trouées :

« En ce moment, nous répétons un concert spirituel, César Franck et Florent Schmitt. Quand nous serons prêts, je vous inviterai, je vous obtiendrai des réductions. »

Il enseigne sans diplôme d'enseignement, il a obtenu cette place de la mairie de Clermont grâce à un adjoint qui le pistonne. Chaque fois qu'il évoque le piston, il manœuvre un bras à l'horizontale, poing fermé, en avant et en arrière, et imite avec la bouche le bruit de la vapeur : *tchouf-tchouf.* Donc, par l'intervention du tchouf-tchouf, il possède un modeste gagne-pain et voudrait bien le conserver. Il donne chaque semaine dix heures de musique – il n'ose dire dix leçons – en diverses écoles de la ville. Ce n'est pas le Pérou : le concierge de l'Ecole normale gagne plus que lui avec son clairon.

« Je vous serais très reconnaissant, camarades, conclut-il, si vous pouviez m'aider un peu.

— Vous aider ? En quoi ?

— Ben voilà. Certains d'entre vous ont déjà enseigné, n'est-ce pas ? Et tous vous avez reçu un enseignement, forcément, autrefois à l'école primaire. Faites un effort pour vous rappeler, camarades. Vous avez des idées sur le chant, sur la musique, le pipeau, le galoubet, le cor de chasse. Je ne sais pas quoi, *Au clair de la lune, J'ai du bon tabac*, sur la manière de proposer ces choses aux enfants. J'en ai aussi quelques-unes. Alors, vous apportez les vôtres, j'apporte les miennes, on met tout ça ensemble et on partage, comme au front. D'accord ? »

Nous acceptons avec enthousiasme. Qu'est-ce au fond que la pédagogie ? Deux ou trois principes généraux, complétés par un attirail de trucs, de ruses, de ficelles, de bricolages. La grande terreur de M. Gatignol, c'est la venue de l'inspecteur général de l'enseignement musical. Un nommé Chaunet, une lumière parisienne, responsable de plusieurs solfèges, manuels progressifs, traités d'harmonie et autres atrocités.

« S'il tombe dans une de mes classes, il me saque, c'est sûr, pour incompétence pédagogique. Radié des cadres ! Soupe populaire ! Le concert spirituel n'a jamais nourri son homme.

— Vous en faites pas, monsieur Gatignol, nous vous formerons !

— Je vous en serai bien reconnaissant, camarades. »

Rispal, notre clarinettiste, accepte de se faire le maître d'œuvre de l'opération. Si besoin est, il donnera des leçons particulières, au bistrot d'en face. Presque gratuites. Il a découvert tout seul la pédagogie musicale comme Pascal enfant la géométrie d'Euclide. A Egliseneuve-des-Liards, non seulement il enseignait le solfège et le chant à ses élèves, mais il avait formé une chorale d'adultes et un corps de ballet capable de danser la *Mousmé*.

« La *Mousmé ?*

— Comme je vous le dis !

— Vous êtes l'homme qu'il me faut ! »

Gatignol se frotte les mains, le voilà sûr de son avenir, grâce à notre tchouf-tchouf. Pour nous récompenser, il ferme les yeux, pose la joue sur son instrument et improvise. L'âme de l'un vibre avec l'âme de l'autre. Elles parlent de plaines barbares, de neiges océaniques hérissées de sapins et de bouleaux, et d'un grand feu tranquille auquel des bûcherons se chauffent les paumes. Soudain, une horde de filles bottées de rouge jaillit des flammes, forme une couronne et danse, bondit et rebondit. Les chevelures ondoient, les dents scintillent, les rires sont comme du cristal qu'on pile. Alors, les hommes tendent des mains avides, veulent happer ces filles-étincelles qui les emportent dans leur sarabande de plus en plus acharnée. Et c'est eux qui sont happés. Non ! Non ! Lâchez-nous ! Nous ne sommes que de pauvres moujiks, de misérables casseurs de bois ! Trop tard. Ils sont noués à elles, la ronde s'élève au-dessus du sol, reste un moment suspendue, puis disparaît dans le brasier où les moujiks grésillent en hurlant. Comme on a eu raison de faire de M. Gatignol notre maître de musique, même s'il ne connaît pas la méthode !

Berlieux, l'homme aux longues quilles dans des chaussettes blanches, lui, la connaît et la pratique. Nous gardons le souvenir des condensés qu'après son cours magistral il nous imposait de recopier et d'apprendre par cœur. L'un d'entre nous, à tour de rôle, devait, de sa plus belle main, fournir au prof une copie supplémentaire destinée à remplacer l'exemplaire en circulation. Le texte s'en transmettait de la sorte de promotion en promotion, sans qu'y fût jamais changée une virgule, depuis les aurores de la carrière berlieusienne. Il présentait cette bizarrerie d'être souligné à la règle du premier mot jusqu'au dernier, et comme il fallait distinguer l'important de l'importantissime, certaines lignes avaient deux traits, ou trois traits bleus, ou deux bleus et un rouge, le dessus du dessus ne comportant pas moins de trois traits rouges. De tout cela résultait une pièce d'art curieuse et colorée, plus jolie de loin que de près, dite *planso*, abréviation de *plan sommaire.*

« S'il cherche à nous refaire le coup des *plansos*, proclame d'emblée Rouquette, notre maître à penser, moi, je vois rouge ! »

Dès qu'apparaît la haute silhouette du bonhomme, nous nous levons, car nous sommes des gens polis. Je suis le dernier à me rasseoir, il me faut plus de temps qu'aux autres pour mettre ma prothèse en bonne place, le pilon en avant. Sans espoir cependant de faire trébucher Berlieux qui reste collé à sa chaise tout le temps de son cours. Ses yeux pourtant descendent vers moi. Il demande avec, me semble-t-il, quelque chose dans la voix qui ressemble à de la déférence :

« Vous êtes ?... Pardonnez-moi, ma mémoire des noms est très mauvaise.

— Vendange, Jules.

— Ah ! oui ! Jules Vendange ! Je vous remets. Parfaitement. »

Son regard me perce, s'adoucit, me reperce, s'adoucit encore. J'imagine un serpent et une alouette.

« Eh bien ! mon cher Vendange, mieux vaut revenir aux trois quarts que pas du tout, n'est-ce pas ? »

Pendant des années, sous des formes diverses, j'entendrai ce compliment dans la bouche des uns et des autres : je ne suis plus que trois quarts d'homme. Les filles me regarderont, puis détourneront leur regard sitôt qu'elles s'apercevront du quart manquant. Sans doute même se poseront-elles une question : jusqu'où va ce quart ? Et elles riront entre elles en prenant bien soin de regarder ailleurs pour ne pas me laisser voir qu'elles rient de moi. Ma sœur Antonine dira :

« Pauvre Jules ! Quelle chance tu as d'être instituteur et non pas tailleur de pierre ! Tu serais bien embarrassé pour gagner ta vie !

— Je toucherai bientôt une pension du gouvernement, je ne peux plus mourir de faim.

— Tout de même, tout de même... »

Mes mouvements sont lents et circonspects, je fais tourner ma jambe morte autour de moi en demi-cercle, comme la branche d'un compas, me penchant un peu du côté opposé. Il me faut du temps et de l'espace, des portes appropriées à mon encombrement. Lorsque, venant de Dinan, je suis revenu à Vollore-Montagne, ma mère est entrée un matin dans ma chambre et m'a demandé, humblement :

« Est-ce que tu voudrais... me montrer ta jambe ?

— Quelle jambe ?

— Tu sais bien laquelle.

— A quoi bon ?

— S'il te plaît. »

Je ne peux refuser, elle m'a mis au monde complet de la tête aux pieds, avec deux jambes entières et qui fonctionnaient bien, j'étais à l'école de M. Chevalérias le champion de saut en hauteur, un mètre quarante-cinq sans faire frémir l'élastique. Alors, j'écarte les couvertures, je dévoile mon triste moignon, pâle et couturé comme le bout d'une andouille. J'explique que le chirurgien doit couper beaucoup plus haut que le mal lui-même, en préservant la peau, afin de pouvoir ensuite la rabattre et en recouvrir la blessure. Ma mère l'effleure d'abord d'une main légère ; puis elle baise ma jambe sacrifiée dans la fleur de l'âge, en la mouillant de ses larmes et bégayant des protestations inutiles, jusqu'au moment où je réussis à l'éloigner un peu de mes ruines.

Depuis notre séparation, Berlieux n'a rien appris, rien oublié, nous allons nous en apercevoir dès qu'il a, du bout des lèvres, débité condoléances et félicitations. Pendant quarante-cinq minutes, il nous promène dans les conflits religieux de l'Auvergne :

« … En 1575, messieurs, le terrible capitaine Merle vient du Limousin à la tête de soldats protestants. Il s'empare d'Issoire, fait écorcher vifs trois religieux, supplicie les autres prêtres, brûle…

— Et la peau, monsieur ? demande Rouquette.

— La peau de quoi, monsieur Rouquette ?

— Que fait-il de la peau des trois religieux écorchés ?

— L'histoire ne le dit pas, monsieur Rouquette. L'histoire ne sait pas tout, il faut lui pardonner. Il brûle les meubles des églises, impose aux habitants un tribut de vingt-deux mille livres. Il s'empare ensuite de Champeix, Saint-Sandoux, Saint-Saturnin, essaie de surprendre Montferrand qui le tient en respect avec son artillerie. D'où le sobriquet que la ville donne ensuite à sa grande couleuvrine : *Chasse-Merle.*

— Ha, ha ha.

— Cette grande couleuvrine, messieurs, fut d'un grand mérite, comme il apparut l'année suivante... »

Au terme de sa conférence, le professeur nous dicte une liste impressionnante d'ouvrages dont la lecture lui paraît absolument indispensable si nous souhaitons approfondir l'histoire de la grande couleuvrine de Montferrand. Avec quelque plaisir – car cela nous rajeunit de cinq années – nous retrouvons des noms naguère familiers à nos oreilles, érudits locaux et nationaux, chroniqueurs, épouilleurs d'archives : Jacqueton, Imberdis, Biélawsky, Gomot, Teilhard de Chardin. Nous faisons mine de noter tout cela. Maintenant, M. Berlieux ouvre plus grande sa serviette, nous nous poussons du coude, nous clignons de l'œil en direction de Rouquette, ex-nettoyeur de tranchée, sûrs qu'il va nettoyer la classe de ce cadavre. Le maître tire enfin d'une chemise la précieuse pièce bleu-blanc-rouge :

« Voici, messieurs, un plan sommaire qui résume la leçon d'aujourd'hui. Je vous prie de le faire circuler parmi vous et de le recopier à la lettre sur un cahier approprié. De plus, le premier par ordre alphabétique... vous par conséquent, monsieur Armilhon, aura la charge d'exécuter une copie supplémentaire et séparée, qu'il me remettra la semaine prochaine afin de remplacer l'exemplaire en circulation. D'accord ? »

Armilhon se lève, coupant l'herbe sous le pied de Rouquette, et dit :

« Pas d'accord. »

N'importe quel couard est capable d'avoir en sa vie une minute d'héroïsme. Je l'ai constaté souvent sur le front, quand les seaux à charbon allemands nous descendaient sur la cafetière en hurlant, nous avions la trouille au ventre et beaucoup, littéralement, faisaient dans leurs culottes. Ensuite, lorsque venait l'heure de sortir de la tranchée, que les sous-offs t'aboyaient aux fesses, il ne venait à personne l'idée de ne pas faire comme les copains, en sorte que cette bande de lâches et de culs-merdeux se comportait très honorablement, se faisait crever la paillasse au même titre que les paladins professionnels en casoar et gants blancs. Le tournesol violet vire au rouge, le vin au vinaigre, le lièvre vire au lion, tout est affaire de circonstances. Armilhon, venu de Lezoux, était muni d'un nez long et pernicieux auquel, depuis sa naissance, il devait d'épouvantables complexes et une voix de clarinette. Il essayait d'en rire : « Quand je me mouche, j'ai l'impression de serrer la main d'un copain. » Mais la présence de cette péninsule l'amenait plus généralement à s'effacer, à disparaître derrière le dos des autres, à ne jamais ouvrir la bouche. Or ce jour-là, oubliant sa disgrâce originelle, Armilhon venait de recevoir sa minute :

« Pas d'accord, dit-il posément.

— Comment cela, monsieur Armilhon ? Pas d'accord sur quoi ?

— Pas d'accord sur tout. Je n'ai pas l'intention de recopier ce *planso* ni aucun autre, ni à deux, ni à un seul exemplaire.

— Et pourquoi donc, je vous prie ?

— Parce que je le trouve ridicule.

— Ridicule ?

— Ridicule. Je ne veux pas faire une chose que je juge ridicule. Et la grande couleuvrine également.

— Que voulez-vous dire, monsieur Armilhon, avec votre grande couleuvrine ?

— Ce n'est pas la mienne. C'est la vôtre ! »

Les vingt-trois autres canaques éclatent de rire. Face à cette unanimité, M. Berlieux se sent seul avec son titre de professeur titulaire sorti de Saint-Cloud, ses lorgnons, sa serviette, ses chaussettes blanches, ses méthodes éprouvées. Nous pourrions encore nous entendre, sans doute, s'il manifestait un rien de faiblesse, s'il en appelait à nos sentiments d'humanité, de compréhension, de gentillesse et tagada-tsouin-tsouin. Mais non. Il se raidit, porte en avant son menton et sa mouche et demande, moins parce qu'il a de l'esprit que parce qu'il a de la mémoire :

« Est-ce une révolte ? »

Sans attendre la réplique corrélative, il ajoute :

« Quand les brebis se révoltent contre le berger, le loup les mange. Messieurs, nous nous retrouverons. »

Là-dessus, il remise son plan sommaire vilipendé, range son lorgnon, se retire en faisant claquer ses semelles. Nous nous précipitons sur Armilhon pour le congratuler, il sourit et rougit, se mouche pour cacher son nez et sa confusion, n'en revient pas de sa propre audace, Rouquette le fait caporal d'honneur.

Satisfaits de notre première journée, nous éprouvons le désir bien légitime pour d'anciens combattants de célébrer nos victoires au bistrot d'en face. Jadis, deux lignes émaillées disaient sur la vitre le nom du propriétaire : *chez Quiquandon*. Par on ne sait quelle calamité assidue, toutes les lettres se sont décollées, sauf l'initiale, si bien qu'il reste cette étrange enseigne :

chez

Q

Mais le portail enchaîné s'oppose à notre sortie, nous prions M. Laroye de bien vouloir enlever le cadenas. Il refuse grossièrement, menace même si nous insistons de recourir à son fusil à deux coups, ce qui nous fait bien rire. Et nous insistons réellement :

« Monsieur Laroye, soyez aimable, nous ne sommes plus des enfants, mais des adultes, mûris dans les tranchées, décorés, mutilés, cités à l'ordre du régiment. Allez-vous refuser à des poilus le pauvre plaisir de trinquer ensemble chez le père Q ? Ils vous promettent de rentrer bien sagement, bien verticalement, sans esclandre.

— Moi aussi je suis un ancien combattant, j'ai fait Madagascar, l'Indochine et Ouala-Ouala dans le Pacifique. Reçu un coup de sagaie dans la joue ! Discipline… Dois obéir aux ordres… Demander autorisation à M. le directeur… M'étonnerait qu'il vous l'accorde… anarchie, révolution, anthropophagie…

— Monsieur Laroye, vous ne mettez aucune bonne volonté à nous comprendre, vous êtes de mauvaise foi, et d'abord qu'avez-vous fait de votre fille ? Elle avait promis sa main à une douzaine d'entre nous, elle peignait ses cheveux tous les matins à sa fenêtre, en notre présence, et nous empêchait de dormir la nuit. Qu'est-elle devenue ?

— Ma fille est mariée et elle vous enquiquine.

— Ainsi, vous êtes vraiment résolu à nous empêcher de sortir ?

— Vous me passerez plutôt sur le corps. »

Rouquette est d'avis de tenter l'expérience, mais la masse se refuse à tout épanchement de sang, nous renonçons à la sortie chez Q et revenons bredouilles, notre célébration est remise au jeudi suivant. Après le repas du soir, nous nous consolons en organisant un grand bal dans notre salle de classe. Les tables sont repoussées dans les coins, Rispal ajuste les divers tronçons de sa clarinette, en suce le bec, lui arrache deux ou trois couinements, obtient d'elle enfin ce qu'il souhaitait. Installé sur la chaire magistrale, il nous inonde de matchiches, de polkas, de mazurkas, de valses-hésitations. Très peu d'entre nous savent danser, pas eu l'occasion, trop petits avant la guerre, trop péquenots dans nos différents cantons. Ensuite, les circonstances ne s'y sont pas prêtées. N'importe. Nous nous empoignons deux par deux et faisons de notre mieux pour gambiller en mesure. Des *chiens*, des *ex* se mêlent à nous et nous servent de professeurs, l'un deux, au courant des dernières nouveautés, nous enseigne même une danse un peu lourdaude, mais facile à exécuter, le *fox-trot*, ce qui veut dire le « pas du renard ». Jamais vu un renard marcher de cette façon. Je dis *nous*, en fait, à cause de ma patte folle, je ne puis prendre part à ces mouvements, mais je suis de cœur avec mes frères-canaques, je danse en esprit avec eux, je chantonne, aussi faux que possible, je frappe dans mes mains, je bats la mesure de ma canne. Ainsi, la clarinette de Rispal mène un grand tin-tin jusqu'au moment où le clairon de Laroye nous intime l'ordre de renoncer à nos ébats pour regagner les dortoirs. Ses notes de cuivre nous transportent soudainement dans les casernes et les cantonnements, la paille pourrie, les corvées comme en pleine paix, le briquage des boutons, la revue de paquetage à douze cents mètres des lignes. En fait, excusez-nous, monsieur Laroye, nous ne pouvons plus supporter le cuivre, surtout à neuf heures du soir et quand nous sommes en train de nous initier au pas du renard. Nous accueillons le concierge par des huées, Rouquette passe sur le balcon, l'invective à la seconde personne :

« Arrête tes sonneries, Laroye ! Tes sonneries, on en a soupé ! »

Les *chiens* et les *ex* s'esquivent discrètement, marqués par une longue hérédité de soumission filiale, scolaire, religieuse, paysanne, militaire, fiscale. Au contraire, les canaques décident de faire la sourde oreille aux commandements du clairon. Ils veulent bien arrêter la fête, mais pas avant d'avoir exécuté une dernière danse. Celle-ci tarde à venir. Car après la dernière vient la toute dernière. Puis la der des ders. Puis la dernière sans rémission. Et quand celle-ci a été exécutée, des Auvergnats ne peuvent aller se mettre au lit sans avoir dansé une bourrée, bravement, une bourrée à l'ancienne, avec ce qu'il faut de *ya-hou !* et de coups de talon. On se résigne enfin. Comme les mouvements et la poussière nous ont altérés, il ne nous reste plus qu'à aller aux robinets boire de l'eau, au risque d'attraper du mal.

Au cours des journées suivantes, nous faisons de grands efforts pour nous installer dans une existence étroite et mesquine, qui n'a pas été organisée pour nous, comme nous chercherions à endosser des vêtements trop justes. Certains professeurs nous aident, les nouveaux, nous pourrions les tutoyer parce qu'ils étaient hier nos camarades de combat, même s'ils ont huit ou dix ans de plus que nous, au premier rang, M. Gatignol. Prenez patience, un an sera vite écoulé, que diable ! Vous êtes ici pour compléter vos connaissances générales et pédagogiques, c'est un cadeau de l'administration qui aurait pu tout de suite vous coller au turbin. Nous ne l'entendons pas ainsi. Surtout pas Rouquette qui a coiffé sainte Catherine. Cette année s'ajoute aux trois, aux quatre, aux cinq que la République nous a déjà prises. Sans parler de mes dix livres de chair, de mes amis, de mes frères perdus. Des milliers et des milliers de frères que je ne me soupçonnais pas. Si l'on nous laissait entrer dans cette maison et en sortir à notre gré, comme les étudiants dans une faculté, peut-être l'accepterions-nous plus aisément. Au lieu de cela, on nous impose le clairon, le parapluie, le portail cadenassé, Laroye et son fusil à deux coups. Et le Brevet Supérieur comme chantage : soyez dignes, sages, silencieux, travailleurs, obéissants, et vous aurez votre béhesse. Sinon, peau de zébi. Imaginez-vous ce que serait plus tard votre situation d'instituteurs sans béhesse ? Méprisés de vos collègues et de vos inspecteurs, jamais de promotion au choix, condamnés aux postes subalternes, sous-offs de la profession, incapables de dominer votre enseignement ! Car il est acquis en France qu'on ne peut rien faire d'estimable sans une consécration officielle. En l'occurrence, le béhesse. La vénérable et inexorable saloperie de Brevet Supérieur. Il en est de même dans toutes les branches, la licence, l'agrégation, le doctorat, le diplôme des grandes et des moyennes écoles. Comment Pascal put-il être Pascal, sans même posséder le certificat d'études ? Parce que cela se passait en des temps de désordre, aujourd'hui il ne le serait pas.

Chaque matin, avant le premier cours, comme en 1913, trois quarts d'heure sont consacrés à nos différents « services », je dois dire que le *chien* et l'*ex* qui nous sont adjoints se partagent en quatre, nous arrachent le plumeau des mains, se font spontanément nos serfs taillables et corvéables. A huit heures, debout, dans un silence respectueux, nous recevons le professeur qui vient nous instruire, nous gribouillons des feuilles pour laisser croire que nous prenons des notes, la plupart de ces braves gens évitent de nous interroger, de vérifier si la bonne graine qu'ils ont déposée en nous germe et fructifie. M. Berlieux n'a pas cette discrétion. De temps en temps, après nous avoir dévisagés par-dessus ses lorgnons, il désigne trois victimes au hasard, avec le même index que les gendarmes de Ville-en-Tardenois à la lueur de leurs lanternes :

« Vous… vous… et vous. »

Il les colle au mur. Préalablement, de deux traits rageurs, il a procédé au « lotissement », c'est-à-dire partagé le tableau en trois rectangles d'égale surface ; chacun des trois désignés a le devoir d'en remplir un à la craie, d'y traiter en cinq minutes une question déterminée, la culture de la pomme en Auvergne, la bataille de Cognat, la peste des rizières. Pendant qu'ils s'évertuent, lui, d'une voix forte, expose et commente la leçon du jour :

« Ainsi donc, messieurs… »

Chaque supplicié doit faire abstraction de ce discours et de nos encouragements intempestifs, se concentrer sur son sujet, effacer, recommencer, jusqu'au terme du délai imparti. Alors, M. Berlieux dégringole de son estrade, prend du champ, lit des yeux les trois pages d'écriture, commente d'un ton consterné :

« Vous n'avez donc pas lu Imberdis ? Ni Jacqueton ?

— Ils étaient empruntés, monsieur. »

Là-dessus, il remonte sur sa chaire cathédrale, dévisse son stylographe, inscrit sur un calepin trois notes que nous essayons de déchiffrer au mouvement de la plume, les interrogés regagnent leur place avec des mains de plâtrier. A tour de rôle, chacun de nous est envoyé de la sorte au lotissement, puis couché sur son livre de comptes. Il ne m'épargne pas malgré ma canne et ma prothèse, après m'en avoir, il est vrai, demandé l'autorisation :

« Pouvez-vous, monsieur Vendange, subir debout cette épreuve ? Ou faut-il que vous restiez assis ?

— Je peux faire, monsieur, ce que font les autres. »

Il nous a avertis qu'il procéderait à l'addition de tous ces chiffres à la fin de l'année, « au jour du Jugement ».

Un nouveau conflit éclate la première fois que les portes nous sont ouvertes : le concierge nous barre le passage parce que nous prétendons sortir en vêtements anonymes, sans casquette, sans veste bleu nuit, sans palmes d'or.

« Allez trouver M. Langlais, obtenez l'autorisation, moi je ne suis qu'un pauvre deuxième classe, je dois obéir aux ordres. Comprenez ma position. Vous ne voudriez pas me faire saquer ? »

Ce ton nouveau nous émeut aux larmes. Une délégation va donc frapper à la porte du Khâgne, j'en suis. Je retrouve le bureau claquemuré puant la cendre froide, le téléphone à manivelle, le buste de Montaigne, la photo de Raymond Poincaré. A Révillon, j'ai failli voir en personne ce président, venu avec Nivelle passer nos lignes de départ en revue, juste avant la journée des bleuets, tout était préparé pour le recevoir, les godillots graissés, les boutons astiqués, la soupe améliorée, au dernier moment, il a pris une autre direction, ça nous a quand même rapporté un quart de vin supplémentaire. Par la suite, les journaux l'ont montré avec son faux costume militaire, sa petite casquette noire et ses bottes, tu aurais dit plutôt le chauffeur de Madame la Marquise.

Ici, entre le directeur et nous, s'engage un marchandage farouche :

« Comment saura-t-on que vous êtes des normaliens, si vous n'endossez pas l'uniforme ?

— Justement, nous ne tenons pas à le faire savoir.

— Vous croyez sans doute que ce costume est seulement un moyen de contrôler vos faits et gestes, de retenir vos éventuels débordements ? Mais c'est aussi une manière de propagande pour l'école de Jules Ferry. Voyez les élèves des curés, comme ils s'affichent en grande tenue ! Allez-vous leur laisser le champ libre ? Vous devriez être fiers de porter cet uniforme, vous, les futurs hussards de la République !

— Ne croyez-vous pas, monsieur le directeur, que nous l'avons porté suffisamment, l'uniforme, ces dernières années ?

— Ce n'était pas le même. Ecoutez, pour vous faire plaisir, pour l'alléger, en quelque sorte, je vous fais grâce du pantalon, vous garderez seulement la veste et la casquette. »

Nous secouons la tête avec obstination, alors il se dégage de son fauteuil, découvrant au milieu du siège une dépression obscène, arpente l'espace, tire furieusement sur sa cigarette, nous souffle des bouffées au visage, cherche visiblement à nous enfumer tels des renards, c'est quand même moins âcre que le chlore. Notre résistance muette l'amène à un nouveau retrait :

« Bon, d'accord. Vous ne porterez pas la veste non plus. Mais c'est là ma dernière concession, sur la casquette je serai intraitable ! Vous devez bien comprendre... cas isolé... règlements nationaux... déférer à l'inspection académique... »

Nous continuons de branler la tête. Lui fume par tous les orifices. Placidement, Rouquette tire une pincée de sa blague à tabac et se met à chiquer, nous feignons d'ignorer M. Langlais, nous bavardons entre nous comme si nous étions dans le jardin, belle journée n'est-ce pas, belle arrière-saison, ça favorise les haricots, et les carottes aussi, c'est autant de gagné sur l'hiver, pour sûr on serait mieux à la campagne, les forêts doivent regorger de champignons. Alors il éclate comme une châtaigne :

« Vous vous foutez de moi ? Vous êtes venus ici pour parler des champignons ?

— Monsieur, puisque nous ne pouvons nous entendre sur la question de l'uniforme, autant vaut…

— Je vous ai déjà enlevé le pantalon, enlevé la veste, qu'est-ce que vous voulez de plus ? Sortir à poil ? Eh bien ! Allez-y ! Sortez à poil ! Vous ferez sûrement sensation ! De futurs éducateurs… Jules Ferry… la laïcité… l'exemple que vous donnerez à nos enfants… »

Voilà que ça repart.

« Ce que nous voulons, monsieur le directeur, c'est sortir habillés comme tout le monde, simplement.

— Vous refusez même la casquette ? Elle est pourtant jolie, cette casquette, têtes de pingouins !

— Même la casquette. »

Il marche encore de long en large, hausse les épaules, secoue sa cigarette dans le cendrier, s'arrête enfin :

« Aidez-moi, sauvons du moins la face. Cette casquette, je vous demande de la garder seulement pour franchir la porte de l'école. N'est-ce pas une petite chose ? Après quoi, faites-en ce que vous voudrez, je ne veux pas le savoir, fourrez-la dans votre poche, jetez-la dans une bouche d'égout, dans une poubelle. Ce qui compte à mes yeux, c'est que vous en ayez une autre à la sortie suivante, du moins jusqu'à ce que le règlement soit modifié, s'il doit l'être. Est-ce encore trop exiger ? »

La proposition nous semble acceptable. Il donnera au concierge des ordres appropriés.

Bonne volonté des canaques

En cette fin de l'année 1919, Clermont-Ferrand est un chef-lieu départemental aux pavés ronds, encombré de becs de gaz, parcouru de tramways, de fiacres, de quelques voitures automobiles sur pneus Michelin, de camions ferraillants à bandages et à chaînes, de tombereaux et de fardiers, de chars à ânes et à vaches. Ces derniers apportent le combustible, fagots, sacs de charbon cuit, bois de corde, le déversent en vrac place Fontgiève. D'autres font de porte en porte la tournée des laveuses, ramassent les ballots de linge sale et distribuent le propre. Des troupeaux bêlants ou mugissants traversent parfois la ville, ils vont prendre le train pour nourrir les Parisiens ou les Lyonnais. A certains carrefours, des alambics distillent le marc violet, cela sent la vinasse et l'eau-de-vie chaude. Les paysans des environs partent en sabots à cinq heures du matin pour assurer la rentrée de l'aube dans les usines et remontent le soir par le même véhicule. Les rues grouillent de soldats multicolores, bien portants ou éclopés. Non seulement des bleu horizon, mais des kaki anglo-saxons, des gris olive italiens, des vert bouteille serbes, des bigarrés portugais, des tirailleurs chocolat. Ils sont de passage, en manœuvres, en instance de démobilisation ou de guérison, en marche vers la Rhénanie, beaucoup logent dans les hôpitaux du centre et de Montferrand, les hôtels de Royat. Leurs blessures et la grippe espagnole en ont estourbi des troupeaux, il a fallu aménager des cimetières neufs aux portes de la ville pour les recevoir. On a l'impression qu'ils prolongent leur convalescence un peu plus que nécessaire, ils goûtent le repos du guerrier, boivent notre vin, chantent nos chansons, caressent nos femmes. Les Américains surtout ont du succès à cause de leurs chapeaux de boy-scouts, de leurs tenues bien ajustées, de leurs chaussures fines, de leurs poches remplies de sin-sin-gomme et de dollars d'argent. Au cours de nos sorties, nous les rencontrons dans les bistrots et autres lieux de perdition, qui nous attirent plus volontiers que les églises. Quand ils savent que nous sommes d'anciens poilus, j'en porte le témoignage dans ma tulipe, ils nous offrent à boire, nous le leur rendons, ainsi l'exige la politesse française, ils nous tapent dans le dos, nous appellent *Frenchy, Frogy, Gaston*, ils ont cette idée que la plupart des Français sont prénommés Gaston, nous ne cherchons pas à les détromper afin de ne pas compliquer les relations interalliées. Ils montrent un goût prononcé pour l'eau-de-vie auvergnate que nous ne détestons pas non plus. La plupart baragouinent quelques mots de notre langue : *mademoiselle, chérie, promenade, pinard, voulez-vous*. Et aussi merde, qu'ils prononcent *meurde*. De notre côté, nous nous efforçons d'utiliser les rudiments d'anglais appris à l'école.

Le plus étrange, c'est qu'on trouve aussi parmi cette soldatesque un grand nombre d'Allemands, reconnaissables à leur calot rond marqué sur le devant d'une cocarde rouge et noire, et aux grosses lettres PG qu'ils portent dans l'échine. La *Deutsch Vaterland* les réclame, mais il n'est pas question de les renvoyer tant qu'elle n'aura pas commencé à payer en nature les réparations. Expédié par exemple les wagons promis. A ce moment-là on fera l'échange, à raison d'un wagon contre deux prisonniers. En attendant, ils travaillent dans nos villes et nos campagnes. Un certain nombre sont aussi en instance de guérison, on les rencontre aux abords de l'Hôtel-Dieu, avec un bras en écharpe ou une jambe raccourcie. Ces derniers me sont tout spécialement sympathiques. Je les aborde, leur montre mon pilon. Leur figure s'éclaire, visiblement ils sont contents de m'avoir fait ça, je les console de leur infirmité.

« *Woher ?* demandent-ils, désignant ma prothèse.

— Chemin des Dames. Craonne.

— Arr ! Kraonneu ! Terrrribleu !

— *Und dú, woher ?*

— Fertun.

— Verdun, oui, oui, terrible ! »

Après cet instant de fétides satisfactions, nous nous sentons unis par le malheur, je propose : *Trinken ?* L'ex-ennemi ne dit pas non, mais me fait entendre qu'il n'a pas d'argent. Oh ! nous en trouverons. Nous partons bras dessus bras dessous. Les Auvergnats de 1919 n'aiment pas la Bochie, mais ils ne montrent aucune haine contre le Boche estropié. Portez à boire, mademoiselle, à notre frère combattant, même s'il est né au-delà du Rhin. Kaiser kaputt ! Buvons à la paix et au bonheur des hommes !

Dans le petit caboulot installé tout exprès face à l'Hôtel-Dieu pour que les convalescents viennent y parfaire leur convalescence, le *PG*, au centre de notre cercle, se sent heureux pour la première fois sans doute depuis que quelqu'un lui a pris sa jambe, il enfonce une main sous sa vareuse verdâtre, marmonne des mots qui nous dépassent, sourit, sort un portefeuille, l'ouvre, en tire des photos, les fait circuler : *Mein Frau !* Et nous, après un regard à la blonde Bochesse, de nous exclamer enthousiastement, avec un très fort accent germanique pour qu'il nous entende mieux :

« Cholie ! Peaux chefeux ! Cholis syeux ! »

Puis viennent les portraits des *Kinder* :

« Cholis ! Très cholis senfants ! *Du, glücklich !* Feinard ! »

On le fait boire : *Trinken !* S'il a le bras droit empêché et se sent encore malhabile du gauche, on l'aide à porter son verre à ses lèvres, on le raccompagne ensuite jusqu'au porche de l'hôpital, on le recommande aux internes de garde, aux infirmières. Ses *Kinder* reviendront dans vingt ans, en chair et en os cette fois et en acier aussi, pour tuer nos enfants à nous. Que fallait-il faire ? Au lieu de lui verser du vin, devions-nous lui faire boire du vitriol ? Et aller tuer les *Kinder* en Allemagne tant qu'ils étaient petits ? Qui peut imaginer des choses pareilles ?

Nous ne tenions pas absolument à passer nos quatre heures de sortie bi-hebdomadaire dans les seuls cafés. Mais le jeudi ne nous offrait rien d'autre, si ce n'est des promenades sempiternelles entre les maisons noires. Beaucoup de négoces n'avaient pas rouvert leurs volets, les anciens propriétaires ayant oublié de revenir du front. Les quatre cinémas, *Idéal Ciné*, rue Blatin, *Novelty*, rue Fontgiève, *Familia*, place Chapelle-de-Jaude, et *Pathé*, boulevard Gergovia, ne fonctionnaient qu'en soirée, sauf le dimanche où ils proposaient aussi une matinée, réservée de préférence aux familles et aux enfants accompagnés. Ils exploitaient les chagrins d'amour, les chansons filmées, les fantaisies comiques de Charlot ou de Max Linder, les voyages et l'action : ainsi, *Bras d'acier*, « grand drame d'aventures ultrasensationnelles et de toute beauté », au dire de l'affiche. Après la première partie, le programme comportait généralement une *attraction* : un jongleur, un acrobate, un illusionniste, un hercule qui passait ensuite dans la salle pour vendre des cartes postales. Le prix des entrées oscillait entre un franc cinquante et trois francs, ce qui n'était pas pour nous retenir, car chacun avait en poche sa prime de démobilisation familièrement appelée « pécule », de mille à treize cents francs, selon le grade et le temps passé au combat. Trois mois de salaire de l'ouvrier moyen. Les ascendants et descendants du million et demi de zigouillés espéraient bien le toucher aussi, à titre de *pretium doloris*, mais Clemenceau n'avait pas pris d'engagement sur ce point.

Le jardin Lecoq nous offrait ses parterres fleuris, ses pelouses interdites, son bassin où l'on pouvait contre paiement pratiquer le canotage. L'orchestre municipal y donnait des concerts d'après-midi, nous avions plaisir à nous y rendre, moins pour la musique – *Poète et paysan, Le Beau Danube bleu, La Dame Blanche, Pot-Pourri de chansons françaises* – que pour apercevoir M. Gatignol derrière son pupitre, et lui faire des signes d'amitié. Nous errions par les allées sablées, nous regardions les demoiselles que la guerre avait embellies, en raccourcissant leurs robes et leurs cheveux. Leurs mères songeaient à les imiter. La bouche se portait cette année-là minuscule et en forme de cœur, les hanches moins garnies, la taille plus substantielle, ce qui n'était pas pour nous déplaire, j'ai toujours été contre la femme sablier.

Les tramways mettaient à notre portée les plaisirs suburbains. La campagne à Montferrand, gros village de vignerons et de fermiers, à Aubière, à Royat. Les guinguettes de Beaumont, Boisséjour, Ceyrat où des pianos mécaniques faisaient transpirer le populaire. Privé de bals pendant quatre années et demie, il se rattrapait avec fureur, les salles n'y suffisaient pas, on dansait en plein air, sur les planches ou la terre battue. Les joueurs d'accordéon, de piston, de clarinette amassaient des fortunes. Pour la raison que l'on devine, je n'entrais point dans ces établissements, mais j'acceptais de participer aux proches jeux de quilles d'où l'on entendait les sautillements de la musique et les applaudissements des danseurs. Je ne manquais jamais de ramasseurs pour se baisser à ma place et m'approcher les boules. Ni de soupirs apitoyés venus de femmes qui auraient pu être ma mère, pauvre jeune homme, c'est-y Dieu permis d'être abîmé comme ça. Les jeunes, comme je l'ai dit, se détournaient plutôt pour faire des suppositions désobligeantes et rire en secret. S'il m'arrivait de lever les yeux vers elles, prises en faute, elles rougissaient ou faisaient semblant de se moucher. Tandis que mes copains, sous la surveillance vigilante mais complice de la parenté, les intoxiquaient de propagande, à Verdun, j'ai zigouillé trente-six mille Boches, sans parler des prisonniers ; les pressaient contre eux dans la valse ; ondulaient avec elles dans le tango ; humaient leurs chevelures ; prenaient des rendez-vous pour le dimanche suivant, moi, je me contentais de la compagnie des pignoufs, des joueurs de quilles dépoitraillés qui postillonnaient sur la boule afin de l'exorciser, et lançaient à Dieu, à la Vierge et aux Saints les injures les plus grossières chaque fois qu'elle déviait de la trajectoire espérée. Ils usaient très vite à mon égard de familiarités déplaisantes, m'appelaient Julot, Toto, Ernest, m'offraient à boire dans leurs gobelets comme si nous avions gardé les cochons ensemble, m'envoyaient des claques dans l'échine. Je ne sais pourquoi, j'ai une échine qui attire les claques comme le sucre attire les mouches.

D'autres fois, nous allions voir les lavandières de Nohanent : prononcez Nonan. Là coule une source d'une limpidité exceptionnelle, fraîche l'été, douce l'hiver. Une municipalité plus avisée n'eût pas hésité à la mettre en bouteilles et à la proclamer miraculeuse, comme tant de ses sœurs auvergnates ; on lui demandait seulement de décrasser le linge de la bourgeoisie de Clermont. Le tram nous déposait à Durtol ; nous devions marcher encore quelque peu, ce que nous faisions en cueillant des noisettes comme le Petit Chaperon rouge. Bien avant le bourg, le claquement des battoirs venait à notre rencontre, on trouvait les femmes agenouillées autour des bassins de lave blanchis par le savon, les bras nus, le corsage ouvert, les cheveux retenus par une coiffe. Il y en avait souvent une centaine, des jeunes et des mûres, et même des fillettes de douze ans. La rumeur de leurs bavardages rappelait celle d'un marché. Nous pouvions les contempler de loin, mais elles n'aimaient pas les curieux, surtout les godelureaux de notre sorte, si nous osions les regarder de trop près, elles nous lançaient leurs battoirs dans les jambes. N'empêche que ces compagnies de femmes décolletées étaient un spectacle qui valait le déplacement. Elles auraient été bien surprises si elles m'avaient laissé leur dire que cette besogne ne m'était pas étrangère, que je l'avais pratiquée moi-même dans les ruisseaux du Soissonnais, sans soude ni savon ni battoir, peut-être alors m'auraient-elles admis dans leur corporation.

Dans nos vagabondages, il nous arrivait de rencontrer une troupe de jeunes personnes en robe noire, bas noirs, chapeau noir, encadrées d'une ou deux caporales à peine moins endeuillées, auxquelles étaient permis une ceinture blanche ou un corsage violet : la couleur du vendredi saint. Il s'agissait de normaliennes en promenade. Plus jeunes que nous de deux ou trois ans, à cause de notre canaquerie. Nous nous coiffions précipitamment de la casquette à palmes d'or pour être reconnus, nous leur lancions des baisers, elles levaient les yeux et souriaient, ou détournaient la tête avec pruderie. Chacun de nous faisait son choix. Laquelle sera ma femme et la mère de mes enfants ? Toi... j'en suis sûr, mon cœur me le dit, tu m'en donneras quatre, trois garçons et une fille, nous vieillirons ensemble. Puis elles passaient, nous n'osions bouger, nous remettions la casquette dans notre poche.

L'ensemble de ces modestes joies était gâté par le retour obligatoire avant cinq heures. Un peu comme dans l'opéra de Bizet, alors qu'il se répandait en ronds de jambe au dancing des Tilleuls, le canaque éprouvait tout à coup un pincement au diaphragme, sa montre le lui confirmait, il ne lui restait plus qu'un quart d'heure de liberté :

« Ça y est, murmurait-il avec consternation, je dois m'en aller.

— Comment cela ? faisait la demoiselle. Vous sentez-vous fatigué ?

— Tu ne m'as pas compris, Carmen. C'est la retraite. Il faut qu'je rentre au quartier pour l'appel.

— Au quartier ? Pour l'appel ? Ah ! j'étais vraiment trop bête ! »

Nous nous arrachions aux pianos mécaniques, aux lavoirs de Nohanent, au canotage, au quillodrome. La bande s'enfuyait ventre à terre, poursuivie par les gosses qui croyaient à un exercice militaire, huée par les chiens qui croyaient à une course de facteurs, applaudie par les passants ironiques :

« Vas-y Blumet !... Vas-y Marchidial ! »

Blumet et Marchidial étaient alors des champions locaux. Hors d'haleine, les canaques arrivaient devant le portail de l'école, dont M. Laroye avait déjà poussé un battant, pour souligner l'imminence de la fermeture. Il va de soi que, pauvre tortue, j'étais parti une demi-heure avant ces lièvres. Les retardataires devaient tirer la sonnette, le concierge inscrivait leur nom sur un registre, deux retards donnaient droit à une privation de sortie. Voilà comment étaient accueillis en 1919, dans une maison appartenant à la République française, ceux qui avaient tenu tête aux Allemands dans les tourbières de la Somme et les forêts vosgiennes, au Chemin des Dames, à Cambrai, à Saint-Quentin.

Nous disposions d'une demi-heure pour changer de tenue, pour reprendre nos blouses grises et nos savates, à cinq heures trente, nous retournions dans nos salles de classe converties en salles d'étude, nous nous y plongions théoriquement dans la lecture de Jacqueton, Imberdis, Teilhard de Chardin[1], Durkheim, Auguste Comte sous la surveillance d'un pion qui dépassait les plus vieux d'entre nous d'une courte année. Il suivait les conférences de la faculté des lettres, logée rue Pascal dans l'ancienne résidence du comte de Chazerat, dernier intendant de la Monarchie en Auvergne. Il préparait une licence et un professorat, il avait droit au noble titre d'« étudiant », alors que nous n'étions rien que des créatures hybrides, ni chair ni poisson, à peine nommables, élèves-maîtres, *chiens, ex, chapeaux, canaques*, normaliens, normalos, normaliches, ni esclaves ni affranchis. Etant donné sa situation, ses espérances, sa haute stature, M. Pinaud, ledit surveillant, nous traitait avec un royal mépris. Il feignait d'ignorer nos noms patronymiques. Il nous dominait non seule-

1. Erudit local, le père du Père.

ment d'une tête, mais de sa brillante culture, matait notre indiscipline et nos bavardages à coups de citations :

« Vous, là-bas, près du poêle, le petit rouquin qui passez votre temps à ne rien faire, savez-vous ce que dit la Bible du paresseux ? Il ressemble à une bouse de vache : quiconque la ramasse secoue sa main. Et vous, l'homme aux lunettes, à la troisième table ? Rappelez-vous combien les jours nous sont mesurés ! La vie passe comme le saut d'un poulain blanc, écrivait il y a vingt-deux siècles le mandarin Tchouang-Tseu... »

Tiens ! Le mandarin en question se rencontrait avec ma grand-mère chapelate, qui avait vu Napoléon – celui des pièces de deux sous – et sa femme Eugénie en visite à Thiers, dans un carrosse à six chevaux blancs, comme celui de Cendrillon. Tout le monde s'écriait *lo gento fenno !* quelle jolie femme ! Tandis que l'empereur distribuait aux enfants des pincées de louis d'or, parbleu ! ils ne lui coûtaient pas cher, puisqu'il les fabriquait lui-même ! Ma grand-mère Marie-Louise soupirait sous sa coiffe blanche à double tuyautage : il ne faut pas plus de temps pour arriver du premier au dernier de nos jours que pour faire le tour du doigt. En même temps, elle faisait le tour de son index avec celui de l'autre main. Et pourtant, ma grand-mère n'avait point fréquenté la faculté des lettres, ni même l'école communale, elle ne savait ni *a* ni *b*. M. Pinaud, en revanche, avait appris sa belle sagesse dans les livres, il était rempli jusqu'au goulot de citations grecques, latines, anglaises, malgaches, il t'assenait Shakespeare ou François Coppée sur le sommet de la coucourle. Dans ses entretiens avec les autres surveillants, c'était la même chose. Ils mangeaient à une table à part, juste sur la ligne de démarcation entre les deux réfectoires. Quand il nous arrivait de prêter l'oreille à la conversation, c'était toujours pour entendre dans la bouche de Pinaud : « Rappelez-vous ce qu'a dit Schopenhauer... ce qu'a dit Platon... ce qu'a dit Isidore Chapuzade... » Il employait cette formule sadique : rappelez-vous, sachant fort bien que les autres ne se rappelaient rien du tout, que nécessairement ils allaient passer à ses yeux pour les plus stupides animaux de la création, juste avant l'onagre de Mésopotamie. Aussi le redoutaient-ils comme la peste et n'osaient-ils, en sa présence, aborder que les sujets les plus anodins : la pluie, le beau temps, le cours des pommes de terre. Le bruit courait que M. Pinaud serait certainement un jour inspecteur général, emploi réservé dans l'enseignement public français aux gens de son espèce, les terroristes culturels.

M. Gatignol attendait le sien, le célèbre Chaunet – Chaunet comme les solfèges, comme le traité d'harmonie. Mais nous l'avions assuré de notre appui sans réserve.

« J'ai appris par certains collègues, nous confiait-il, que la marotte de l'inspecteur général Chaunet est la dictée musicale. Il tient absolument à ce qu'on en fasse une sous ses yeux, afin de contrôler la méthode du prof et les aptitudes des élèves.

— C'est très simple, avions-nous proposé : on en prépare une, on la rabâche jusqu'à la savoir par cœur.

— Trop simple, camarades ! Le texte de la dictée, il le tire de sa poche juste avant l'exécution ! Impossible de préparer quoi que ce soit ! »

Inutile de dire combien cet exercice me préoccupait, à cause de mes oreilles cachetées à la cire. Nous en parlons ensemble, nous finissons par élaborer une tactique minutieuse susceptible d'infliger un camouflet au terrorisme musical : M. Gatignol accompagnera les notes à transcrire sur nos portées d'une mimique de la main droite assez semblable au langage des sourds-muets ; mais elle exige pour être comprise un long entraînement préalable. Dans ce but, il trace à la craie sur son veston boutonné, de la cravate à la braguette, quatre lignes parallèles et équidistantes. Elles représentent les hauteurs de l'accord parfait : *do-mi-sol-do*. La main horizontale sur la plus basse signifie *do*, mais *ré* si elle présente une inclinaison montante ; *si*, une inclinaison descendante. Lorsque, en même temps, elle lève l'index (index comme dièse), la note doit être diésée ; si c'est l'auriculaire porteur d'une bague de cuivre (*b*ague comme *b*émol), bémolisée. Grâce à ce jeu de main, selon son étage et sa disposition, même un sourd de mon espèce doit être en mesure de lire la gamme chromatique sur le veston du professeur. De même une horloge égrène les heures pour les oreilles en même temps qu'elle les montre aux yeux. Voici maintenant comment on procédera en présence de l'ennemi. Aussitôt en possession de la mélodie inspectorale, le professeur l'exécutera d'abord tout entière sur son violon. Ensuite il déposera l'instrument et nous *chantera* le morceau mesure par mesure, en tenant la feuille dans la main gauche, la droite ainsi libérée se livrera à sa gymnastique. Il aura soin de la dissimuler à l'inspecteur en lui tournant le dos. Pour plus de sûreté, nous prierons le ciel afin que cet homme soit affligé d'une puissante myopie.

Les premiers essais se déroulent avec lenteur, et donnent des résultats encourageants. Mais ensuite, M. Gatignol efface les traits blancs, son veston devient pareil à une carte muette... Nous nous y égarons, le *sol* à hauteur de l'œsophage est souvent confondu avec le *mi* ombilical. Les élèves d'oreille sensible prétendent que ces gestes les embrouillent, ils préfèrent recevoir la mélodie les yeux fermés. Les visuels comme moi ont des réactions inverses, c'est plutôt le chant qui les gêne et ils s'en passeraient volontiers. Après quatre semaines d'efforts, j'arrive à identifier environ une note sur deux, ce n'est qu'au bout de deux mois que je suis en mesure de solfier à livre ouvert sur le ventre de mon professeur. Tant d'art, tant d'ingéniosité, tant d'application ne serviront à rien, M. l'inspecteur général Chaunet ne nous honorera point de sa visite. La pédagogie de M. Gatignol se trouvera cependant marquée à jamais par notre méthode audiovisuelle, et nos successeurs à l'école en tireront profit. On ne saurait trop louer cet étonnant violoniste, ce maître exceptionnel qui a, pendant nous et après nous, formé de si nombreux instituteurs, leur donnant le goût de la musique et de toutes les valeurs culturelles, comme il convient à des gens qui... à des gens que... grands principes... Victor Duruy... Jules Ferry... Auguste Chaunet... Isidore Chapuzade... Tchouang-Tseu... Le travail accompli par M. Gatignol pendant quarante ans de dictées musicales sera publiquement et officiellement reconnu le jour de sa mise à la retraite, quand le nouveau Khâgne épinglera la croix de la Légion d'honneur sur sa poitrine, à hauteur de la ligne de *sol.* Alors, M. Gatignol aura un geste bien digne de lui, il dépendra la médaille et l'accrochera à son violon. On ne fait pas plus sublime.

En attendant, il nous arrive de le rencontrer en ville lors de nos courtes sorties, il nous accompagne dans les caboulots, nous peaufinons notre amitié et la tactique antiterroriste, en évoquant nos souvenirs de combat. Nous, les rampants, avons tous une fois ou l'autre assisté avec passion à un duel aérien au-dessus de nos lignes, entre un Spad tricolore et un Taube à croix noire. Quelquefois entre deux escadrilles. Applaudi aux succès des premiers, gémi à leurs défaites.

« Est-ce que vous en étiez, monsieur Gatignol ? »

Et lui, modeste : « C'est possible. Vous savez, je n'étais pas pilote, mais observateur-mitrailleur-bombardier, sur Voisin 89. Au début, je tirais avec un fusil. Ensuite, on a eu une mitrailleuse qui crachait à travers l'hélice. Les bombes, on les jetait à la main. Ce qu'il y avait de dur dans le métier, c'étaient les débuts, les acrobaties, tu avais l'impression de marcher sur le ciel, le sang te descendait à la tête. Il y avait toutes sortes de choses qui te descendaient à la tête dans les commencements, si tu ne prenais pas tes précautions. On te conseillait de partir à jeun et de bien te libérer le ventre avant de monter dans le zinc. La toute première fois, mon pilote m'a recommandé : « Mets-toi un foulard, un mouchoir, ce que tu as, sous le menton. » J'ai demandé : « C'est pour me protéger le cou ? — Non, c'est pour te protéger la bouche au moment des loupingues. »

M. Gatignol est un joyeux farceur.

De temps en temps, le père Q vient prendre part à notre conversation, il nous connaît, il sait que nous sommes des normalos d'une espèce particulière :

« Alors, les poilus, qu'est-ce que vous pensez de la situation ?

— Quelle situation, père Q ?

— Ben, ces élections, le bolchevisme.

— On s'en fout. »

Nous ne lisons guère la presse, trop affligeante. Toujours des avis d'obsèques retardées, elles concernent des cercueils ramenés du front pleins d'on ne sait quoi, peut-être de cailloux ou de choux-raves. Et les jugements des conseils de guerre, publiés pour que nul n'en ignore. Chaque semaine, une dizaine d'anciens poilus passent devant les tribunaux militaires, accusés de désertion, refus d'obéissance, rébellion, pillage. Les gars reviennent de leur captivité en Allemagne, ils se font cravater par les gendarmes :

« Toi, prouve-nous que tu ne t'es pas rendu volontairement à l'ennemi.

— Ben… prouvez le contraire vous-mêmes.

— Là n'est pas la question. Tes preuves !

— J'ai pas de preuves, brigadier ! Quelles preuves voulez-vous que j'aie ? En face de moi, j'avais trois *Feldgrau* avec leur mitrailleuse pleine de bandes. Que vouliez-vous que je fasse contre ces trois ?

— Que tu mourusses ! T'as donc pas lu *Horace*, nom de Dieu ? Tes preuves ! Je compte jusqu'à trois. Un... deux...

— Allez vous faire...

— ... trois ! Dix ans de travaux publics ! Au suivant ! »

La presse parle de la vie chère, du tabac rare, du sucre rationné, du lait réservé aux enfants, du pain qu'on gaspille. Des trafiquants, des accapareurs, de ceux qui font le faux poids, les fausses factures, les faux billets. Exemple : la Chambre de Commerce, qui imprime des coupures d'un franc cinquante, et qu'elle fait circuler comme des vraies. Le fisc s'intéresse à notre pécule, il prétend l'imposer sous prétexte qu'il fait partie de nos revenus pour l'année 1918 avec nos treize cents francs, nous sommes d'affreux profiteurs de guerre : faut qu'on rembourse. Contre ces calamités, le père Q nous apporte des consolations liquides. Même s'il a fait la guerre aux Granvanches, à charger les obus sur les wagons. Fallait bien, comme il dit, que quelqu'un le fasse.

« Vous croyez, demande-t-il, que l'Allemagne paiera ?

— Elle paiera si on l'oblige à payer. En attendant, père Q, qu'est-ce que vous nous payez vous-même ?

— Je peux remplir votre bouteille, si vous insistez.

— On insiste... Appelez la mère Q, on l'invite à trinquer avec nous.

— Ah ! non ! La mère Q doit s'occuper de l'épicerie. »

Car son commerce a deux entrées : l'une côté face pour le manger, l'autre côté pile pour le boire, c'est la Providence qui l'a placé là, tout près de notre usine, il suffit de traverser la rue. Les jeudis et les dimanches pluvieux, il est notre refuge, nous nous y acagnardons, l'atmosphère chaude, épaisse, substantielle nous enveloppe et nous nourrit, nous avons l'impression d'être rentrés dans la coquille maternelle, d'y savourer des béatitudes prénatales. Le père Q nous allaite à bon compte :

« J'aime mieux vendre bon marché et vendre davantage. Et puis, soyez tranquilles, mon vin vous fera pas de mal : il est naturel. Je l'achète directement aux vignerons d'Aubière. »

Je me rappelle les vampires du Soissonnais, leur vin bouché à trois francs le litre, mis en bouteille la nuit précédente, entre deux et quatre heures du matin, à la lueur d'un rat-de-cave. M. Quiquandon, au contraire, ménage notre argent de poche, veille sur notre santé, par conséquent sur notre avenir. Par conséquent sur celui de la jeunesse qui nous sera confiée prochainement.

« Ah ! père Q, vous êtes un grand Français !

— Parbleu ! Le patriotisme, moi, je connais que ça ! »

Nous nous arrachons enfin les uns aux autres. Presque toujours c'est M. Gatignol, notre prof de musique, qui en éprouve le plus de peine, deux canaques se dévouent pour le raccompagner jusqu'à sa porte, en le soutenant aux aisselles. Il habite rue Saint-Dominique au troisième étage d'un immeuble historique mais minable, un trou à souris dans lequel il tient à peine avec son lit, sa table et son violon :

« Voilà où je dois habiter, gémit-il, avec mon salaire municipal ! Moi qui ai, y a pas longtemps, mangé à

Paris de la maxime chez Langouste, invité par des dames à particule !... Ah ! camarades, les dames à particule ! Vous ne saurez jamais combien c'est doux au toucher, on dirait de la soie... »

Il y a bien d'autres choses que nous ne saurons jamais. Moi tout spécialement qui ne suis plus que trois quarts d'homme. Encore un exemple : le plaisir de disputer un combat de boxe. Lhirondelle est un fanatique de ce sport. Ses dieux s'appellent Eugène Criqui, champion de France poids mouche, et surtout Georges Carpentier, champion d'Europe poids lourds. Il les possède en cartes postales et peut réciter la liste de tous leurs combats. Quelquefois, au lieu du bal d'après-souper, Lhirondelle nous enseigne, buste nu, les rudiments du « noble art », qu'il prononce à l'anglaise *nobeularte*, les divers coups autorisés, crochet, direct, swing, uppercut ; les coups interdits ; les parades, le jeu de jambes, il en sait autant qu'un professionnel. Puis il demande :

« Y a-t-il un amateur ? »

Vingt bras se lèvent. On fait la queue pour recevoir des marrons dans la tronche, car Lhirondelle atteint son adversaire sans se laisser jamais atteindre. Quand le coup t'est arrivé en plein dans l'œil ou sur le nez :

« Pare ! crie-t-il. Pourquoi ne pares-tu pas comme je t'ai enseigné ?... Allez, on recommence. »

Il y a de nombreux abandons. Quelquefois, le challenger va au tapis, et toute la bande des spectateurs de brailler comme un seul : « Un... deux... trois... quatre... cinq... » Le vacarme, en général, réveille l'allongé, il réveillerait un mort. Il arrive aussi que soudain la moutarde lui monte au nez, à cause d'un certain crochet qui l'a atteint de façon irrégulière, estime-t-il, alors il se précipite avec des moulinets sauvages sur le professeur dont toute la science n'est pas de trop pour le contenir :

« Tu cognes comme un bûcheron ! Jamais tu ne sauras le *nobeularte* ! »

La chose la plus sympathique est le combat entre deux apprentis, c'est-à-dire deux égales inexpériences, sous l'arbitrage du maître. Il veille à apparier les poids, élimine ceux d'entre nous – et j'en suis – qui présentent un défaut de la bête, les myopes, les bilieux, les boiteux, les fragiles. Ses décisions sont sans appel, le *nobeularte* n'admet que de nobles constitutions. Tout cela nous passionne si fort que nous n'entendons pas le clairon de Laroye. Ou que nous refusons de l'entendre. Les *chiens* eux-mêmes, devenus enragés, restent sourds à l'appel de leurs gardiens. Un soir, se produit ce que je redoutais sans vraiment croire que les autorités iraient jusque-là : la lumière s'éteint, nous plongeant dans une nuit complète. Le point faible de l'éclairage électrique est que, si on l'établit instantanément, on peut le couper aussi vite. Et cela, juste au milieu d'un K.-O., sans nous laisser le temps de compter jusqu'à dix. A tâtons, nous bousculant, nous écrasant, nous quittons les lieux, gagnons nos dortoirs, pour nous apercevoir que nous avons oublié le knockouté sur le ring. On va le récupérer, on ramasse quelque chose de lourd et de mou, on craque une allumette pour s'assurer qu'il s'agit bien de ses restes, foulés par trente-six paires de godillots, sa figure mettra huit jours à retrouver des traits vaguement humains.

Le Chemin des Dames

M. Canrobert, qui portait le nom d'un maréchal d'Empire, était pour nous un spécialiste de la *circumduction du tronc.* Nous le lui pardonnions volontiers. Sur le plancher du gymnase, il disposait en quinconce son monde vêtu de caleçons courts et de maillots de corps, et commandait :

« Fente à gauche ! Mains aux hanches ! La tête droite ! Circumduction du tronc de droite à gauche : un… deux… trois… quatre… Et maintenant, circumduction du tronc de gauche à droite : un… deux… trois… quatre… »

Il donnait de la sorte à chaque mouvement son appellation scientifique : élongation latérale de la jambe gauche, supination du buste et élévation des épaules, abduction du bras gauche, pivotement, rotation, révolution, pirouette, frétillement, avec lui on apprenait du vocabulaire. C'était un homme tout en os et en muscle, capable de tourner autour de la barre fixe comme un virolet, de rester crucifié un quart d'heure entre les anneaux, de marcher sur les métacarpes avec autant d'aisance que sur les métatarses, tout cela était bel et bon, nul ne discutait ses compétences gymniques. Mais voilà qu'un jour il émit une idée fort saugrenue :

« Le tir au fusil n'a pas été supprimé du programme. Jeudi prochain, nous reprendrons donc cet entraînement. »

Les canaques n'en crurent pas leurs oreilles :

« Le tir à quoi ?

— Au fusil. Fusil Gras, modèle 1874, modifié 1890. Nous ne disposons pas d'autre chose, hélas !

— Vous plaisantez, monsieur Canrobert ?

— Est-ce qu'on plaisante de telles choses ? Le règlement... préparation militaire... défendre la Patrie.

— Nous venons de la défendre, la Patrie ! Pendant deux ans complets, nous nous sommes entraînés journellement à tirer au fusil ! Avec des balles pointues, encore ! Certains d'entre nous savent même tirer du canon !

— Justement... ne pas perdre la main.

— Vous vous trompez, monsieur Canrobert : la main, nous voulons la perdre. A jamais. Nous en avons assez pour nous, nos enfants et nos petits-enfants. A bas la guerre ! Vive la Paix universelle ! Vivent les moissons et les vendanges ! Vivent les cheminées qui fument et le poulain blanc qui saute ! Vive Tchouang-Tseu ! Vive le grillon noir dans la cheminée et la soupe qui mitonne au coin du feu ! Vive l'alouette qui suspend son tirelo au-dessus des meules de blé que dore le premier rayon du soleil ! Vivent les arbres avec leurs feuilles et leurs nids ! A bas l'armée, monsieur Canrobert !

— Sacrilège ! Sacrilège ! Vous, des poilus d'hier !

— Justement ! Nous ne voulons plus être les poilus de demain ! Nous avons fait la dernière des guerres, on nous l'a dit et répété, et nous y avons œuvré avec conscience. Que nos hommes politiques fassent de même. Dorénavant, l'armée est condamnée à disparaître, du moins dans ses formes anciennes, si nos élus font leur travail. Voilà pourquoi, monsieur Canrobert, nous crions à bas l'armée, de toute notre âme de combattants.

— Vous prenez vos rêves pour des réalités !

— Les plus belles réalités d'aujourd'hui, la France, la Liberté, la République, ont été d'abord des rêves. La Fraternité, la Justice, la Paix universelle le sont encore. Rêvez avec nous, monsieur Canrobert !

— Mais des réalités très redoutables existent ! L'Allemagne... le bolchevisme... nos compatriotes torturés en Russie... les mutins de la mer Noire...

— Restons-en là, monsieur Canrobert. Nous n'avons rien contre la circumduction du tronc ni l'abduction latérale du bras gauche. Mais ne nous parlez plus de tir au fusil.

— ... référer à M. le directeur.

— Cela va de soi. »

Chose extraordinaire, pour une fois, M. Langlais nous donna raison. Encouragés par ce premier succès antimilitariste, nous présentâmes une seconde revendication inspirée des mêmes principes.

« Voyez-vous, monsieur le directeur, nous ne savons comment cela se fait, mais nous avons pris en horreur tout ce qui est cuivre. Notamment les sonneries de clairon qui scandent les divers moments de notre journée. Nous vous demandons de les remplacer par autre chose.

— Autre chose ? Mais quoi ? »

Mes yeux s'étaient portés sur le buste de Montaigne, je proposai les sons de la harpe et de la lyre. Rispal avança que si l'on voulait recourir à sa clarinette, il serait peut-être disposé... Tout cela étant peu réaliste, nous finîmes par accepter une banale cloche, malgré le cuivre qui entrerait nécessairement dans la composition de son bronze, pourvu que le son en fût argentin, comme celui des clochettes que les vaches auvergnates balancent à leur cou. Ses appels seraient d'ailleurs réduits à trois par jour et annonceraient seulement les repas ; la manœuvre en serait donc confiée au cuisinier. Nous promîmes en compensation de respecter scrupuleusement les heures du coucher et du lever, suivant les injonctions de nos surveillants. M. Pamaret fut chargé de faire au plus vite l'acquisition du nouvel instrument. Quinze jours plus tard, il était en place au-dessus de la porte principale. Ses notes joyeuses furent accueillies par d'enthousiastes applaudissements, certains parlèrent de baptiser la cloche au champagne, leur suggestion ne fut pas retenue.

Chez le Comte, les poutres, les voliges étaient couvertes de graffiti au couteau et au crayon-encre, noms, initiales, numéros de régiments. Pendant quatre ans, des hommes avaient souffert et espéré entre ces murs, percés, amputés, émasculés, la figure ravagée par les lance-flammes, les poumons brûlés par l'ypérite. Cela me rappelait mon séjour à Dinan.

Un brouillard dont j'avais mis longtemps à émerger. L'immense salle commune, puante de chloroforme et d'éther, pleine de gémissements, de délires, de râles, de fureurs. Les vieux médecins barbus et hautement galonnés, indifférents et sourds. Mais je n'ai que vingt ans ! Comment avez-vous pu me couper la jambe pour une simple rotule qui manquait ? L'urgence, mon ami, l'urgence. Tu es vivant, pour toi la guerre est finie, de quoi te plains-tu, biquet ? On te fera cadeau d'une médaille en bronze. Et aussi d'une superbe prothèse toute neuve, en bois de châtaignier, celui qui résiste le mieux aux vermoulures, avec rondelle en caoutchouc et changement de vitesse. Comme tu seras admiré, quand tu circuleras dans les rues de Clermont, exhibant cette preuve de ton héroïsme ! Les prêtres te béniront. Les sergents de ville te feront le salut militaire. Les civils te tireront leur chapeau. Les enfants te demanderont des autographes. Les femmes se disputeront l'honneur de te consoler. Prends patience, biquet, résigne-toi à ton raccourcissement, et vive la France éternelle. Après trois mois de vie horizontale, de bassin sous les fesses et d'escarres, viennent la joie de mettre un pied par terre – le droit –, la surprise de retrouver des sensations dans un pied gauche fantôme, même si elles sont douloureuses, les promenades dans le jardin, au balancement des béquilles. Félicitations ! Vous faites des progrès à vue d'œil, ça ira vite maintenant. Odeur amère et sourde des buis, piaulement des mouettes. Et ces autres oiseaux marins qui marchent : les religieuses en robes blanches et en cornettes. Pendant ce temps, la grippe espagnole remplit les cimetières de vieux, d'enfants, de femmes. Les plus jeunes, les plus belles, celles qui précisément attendaient ton retour pour te consoler. A quoi bon revenir s'il ne reste plus personne ? Il en restera, biquet. Apprécie cette autre chance de vivre en un milieu désinfecté, la grippe espagnole s'y montre un peu moins vorace qu'ailleurs.

Six mois encore, le moignon se cicatrise. Essayage de la tulipe rembourrée de coton hydrophile. Oui, au commencement, ça fait mal ; mais ensuite tu ne sentiras plus rien. Sauf dans le pied fantôme, bien sûr, en certaines circonstances. Apprends aussi à gravir et descendre un escalier avec une seule jambe, sans béquille, c'est le plus difficile, mais on y arrive. Avant de quitter Dinan, ses pavés, son donjon, ses remparts, ses bateaux de pêche et ses mouettes, j'ai monté à titre d'exercice toutes les marches intérieures de l'hôpital. Arrivé au grenier, j'ai gravé sur un chevron mon nom et mon nouveau titre : *Jules Vendange, classe 17, unijambiste.*

Par l'action énergique et assidue des canaques, la vieille maison commençait à changer. Nous pouvions espérer que l'œuvre entreprise continuerait après nous et que le nom des réformateurs serait prononcé avec reconnaissance par les générations à venir. Un point nous semblait encore insupportable : la clôture – au sens conventuel du terme – dans laquelle nous étions retenus, hors les dérisoires après-midi du jeudi et du dimanche. Après l'avoir soufferte deux mois, nous décidons de lui livrer bataille. L'occasion en est les spectacles donnés au théâtre par des compagnies de passage ou des acteurs locaux. Fin novembre, une opérette en trois actes est à l'affiche : *Boccace*, livret d'on ne sait qui, musique de Franz von Suppé interprétée par la troupe de M. Jauffret. Le rôle de Boccace sera chanté par Mme Jane Alstein qui l'a précédemment tenu avec grand succès à la Gaîté Lyrique de Paris. Nous demandons l'avis de M. Gatignol :

« La musique de Suppe est mélodique, pleine de couleur et de relief. Je suis sûr, camarades, qu'elle vous plaira, et je vous donne ma bénédiction.

— Nous aurions préféré, avouons-nous, votre concert si spirituel !

— Je vous comprends. Mais il n'est pas au point, nous répétons encore, ce sera pour une autre fois. »

Forts de cette approbation, six canaques délégués se présentent devant le Khâgne et traduisent nos désirs :

— assister à la représentation de l'opérette *Boccace*, ouvrage éminemment culturel et formateur selon l'avis du maître Fernand Gatignol, professeur de musique en l'Ecole normale et divers autres établissements scolaires, premier violon dans l'orchestre municipal ;

— obtenir par conséquent une autorisation de sortie jusqu'à minuit trente, le spectacle n'ayant lieu qu'en soirée ;

— il sera établi une liste des ayants droit, lesquels s'engagent la main sur la conscience à regagner leur dortoir dans les temps impartis ;

— ils supplient leur vénéré directeur d'agréer les sentiments de respectueuse soumission avec lesquels ils sont, et cætera.

« Boccace ? dit M. Langlais. Une opérette ? Franz von Suppe ? Le rôle est tenu par Mme Jane Je-ne-sais-plus-comment ?

— Exactement, monsieur le directeur. Jane Alstein.

— Est-ce que vous vous foutez de moi ? D'abord, ce Franz von... c'est un Boche, bien sûr ? Est-ce que vous pensez, têtes de pingouins, que le moment est bien choisi... traité de Versailles pas encore ratifié... ?

— Renseignements pris, von Suppe était autrichien, d'origine belge. Et puis, l'art n'a pas de patrie, nous avez-vous dit à votre petit *b*, il y a trois semaines.

— Admettons. Mais un sujet pareil ! Boccace ! *Le Décaméron ! La Mandragore !* Devant de futurs éducateurs ! A onze heures du soir ! Vous rêvez, je pense ?

— Connaissez-vous le sujet ?

— Je ne le connais pas. Mais je connais Boccace ! Votre opérette est... disons beaucoup trop légère pour que je vous permette de la voir. Revenez avec un ouvrage plus sérieux. Et maintenant, laissez-moi travailler. »

Trop légère pour nos yeux et nos oreilles, l'opérette de Suppe ? Sans doute devrions-nous rappeler au Khâgne que nous avons entre vingt-deux et vingt-cinq ans ; que nous sommes informés de bien des choses ; que certains d'entre nous sont probablement pères naturels ; que notre camarade Fabre, prisonnier vingt-six mois en Poméranie, en a passé vingt à prodiguer ses consolations à la jeune veuve qui l'employait. La modestie retient la langue des délégués. Ils risquent seulement :

« Pouvons-nous nous permettre d'insister ? D'évoquer les conséquences...

— Allez préparer votre Brevet Supérieur. Il n'y aura pas de conséquences. »

Il y en aura. Jamais couvre-feu ne fut mieux observé que ce soir-là. Dès neuf heures cinq, les vingt-huit canaques en chaussettes descendent l'escalier, passent devant la réserve à fruits, se rechaussent dans la cour arrière. Il ne faut pas compter sur la complicité du portail, aux serrures inviolables. La toiture des cabinets montre plus d'obligeance. J'ai accompagné mes copains jusqu'au pied du mur, afin de partager leurs risques, mais je n'espère pas aller plus loin, partez sans moi, camarades, on ne fait pas le mur avec une jambe de bois. Comment ? Crois-tu qu'on va t'abandonner ici ? Un rescapé de Craonne ? Tu nous as mal regardés ! Ils m'empoignent par les membres qui me restent, m'arriment sous les bras au moyen d'un ceinturon, me hissent sur le toit des WC que notre poids menace de rompre. Faites attention, je suis fragile, n'allez pas m'escagasser l'autre patte. D'autres me grippent de la crête, me tendent à ceux qui ont atteint la rue, j'arrive en morceaux, l'imperméable déchiré, on me répare avec des épingles à nourrice, on attend les derniers venus et l'on file. Il y a long à marcher jusqu'à la place de Jaude, quand nous arrivons le spectacle est commencé depuis une heure, la caissière cependant tricote encore derrière le trou de son guichet qui ressemble à une chatière :

« Je ne vais pas vous vendre des billets pour une moitié d'opérette ! Qui êtes-vous donc ?

— Des échappés du bagne, des canaques. Ça ne fait rien, on paye, on a dévalisé le Crédit Lyonnais en passant, on veut voir *Boccace.* »

Elle se baisse pour regarder notre mine. Ne nous lanternez pas davantage, madame, nous avons une jambe de bois. Elle sourit :

« Dans cinq minutes, c'est l'entracte. Je vous distribue des contremarques, vous entrerez gratuitement. D'accord ? »

De ses mains effilées, elle pousse vers nous des bons points bleus, en échange nous lui envoyons des baisers par la chatière, je parie qu'il s'agit d'une femme à particule.

« Avant de vous asseoir, recommande-t-elle, attendez que les autres aient repris leur place. »

On patiente en fumant des Caporal qu'on allume avec un briquet à amadou. Un marchand de châtaignes grillées crie : « Chauds les marrons chauds, dépêchez-vous la jeune classe, sinon y en aura pas pour vous.

— Combien ?

— Dix sous le sachet. »

Chacun veut le sien. Quand le théâtre dégorge son monde, nous nous mêlons à la foule et rentrons avec elle, je tiens sur le bras mon imperméable dépenaillé, les contrôleurs semblent surpris devant ma prothèse qu'ils ne reconnaissent point. On passe quand même. On se distribue un peu partout, en quête de fauteuils inoccupés, qui monte vers les galeries, qui se faufile au parterre. Nos voisins nous regardent avec le même étonnement que les contrôleurs, et chuchotent entre eux, mais ma jambe de bois nous protège. Quand le rideau se lève, un jouvenceau chante son amour à une jouvencelle qu'il appelle alternativement *Maria* et *Princesse.* Ce ne peut être que Boccace, nous le reconnaissons aux formes féminines de Mme Jane Alstein dans des culottes de soie. Le dialogue nous échappe, bien que certaines paroles semblent appartenir à la langue française : ... *douleur... Florence... souvenir...* Heureusement, de temps en temps la musique s'interrompt, les acteurs s'expriment alors en prose commune, nous comprenons que Maria est la fille du roi de Naples, qu'elle a cessé d'aimer Boccace, lequel se vengera littérairement en écrivant du mal des femmes. Tandis que le spectacle se déroule, une agitation se manifeste au milieu du parterre, des têtes se lèvent vers les étages supérieurs, des signes d'indignation courent de bouche en bouche, de chignon en chignon. Mais ce sont des peaux de châtaignes ! Oh ! les sagouins ! A-t-on jamais vu ça ? Quels sont ces croquants ? Il faut prévenir la police... Je me fais tout petit dans mon siège, j'écrase contre ma hanche mon sachet de marrons froids. Pas l'intention de laisser savoir que j'appartiens à la même race que ces sagouins. Futurs éducateurs de nos écoles laïques, gratuites et obligatoires. La pluie d'épluchures sur les messieurs-dames du rez-de-chaussée ralentit, puis reprend, le scandale enfle et se propage, est-il normal de payer huit francs une place où l'on a droit à ce genre de saloperies ? Les galeries inférieures, épargnées, protestent contre les protestataires, chut ! silence ! si vous avez des querelles de ménage, allez les vider dans la rue. Sur la scène, Boccace et Maria d'Aquino lancent des regards furtifs vers les hauteurs, se demandent s'ils doivent ou non interrompre la pièce et faire baisser le rideau. L'orchestre, à l'abri dans sa fosse, continue imperturbable de moudre des triples croches.

Oh ! les triples croches du 16 avril 1917 ! Leur rage autour de mon casque chaque fois que je lui faisais prendre l'air au-dessus de mon trou d'obus ! Les deux paysans qui m'y tenaient compagnie n'avaient guère de conversation. L'un, couché sur le flanc, semblait chercher des vers de terre. L'autre regardait passer les canards sauvages qui viennent en cette saison des régions chaudes vers les pays froids. Dix heures nous sommes restés ensemble. J'ai bu mon café tout seul, en suisse, et terminé ma topette d'eau-de-vie. Puis les Sénégalais sont venus me secourir. Comment ai-je pu passer à travers une telle musique et me retrouver ici vivant, quoique diminué, plein de sang rouge, de sang bleu, de sécrétions internes, d'humeurs reproductrices, mon pécule en poche, calé dans un fauteuil à huit francs que je n'ai même pas payé, tandis que tombent du ciel seulement des peaux de marrons grillés ?

Autour de moi, cependant, le calme se rétablit peu à peu, Boccace et sa princesse se rassérènent, Franz von Suppe sautille à cœur joie sur les nerfs de l'assistance. Cela dure jusqu'au moment où plusieurs détonations sourdes secouent le théâtre. Profitant lâchement de l'obscurité, les sagouins du quatrième ont gonflé leurs sacs vides et les font claquer entre leurs mains, avant de les jeter sur le chemin des épluchures. Cent personnes à huit francs la place, outragées, debout, le poing tendu, lancent vers le poulailler des injures. D'autres spectateurs ricanent ou applaudissent. Brusquement, le grand lustre se rallume, l'orchestre s'arrête, le roi de Naples surgit des coulisses et décrète :

« La représentation est terminée ! »

Le rideau tombe, les spectateurs se bousculent vers la sortie, la confusion est extrême. Mais les canaques sont déjà dans la rue, très dignes, époussetant sur leurs paletots les dernières traces de peaux grillées, enfonçant dans leurs poches leurs mains noires. J'arrive au milieu du tumulte.

« Que se passe-t-il ? demandons-nous d'un air innocent.

— Des perturbateurs. Des voyous. Des anarchos. Des bolcheviques. La police a été au-dessous de tout. Ne parlons pas des pompiers. Il me le copiera, M. Jauffret ! Je me plaindrai au nouveau maire... Ah ! elle est jolie, la municipalité radicale !... »

Il veut dire celle du docteur Philippe Marcombes. Effectivement, deux sergents de ville et le capitaine des pompiers seront révoqués dans les semaines qui suivront, par la faute de ce marchand de marrons grillés qui n'était même pas du pays, il avait l'accent de la Corrèze. *La Montagne*, quotidien socialiste récemment créé, émettra l'hypothèse qu'il avait été posté là et soudoyé par les partisans de l'ancien maire, le docteur Vigenaud.

Il est à peine onze heures.

« On ne va pas, dit Rouquette, regagner la Norme à une heure aussi ridicule. Profitons un peu de notre liberté chèrement acquise.

— Comment en profiterons-nous ?

— Allons voir les dames. »

Il n'y a que quelques pas à faire. Elles nous attendent dans leurs corolles blanches qu'il suffit d'aller cueillir et effeuiller non loin de la cathédrale, au sein du quartier le plus noir de cette ville d'encre. Nous nous y transportons processionnellement, moi toujours boitant par-derrière, Rouquette y est accueilli par une certaine Mme Eglantine :

« Tiens v'là Momo ! Comment vas-tu Momo ? Sacré Momo ! »

Il s'est toujours vanté d'avoir des relations que nous n'avions pas, nous sommes bien obligés maintenant d'en croire nos yeux et nos oreilles. L'atmosphère est tout de suite plus chaleureuse que celle du théâtre. Rouquette nous obtient des prix de gros. Vers une heure du matin, Mme Eglantine nous a conseillé affectueusement de rejoindre notre domicile, il est temps de rentrer, mes petits, si vous ne voulez pas être grondés. Nous traversons la triste place Saint-Pierre où errent des papiers gras, les yeux des chats luisent au ras des murs comme des escarboucles vertes, des sidis sortent de l'ombre avec l'intention évidente de nous couper la gorge, mais nous voyant en force ils n'insistent pas. Nous arrivons au pied de notre muraille, toujours aussi escarpée ; à force de courtes échelles, tiré et poussé, je réussis à la franchir, à retomber sur le toit des cabinets, je me retrouve par terre avec deux imperméables au lieu d'un, comme saint Martin.

« Savez-vous, suggéré-je aux autres canaques en me ramassant, savez-vous comment il nous faut appeler ce mur ?

— Quel mur ?

— Eh bien ! Celui que nous venons de franchir, pardi ! Appelons-le le Chemin des Dames. »

Ma proposition est retenue, et le nom se transmettra de promotion en promotion. C'est le seul souvenir de moi, ex-lanterne rouge, qui soit resté à l'Ecole normale de Clermont-Ferrand en Auvergne.

La révolte des canaques

Le mois de décembre a passé cahin-caha. Avant d'aller, pour les vacances de Noël, m'ensevelir sous les neiges de Vollore-Montagne, je fais une escapade jusqu'à Aulhat où j'ai laissé une partie de mon cœur, l'oreillette gauche. J'y revois avec émotion la Dame de l'église, mutilée comme moi ; la façade de l'école marquée des deux majuscules républicaines, les cours et leurs arbres dépouillés. Après avoir hésité à me reconnaître par suite de mes transformations, Mme Gagneraud m'accueille avec une chaleur un peu forcée :

« Mon mari est parti pour Issoire à bicyclette. Il ne tardera guère, j'espère que vous allez l'attendre. »

Pour Lolo et Lala, je suis franchement un inconnu. Un animal curieux. Lolo tâte mon pilon comme il toucherait la trompe d'un éléphant, je donne de vagues explications, à quoi ça sert, comment je l'ai obtenue, ses avantages et ses inconvénients. Autour de moi, la cuisine n'a pas changé où se produisit l'incident du hanneton, ma main garde le souvenir du tunnel chaud dans lequel elle s'enfonça. Muguette sort un paquet de petits-beurre, la bouteille de verveine qui n'a pas changé non plus. Rien n'a changé sauf nous.

« Savez-vous, dis-je, ce qu'est devenue Jeanne ?

— Quelle Jeanne ? »

Comment quelle Jeanne ! Y a-t-il jamais eu deux Jeanne au monde ? Je revois les yeux profonds et sombres, le front large et lisse de mon Immaculée.

« Jeanne Gaillard, mon ancienne élève, celle qui portait deux tresses énormes. Elle doit avoir dans les dix-sept ans.

— Oh ! cette pauvre Jeanne !

— Quoi donc ?

— Vous ne savez pas ?

— Je ne suis plus revenu depuis 1916.

— Elle est morte. De la grippe espagnole. Cette affreuse épidémie. On dit qu'en réalité il s'agissait du choléra sec, mais il ne fallait pas prononcer ce mot. Prenez donc un autre biscuit. »

Tout s'explique, ma Jeanne, mon enfant, ma petite sœur, ma Vierge sainte, tu nous avais été prêtée, tu étais seulement de passage parmi nous, entre tes diverses missions, tu avais celle de décrotter mes débutants et de veiller sur moi. Je suis sûr que le jour où il y eut sur ma gauche, dans le secteur appelé Californie, cet énorme éclair rond, jaune, filamenteux et plein de graines comme une citrouille, je suis sûr que tu as avancé la main pour détourner sa flamme, et je n'ai eu droit qu'à un seul pépin. Tu avais ce pouvoir, car tu avais déjà regagné ton vrai domicile.

« Allez-vous me laisser tous mes biscuits sur les bras ?... Toujours aussi timide ! »

Je trouve dans la démarche de Muguette une certaine lourdeur, je l'examine mieux, ça y est, j'ai compris :

« L'appellerez-vous Lili ou Lulu ?

— De qui parlez-vous ?

— Eh bien ! De l'enfant que vous attendez !

— Vous vous êtes aperçu de cela ?

— Ce n'est pas très difficile. »

Oui, nous avons tous deux bien changé, vous un enfant de plus, moi une jambe de moins. Vous rappelez-vous le hanneton que vous m'avez fait chercher un soir dans votre corsage ? Mais à quoi bon dire des choses importantes ! Faisons semblant de parler :

« Jouez-vous toujours de la mandoline ?

— Chantez-vous toujours aussi mal ?

— Je pense que M. Gagneraud s'est réadapté facilement à sa nouvelle existence ?

— Vos parents sont-ils en bonne santé ?

— Votre jardin produit-il d'aussi jolis légumes qu'autrefois ?

— C'est bien une sœur et deux frères que vous avez ?

— Avez-vous gardé votre ancienne municipalité aux récentes élections ?

— Croyez-vous que nous aurons bientôt de la neige ?

Je trempe mes lèvres dans la liqueur verte, je grignote un petit Lu. Puis M. Gagneraud arrive d'Issoire, le porte-bagages chargé de paquets. Il me serre la main, me félicite de ma jambe de bois et de ma bonne mine, vous ne l'avez pas mauvaise non plus. Ainsi, on vous a renvoyés à l'école après deux années de guerre ? Voilà qui est drôle !... Oui, très drôle. Je fournis des détails. Vous boirez bien une petite goutte, ma femme distille elle-même une excellente verveine. C'est déjà fait. Un second petit verre, ça vous réchauffera, le fond de l'air est frais aujourd'hui. Nous trinquons.

« Et quels sont vos projets ?

— Le béhesse.

— Ah ! oui, le béhesse. Indispensable, naturellement, pour une carrière pédagogique sérieuse. Et ensuite ?

— Beuh...

— Il ne faut pas prendre les choses ainsi, camarade. Votre avenir commence demain. Et c'est celui de notre pays qui... ruines matérielles et morales... perspectives lumineuses... fonder une famille.

— Certainement.

— Avez-vous déjà une fiancée ? demande Muguette, avec de la coquinerie dans l'œil.

— Oui... en quelque sorte. »

Son sourire devient radieux :

« Ah ! les fiançailles ! Quelle période merveilleuse ! »

Je demande à revoir la classe de mes débuts, j'y retrouve les tables longues comme des wagons, la lampe à pétrole, le poêle de fonte. Accrochées à leurs clous, la France muette et la France parlante. La bouteille à l'encre, avec son bouchon percé de deux tubes de verre, l'un pour verser, l'autre pour respirer. La frise de dessins épinglés aux murs. Rien n'est changé ici non plus. Nous nous séparons dans la cour inférieure, je vais reprendre la diligence de Sugères, elle passe dans trente minutes, mais j'ai d'autres personnes à saluer. Au revoir ! Revenez quand il vous plaira, nous aurons toujours grand plaisir à bavarder avec vous. Donnez-nous de vos nouvelles de temps en temps. Je remonte les six degrés qui accèdent à la cour haute. Le cimetière est juste en face. Ainsi, leur voisinage forme ce triangle symbolique : l'église, l'école, le cimetière. Là dort celle qui était peut-être ma fiancée. Même si elle ne s'en douta jamais. Oui, oui, le temps de nos fiançailles fut une chose merveilleuse, ma Jeannette. Mais je n'irai pas me recueillir sur ta tombe plate, couverte de galets de l'Allier. Je n'irai pas, puisque je t'emporte.

1920. Le temps change de dizaine, espérons que celle-ci sera plus heureuse que la précédente. Sur les rares lettres que j'expédie, ce 2 après le 9 est difficile à former, la main renâcle par manque d'habitude. Les femmes portent des robes-fuseaux, serrées à mi-jambe, avec ceinture de cuir et col marin, des paletots en cheviotte noire ou bleu sombre, munis d'un rabat formant pèlerine. Suivant l'exemple des jupes, les pantalons masculins se raccourcissent, s'arrêtent au-dessus de la cheville sur des guêtres blanches à boutons de buis, comme des grains de chapelet. Les chapeaux melon cèdent de plus en plus la place à des feutres mous, l'ouvrier porte des casquettes aussi larges que des poêles à frire. Les culottes des enfants remontent aussi, mais par temps froid, leurs genoux sont protégés de bas de laine retenus par des jarretières. Les automobiles sont des torpédos à capote pliante, à pare-brise orientable, à roues amovibles, éclairées par des phares à acétylène.

Après dix jours de liberté nous rentrons dans la Norme. Le début de janvier est neigeux, nous nous serrons autour des poêles. Le charbon manque, M. Pamaret nous le rationne à raison de deux seaux par jour et par poêle, il faut les allumer tard et ils s'éteignent tôt.

« Vous avez tonnu pire n'est-ce pas, dans les tranchées ? Te voulez-vous ! Les Allemands ont détruit les mines du Nord et de l'Est...

— Pas celles du Centre.

— Non. Mais elles doivent ravitailler toutes les régions françaises. Et les usines en priorité. Alors, tand vous avez froid, au lieu de vous ratatiner tomme des poules mouillées, faites de la gymnastite. Battez la semelle.

— On aimerait mieux casser du bois.

— Tasser du bois ! Moi aussi, j'aimerais mieux te vous ayez du bois à tasser ! »

Chaque matin les vitres de nos dortoirs sont givrées de dentelles au point de Venise. Heureusement, pour la Saint-Raymond, le temps s'adoucit, nos carreaux redeviennent transparents, des pluies abondantes succèdent à la neige. La plupart des cours d'eau français sortent de leur lit. C'est le moment que choisit notre camarade Bertrand pour rester dans le sien, retenu par sa crise. Il appartient à la classe 15, son grand âge l'a contraint de passer trois hivers extrêmement rigoureux dans la Woëvre et en Champagne, il en est revenu avec six orteils seulement, des souliers orthopédiques et des oreilles grignotées par les gelures. Depuis, chaque année, il fait une crise hivernale, les rhumatismes le saisissent à la nuque et ne le lâchent qu'aux doigts de pied qui lui restent. L'ayant examiné à l'infirmerie, M. Pamaret entre dans une grande colère :

« Tel te je vous vois, vous en avez pour deux mois de lit, avet des bouillottes et des tataplasmes. T'est-ce te vous voulez te je fasse de vous ?

— Ne vous faites surtout pas de souci, monsieur. L'infirmerie est bien chauffée, mes camarades viendront de temps en temps me tenir compagnie et m'informer des cours. Je peux patienter ici jusqu'au printemps.

— Il n'en est pas testion ! Pas testion ! Cette maison a été un hôpital pendant la guerre, elle est redevenue une étole, vous allez rentrer chez vous, tout simplement. Vous reviendrez tand vous serez guéri. Allez, ouste ! Sortez de ces draps, faites votre malle, vous partirez demain.

— Et les cours ? Et mon béhesse ?

— Emportez vos livres, vous les potasserez tout seul. Vous n'aurez t'à guérir plus vite ! »

L'inhumanité de M. Pamaret nous remplit d'indignation : voilà comment il traite un ancien poilu qui a donné à la Patrie quatre orteils complets et la moitié de ses orillons, sans compter quatre ans et demi de jeunesse ! Rouquette veut faire la révolution tout de suite, mais nous le prions de patienter jusqu'au lendemain, la nuit porte conseil, il se pourrait que sur le traversin notre Zig se ravise, qu'il décide, tous comptes faits, de garder le vieux Bertrand au chaud de l'infirmerie. Nous n'agirons que s'il y a forfait accompli. L'aube paraît cependant sans avoir rien changé à la sentence. Avant de passer aux actes, nous décidons d'en appeler à l'instance supérieure, laquelle s'exclame dès le premier instant :

« Je commence à vous avoir assez vus, têtes de pingouins ! Eh ! quoi ! Vous êtes revenus ici volontairement, profitant de la liberté administrative, et rien ne vous plaît dans cette maison ! Ni les professeurs, ni la nourriture, ni le vêtement, ni la discipline, ni le chauffage, ni les horaires ! Pourquoi donc versez-vous des larmes si l'un des vôtres est provisoirement renvoyé dans ses foyers ? Soyez sûrs pourtant que la décision du docteur Pamaret a été prise pour son bien, uniquement pour son bien ! »

Nous nous permettons de secouer nos têtes de pingouins avec scepticisme, nous plaidons aussi humblement que possible la cause du vieux Bertrand, de ses oreilles, de ses doigts de pied. L'instance supérieure ne veut rien entendre, tout ce qu'elle accepte de faire, c'est d'en référer à l'inspection académique. Chiche ! Le Khâgne tourne la manivelle de son téléphone, demande M. Rossignol de la part de M. Langlais, finit par l'obtenir. Il s'explique en un langage sibyllin qui nous laisse comprendre que nous, canaques, avons fait l'objet de plusieurs entretiens antérieurs. C'est encore eux... rhumatismes paralysants... deux mois d'immobilité... compétence du docteur Pamaret... oui... oui... certainement... mes hommages à Mme Rossignol... comptez sur moi, monsieur l'inspecteur d'académie... Avant qu'il n'ait raccroché, nous comprenons que tout est perdu. D'un geste sec, l'instance supérieure nous congédie.

Dès que nous sommes sortis :

« On y va ? fait Rouquette avec sa mentalité de nettoyeur. On casse tout ?

— Il faut d'abord en débattre, dit Rispal, clarinettiste et subrogé-cacique. Mais, d'abord, nous devons remplir une pieuse tâche : accompagner le malheureux Bertrand jusqu'à la gare. Ensuite, réunion au gymnase. »

Coutarel, de Pont-du-Château, offre son dos, Pastre et Mouly leurs bras, on installe Bertrand, qui gémit à chaque geste qu'on lui impose, sur l'échine confortable du Castelpontain, les deux autres portent les valises. Seulement, il pleut à verse. Armilhon se sent alors en devoir de remplir le contrat, dûment écrit et enregistré, par lequel il s'est engagé à faire profiter Bertrand de la protection de son parapluie. Il court le prendre chez le Comte, l'ouvre et le tient sur les têtes réunies du porteur et du porté, leur cortège ressemble à celui d'un roi nègre, il franchit le portail sous les yeux éberlués de Laroye. *HONNEUR ET PATRIE.* Ceux qui restent nous saluent de la main ou agitent leur mouchoir. Nous arrivons place Lamartine pour prendre le tram, qu'il faut attendre sous la flotte. Malgré ses larges épaules, Coutarel aimerait bien poser sa charge quelques minutes. Ayayaye, fait Bertrand. Qu'est-ce qu'il fabrique, ce putain de tramway ? Au bout d'un moment, nous sommes tous imbibés jusqu'aux chaussettes, seules les têtes sont encore un peu sèches sous le riflard d'Armilhon. Mais qu'est-ce qu'il fout ? Ayayaye. Les valises commencent à se ramollir, ce qui est à craindre, c'est que les poignées ne se détachent. Enfin, le voilà. Toutes les places assises sont occupées. Qui veut, demande Coutarel, céder son siège à un ancien poilu infirme ? Les volontaires ne manquent pas, on peut l'installer, tandis que Pastre, Mouly, Armilhon, moi-même et le parapluie restons sur la plate-forme. Place Delille, correspondance, il faut redescendre, refaire le pied de grue, se remouiller.

« Vous ne croyez pas, demande Armilhon avec sa voix de clarinette, qu'on aurait mieux fait... je sais pas...

— Qu'est-ce que tu veux dire ?

— Par exemple, de prendre un fiacre ou un taxi ? »

Peut-être, peut-être. Mais s'en aller ainsi commodément n'a aucun sens, on est persécuté ou on ne l'est pas, ce qu'il faut, c'est fuir l'échine courbe, scandaleusement, honteusement, échevelés-livides-au-milieu-des-tempêtes, et non point sur des sièges capitonnés. Nous entretenons l'indignation de nos entrailles, comme jadis on protégeait sous un manteau des braises portées d'une maison à une autre. C'est donc humiliés, fourbus, courbatus que nous atteignons la gare.

« Est-ce que tu seras attendu à Brioude ? demandons-nous.

— Non. Je ferai prévenir mon père par le facteur. Il viendra me prendre avec ses vaches et son tombereau. Je passerai sans doute la nuit dans la salle d'attente. Merci, camarades, de ce que vous avez fait pour moi. »

Quand nous lui serrons la main, il gémit encore ayayaye. Trois quarts d'heure après, nous sommes de retour à notre usine, le concierge a reçu des consignes, il nous ouvre sans prononcer une voyelle, nous ne la tolérerions pas. Au gymnase, nous trouvons l'enfer des quatre cents diables, chacun s'y prend pour Camille Desmoulins, d'instinct nous avons choisi pour lieu de réunion la salle de gymnastique parce que c'est dans l'établissement ce qui ressemble le plus à un jeu de paume. Le premier danger de l'Histoire, c'est qu'elle enseigne la liste des Révolutions, ce qui périodiquement inspire l'envie d'en provoquer une nouvelle. Ainsi, les frères Gracques s'excitaient souvent au souvenir de Spartacus, à moins que ce ne soit l'inverse, je n'ai pas vérifié les dates. Comment donc et pourquoi la première est-elle née ? Faut-il remonter jusqu'au père Adam ? C'est le même problème que celui de l'œuf et de la poule. Notre retour échauffe encore les esprits, nous montrons nos pieds mouillés, nous racontons le calvaire du vieux Bertrand, son inébranlable stoïcisme.

Maintenant, que faire ? Certains décrochent déjà du râtelier les fusils Gras modèle 1874, modifié 1890, nous n'avons pas de cartouches, d'accord, mais y a-t-il jamais eu révolution moderne sans fusils ? Rédigeons, propose Rispal, un cahier de doléances. Foutons le feu à la maison, suggère Rouquette. Formons un comité de défense... un syndicat... déclenchons la grève des cours... proclamons... exigeons... revendiquons... Ce qu'il faut d'abord, c'est porter une pétition au Khâgne et au Zig... Pourquoi pas à l'inspecteur d'académie ?... dans laquelle nous réclamerons le statut d'étudiants... Oui, oui ! Le statut d'étudiants ! Entrée libre, sortie libre, de jour et de nuit, pas de casquettes, pas de lavallières... Bravo,

bravo !… Alors, on ne fout pas le feu ? dit Rouquette avec regret. Non, non, pas de violences… futurs éducateurs…

Dans un ordre relatif, nous sortons du jeu de Paume, nous parcourons en monôme les allées du jardin, puis nous rassemblons dans la cour sous la fenêtre directoriale, en scandant *le statut… d'étudiants ! le statut… d'étudiants !* Tassés sur le balcon, les *chiens*, les *ex*, des Alsaciens nous contemplent avec stupeur, nous applaudissent. La pluie a cessé, ce qui prouve que le ciel est avec nous. Les professeurs restent au fond de leurs classes, honteusement dissimulés ou secrètement complices. *Le statut… d'étudiants ! Le statut… d'étudiants !* Enfin, la fenêtre s'ouvre, la tête écarlate de M. Langlais paraît dans l'encadrement, ainsi tronqué de ses jambes, il ressemble à Gnafron. Il brandit le poing, mais nos voix couvrent la sienne, on distingue seulement… tout de suite… police… crétins, abrutis… Puis la fenêtre se referme. Des cailloux volent, des vitres font *dzim*, les éclats de verre tombent en chantant.

Alors, l'économe prend le relais de son directeur. Avec un cran auquel je me plais à rendre un hommage tardif. Il sort de son bureau, le chapeau sur sa tête, se plante au sommet des marches du palier administratif et nous invective :

« Bande de tanates !

« Vous allez immédiatement regagner vos salles de tours. Si vous avez des observations à me présenter, envoyez-moi deux délégués. Obéissez à l'instant faute de toi… expulsion de cette étole… indignes du privilège… rayés des tadres… »

Nous ne lui permettons pas d'achever, par une inspiration subite et presque unanime, nos bras s'emparent de M. Pamaret, lui enfoncent le chapeau jusqu'au nez, l'arrachent de son piédestal :

« Au bassin ! Au bassin ! »

L'hilarité des spectateurs jaillit du balcon, monte jusqu'aux nues. Le Zig, lui, tombe au milieu des nénuphars et des scrofulaires, essaye de se relever, bouh... bouh..., glisse sur le fond vaseux, retombe, bande de... bande de...

« Ça suffit, ordonne Rispal. Maintenant, en route pour l'Académie ! Et ne partons pas les mains vides ! »

Les râteliers du gymnase sont immédiatement mis à sac, d'instinct nous nous alignons, certains même dans l'attitude de l'arme sur l'épaule.

« Pas question ! dit Rouquette. La crosse en l'air ! »

La crosse en l'air ! Un frisson me court dans le dos. Je me rappelle les gars du 109e qui marchaient en direction de la capitale la crosse en l'air, avec leur drapeau rouge, criant à bas la guerre, on va débusquer les embusqués. Mais nous ne sommes que des révoltés de *petas* (parlant d'un homme sans muscle ni énergie, ma mère disait : c'est un homme de *petas*, c'est-à-dire un homme de chiffon), nous n'avons ni cartouches ni bannière, nos revendications sont à mourir de rire. Je ne vois donc pas d'inconvénient à mettre crosse en l'air et à brailler comme les autres. Pour que les observateurs nous prennent au sérieux, suggère quelqu'un, accrochons-nous nos médailles sur le plastron, ceux qui en possèdent, naturellement, et toi, Vendange, marche en tête à cause de ta patte folle. Ainsi fais-je. Elle a été à la peine, c'est bien raison qu'elle soit à l'honneur. Je m'épingle ma croix de guerre aussi, reçue à Dinan sur mon lit de souffrance, des mains du médecin-chef, avec baisers des infirmières. Ces préparatifs demandent un peu de temps, le Zig a pu dans l'intervalle sortir de son bassin couvert d'herbes aquatiques, se sauver en sautillant comme une rainette, sa femme en ce moment le frictionne tout nu devant le poêle au vinaigre des Quatre-Voleurs pour l'empêcher de prendre le mal de la mort.

Nous partons enfin, en rang par trois, scandant nos mots d'ordre dont la liste n'est pas petite :

« A bas l'armée ! Assez de préparation militaire ! Laissez-nous vivre en paix ! Plus de casquettes ! Plus de palmes d'or ! Plus de parapluie obligatoire ! Plus de plans sommaires ! Plus de grandes couleuvrines ! Plus de lotissements ! Plus de chaînes ni de cadenas ! Le statut d'étudiants !... »

Nous défilons au beau milieu de la rue Blatin et ne dévions pas d'une ligne quand le tram de Royat nous fait drinn-drinn aux fesses, il patientera, nous défendons une fois encore la liberté, la civilisation, la justice, le tagada-tsouin-tsouin. Les observateurs impartiaux regardent, les yeux hors de la tête, ces décorés militaires qui crient à bas l'armée et tiennent leur fusil par le canon. Toutefois, ignorant ce qu'il y a dedans, les passants, les fiacres, les torpédos, les sergents de ville s'écartent devant nous, pareils aux flots de la mer Rouge devant les Hébreux. Moi, en tête, je me sens le cœur de Moïse.

Court arrêt aux pieds de Vercingétorix afin de lui présenter les armes et de le gagner à notre cause, il sourit, nous montre de son index gauche la préfecture en cours de réparations et agrandissements, vous y trouverez les services de l'inspection académique, que vous appelez simplement, en votre langage impur, l'Académie. Nous le remercions et reprenons notre marche victorieuse. A H + 15, comme dirait Nivelle, nous arrivons parmi les échafaudages que nous emportons et dépassons d'un seul élan, nous enjambons les gravats, les échelles, les chopines, les brouettes, les pierres de taille, toujours proclamant en cadence notre volonté farouche de... etc. Mes compagnons m'aident à gravir les marches préfectorales, à H + 18 nous sommes devant les bureaux de l'inspection.

« Les portes doivent être verrouillées et barricadées de l'intérieur, suppose notre subrogé-cacique. Le Khâgne a certainement téléphoné pour alerter son supérieur hiérarchique. Il va falloir les enfoncer. Ici, un peu de violence sera indispensable. Concentrez-vous. »

Cette nécessité nous intimide, nous répugnons à employer notre force et considérons avec désarroi les deux battants de chêne. Sans compter qu'ils doivent être rudement durs. Machinalement, pour vérifier les suppositions de Rispal, je tourne la poignée, la porte s'ouvre sans cérémonie, nous nous ruons à l'intérieur en brandissant nos clarinettes. Par une erreur stratégique nivellesque, ou n'imaginant pas notre audace, ou préférant tenir cachée notre rébellion, M. Langlais n'a pas téléphoné. Les deux secrétaires en manches de lustrine, épouvantés, font tout de suite Kamarades, nous supplient de ne pas les tuer, ils sont pères de famille, ils désignent du menton une porte intérieure derrière laquelle gîte le responsable départemental de toute pédagogie, M. Rossignol, chevalier de la Légion d'honneur, officier d'Académie. Nous les épargnons et entrons sans frapper chez le palmipède. Celui-ci s'est déjà réfugié derrière la grande table ovale qui occupe le centre de son vaste bureau, les mains accrochées au bois, debout et blême, frénétique et grelottant, le lorgnon relié à son oreille droite se balance grotesquement à chacun de ses gestes. Voilà donc le *Deus ex machina*. Le grand arbre d'où tombe chaque saison, comme des fruits mûrs ou aigres, une pluie d'arrêtés, de nominations, de déplacements d'office, de promotions au choix, de faveurs et de défaveurs. Il courbe vers nous sa haute taille, s'efforce de sourire, de nous faire croire que nous sommes gentils, que nous sommes entrés uniquement pour jouer aux quatre coins avec lui :

« Qu'est-ce... qu'est-ce que c'est que ça ?... En armes ? Vous êtes venus en armes ?... Voyons, mes petits... Mes petits ! Mes petits !... »

Laissez-moi faire, dit Rouquette. Pas de blague, dit Rispal. Non, non. Les Hébreux restent immobiles, tandis que Rouquette s'élance vers la table, le palmipède passant immédiatement sur la rive opposée.

« Voyons, mon petit... Que vous ai-je fait ?... Que me voulez-vous ? »

Un long moment, ils se poursuivent de la sorte, chat et souris, n'arrivant pas à se joindre malgré leurs efforts.

« Laissez-moi tranquille, mon petit... Je pourrais être votre père... »

C'est vrai, il pourrait être notre père, nous apercevons soudain sa tête dégarnie, l'étroite moustache grise qui lui pend du nez comme de la morve. Nous faisons cesser ce jeu, Rouquette rentre dans le rang, nous reprenons notre déférence :

« Asseyez-vous, monsieur l'inspecteur d'académie, dit Rispal. Nous ne vous ferons aucun mal, nous ne sommes pas des canaques ! »

M. Rossignol ne comprend rien à notre hilarité, mais il rit plus fort que nous. Des canaques, quelle idée ! Il n'a jamais pensé une minute...

« A qui ai-je l'honneur ? »

Nous nous présentons collectivement. Nous exposons nos griefs, nous tirons notre raison, le statut d'étudiants, notre cahier de doléances. Il promet, il va réfléchir, étudier la question, nous pouvons compter sur son appui et son indulgence, non, la situation ne peut durer, cela va de soi... solution rapide... les prochains jours. Avant de prendre congé, nous tenons à lui montrer que nos armes étaient vides, le cliquetis des culasses le fait sursauter comme s'il pensait que, réflexion faite, nous allons le fusiller quand même. Il sourit encore, mais quelle déplaisante moustache, on a envie de lui dire mouchez-vous, monsieur l'inspecteur d'académie. Enfin, il nous serre la main, nous nous quittons les meilleurs amis du monde, nous regagnons satisfaits nos cantonnements par des ruelles discrètes.

Ai-je besoin de dire avec quels enthousiasmes nous sommes accueillis par nos jeunes camarades, quelles exclamations, quelles larmes d'émotion et de joie ? Tout est réglé, le droit a triomphé de l'injustice, l'esprit de la lettre, de ce jour commence à l'Ecole normale une ère nouvelle véritablement libre, heureuse et républicaine, on y verra enfin pourtraire sur ses murs et Flora, et les muses et les Grâces. Une semaine de temps, MM. Langlais et Pamaret restent invisibles. Sans doute leur raideur, leur incompréhension, leur inhumanité ont-elles attiré sur leurs têtes des sanctions exemplaires, ils n'osent se montrer, nous craignons pour eux le pire : déplacement, révocation, mise à la retraite anticipée, nous n'avons pas voulu cela, nous interviendrons en leur faveur s'ils nous le demandent.

Au début de février arrive à chaque canaque une lettre nominative de l'inspection académique :

Par un privilège administratif sans précédent... circonstances exceptionnelles... conditions difficiles de l'accueil... établissement surpeuplé... bonne volonté et dévouement du personnel d'enseignement, de surveillance et d'administration.

A ces bonnes dispositions, les élèves des promotions 13-16 et 14-17 ainsi admis par générosité ont répondu par une indiscipline permanente... mauvais esprit scandaleux allant jusqu'aux outrages et à la rébellion organisée... passibles des tribunaux.

En conséquence...

... renvoyés dans leurs familles en attendant qu'une affectation provisoire leur soit attribuée. Ils en seront avisés individuellement par mes services avant la rentrée des vacances de Pâques... devront régulariser leur situation en soutenant les épreuves écrites et orales du

brevet supérieur qui auront lieu à l'Ecole normale... perdront le bénéfice de l'assistance pédagogique qu'ils y recevaient et devront se préparer à cet examen par leurs seules ressources.

Je suis sûr qu'ils comprendront... corriger leurs erreurs... responsabilités futures... éducation de nos enfants... belote, rebelote et dix de der.

Rataplan... rataplan... rataplan...

L'INSPECTEUR D'ACADÉMIE
Chevalier de la Légion d'honneur
Officier d'Académie
J. ROSSIGNOL

Le directeur complète cet ordre d'expulsion en nous informant que nous devrons avoir quitté l'établissement dont il a la charge avant le samedi suivant, dix-huit heures. Juste le temps de faire nos adieux. A M. Gatignol qui serre les mâchoires et nous secoue le bras virilement. A M. Berlieux qui prophétise, menaçant : « Nous nous reverrons dans quelques mois. » Aux Alsaciens, aux *ex*, aux *chiens* consternés. Au père Q qui nous offre le dernier verre, la mère Q étant comme toujours absorbée dans son épicerie, vous lui direz au revoir pour nous. A M. Canrobert, qui trouve cette situation « excessive, réellement excessive ». A Mme Malleret qui s'essuie les yeux et nous embrasse un à un. Au cuisinier qui rigole, cligne de l'œil et dit avec admiration : « Vous alors ! Vous alors ! », on sent que sa pensée dépasse ses mots. A la fontaine, à la cloche toute neuve, au Chemin des Dames, à Paul et Virginie, le couple de squelettes.

Armilhon salue même M. Langlais au nom des deux promotions récupérées. C'est un garçon timide, il ne se vante jamais à cause de son nez encombrant qui le pousse plutôt à chercher l'ombre, le récit qu'il nous fera ne peut donc être mis en doute. Cela s'est déroulé précisément dans le couloir obscur qui sépare le bureau directorial de la salle où coexistent, naturalisés, le loup et l'agneau, la poule et le renard, la belette et le lapin. Armilhon empruntait ce raccourci lorsqu'il distingue dans la pénombre un dôme inattendu, il s'agit du Khâgne occupé à renouer le lacet de sa chaussure, environné de son odeur *sui generis*, tabac anglais, cachou, eau de lavande. Il va de soi que le nez de notre camarade est plus sensible, plus sagace qu'aucun autre. La tentation de cette rondeur offerte comme une cible est trop forte. Tandis que M. Langlais soupire dans son effort, Armilhon s'avance doucement et shoote du pied droit en plein dans le ballon, le Khâgne part en avant. Ha ! tête de pingouin ! Mais l'autre s'est déjà éclipsé, dans son réflexe d'éternelle modestie. « J'ai vraiment eu, dira-t-il simplement plus tard, la conscience d'être alors votre porte-parole, et dans ce coup de pied, j'ai mis toute mon âme. »

Il est des gestes qui valent un long discours.

Le béhesse

A quelques kilomètres au nord de Thiers (mais c'est peut-être bien à l'ouest, je n'ai jamais eu le sens de l'orientation), il existe une maison d'école isolée au carrefour de plusieurs chemins, perdue parmi les vignes, les jardins, les cultures. Aussi solitaire que cette petite station de ravitaillement dans le Sahara qu'on appellera Bidon 5, gardée par une ou deux sentinelles régulièrement destinées à la folie. Le plus proche hameau, qui lui donne son nom – le Faux –, est à un quart d'heure de marche. C'est là que je fus envoyé en disgrâce au printemps de 1920. J'y trouvai une institutrice retraitée complètement sourde, rappelée en 1914 et maintenue depuis lors sous les armes, elle apprenait surtout à ses élèves le tricot, y compris au sexe masculin qui maniait les aiguilles avec autant de dextérité que le féminin. Au cours des années noires, la classe avait pu de la sorte expédier vers le front des aunes de cache-nez, de chaussettes, de mitaines, de passe-montagnes.

« Pauvre garçon ! dit la vieille dame devant ma jambe de bois. C'est donc vous qui venez me remplacer ? Je n'en suis pas fâchée, remarquez bien, je vous attendais avec impatience. Il est grand temps pour moi que je me repose un peu avant le repos éternel. Je sais que rien n'est sûr ici-bas et que bien des jeunes mourront avant moi, mais nous devons respecter les préséances établies par la nature, et elles veulent que les anciens partent d'abord. C'est pourquoi... »

Sa tactique était de parler, parler, si possible sans reprendre haleine, elle se préservait ainsi de répondre à l'interlocuteur, cachait sa surdité et faisait illusion cinq minutes.

« Je vous laisse mes papiers, mes préparations, mes livres, je n'en aurai plus jamais l'usage. S'ils ne vous servent de rien, brûlez-les dans le poêle. Et je peux vous laisser de même, éventuellement, les quelques meubles, la vaisselle et les casseroles. Etes-vous preneur ? »

Je secouai affirmativement la tête.

« Vous m'enverrez un mandat à la fin de l'année scolaire, ce que vous voudrez, je me fie à votre honnêteté. »

Quand j'entreprends d'examiner les connaissances de mes élèves, hors les travaux d'aiguille, je m'attends à un bilan catastrophique. Je ne serai pas déçu. Les plus grands sont en mesure, après une longue préparation, de déchiffrer un texte simple dont ils suivent les lignes de l'index, comme font les aveugles sur le braille. Les moyens en sont aux premiers ânonnements. Les petits savent en tout et pour tout quatre consonnes, P, T, M, L, qu'ils prononcent *petemele*. Je me sens écrasé par l'énormité de la succession.

Toutefois, j'ai de grands avantages sur ma devancière : je suis homme, je suis jeune, je peux envoyer sur la table des claques épouvantables, j'ai l'ouïe fine et je suis boiteux. Car ce qui captive le plus mes mammifères, c'est ma jambe de châtaignier, ils n'en reviennent pas d'avoir ainsi pour maître une créature mi-naturelle, mi-artificielle. Qui fait tchonc-tchonc-tchonc quand elle marche. Un peu le même bruit que la pompe du puits en cours d'amorçage. La guerre ? Ils n'en ont qu'une idée très vague et voient mal le lien entre elle et mon pilon. Quand je suis assis, je l'allonge parfois sur une chaise, la position horizontale efface cette douleur sourde qui toujours me vient de mon pied fantôme, alors, ils l'examinent avec tant de curiosité qu'ils en oublient tout le reste, ils se penchent pour le voir monter dans le pantalon, ils aimeraient y enfoncer la main et savoir par quelle étrange soudure, à une certaine hauteur, le bois se fait chair.

Les fermiers et métayers des hameaux environnants veulent bien me vendre les produits nécessaires à ma subsistance, choux, œufs, beurre, vin, pommes de terre, mais refusent absolument de me recevoir à leur table, la plus proche auberge est à une lieue, dans un pays montant, sablonneux, malaisé et qui ne convient guère aux unijambistes. Je n'ai pas les moyens de m'offrir une femme de ménage, il ne me reste donc qu'à préparer ma nourriture moi-même, la chose en soi ne m'effraie point, après deux ans et demi de godillots, Robinson dans son île était moins bien approvisionné. Mais à midi les règlements ne m'accordent pas une seconde de liberté : je dois surveiller mes enfants à la gamelle. Ils sont venus des lointains hameaux environnants, du Pont-de-l'Hélion, de chez Podime, de Lamirand, de Pinon, des Catharins, de Chanteraine, et ne repartiront qu'après quatre heures, alors, je mange à leur manière : je saucissonne, je jambonne, je lardonne. Le soir, toutefois, je me nourris mieux, c'est le moment de l'omelette, des patates à l'eau, des grandes marmites de soupe que je prolonge jusqu'aux limites de la putréfaction. Mon estomac satisfait, je songe à me remplir l'esprit, à préparer le béhesse qui doit « régulariser ma situation », puisque je suis un irrégulier, une sorte de franc-tireur qui n'obéit pas tout à fait aux lois de l'enseignement officiel. J'ai en main le catalogue de la bibliothèque circulante, grâce à cet ingénieux système, le facteur m'apporte des paquets de livres enveloppés de toile noire, dont je me nourris sous la lampe. Je lis principalement les pédagogues et les philosophes, et *je prends des notes !* Avec des *Grand A, Grand B, Petit a, Petit b !* C'est dire si les principes inculqués par M. Langlais m'ont été profitables.

Je me compose également un répertoire de citations utiles en toutes circonstances, le parfait devoir philosophico-pédagogique doit être truffé de citations comme la brioche limagnaise de fruits confits. Le consommateur, c'est-à-dire le juge souverain, doit les deviner sous une certaine enflure du paragraphe, sentir l'eau lui en monter à la bouche, miam, miam ! les découvrir enfin, enrobées de guillemets, savoureuses, colorées, inédites si possible. Il n'est pas nécessaire que le mitron dispose d'une réserve considérable, tout le monde n'a pas les magasins de Pinaud, rappelez-vous ce qu'a dit Schopenhauer. Non : une douzaine doit te suffire, l'astuce consiste seulement à les placer au bon endroit, à justifier leur présence, à les imposer irréfutablement quel que soit le sujet à traiter. Exemple : *C'est dans le moule de l'action que notre intelligence a été coulée* (Bergson). Faut-il que je disserte sur la cacahuète ? Je prouve par Grand A et Grand B que ce fut d'abord un cadeau du ciel et de la terre, mais que l'homme africain sut ensuite développer cet arbrisseau, en faire une culture rémunératrice, ce qui lui permit d'acheter une ardoise à ses enfants et de les envoyer à l'école. Comme a dit Bergson : *C'est dans le moule de l'action que l'intelligence a été coulée.* Si je parviens à accrocher Bergson à la cacahuète, produit d'exception, il me sera infiniment plus commode de l'accrocher à nos thèmes habituels, la liberté, la mémoire, l'habitude, la science, la technique, le langage, le dessin, le travail manuel et autres colifichets. Comme a dit le grand philosophe Bergson : *C'est dans le moule de l'action que l'intelligence…* Qu'on se rappelle le célèbre mot d'Henri Bergson : *C'est dans le moule…* Bergson ne disait pas autre chose en affirmant, cra… cra… cra… Je ne manque pas de familiarité non plus avec un autre procédé, mais qu'il faut utiliser avec prudence. Il consiste à dire n'importe quoi : *C'est dans le moule de l'intelligence…* Ou : *C'est par l'action de la cacahuète…* En attribuant cette maxime à un auteur peu connu, ou franchement mythique : Tchouang Tseu, Isidore Chapuzade, le poète Hector Casteloux. A de telles friandises, le dégustateur unique ne peut que se lécher les doigts. Ce qui se traduit au bas mot par un 14 sur 20. L'Ecole normale nous a rompus à ces exercices d'acrobatie pâtissière. Nous nous répartissions à l'avance un certain nombre de citations, à la façon des joueurs de manille se distribuant les cartes, en jurant de les incorporer coûte que coûte à notre gâteau. Quelques-uns se plaisaient, par provocation, à les y introduire au hasard, comme des fèves d'Epiphanie, sans se soucier des dents du consommateur. « L'arachide, vulgairement appelée cacahuète, pousse à l'état brut dans le sol africain. Ce qui prouve bien, selon le mot d'Henri Bergson, que c'est dans le moule de l'action que notre intelligence... » Ainsi présentée, la citation provoquait inévitablement des haut-le-cœur, la fève ne passait pas. Mais désormais le temps de la provocation est pour nous révolu, nous n'aspirons qu'à la sainte orthodoxie et à la rémission de nos péchés. Voilà pourquoi, dispersés aux vingt-cinq coins du département, les canaques s'usent les yeux chaque soir sous l'abat-jour municipal et préparent consciencieusement leur béhesse.

Thiers est à cinq kilomètres de mon école, pratiquement inaccessible pour un unijambiste. Je dois cependant m'y transporter à la fin du mois afin d'y toucher mon premier traitement d'instituteur stagiaire. A la recette des finances, le receveur, gras et velu, se tient à l'écart comme le faux bourdon dans la ruche, sous ses regards les petites ouvrières laborieuses amassent le miel fiscal dans des alvéoles. J'entre avec ma grosse pipe, je les enfume, elles se résignent à m'en accorder un rayon : 541 francs et 60 centimes, réduits à 10 par le timbre de quittance. Les petites ouvrières lèvent les yeux vers moi, j'ai l'impression qu'elles me trouvent intéressant, derrière leur comptoir, elles ne voient pas ma moitié inférieure. Comment, se demandent-elles, vais-je employer une somme pareille ? Et comment un homme si jeune fume-t-il déjà la pipe ? Je dissimule ma canne tant que je peux, je dissimule ma prothèse, je sors tout raide, avec un hochement de tête condescendant.

Un peu plus loin, sur le même trottoir, je passe devant le négoce des frères Graffin. *Armes et cycles.* Voilà le salut de ma vie : la bicyclette. Avec elle, je cesserai d'être le damné boiteux qui encombre la circulation, je retrouverai ma mobilité.

« Croyez-vous qu'on puisse aller à bicyclette avec une seule jambe ?

— Pardi ! répond Graffin aîné. Suffit d'enlever la pédale inutile et d'ajouter à l'autre un cale-pied. Maintenant, naturellement, je ne garantis pas que vous irez aussi vite que Girardengo. On fait un essai ?

— On le fait. »

Il me prépare une machine ancienne, parfaitement rodée, m'aide à l'enfourcher, retient ma canne en gage. Allez doucement d'abord, ne fourrez pas votre pilon dans les roues, tenez-le légèrement écarté, pas trop. Il court après moi à une certaine distance. Ça va ?... Ça va. Il m'abandonne. Me voilà seul, mal assuré, comme à mes premiers pas hors des mains de ma mère, mon pied droit pousse et tire alternativement, se repose dans les descentes, la selle m'informe de chaque ornière, de chaque caillou. Mais j'avance ! j'avance ! Après un moment, je freine, je fais volte-face en décrivant un large demi-cercle. Le redémarrage est laborieux, la côte m'essouffle, je reviens à mon point de départ le sang aux joues.

« Oui, dit Graffin, y a la question des grimpées. Surtout à Thiers ! Vous aurez toujours la ressource de la vieille plaisanterie : quand ça monte, je descends ; quand ça descend, je monte. Ou alors, vous achetez une motocyclette.

— Cela dépasse mes moyens.

— Dans ce cas... Je vous conseille une Peugeot, avec guidon relevé, freins à tiges et articulations, garde-boue galvanisés, sacoche à outils, pompe et raccord. Le tout, 186 francs. En qualité d'ancien combattant comme moi je vous la laisse pour 180.

— Vous ne faites pas une réduction pour la pédale supprimée ?

— Non. Elle compense le cale-pied, l'écrou de serrage et la préparation. »

C'est la même histoire que pour les chaussures : je dois régler la paire, alors que je n'ai besoin que du soulier droit. Pendant des années, j'ai rempli ma maison de souliers gauches inutiles, je suis sûr qu'ils auraient fait le bonheur d'un unijambiste gaucher. Il y en a peut-être mille en France, mais où les prendre ? Comment les joindre ? J'ai inséré des annonces dans *Le Petit Thiernois*, dans *La Montagne*, ça m'a coûté les yeux de la tête : *unijambiste droit cherche unijambiste gauche, pointure 41, s'adresser...* L'obstacle était cette pointure : j'ai le pied trop petit pour mon âge. Ça c'est une pointure de femme ! me disent les marchands. L'homme adulte à deux pattes chaussant du 41 est déjà rarissime, s'il faut encore qu'il soit unijambiste ! J'ai obtenu cependant quelques réponses. Très souvent, leur auteur se trompait de jambe. Parfois, j'envoyais par la poste un soulier excédentaire, je ne recevais pas même un remerciement, j'en étais pour mes frais de timbres. Quand par hasard je rencontrais un unijambiste gauche, je lui courais derrière : hep ! hep ! camarade ! quelle est votre pointure ? Ça ne correspondait jamais. J'en ai conclu qu'il est aussi difficile d'accorder les unijambistes que de marier harmonieusement les hommes et les femmes.

Ce jour-là, j'ai donc prélevé les 180 francs sur mon salaire et suis parti avec ma bicyclette monopédale.

« N'oubliez pas, m'a crié Graffin, d'acheter votre plaque dans un bureau de tabac ! »

Le gouvernement de la République était en 1920 un gagne-petit, il taxait les vélos, les chiens, les briquets, les paniers, les bonnets de coton. Celui dont nous jouissons à l'heure présente est d'une autre largeur de vues, si tu possèdes un yacht ou un avion, tu ne payes pas, il t'impose seulement si tu en possèdes deux. Je suis entré dans un débit, j'ai versé quatre francs pour une plaque de laiton avec le profil de Marianne. Ainsi muni d'un véhicule et de ses accessoires, j'ai pu faire des projets, en premier lieu celui de rencontrer certains canaques des environs. Par exemple Beyssac en exil dans un village montagnard appelé Sainte-Agathe et qui semble emprunté au *Grand Meaulnes*, deux faits cependant attestent sa réalité, sa présence sur la carte Michelin, et son nom patois de *Sint-Ago* dont Sainte-Agathe n'est que la traduction approximative. Il n'y existait alors que trois maisons habitables, l'école, l'église et le bistrot, mais c'était beaucoup mieux qu'à Bidon 5. Beaucoup moins bien qu'à Thiers, le chef-lieu sous-préfectoral.

Nous nous donnons rendez-vous un jeudi au *Café de Bordeaux* derrière une chopine de rouge, le premier arrivé attend l'autre. Lui aussi vient à bicyclette. Nous nous embrassons. Pendant deux heures d'horloge, nous interrompant seulement pour nous mouiller la luette, nous nous faisons subir réciproquement un examen sévère sur les principaux points du programme, sans jamais nous accorder plus de trente secondes de préparation :

« Monsieur, parlez-moi du dessin dans les petites classes, de son importance, de ses procédés.

— L'enfant éprouve le besoin naturel d'extérioriser ce qu'il pense, ce qu'il ressent, ce qu'il craint, ce qu'il souhaite. Bien avant l'alphabet, le dessin est sa première écriture et il prend n'importe quel support : mur, terre, ardoise, bois, papier. Ce ne sont d'abord que des gribouillages informes que lui seul est capable d'interpréter et qui représentent dans son graphisme personnel des objets familiers : un chien, un chat, papa, maman, la maison, le facteur. Puis les modèles s'éloignent et assument une représentation plus stylisée : le soleil, la lune, un nuage, un oiseau. Les phantasmes de la nuit... patati... patata... L'éclosion, l'épanouissement... il faut tout faire pour encourager ce mode d'expression prérationnel en fournissant à l'enfant les outils, les matériaux, les occasions. Car, comme dit le grand philosophe Bergson, *c'est dans le moule de l'action que notre intelligence a été coulée.*

— Très bien. Parlez-moi de ces matériaux.

— Le plus simple d'abord, le plus souple et le moins cher : le sable. On dit : écrire sur le sable, bâtir sur le sable, pour souligner la fugacité d'une création. Mais cette création fugace est celle, précisément, qui convient le mieux à une activité enfantine. D'autre part, l'émulation est indispensable en tout groupe social. Ainsi s'exprime Paparazzi.

— Qui est Paparazzi ?

— Un grand philosophe suisse.

— Ne confondez-vous pas avec Pestalozzi ?

— C'est bien ce que je disais : Pestalozzi.

— Je croyais avoir entendu Paparazzi. C'est bon. Continuez.

— Donc, Pestalozzi affirme à juste titre que l'émulation... »

De temps en temps, le garçon fait mine d'essuyer une table voisine pour essayer de comprendre l'objet de notre conversation. Ce qu'il entend le sidère : un chapelet de mots inconnus, aux consonances vaguement françaises : expérience sensorielle et motrice... activité picturale... investi, recréé, enrichi... une démarche d'étonnement... L'incident Pestalozzi l'éclaire cependant, il va trouver la patronne derrière son comptoir :

« Vous avez vu ces deux citoyens, là-bas, sous la pendule ?

— Eh bien ?

— C'est pas des Français, c'est des Suisses.

— Qu'est-ce qui vous fait penser ça ?

— J'ai entendu qu'ils le disaient. Et puis, on comprend rien à ce qu'ils racontent, ils parlent suisse.

— Ils ont consommé beaucoup ?

— Deux fois une chopine et deux morceaux de pompe. Ils se refusent rien !

— Ecoutez : n'attendez pas trop pour les faire payer. Et vérifiez bien que leurs pièces sont bonnes : qu'ils ne vous donnent surtout pas des francs suisses en guise de francs français ! »

Le garçon vient à nous juste comme je suis en train de citer le grand sociologue Durkheim, il demande, mine de rien, si nous désirons autre chose. Peut-être, on ne sait pas, on verra. Et lui, brutalement :

« Ça fait huit francs tout ronds.

— Qu'est-ce qui fait huit francs ?

— Les deux chopines et la pompe.

— Ah ! vous voulez qu'on paye tout de suite ?

— Si ça ne vous ennuie pas. »

Chacun tire son porte-monnaie, nous alignons des pièces blanches. Lui examine sur les deux faces, minutieusement, il sourit rassuré :

« Je vous avais pris pour des Suisses. »

Après un silence : « Mais nous *sommes* des Suisses ! affirme vigoureusement Beyssac.

— Oh ! ça m'est égal. Du moment que votre argent est français ! »

Un grand patriote, ce garçon, comme le père Q. Nous retournons à nos moutons. Mais le béhesse nous fatigue : allons saluer les Beyssac de la rue Conchette. Le premier à nous accueillir est l'âne Mironton, notre vieux camarade de travail, en stationnement devant la porte, entre les bras de sa charrette. Je lui saute au cou, je le baise entre les oreilles, je caresse le fil aigu de son échine et la pelote hirsute de son menton. A ce moment, le charbonnier sort en personne de son dépôt, il commence par nous couvrir des injures les plus grossières parce que nous l'avons négligé, il n'a rien reçu de son neveu qu'une carte postale en trois mois, quant à l'autre face de rat de béquillard, mieux vaut ne pas en parler. C'est sa manière à lui de nous exprimer sa tendresse. Après quoi, il nous emmène au deuxième étage au-dessous de zéro et nous abreuve dans sa tasse de bois. Tante Beyssac nous accueille avec la même sympathie, les insultes en moins. Nous racontons nos déconvenues, nos difficultés. Ils nous assurent que si l'instruction publique refuse un jour nos services, nous trouverons toujours une place dans la charbonnerie, à leurs côtés.

« Que feriez-vous, dis-je, d'une face de rat de béquillard de mon espèce ? Je ne pourrais plus porter les sacs comme jadis. »

Et elle : « Tu tiendrais la comptabilité, les factures et tout ça. Ces choses dépassent de plus en plus notre intelligence. Sais-tu ce qu'exige le gouvernement pour pouvoir mieux nous contrôler ? Que je fasse de la décalcomanie ! »

Elle me montre l'encre à recopier, le papier pelure, la presse à vis : ce matériel est destiné à produire un double de tout ce qu'elle écrit.

« De la décalcomanie, à mon âge ! »

Pour préciser sa pensée, M. Beyssac décharge une bordée d'injures gros calibre à l'adresse du gouvernement, mais sans que frémisse un trait de sa figure, comme un tambour de ville lance ses proclamations. Ce soir-là, nous prenons ensemble un vrai repas.

« Il vous faudra maintenant une femme, dit la charbonnière.

— On y pensera », dit mon copain.

Nous repartons les poches pleines de *guenilles*, « pour manger en route ». Je dois dire qu'au Faux je me nourris de plus en plus mal. Préparer la soupe de légumes me demande trop de temps, je la remplace par de la soupe au lait chaud ou de la soupe au vin froid. Voici, pour ceux qui l'ignorent, la dernière recette, très rafraîchissante : coupez dans un bol des tranches plates de pain, bien empilées, saupoudrez de sucre, arrosez le tout jusqu'à remplir le bol de vin légèrement coupé d'eau.

Vous pouvez aussi, simplement, avec des mouillettes, faire comme la Marie de la chanson :

Marie tremp' ton pain, Marie tremp' ton pain,
Marie tremp' ton pain dans la soupe ;
Marie tremp' ton pain, Marie tremp' ton pain,
Marie tremp' ton pain dans le vin.

C'est encore plus expéditif et cela vous permet de préparer le béhesse dans de bonnes dispositions.

Chaque fin de mois, je retourne à la Recette des finances toucher mes 541 francs et 10 centimes. Mon entrée suscite toujours le même intérêt parmi les jeunes abeilles. Sans doute ces fines et industrieuses créatures sont-elles capables de faire abstraction de ma prothèse en faveur de mes 541 francs 10, auxquels s'ajoute chaque trimestre ma pension de mutilé. Aussi m'honorent-elles de regards appuyés, d'ébauches de sourires qui vont s'élargissant de visite en visite. Je crois les reconnaître, en 1912, elles jouaient au cerceau, sautaient à la corde, échangeaient des confidences dans la cour de l'école supérieure quand Beyssac et moi-même nous descendions lentement la rue Prosper-Marilhat toujours ravinée par les orages, elles se moquaient de nos rougeurs, nous interpellaient ironiquement : « Jojo !... Lulu... » Oui, oui, ce sont bien les mêmes. L'une d'elles – la caissière – en me tendant mon argent se permet dès ma seconde venue cette familiarité :

« Voilà, monsieur Vendange. »

Dans ma thébaïde, tandis que je trempe mon pain dans le vin, il m'arrive de penser à ces regards papillotants, à ces dents blanches à peine entrevues. Un soir, sitôt mes ouailles dispersées, je change de mise, cire mon soulier unique, tire mes cheveux en arrière à l'embusqué, loin du front, selon la mode du jour, enfourche ma bécane. La Recette ferme ses guichets à cinq heures, je veux y arriver à temps pour assister à la sortie de ces dames. Elles me verront passer pédalant, sauront que je ne suis pas aussi invalide qu'il semble, peut-être recueillerai-je un sourire complet. A l'instant que je me suis fixé, je suis en place, à califourchon, sur ma monture négligemment arrêtée au bord du trottoir, faisant mine de réfléchir. Des charretiers passent en claquant du fouet et jurant comme il convient à leur corporation. Les minutes passent aussi et personne ne sort. J'ignorais un détail : après cinq heures la ruche continue de fonctionner hors la présence du public, mes supputations m'amènent à penser qu'elle ne se videra pas avant une autre heure. Mais je me méfie de mes supputations. Alors, j'appuie sur ma pédale, je vais et viens de la gendarmerie à la Porte Neuve, en avant, en arrière, en avant, en arrière, comme jadis dans la cour de la caserne. Ah ! si mes élèves me voyaient ! Voilà une phrase que je me répéterai toute ma vie chaque fois qu'il m'arrivera de commettre une action ridicule ou honteuse. Ah ! si mes élèves me voyaient ! J'imagine les regards de Jacques, de Pierre, de Jean-Marie, de Marie-Jeanne, de Marie-Louise, leurs rires, leurs moqueries. Cela rejoint la pensée de Kant ou de je ne sais plus quel autre moraliste pour Brevet Supérieur : « Agis comme si tes actions pouvaient être vues et connues du monde entier et devenir une loi universelle. » Hélas ! la pensée de mes élèves ne me retient point, elle me donne seulement un frisson.

A dix-huit heures, les ouvrières du fisc sortent enfin, avec des papotages, de petits rires, seul le gros bourdon reste à l'intérieur, dont je n'ai que faire. Elles portent des robes claires, des chapeaux de paille où luisent les premières cerises de la saison. Elles me voient sur ma machine, l'air profondément pensif, reconnaissent ma jambe de châtaignier, me dépassent avec des regards en coin, l'effrontée caissière me lance même :

« Bonsoir, monsieur Vendange ! »

Je réponds par un hochement de tête distrait. Une seule passe son chemin sans se retourner. Elle est vêtue de noir et porte les cheveux noués en catogan par un ruban de velours.

Comme dit le grand philosophe limousin, Isidore Chapuzade, l'homme éprouve plus d'appétit pour le pain refusé que pour le pain offert.

Au cours du mois de mai, d'excellents prétextes me permettent de retourner sans honte à la Recette de la rue de la Gare : l'échéance de ma pension, l'emprunt de consolidation 4 % sur lequel je désire des renseignements précis, l'éventualité ignominieuse d'une imposition de notre pécule. Je ne suis pas toujours le seul client, il me faut patienter et faire la queue, c'est pour moi l'occasion d'examiner les avettes financières, les jolies et les fades, les gracieuses et les piquantes, les jeunes et les expérimentées, les laborieuses et les distraites. J'épie leurs actions les plus menues, la minutie avec laquelle l'une trempe dans l'encrier sa plume sergent-major à l'exacte profondeur où elle puise l'exacte quantité d'encre, ni trop pour ne pas se mouiller les doigts, ni trop peu pour ne pas interrompre la ligne commencée. Le grain de poussière sur la manche, qui n'est peut-être qu'un grain de soleil, chassé d'une chiquenaude, pour la beauté du geste. La main gauche promenée doucement sur la coiffure, de la tempe au chignon, avec le double dessein de montrer la pureté de ses lignes et de ramener dans le rang tout cheveu franc-tireur. La dextérité de la caissière à compter les liasses de billets d'un doigt humide, aussi véloce que la trieuse de lentilles. La volonté farouche de la femme au catogan de ne pas tourner la tête, de ne pas éloigner les yeux un seul instant de ses chiffres. C'est sur elle que les miens s'attardent le plus volontiers, sur le profil qu'elle oppose à mon enquête. J'y vois d'abord le nez un peu long et busqué comme celui de Marie-Antoinette, les lèvres épaisses, le front bombé, volontaire, l'oreille fine, et au-dessus, taillée dans le basalte, la masse dense et noire des cheveux. Mais la chose la plus étrange dans ce visage est la carnation. Je crois d'abord à un effet de lumière et d'ombre, je toussote avec l'espoir qu'elle regardera de mon côté, j'espère le passage d'un nuage sur le soleil. Il me faut bien comprendre enfin que cette femme est une métisse. Moins que cela, sans doute : ce qu'on appelle aux Antilles une octavonne, elle a une goutte de sang noir pour sept gouttes de sang blanc. Mais l'expression est absurde : il n'existe ni sang blanc ni sang noir. Seulement du sang rouge. J'ai vu mourir des Sénégalais, *acoula, acoula*, sur le plateau du Chemin des Dames, et ce sang qui leur couvrait la capote ou leur jaillissait du cou comme une fontaine, je te jure qu'il était pareil au sang des Auvergnats et des Bretons. Loin d'ailleurs de me soulever le cœur comme fait immanquablement une mouche dans le lait que je bois, la goutte de mythique sang noir dans le sang blanc commence de me rendre fanatique de cette fille. Je produis des hum ! hum ! je me racle la gorge jusqu'au pylore, les autres scribouillardes me regardent d'un air effaré, qu'est-ce que c'est que ce gars-là, non seulement il lui manque une patte, mais il est complètement tubard. Tandis qu'elle, rien. Elle ne bouge pas un cil. Toujours à compter ses colonnes de chiffres, à écrire Monsieur, j'ai l'honneur de vous informer que votre réclamation ne me semble pas fondée, parce que bour et bour et ratatam. Ça te donne envie de faire, pour voir, péter une bombe, d'enfoncer le comptoir à coups de godillot. En fait, ma colère reste tout intérieure, quelle que soit sa violence.

La convocation aux épreuves écrites du Brevet Supérieur me touche dans la seconde moitié de juin. Ma soupe au vin dans l'estomac, je veille chaque soir sous la lampe jusqu'à ce que le sommeil ait raison de moi. Le 24 et le 25, j'avale *Représentations individuelles et représentations sociales*. Le 26, la *Lettre au marquis de Newcastle*. Le 27, le livre VIII des *Confessions*. Le 28, le livre VII : j'ai décidé de les lire à rebours pour leur donner quelque agrément. Le 29, les *Institutions républicaines*. Le 30, le livre VI. Le 1er juillet, un malaise me frappe en classe au cours de la leçon de géographie. Je me suis fourré dans la tête tant de choses monumentales que les choses minuscules qui y logeaient depuis Vollore-Montagne en ont été expulsées. Le 1er, donc, je me mets à ne plus savoir si l'étoile polaire conduit vers l'ouest, vers l'est ou vers le sud. Les enfants croient que je leur tends un piège éducatif et lèvent le doigt pour rectifier, comme je le leur ai appris, en même temps, je distingue nettement un certain nombre de planètes rougeâtres qui voletent de-ci de-là. Heureusement, à cause de la chaleur, les fenêtres sont ouvertes et elles en profitent pour s'échapper en direction de Courty. Je retrouve le nord. Ces symptômes me font comprendre toutefois que je dois considérer ma préparation comme terminée.

J'ai donné rendez-vous à mon ami Beyssac pour le 4 au soir. Troisième anniversaire de mon amputation. Ainsi, depuis trois ans, une partie de moi-même a déjà été mise au tombeau. Nous célébrons cet événement avec gravité au restaurant de l'Aigle d'Or en mangeant des escalopes à la crème.

« Où étais-tu, dis-je, le 4 juillet 1917, pendant qu'on me coupait la jambe ? »

Et lui, après un moment de réflexion : « A l'est de Reims, dans le secteur d'Auberive. Depuis un mois, on se faisait zigouiller pour gagner quelques centaines de mètres. Et puis, le front s'est de nouveau stabilisé. Les Boches étaient enterrés à trente pas de nous, on les entendait rire et jargonner. Et c'est environ ce temps qu'il m'est arrivé une affaire, je ne garantirais pas absolument que ce soit le 4, ou le 3, ou le 5, mais c'était dans les tout premiers jours de juillet. Je n'ai pas participé au commencement de l'affaire. Une nuit, quelque chose tombe dans notre tranchée, un paquet de deux ou trois journaux allemands, le *Berliner Zeitung* ou je ne sais quoi. On se demande quel traquenard il y a là-dessous, on coupe la ficelle avec précaution, mais rien ne se passe, nos voisins nous envoient seulement de la lecture pour distraire nos soirées. Moi, ça ne m'intéresse pas, vu ma faiblesse en langues étrangères, il n'en est pas de même pour nos officiers. Ensuite, on entend une voix : "S'il fous plaît, chournaux ! Chournaux français !" Ils demandent la réciproque, afin d'avoir des nouvelles de nous. Et on leur expédie par retour du courrier *L'Echo de Paris* et *Le Petit Parisien*. L'échange dure ainsi deux ou trois jours. J'en viens à ma participation du 4 juillet. J'étais de garde aux créneaux. A quelque distance à ma droite, un copain lance de même par-dessus les barbelés un canard qui s'ouvre un peu, ce qui freine sa trajectoire, et tombe à deux mètres du parapet boche. Il y reste un moment, étalé dans la rosée du matin qu'on voyait briller et fumer partout. Alors, un bras est sorti de la tranchée d'en face, puis un casque, puis une tête, le gars s'est allongé au maximum pour atteindre le journal. A ce moment, j'ai pressé sur la détente : j'ai vu sa figure pour ainsi dire éclater et s'affaisser sous le chaudron, il est demeuré là, le bras tendu. Plus tard, il est parti en marche arrière, toujours dans la même attitude, quelqu'un le tirait par les pieds. »

Beyssac parlait les yeux fixes, les lèvres sèches, le front moite, il revivait chaque détail de la scène :

« Tu sais comment se passaient les choses. Chacun canardait à l'aveuglette, ou lançait ses grenades, ou mitraillait des ombres lointaines, les artilleurs expédiaient leurs obus dans le ciel, mais tu ne voyais jamais les destinataires de près. Quand tu arrivais chez eux, si tu avais cette chance, ils étaient déjà silencieux, morts d'une action anonyme. Mais celui-là, *je l'ai vu*. J'ai vu sa grimace. Sa figure s'est littéralement enfoncée, comme si tu envoyais un coup de poing dans une tête en saindoux, et le casque, par pudeur, l'a recouverte. C'est le seul homme que j'ai tué pleinement.

— Si tu ne l'avais pas tué, lui, à la première occasion…

— Sans doute. Je me dis cela aussi pour me réconforter.

— Qu'as-tu ressenti sur le moment ?

— Rien. Ni regret ni plaisir. Comme si j'avais écrasé une chenille. C'est ce qu'il y a de terrible, avec la guerre. Qu'elle t'apprenne à tuer, passe encore ; mais elle étouffe en toi tout sentiment humain. Même celui de la peur. De la peur animale qui devrait te retenir, par exemple, au moment de sauter la tranchée, t'empêcher de courir à la rencontre des balles. Eh bien ! non : tu es tellement abruti que tu sautes et cours quand même. C'est seulement au repos que la peur te revient. Ou alors, si tu es blessé... Voilà ce que j'ai fait, me semble-t-il, le 4 juillet 1917. »

Il a rempli nos verres, nous les avons choqués en disant doucement :

« A bas la guerre.

— A bas la guerre. »

Le vin était frais et pacifique.

Le 8 juillet, les canaques se retrouvent provisoirement à l'Ecole normale pour y subir les épreuves du Brevet Supérieur, en même temps que d'autres candidats venus de divers horizons. On nous rassemble une fois de plus dans la salle du gymnase qui est la cathédrale pédagogique du département : là sont admis ou refusés les novices, prononcés les vœux, conférées les ordinations. La dissertation française doit apprécier et illustrer le fameux diptyque des frères Goncourt : *L'histoire est un roman qui a été, le roman est de l'histoire qui aurait pu être.* Pas de surprise. Bon gros sujet conforme à la tradition de notre enseignement littéraire. Construction classique en trois parties : thèse, antithèse, synthèse. Avec ce préambule : qu'était-ce qu'un roman, selon les frères Goncourt ? Exemple : *Germinie Lacerteux*. Une intrigue, un milieu, des personnages, des passions, un dénouement. Y a-t-il eu dans l'Histoire des romans de cette sorte ? Plutôt cent mille qu'un seul : intrigues politiques, intrigues d'amour, Mme Pompadour, aventures, grands mystères, le masque de fer, cra... cra... cra... Deuxième volet : vraisemblance historique du roman. Tout roman ne contient-il pas des accessoires historiques ? Waterloo dans *Les Misérables*, Bonaparte dans *Le Rouge et le Noir*, le romantisme dans *Madame Bovary*... Personnages communs et personnages exceptionnels, cra... cra... cra... Une réserve : et le roman hors de toute réalité ? *Les Voyages de Gulliver*, *L'Histoire comique des empires de la Lune*... Synthèse : la conception des frères Goncourt nous semble un peu étroite... visages du roman incompatibles avec l'Histoire... fantastique : *La Peau de chagrin*... Et demain ? Cra... cra... cra... : Point final.

En philosophie, on nous propose d'apprécier cette opinion de Kant : *Une volonté libre et une volonté soumise à des lois morales sont une seule et même chose.* Méthode identique... Introduire deux ou trois des citations du répertoire, les plus proches de la question... Finir si possible par l'une d'elles.

Dictée musicale de M. Gatignol, interprétée d'abord sur le violon, puis chantée mesure par mesure avec jeux de mains. Nous saurons plus tard que les notes se sont échelonnées entre 14 et 20 sur 20.

Epreuve de mathématiques. Epreuve d'agriculture : *Le blé en Auvergne*.

Nous devons attendre trois jours les résultats de l'écrit. Le 11 au soir, nous apprenons que sur vingt-cinq canaques, malgré les brillantes dictées musicales, six seulement sont admis à subir les épreuves orales et pratiques. J'en suis. Elles comprennent, au laboratoire de chimie, sous la direction de M. Pamaret, une analyse de terre : déterminer la proportion de carbonate de chaux, de fer, de phosphore et autres ingrédients. Des interrogations d'anglais, de lecture expliquée, d'histoire et géographie.

Résultat final : deux candidats se trouvent brevetés supérieurement. Les autres retourneront vers leur exil. Ça leur apprendra à discuter les règles de la discipline laïque et républicaine, à ne pas apprécier à leur juste prix le libéralisme, la générosité et le tagada-tsouin-tsouin de l'administration française. Au cours de l'année à venir, ils devront subir l'épreuve écrite et l'épreuve pratique du Certificat d'Aptitude Pédagogique. Faute duquel, indignes de la titularisation, ils croupiront dans leur stagiariat comme le bouc dans son urine.

Automne

Les vacances de cet été-là me rendirent à ma famille chapelate, mais non à la sérénité. Mon échec à cette ordure de béhesse, malgré des mois de préparation intense aussi bien dans mon appartement solitaire qu'au Café de Bordeaux, malgré tant de volumes engloutis, tant de citations irrécusables, m'avait rempli de douleur. C'était un peu comme si l'on m'avait coupé la seconde jambe. Ma mère vit mon abattement, elle entreprit de le soigner au lait de poule, c'est par ce moyen, affirmait-elle, qu'elle m'avait guéri à l'âge de sept ans de mes ganglions.

« Qu'est-ce que c'était que ces ganglions ?

— Il faudrait le demander aux médecins. Mais tu en étais pourri. De la tête aux pieds. »

On n'a jamais su d'où ils me venaient. Extérieurement, ils n'apparaissaient pas, je semblais normal, quoique un peu léger. On ne les sentait pas non plus au toucher, il fallait m'examiner par transparence, devant une vitre, comme une assiette de porcelaine qu'on soupçonne d'être en faïence. A sept ans, j'avais la translucidité du meilleur limoges. Dans cette posture, on distinguait très nettement ces grappes de ganglions, ces treilles de ganglions qui me tapissaient par-devant et par-derrière.

« Chaque matin et chaque soir, un lait de poule bien sucré. Après six mois de ce régime, tu n'avais plus de ganglions. »

Elle espère dissoudre pareillement les ganglions de mon chagrin. Mon père continue sa besogne de carrier et de tailleur de pierre ; il crache de plus en plus poivré. Le reste de la famille mène la ferme ; mais déjà Antonine, qui n'a que seize ans, parle de s'éloigner ; elle, c'est l'ambition qui la dévore : elle veut aller travailler dans quelque usine, chez Conchon-Quinette, ou devenir servante chez un notaire, à Thiers ou à Noirétable. J'ai donné le mauvais exemple. On ne me laisse guère prendre un outil ; que puis-je faire d'ailleurs avec mon pilon qui s'enfonce dans la terre grasse des prés et mes poumons qui s'essoufflent ? Je dis à mes frères :

« Quand vous voudrez repiquer des choux, des salades ou des blettes, appelez-moi : je viendrai faire les trous. »

Une seule besogne me reste possible : garder les bêtes, chèvres et vaches, en compagnie d'un des deux chiens de l'hacienda. Elles connaissent les chemins mieux que moi-même, il me suffit de les suivre, dans les côtes, je m'accroche d'une main à la queue de l'une d'elles. Nous n'avons guère de prairies et les préservons pour la fauche. Alors, les bêtes et moi montons aux pâtures communales, il y pousse une herbe rude, la « bourre », qui sert indifféremment à l'alimentation et à la litière, nourries et traitées à la dure, nos ferrandaises s'en contentent. La bourre est à celui qui la prend, et les troupeaux y viennent de toutes parts. Ils n'auraient guère nécessité de gardiens sans les tourbières, les « sagnes » environnantes, ces terres spongieuses et gorgées d'eau où l'on risque de s'enliser comme dans les sables mouvants. Si tu laisses tes vaches s'y égarer, les grasses s'y enfoncent jusqu'au ventre, retenues par leur énorme bedaine ; les maigres – les plus nombreuses – disparaissent jusqu'au cou et sont en grand danger d'être perdues. Le vacher doit alors appeler ses collègues à son secours, les enfants filent chercher des hommes et des câbles. Prenant grand soin de ne pas s'enfoncer soi-même, on ficelle par les cornes la vache qui beugle et se débat, on tire, on hisse, on s'efforce de l'arracher à l'engloutissement, on prie le ciel pour que les cornes ne se brisent point, si cela arrive, adieu la bête ! Elle cesse de lutter et de se plaindre, seuls ses yeux fous disent son épouvante. Il ne reste plus qu'à la voir s'enfoncer peu à peu, qu'à regarder disparaître ses superstructures, comme celles d'un navire qui fait naufrage. Voilà pourquoi nos vaches avaient besoin de ma surveillance.

Cela ne m'empêchait pas, affalé dans un endroit sec, de ruminer autant qu'elles. Je revoyais chaque étape de ce maudit examen, j'avais beau relire en pensée le texte de mes dissertations, repasser mes réponses verbales, je ne trouvais rien qui ne fût de la plus parfaite orthodoxie. L'échec des canaques était si massif qu'il dépassait l'hypothèse d'une mesquine vengeance exercée contre nous par les examinateurs importants. Nous devions être, comme nous l'avait toujours dit clairement M. Langlais, un ramassis d'idiots, de têtes de pingouins, abrutis davantage encore par plusieurs années de sévices militaires. De temps en temps, je relevais la tête pour crier à mon chien :

« Tè, tè, tè, tè ! Pico lo ! Lo Clermonto ! Passo dalaï ! O pè lo Clermonto ! O pè ! Pico lo ! »

Langage convenu entre lui et moi, par lequel je lui enjoignais d'aller mordre au pied, en passant par-devant, une certaine vache baptisée Clermonte, en danger de s'égarer vers les sagnes. Il comprenait fort bien mes ordres, de même qu'il se gardait de confondre la Clermonte, la Parise, la Lyonne. Les ruminants portent souvent chez nous des noms de villes féminisés ; mais leur nombre en est réduit, à cause de nos pauvres connaissances géographiques. Après cet appel, je reprenais mes rêveries. J'y recevais souvent la visite d'un certain profil légèrement bistre. Ce visage se tournait vers moi, me disait gravement :

« N'insistez pas, monsieur Vendange. Vous voyez bien que je suis vêtue de noir ! Contentez-vous de votre douleur, laissez-moi dans la mienne. »

Il ne prononçait pas les *r, disait noih, vothe douleuhe.* Mais que signifiait ce deuil ? Une couleur extrêmement portée dans les années 1920. Aux approches de la fin août, je reçus la feuille blanche habituelle m'informant que je venais de gagner la somme de 541 francs et 60 centimes, sauf déduction pour timbre de quittance, et que je pouvais les toucher dans n'importe quel bureau du Trésor, sur un point quelconque du territoire français. Noirétable, possesseur d'une brillante perception, n'était éloigné que de dix kilomètres, mais je prétendis que le mandat m'obligeait à retourner à Thiers. On me crut sur parole. En fait, j'éprouvais le besoin de revoir la ligne de ce nez busqué. Au sortir de la gare, je me dirigeai tout droit vers la Recette des finances, où mes yeux coururent à la place de l'octavonne. Elle était vide. Mon cœur me bondit dans la gorge. Avec cela, ces demoiselles ne semblaient avoir remarqué que très médiocrement mon entrée, sans doute avaient-elles été informées de mon échec au putain de béhesse, ou dirigeaient-elles vers d'autres maris possibles leurs visées du moment. La caissière me salua de son habituelle politesse :

« Bonjour, monsieur Vendange.

— Ah ! ah ! dis-je, en retenant le tremblement de ma voix, vous êtes donc une de moins ?

— Une de moins ? Oh ! seulement pour quelques jours, Automne va revenir.

— Pardon ?

— Je dis qu'Automne va revenir.

— Moi, je vous parlais de votre effectif. Il me semblait qu'il vous manquait quelqu'un.

— Justement, il nous manque Automne, elle s'appelle comme ça.

— La personne qui était là… s'appelle Automne ?

— Comme vous Jules, comme moi Eugénie. A la Martinique, ils ont de drôles de noms.

— Oh ! c'est un joli nom… Et Eugénie n'est pas mal non plus.

— Merci bien, monsieur Vendange. »

On est au plus chaud de l'été, mon pilon sent le caoutchouc, les dalles du trottoir cuisent sa talonnette, à la terrasse du *Globe* il se fait une énorme consommation de canettes, de quarts, de demis, les buveurs se sucent les moustaches et s'épongent le front. Et moi, je pense à l'automne. Ebloui. A la plus belle des saisons. Ruisselante d'ors et de pluies, d'espérances défuntes ou comblées. Automne des brumes et automne vendémiaire. Automne ambigu qui rit d'un œil et pleure de l'autre. *Un* automne et *une* automne. Et toi, négresse ou métisse lointaine qui donnas le jour en des circonstances que j'ignore à une enfant au teint à peine bronzé, quel merveilleux instinct poétique te préserva de l'appeler Printemps, de lui coller cette étiquette banale et qui devient nécessairement tôt ou tard insupportable ? La première chose donc que je ferai, à la rentrée d'octobre, sera de chercher des poésies sur l'automne et de les faire apprendre à mes mammifères :

Automne, automne, adieux de l'adieu !
La tisane bout, noyant mon feu...

Moi aussi j'entre au Globe, toutes les places extérieures sont prises, je dois m'asseoir sur la moleskine, il fait une soif, comme on dit en Auvergne, à boire au cul d'un âne. Le garçon semble fort occupé. Garçon, ne m'oubliez pas s'il vous plaît ! Qu'est-ce que ce sera pour monsieur ? Apportez-moi une automne bien fraîche. Ah ! Monsieur, l'automne n'est pas arrivée, nous l'attendons, je ne peux offrir à monsieur qu'un été. C'est bon, servez les autres clients, je prendrai patience, et revenez dès que vous aurez reçu l'automne. Certainement, monsieur, comme il plaira à monsieur.

« Garçon !

— Oui monsieur ?

— Réflexion faite, en attendant, je prendrai un demi.

— Tout de suite, monsieur. »

Les mouches volent bas, signe de beau temps. Nous sommes à l'intérieur du café treize clients : signe de bonheur. Quel bonheur ? Nous l'attendons, monsieur. Je prendrai patience. Il fait chaud, la France est en nage, je me sens adhérer à la banquette comme une rustine. Je paye, je me décolle, j'emporte ma bière au creux de mon estomac. La ville sent le crottin, la poussière, la corne brûlée. Tandis que j'approche du jardin public j'éprouve une sorte d'étourdissement : là... devant moi... sur le trottoir... elle ! La robe noire, le catogan ! Elle tient par la main un petit garçon coiffé d'un béret marin, qui tient de même un seau et une pelle. Ils entrent dans le square des Grammonts, je clopine derrière eux, indifférent au qu'en-dira-t-elle. Au pied de la haute muraille de soutènement, le long de laquelle un étroit escalier permet de grimper jusqu'à la place aux Arbres, des maçons édifient quelque chose de compliqué avec des blocs de pierre blanche. Mais je n'ai pas le temps de me renseigner, il faut que je regarde ailleurs. Dépassant le chantier, l'octavonne se dirige vers une esplanade sablonneuse entourée de bancs et de fusains. J'attends qu'elle ait fait choix d'un siège et, après un moment, je sors des coulisses, je vais m'asseoir délibérément vis-à-vis d'elle et j'entreprends de bourrer ma pipe avec un air de concentration.

« Joue, dit Automne. Remplis ton seau de sable et fais des pâtés. »

Pour la première fois, je peux voir de face son beau visage. Mais qui est ce bambin ? Lui aussi a le teint légèrement enfumé, il ne peut être que son enfant. Dès lors, je lis leur histoire dans ce bistre comme une devineresse dans le marc de café. Fille d'une jolie métisse et d'un planteur d'ananas, épousée très jeune par un fonctionnaire colonial, ou un commerçant, ou un aventurier, Automne l'a suivi en France quand il a plu au mari d'y revenir. Celui-ci a été tué pendant la guerre, laissant une veuve et un orphelin. Je pense à mon ami Luco, à sa femme, à son petit garçon : « Je me battrai pour la grenouille de mon fils. » Pourquoi Automne ne serait-elle pas la veuve de Luco ? Incapable de diriger seule une librairie parisienne (qui d'ailleurs ne lui appartenait pas, Luco en était seulement le gérant, il versait chaque mois un écrasant loyer), elle a réussi, grâce à des protections – tchouf ! tchouf ! comme disait M. Gatignol –, à entrer dans l'administration des Finances, s'est trouvée bombardée à cent lieues de Paris avec un traitement mensuel de 385 francs et 40 centimes, timbre de quittance déduit, qui s'ajoute à sa pension de veuve. Elle parvient de la sorte à vivre modestement, à nourrir le petit garçon et la grenouille. Du haut de son observatoire céleste, Luco ne les quitte pas des yeux, il s'arrange pour les placer un jour sur mon chemin, se disant : « Je connais Jules Vendange, c'est un brave type, je lui lègue ma famille. Ohé ! Julot ! Epouse-les tous les trois, mon vieux, fais cela en souvenir de notre amitié. — Ben… j'aurais préféré du neuf à de l'occasion. — Ne sois pas ridicule, Julot. Ne dis pas des imbécillités indignes d'un éducateur qui… d'un éducateur que… — Bon, d'accord mon lieutenant, je veux bien vous faire ce plaisir. Encore faudrait-il que l'on m'acceptât ! — Sois tranquille, je m'en occupe. » Ainsi prévenu, je regarde Automne Luco avec plus d'optimisme, elle a sorti un livre de son sac, elle est en train de lire, cependant que le marmot grattouille dans le sable. Je lui fais des signes, je lui souris, il lève la tête, me considère fixement, et bientôt me rend mon sourire. Le ruban du béret porte le nom de son navire : *Croiseur Jean-Bart.* Je n'ai guère fréquenté la marine, mais aujourd'hui la marine m'attire. Tandis qu'Automne est plongée dans sa lecture, j'envoie de l'index un message au matelot pour qu'il vienne à moi. Il hésite, reste un moment les bras ouverts, puis doucement se met en marche.

C'est bien le fils de Luco : je reconnais la fossette de son menton. Plus tard, quand nous serons mariés tous les quatre, je lui raconterai. Tu sais, j'ai bien connu ton papa, ton vrai papa Luco, nous étions ensemble dans un endroit qui s'appelait Craonne, il me disait des récitations comme font dans les écoles les petits enfants : *J'ai cueilli ce brin de bruyère, L'Automne est morte souviens-t'en, Nous ne nous verrons plus sur terre. Et souviens-toi que je t'attends.* Nous nous sourions toujours, si j'avais su j'aurais apporté n'importe quel appât, une sucette, une toupie, un polichinelle. Or, me voilà les mains vides. Il avance toujours, viens à moi, petit Luco ! D'ordinaire, on attire les enfants avec des sourires, comme on attire les pigeons avec du blé. Aidez-moi, mon lieutenant, je n'ai rien d'autre. Mais si, voyons : ta jambe de bois. C'est vrai, ma jambe de bois fascine les gosses. Quand il est tout près :

« Regarde ! dis-je, le doigt tendu vers mon pilon. Regarde ce que j'ai là ! »

Je relève légèrement le pantalon pour qu'il voie mieux. Il suit ma suggestion, il regarde. Il s'accroupit, touche du doigt la rondelle et le manche, je le manœuvre de droite à gauche, de gauche à droite, de haut en bas. Une vraie leçon de choses. Soudain, un cri :

« Raoul ! Qu'est-ce que tu fais ! »

En un instant, Automne est sur nous pour m'arracher son fils des mains.

« Laissez-nous jouer, madame, s'il vous plaît, nous ne faisons rien de mal... »

Mon regard de chien battu doit la toucher, elle se dit qu'après tout je ne suis peut-être pas un ravisseur d'enfants, qu'avec ma patte folle je ne courrais pas assez vite. Son regard un moment s'attarde sur ma personne, comme sur une image déjà vue. La femme, comme le *Leptorus unilaxis*, a deux yeux tout autour de la tête, elle peut très bien vous examiner dans une Recette des finances alors que vous la croyez uniquement absorbée par ses chiffres. Vas-y, me souffle Luco, profite de cet instant de grâce. Que dois-je dire ? Mais que nous nous connaissons ! N'êtes-vous pas une avette financière ? Ne butinez-vous pas dans cette ruche où je viens mensuellement prélever un rayon de votre miel ? Je sais même votre prénom : Automne. Vous venez de la Martinique où vous fûtes séduite par un aventurier bourré de poésies nommé

Luco, et ainsi de suite. Rien ne presse, mon lieutenant, ne me bousculez pas, jamais elle n'a été si près de moi, mon cœur bat trop fort. Ses yeux ! Je vois ses yeux, mon lieutenant !

« Sois sage, Raoul, dit-elle de sa voix un peu rauque. N'ennuie pas le monsieur, tu vois bien... »

Elle s'arrête à temps. Tu vois qu'il est infirme. Ou : tu vois bien qu'il n'a qu'une jambe. Ou : tu vois bien que c'est une face de rat de béquillard. Je la sauve de son embarras :

« Oh ! il ne m'ennuie pas du tout. Au contraire ! »

Elle retourne à son livre.

Une jambe de bois bien employée est aussi un jouet de premier ordre. Le petit marin m'en fait la démonstration, l'employant tantôt comme chaloupe, tantôt comme monture. Il suspend à l'extrémité son seau de sable et rit aux éclats des balancements que je lui imprime. Sa gaieté est pareille à un arbre chargé de fruits, des sortes de cerises scintillantes, pleines à craquer, tout à coup je me mets à secouer le cerisier et son rire pleut, c'est une averse drue à n'en plus finir de cerises qui explosent en touchant terre, je suis couvert de jus, j'en ai partout, sur la figure, sur les mains. A l'arc opposé de la piste, Mme Luco lève des yeux effarés vers notre jeu, jamais elle n'a vu chose pareille, ni à Paris ni à la Martinique, comment son fils ose-t-il traiter ainsi un pauvre garçon mutilé pour la France, pays de nos ancêtres les Gaulois ? Ayant un sens aigu du sacrilège, elle s'écrie d'un ton scandalisé :

« Voyons, Raoul ! Tu n'y penses pas !

— Laissez, madame, laissez. Nous nous amusons bien. » Parfois, une culbute de Raoul finit dans le sable, mais il se relève, s'ébroue, lance un nouveau rire :

« Encore ! Encore ! »

Dans ces circonstances, je comprends que la lecture devient difficile. Automne manifeste une agitation croissante. Elle finit par remettre le livre dans son sac, se lève, marche vers nous d'un air décidé :

« On s'en va, Raoul ! C'est assez. Dis au revoir au monsieur, on rentre à la maison.

— Pas encore !

— Si, si, il faut partir. »

Lui s'accroche à ma prothèse, pleure, trépigne. Je crois habile d'intervenir en faveur de la loi : il faut obéir à maman, Raoul, nous nous retrouverons demain peut-être, je viens souvent dans ce jardin l'après-midi. Il ne comprend pas mon brusque lâchage, je le vois bien, nous nous quittons fâchés. Je les suis des yeux avec regret, jusqu'à ce qu'ils aient disparu. Me voici seul dans le grand cercle vide, avec le cliquetis lointain que font les ciseaux des tailleurs de pierre. « Alors ! me dit Luco. Vas-tu rester là comme une sardine ? — Et que faut-il que je fasse ? Vous ne m'avez pas beaucoup aidé ! Le matelot, ça va, je crois l'avoir dans ma poche, sans compter qu'il est mignon ; la grenouille, j'espère que ça ira aussi ; mais la mère !... Je ne me vois pas au bout de mes peines ! — Ne crois-tu pas que tu devrais t'inquiéter un peu de son adresse ? Cela rend des services, de connaître l'adresse d'une bien-aimée. — Oh ! bien-aimée, n'exagérons rien ! Vous allez vite en besogne.

— Ne cherche pas à me duper, je lis dans ton cœur mieux que toi-même. Donc, remue-toi. Ils ne sont pas encore trop loin : file-les à distance et découvre où ils habitent. » Le conseil me paraît bon, je sors du jardin aussi vite que le permet ma dignité, juste à temps pour apercevoir à l'horizon le couple mère et fils s'enfoncer dans le sol, cachés par la courbure de la terre. Quand j'arrive au même endroit, ils se sont évanouis. Me voilà frais ! Alors, mon lieutenant, que dites-vous de celle-là ? Pas de réponse. Ohé ? La communication semble interrompue. Rien au loin sous le ciel encore torride, si ce n'est la chaussée abrupte qui poudroie, un chien assoiffé qui traîne douloureusement son ombre, un pot de géranium rose à une fenêtre, un cheval et son tombereau à l'arrêt devant le Nouvel et Grand Hôtel. Nul renseignement utile n'est à attendre d'eux. Par bonheur : une boulangerie.

« Je cherche une dame, une métisse, avec un petit garçon, je dois lui transmettre un message.

— Oui, dit la boulangère, elle prend son pain chez nous. Je la vois très bien. Je crois qu'elle s'appelle Mme Nadaud et demeure rue de Barante, dans le milieu, par là.

— Nadaud ? Je croyais que c'était Luco ?

— Je ne sais pas. Il me semble avoir entendu dire bonjour madame Nadaud. Mais peut-être ai-je mal compris. Les voisins vous renseigneront sûrement. Vous pensez bien ! A Thiers, une négresse, ça se remarque ! »

Suivant ces indications, je poursuis mon enquête. Vous ne connaîtriez pas… Ah ! la négresse ? Oui, oui, un peu plus bas, au 22 ou au 24... Mme Nadaud ? La négresse ? C'est au 30... Un couloir étroit, des boîtes aux lettres, sur l'une, ce nom : *Mme Nadaud.* Au-dessus de ma tête, dans les étages, un enfant pleure. Vous n'aviez rien à voir dans cette histoire, mon lieutenant, je regrette. Cela signifie que je me trouve maintenant réduit à mes seules forces qui ne sont pas grandes, à ma seule astuce qui ne m'a pas permis de décrocher le béhesse, à mon tagada-tsouin-tsouin. Avant que le bureau de poste ne ferme, j'envoie une dépêche à Vollore-Montagne : *Retenu ici affaires urgentes lettre suit à bientôt Jules.*

A cette époque antérieure aux congés payés, même au mois d'août les marteaux-pilons des usines d'estampage ébranlaient la ville comme de perpétuelles secousses sismiques, les boutiques restaient ouvertes, les facteurs distribuaient le courrier même le dimanche, les camionneurs assuraient leurs livraisons, les gosses en rupture de banc grouillaient dans les ruelles ombreuses, se fourraient dans les chatières, s'usaient le nombril sur les rampes des escaliers publics. Seuls quelques privilégiés, les pensionnaires, les poitrinaires, les membres de l'enseignement pouvaient se permettre un jour de semaine de jouer aux boules sur la place aux Arbres ou de somnoler sur les bancs publics. Aussi, quand les maçons qui y édifiaient une affaire compliquée me virent le lendemain revenir dès trois heures de l'après-midi, ils se demandèrent à laquelle de ces corporations j'appartenais, ne se doutant point que j'étais un peu des trois. Et moi :

« Qu'est-ce que vous bâtissez donc ?

— Un monument aux morts.

— A quels morts ?

— A ceux de la guerre.

— Naturellement, c'est la grande mode. Il cachera au moins ce mur, qui est bien décrépi. »

Sous leurs yeux envieux, je poursuivis ma promenade vers l'enceinte ombragée où, la veille, Automne m'était apparue de face. Afin de me prémunir contre une longue attente, j'avais apporté du tabac, un journal et un livre. Deux heures après, j'avais lu le journal, renoncé au livre, fumé la moitié du tabac et je me trouvais toujours seul. Pendant un long moment, une vieille Thiernoise, qui semblait affligée de grands maux, m'avait tenu compagnie en me posant un tas de questions sans me permettre d'y répondre :

« Je vais chez le docteur Pourreyron, est-ce que vous savez où c'est ? Paraît que c'est pas bien loin de par ici ? Remarquez que je ne suis pas tellement pressée. J'aime pas les médecins, faut leur montrer votre peau, ils vous tâtent partout, à mon âge, vous vous rendez compte ? Qu'est-ce qu'il va me trouver d'après vous ?... Le foie, d'accord. Mais c'est-y un cancer ou c'en est-y pas ? Est-ce que j'ai pour de bon une figure de cancéreuse ? Y a des moments où ce que je me sens pourrie comme une vieille coucourle, en dedans. Enfin, il vous arrive rien que ce qui doit vous arriver. Il me donnerait sûrement un régime à suivre. Supprimez ci, supprimez ça. Mais moi, je me connais : je le suivrai pas, je suis aussi gourmande qu'une chatte blanche. Alors, c'est pas la peine que j'aille y donner mes sous à cet homme, puisqu'y peut rien faire pour moi. J'ai-t-y pas raison ? »

Forte de mon approbation, elle part satisfaite, elle m'abandonne à mon cancer à moi : je le sens aussi qui me ronge les entrailles. Qu'est-ce que je fiche sur ce banc depuis trois heures de l'après-midi, à espérer contre toute espérance ? Hors ma mère et ma sœur, quelle femme s'intéressera jamais pour autre chose que son traitement de fonctionnaire à une face de rat, qui a échoué au béhesse, et imite en marchant le bruit d'une pompe aspirante et foulante ? Je me lève, piétine en rond l'enceinte sableuse, ma prothèse fait tchonc-tchonc. Lorsque je me rassois, je constate que la talonnette en est imprimée mille fois dans le sol, que ces traces attestent mon impatience et ma longue attente, que n'importe qui peut comprendre d'un coup d'œil que j'ai tourné ainsi comme un ours dans sa fosse. Alors, je m'emploie à les faire disparaître, à les ratisser de mon pied droit, à reculons. Vers sept heures, quand mugissent les sirènes des fabriques, je m'en vais la tête basse.

Ce soir-là, pour ne pas retourner coucher au Faux et m'y retrouver seul parmi mes tristes meubles, je prends une chambre à l'hôtel de Paris et de l'Aigle d'Or. D'abord, je me mets à mon aise, dépose ma tulipe, aère mon moignon échauffé par la sueur et la marche. Avec une boîte de talc qui ne quitte jamais ma poche, je l'enfarine. Je sautille à cloche-pied çà et là, m'appuyant aux meubles, de la fenêtre au lit, du lit au fauteuil. Le nécessaire pour écrire mis à ma disposition me donne une idée, après plusieurs brouillons je compose à peu près la lettre suivante :

Automne

Madame Automne Nadaud
30, rue de Barante

Madame,

Celui qui prend l'audace de vous envoyer ces lignes est le pauvre unijambiste qui, avant-hier, a joué avec votre petit garçon Raoul dans le jardin public des Grammonts. Je ne m'y trouvais point par hasard, mais parce que j'avais cherché à vous rencontrer, ayant été fort ému[1] *par votre beauté, le sérieux de votre attitude et votre application au travail chaque fois qu'il m'est arrivé d'entrer à la Recette des finances où je viens toucher mon traitement de fonctionnaire de l'instruction publique et les arrérages de ma pension militaire. Il est vrai que je suis amputé d'une jambe, mais la seconde est en parfait état de fonctionnement comme tout le reste de ma personne. Je suis même en mesure de rouler à bicyclette et puis vous en faire la démonstration quand il vous plaira. Mes parents sont de petits cultivateurs de la montagne forézienne, propriétaires de leur ferme, laquelle se trouve assurée contre l'incendie par la réputée compagnie* Le Soleil. *Après les études que j'ai faites à l'Ecole normale d'instituteurs de Clermont-Ferrand, la direction d'une école rurale m'a été confiée au printemps dernier, et je dispose d'un logement de fonction gratuit pouvant recevoir aisément trois ou quatre personnes, sans doute davantage, selon leur*

1. Première rédaction : … *fortement impressionné.*

volume. L'avancement normal attaché à mon emploi me laisse d'ailleurs espérer une nomination ultérieure à un poste urbain lorsque j'en ferai la demande.

Je sais, madame, peu de chose sur vous, hors votre origine, vos nom et prénom : celui-ci me semble particulièrement ravissant et j'apprécie le bon goût et le sens poétique avec lesquels madame votre mère et monsieur votre père l'ont choisi. Je devine que des malheurs vous ont frappée, vous laissant veuve avec un petit garçon adorable que j'aurais bien aimé embrasser avant-hier si je l'eusse osé. C'est que j'aime beaucoup les enfants : comment me serais-je dirigé vers la noble fonction enseignante s'il n'en eût pas été[1] ainsi ?

*Dans un dessein honnête et que vous pouvez imaginer, je serais infiniment honoré, madame, si vous vouliez bien m'accorder un moment d'entretien qui nous permettrait de faire connaissance et déterminerait si je dois ou non nourrir[2] plus longtemps des espoirs dont la réalisation ferait le bonheur de ma vie. Vous pouvez, si vous le désirez, me répondre à l'*Hôtel de Paris et de l'Aigle d'Or *où j'ai fixé ma résidence pour la durée de mon séjour en cette ville, le logement de fonction dont je dispose se trouvant trop éloigné. Plus simplement, vous pouvez aussi vous rendre dimanche prochain au jardin public où nous nous sommes déjà vus une fois, avec ou sans le petit Raoul. De préférence avec, afin que nous jouions encore ensemble. J'y serai à partir de 15 heures. D'avance, je vous remercie très vivement.*

1. Première rédaction : … *s'il n'en avait pas été…*
2. Première rédaction : … *caresser…*

Veuillez croire, madame, en l'expression des sentiments très respectueux avec lesquels j'ai l'honneur d'être votre très humble serviteur.

Jules VENDANGE
Hôtels de Paris et de l'Aigle d'Or réunis
Rue de Lyon, Thiers

Je n'ai pas le temps de confier ma lettre à la poste. Le lendemain matin, un samedi, je marche donc jusqu'à la rue de Barante et la glisse moi-même dans la boîte d'Automne, il ne me reste plus qu'à en attendre les effets. J'écris aussi à ma mère pour la faire patienter, invoquant certains événements imprécis qui peuvent changer le cours de mon existence. Le dimanche à midi, le bureau de l'hôtel m'informe qu'aucun message n'a été disposé à mon nom. Les rues sont pleines de toilettes estivales, pantalons blancs, robes fleuries, et de casquettes à lyre, d'instruments de cuivre, pistons, clairons, saxophones, tubas, ophicléides. Tout cela se dirige vers la place aux Arbres où s'amassent les signes avant-coureurs d'un imminent concert. Si j'avais pris garde aux affiches, un peu moins à mes seules pensées, je serais au courant. Quelques promeneurs errent aussi dans le jardin public, tous les bancs à l'ombre sont occupés, il ne reste que ceux du soleil, mais cette fois je n'ai guère à attendre, bientôt paraît la belle Automne, toujours vêtue de noir, une fleur de géranium dans les cheveux. Elle vient s'asseoir sans ambages près de moi, posant seulement son sac entre nous, comme Iseut et Tristan se séparaient d'une épée. Je la regarde, je n'ose parler encore, elle sourit aimablement, me tend ses doigts que j'aimerais baiser. Les ongles en sont bruns comme les dernières avelines de la saison. Je ne savais pas si vous viendriez. Pourquoi ne serais-je pas venue ? Votre lettre était très flatteuse. Vous n'avez pas amené le petit Raoul ? Je l'ai confié à une voisine qui a des enfants, ils aiment jouer ensemble. Elle ne dit pas *sehais-je, vothe letthe*, j'en suis un peu déçu : un accent exotique dans une jolie bouche est un charme supplémentaire. Je me résigne donc à la féliciter d'une prononciation si parfaite.

« C'est que j'ai été élevée en France, pratiquement, où je suis venue en 1902, à l'âge de sept ans. Après l'éruption de la montagne Pelée et la destruction de Saint-Pierre, qui fit dix-sept mille morts. Des gamins sans parents erraient dans les ruines ou couraient la campagne. Plusieurs centaines ont été transportés en France, confiés à de nouvelles familles. Voilà dans quelles conditions j'ai quitté l'île. De ma mère, je n'ai gardé que de faibles souvenirs. C'était une métisse, elle avait le teint presque aussi clair que le mien, elle servait un négociant de la ville, M. Mauricet, elle s'occupait des gosses, des animaux, de la cuisine. Elle préparait le pudding aux bananes, la confiture de pommes d'acajou. Je la vois un peu, mais je ne l'entends plus, j'ai oublié le son de sa voix.

— Elle vous a donné un prénom très poétique.

— C'est un pur hasard. Là-bas, l'usage populaire veut qu'on mette les enfants sous la protection du saint dont c'est la fête le jour de leur naissance. On regarde sur le calendrier des postes : 24 juin, Jean ou

Jeanne ; 7 juillet, Raoul ; 11 novembre, Martin ou Martine. Moi, je suis née le 21 septembre. Ma mère, qui ne savait pas lire, a demandé à une amie plus instruite : "Regarde ce qui est écrit sur le calendrier au 21 septembre. — *Automne*." Voilà comment je suis devenue Automne. Si j'étais née le 21 décembre, elle m'aurait appelée *Hiver*. Il y a des gens qui, de cette façon, s'appellent *Mardigras*. Et ceux qui naissent le 14 juillet sont baptisés *Fêtnat*. »

Seconde déception. Je m'attends à la troisième.

« Ainsi vous avez été adoptée par ce riche commerçant ?

— Il l'aurait peut-être fait, il m'aimait bien, à sa façon. Mais à peine rentré en France, il s'est remarié avec une femme beaucoup plus jeune que lui. Elle l'a accepté sous la condition que je n'entrerais jamais officiellement dans la famille. Elle protégeait l'héritage de ses enfants futurs, je ne la blâme pas. Alors, il m'a laissé tomber. Je veux dire comme fille adoptive. Il m'a quand même fait donner un peu d'instruction.

— A Paris ?

— Non, à Nantes, chez les religieuses. »

La suite, c'est moi qui la lui raconte. Et un jour vous vous êtes mariée. Oui. Avec un jeune homme qui avait une fossette au menton. Oui. Il s'appelait Nadaud. Oui. Un libraire. Non. Un officier de carrière. Non plus.

« Il était simplement ouvrier dans une teinturerie. Un soir il rentrait avec les mains jaunes, un soir avec les mains violettes, ça ne partait jamais complètement. Quand on lui faisait remarquer – il ne s'en était jamais réellement aperçu – qu'il avait épousé une personne de couleur, il répondait : "Et elle donc !" Il riait de tout, du soleil, de la pluie, de son métier, de la boue, de la poussière, du curé qui traversait la rue. C'est ce qui m'a plu tout de suite chez lui, ces éclats de rire qui semblaient en mesure d'abattre les montagnes. Son fils rit comme lui.

— Et la fossette au menton.

— Oui, la fossette aussi, bien sûr. Et surtout sa grande générosité. J'étais très maladroite, je cassais les verres, les assiettes, mais toujours il me pardonnait. En riant, encore ! Et il avait aussi cette autre qualité… »

Ce salaud-là avait toutes les qualités de la terre et du ciel. Il était fort, il était doux, il était droit comme une règle de fer, il avait du poil sur les orteils. Des gens pareils ne devraient pas exister, ils font sentir aux autres leur misère. Aux béquillards un peu ivrognes qui se saoulent pour oublier leur agilité et leurs amis perdus, aux lanternes rouges, aux ratés du béhesse, ni beaux, ni costauds, ni amusants. De temps en temps, si je pense qu'elle a eu l'intention de dire une chose drôle, je fais ha ! ha ! ha ! pour montrer que je sais rire aussi, mais mon rire sonne faux comme un écu de plomb. Avec tant de mérites comment se fait-il que ce saint Michel travaillât dans la teinturerie, une occupation honorable, mais sans prestige spécial ? Je pose la question. La réponse est conforme à ce que j'attendais : à cause de ses vertus, naturellement ! Parce qu'il aimait cette modeste profession, parce qu'il nourrissait envers son patron des sentiments familiaux, parce que, ayant épousé une négresse, il tenait à rester un homme de couleur, parce que... parce que... Un monstre. Les Allemands ont bien fait de le zigouiller. J'ai du moins sur lui cette supériorité : je vis, ha ! ha ! ha ! Indiscutablement ! Je vois le bleu du ciel, j'entends les moineaux qui discutent quelque part derrière nous, je respire l'odeur amère des lauriers-cerises, je palpe le bois râpeux de notre banc ! Sans doute n'a-t-elle pas pris garde à cet avantage, je le lui fais remarquer :

« Il a été tué, n'est-ce pas ?

— Non... Je ne sais pas. Je ne crois pas. Je ne veux pas le croire. Porté disparu seulement. Au début de 1917, il est venu en permission. Et au mois de juillet, j'ai reçu l'avis de sa disparition. Raoul est né en novembre.

— Dans quel secteur a-t-il disparu ?

— Je ne comprends rien à ces choses. Depuis plus de trois ans, je suis sans nouvelles. Il n'a pas connu son fils.

— Mais... vous êtes habillée de noir ? Vous portez son deuil ?

— Oh ! je le porte seulement... »

Elle s'arrête, secoue le front, elle craint de s'expliquer, il faut que j'insiste. Eh bien ! elle porte des habits noirs pour se protéger. De quoi ? De qui ? Des gens de mon espèce qui cherchent à la séduire, à lui faire oublier son grand homme, à lui faire croire que le printemps existe encore. Le triple salaud ! Il m'arrache ma dernière supériorité. Il n'est pas mort : seulement disparu. Il y a eu tant de façons de disparaître au cours de ces années aventureuses ! Une boule de feu tombant du ciel choisissait pour entrer en contact avec la terre le point précis où tu te tenais acagnardé, on ne retrouvait de toi que des boutons de capote anonymes. Tu étais enterré proprement par une éruption artificielle, elle ne te laissait pas même le temps de prendre du souffle de réserve. Tu recevais sur le front un coup pas assez fort pour t'estourbir, mais qui te faisait perdre entièrement le souvenir de toi-même, pour peu que ta plaque d'identité se fût décrochée en route, tu traînais depuis les hôpitaux, à la recherche de ton adresse et de ta date de naissance. Les gens d'en face t'emmenaient contre ta volonté, ou bien tu levais les bras et faisais Kamarade ; bref, tu te trouvais si bien chez eux qu'à présent il ne t'intéressait plus de revenir, tu y avais de nouvelles habitudes, une nouvelle maison, une nouvelle femme, de nouveaux enfants. Ou encore, tu avais choisi un pays neutre, la Suisse, la Hollande, l'Espagne, tu ne t'appelais plus Dupont mais Delpuente et ne demandais qu'à te faire oublier. Quelle disparition a choisie le soldat Nadaud ? Je ne vais pas jusqu'à poser la question à la belle Automne, mais je rumine en moi-même des réponses. Et à présent jusques à quand nous jouera-t-elle son rôle de veuve inconsolable ? Va-t-elle se laisser flétrir et dessécher ? Pour peu qu'elle y consente, nous pourrions, elle et moi, mettre en commun nos malheurs, elle son veuvage, moi mon amputation. Accommoder les restes. J'apporterais mon traitement de maître d'école, des vacances à Vollore-Montagne, je corrigerais dans ses lettres les fautes d'orthographe, elle en commet sûrement. De son côté, elle veillerait sur le troupeau de petits enfants que nous produirions ensemble, tous munis de deux jambes et de deux bras, les uns auraient le teint blanc tacheté de rose qu'ont en octobre les champignons dits colombettes, avec des ongles bruns, les autres le teint fumé avec des ongles roses. Au moment où je vais entreprendre mon plaidoyer, le concert qui menaçait depuis l'après-dîner éclate brusquement au-dessus de nos têtes et couvre nos voix. Il nous faut attendre les derniers soubresauts de l'ouverture, puis la fin des applaudissements pour reprendre une conversation suivie. Très vite, elle me dit qu'elle espère encore le retour de Pierre, qu'elle n'a pas la tête en ce moment à un second mariage. Plus tard… on ne sait pas… tout est possible.

« Est-ce que, de loin en loin, je pourrais vous voir tout de même ?

— Vous me reverrez à la Recette des finances.

— Ai-je mérité que vous vous moquiez de moi ?

— Pardonnez-moi. Que dirait-on, si l'on me voyait avec un homme ?

— Mais puisque vous êtes veuve aux yeux de tous ! Donc libre !

— Non. Je ne peux pas.

— Comme vous êtes dure !

— Ecrivez-moi, si vous voulez.

— Vous répondrez ?

— Peut-être. »

Elle se lève. Avant qu'elle ne s'éloigne, je tire de ma poche un petit paquet :

« Pour Raoul. Je pensais que vous l'auriez amené. »

C'est une grenouille mécanique, je l'ai achetée hier au Grand Bazar en songeant à Luco. Toutes ces choses s'embrouillent dans mon esprit : Luco, Nadaud, le Chemin des Dames, la grenouille, la teinturerie, la librairie, et mon cœur dont personne ne veut. Automne me regarde, et j'ai l'impression que c'est vraiment la première fois, jusqu'ici ses yeux ne fixaient que des ombres.

« Vous êtes gentil. Si un jour je me remarie, ce sera sûrement... »

Je n'entends pas les derniers mots, la tempête des trombones et des grosses caisses déferle de la place aux Arbres sur le jardin, nous roule dans ses vagues furibondes. Etourdi, suffocant, je veux crier :

« Comment ? »

Mais elle est déjà loin, elle se retourne, brandit un instant la grenouille dans sa main droite et me sourit. On dirait la Liberté éclairant le monde.

Automne

Lorsque j'avais six ans, je reçus en cadeau de Noël le seul jouet de ma vie. A vrai dire, des jouets, je n'en ai jamais manqué au cours de mon enfance chapelate, cailloux, bobines, bouts de bois et ficelle faisaient mon affaire. Et aussi, comme j'ai dit, les bestioles capturées, hannetons, cricris, sauterelles, vers de terre, escargots, deux grillons attelés à une boîte d'allumettes vide devenaient une paire de vaches et son tombereau. Or, un certain Noël, je reçus un bonhomme en pantalons rouges et bonnet assorti, un zouave de carton-pâte. Je ne sais par quels marchandages, quels incroyables arguments le colporteur réussit à le vendre à ma mère. Ou quel vent de folie emporta cette femme jusqu'à dépenser deux sous pour me procurer un plaisir superflu. Il faut qu'il le lui ait donné en prime après l'achat de quelque important nécessaire. Toujours est-il que le petit Jésus le plaça dans mes sabots, sous la cheminée fuligineuse. Je le pris pour une friandise et me mis à le lécher, puis à le ronger en commençant par le bas, il avait une saveur tantôt fade et tantôt rude qui me surprit d'abord, mais que je finis par accepter. Fin janvier, il se trouvait déjà sans brodequins et sans guêtres. Alors, je m'aperçus qu'il était creux, une paille glissée à l'intérieur me le confirma. J'en vins donc à penser que les hommes sont creux et que j'étais creux moi-même. A la saison des cerises, j'avalais les noyaux et je tendais l'oreille vers mon ventre avec l'espoir d'entendre le *floc* qu'ils devaient produire en tombant au fond.

Or, au cours de l'année scolaire 1920-1921, le mépris que j'éprouvais pour moi-même était si fort qu'il me rendit cette lointaine impression de mon enfance : je me sentais creux. Autant que mon zouave de carton. La seule différence était que je me rongeais maintenant sans plaisir. Cette période fut la plus désastreuse de ma carrière.

Les distractions ne me manquaient pourtant pas. Au début d'octobre, il y eut la conférence pédagogique. Elle avait lieu un jour ouvrable, ce qui nous gratifiait d'un congé supplémentaire, et elle rassemblait au chef-lieu le ban et l'arrière-ban de la pédagogie cantonale. Réunis dans la plus grande classe de l'école centrale de filles, installés tant bien que mal dans les longues tables à six encriers, instituteurs et institutrices redevinrent élèves, la chaire magistrale se trouvant remplie par M. l'inspecteur de l'Enseignement primaire, familièrement appelé « le chef » comme dans les tribus indiennes. Le nôtre, M. Delachambre en un seul mot, était un homme au visage rectangulaire et glacial, grisâtre de peau et de toison, d'une extrême distinction de gestes et de langage, d'une élégance un peu archaïque : chapeau melon taupé, bottines vernies, complet à rayures, pochette blanche, col cassé à la Gladstone, vulgairement appelé « col à manger de la tarte ». Obsédé par son patronyme, soucieux de se faire passer pour un aristocrate déchu, il soutenait manifestement un train au-dessus de sa condition officielle. Le sujet de la conférence, cette année-là, portait sur l'enseignement de la grammaire. Chaque maître était invité à communiquer préalablement et sous la forme d'une dissertation écrite le résultat de son expérience en la matière et de ses méditations. M. Delachambre commença par nous morigéner, cela faisait partie de ses rites :

« Je m'étonne, mesdames et messieurs, du petit nombre de devoirs reçus. Ou de leur maigreur : quelques-uns n'ont qu'une dizaine de lignes. Dois-je en conclure que vous considérez l'enseignement de la grammaire comme accessoire ? ou routinier ? ou d'une facilité telle qu'il n'est pas même besoin d'y réfléchir ? »

Vagues murmures de protestation, bouches fermées.

« Je comprends que les jeunes de ma circonscription, messieurs Beyssac, Courtines, Vendange, mesdemoiselles Livardon, Germain, manquent un peu d'aliment. Mais les anciens ! Qu'en pensez-vous, monsieur Tournebize, monsieur Sannajust, et vous-même, madame la directrice ? »

Rougissants, les interpellés se défendent de mépriser la grammaire qui... la grammaire que... base de tout enseignement linguistique... le pluriel des noms composés... l'analyse logique... Ils se coupent la parole l'un l'autre, ou parlent tous à la fois. M. Delachambre sourit ironiquement de cette confusion, puis il tranche :

« Mettons cela au point. »

Esprit brillant, il nous ouvre des horizons inattendus sur la manière de rendre affriolante la pudibonde et roide et insipide grammaire, pétillantes les conjugaisons, savoureuse la syntaxe. Il nous exhorte à briser les vieux moules, à faire des gammes, des exercices de dégourdissement spirituels, nous abreuve de métaphores empruntées à la musique, à la gymnastique, à la pâtisserie, termine par une citation, selon les grands principes. Il abrège d'une main dédaigneuse les applaudissements qui saluent sa péroraison. Alors s'ouvre un débat, où un certain nombre de pédagogues s'efforcent de démontrer qu'ils avaient depuis longtemps pressenti tout cela ; qu'ils appliquaient déjà ces méthodes dans leurs classes ; qu'ils étaient bien aises de les voir à présent préconisées et sanctifiées. D'autres se taisent, le sourcil froncé, ils sont l'opposition, ils n'apprécient pas les nouveautés, ils s'accrochent fermement à une tradition qui a formé toutes les générations présentes, y compris M. Delachambre lui-même, avec des résultats plutôt estimables comme il vient de le démontrer. Ils bougonnent entre eux, mais préfèrent ne pas tirer à haute voix leur raison, craignant que leur note ne s'en ressente lors de la prochaine inspection et qu'ils n'y perdent une promotion de choix.

A midi trente, le chef déclare la séance levée. Alors commence le meilleur moment de la conférence pédagogiquc. La tribu affamée se dirige joyeusement vers le grand wigwam préparé par les soins de

Mme la directrice au restaurant Ossedat, rue Durolle. Nous prenons le temps de nous serrer la main, de nous féliciter, il y a toujours un motif de félicitations, mariage, naissance, avancement, distinction honorifique, toilette nouvelle, bonne mine. MM. Tournebize et Maurière, nos anciens maîtres au cours complémentaire, manifestent leur joie de nous retrouver comme collègues, Beyssac et moi, nous félicitent de notre conduite sur le front, rappellent quels brillants sujets nous fûmes sous leur compétente autorité. Ils racontent au voisinage certains faits de notre biographie que nous ignorions complètement. Après quoi, chacun rôde autour de la table pour chercher son étiquette. L'usage veut que l'organisatrice se soit comportée en entremetteuse, plaçant les instituteurs célibataires près des filles à marier. Comme celles-ci sont plus nombreuses que ceux-là, vu les classes creuses, nous nous trouvons, Beyssac et moi, séparés par un grand espace rempli de perruches babillardes, si nous désirons correspondre il nous faut recourir au télégraphe de marine. A ma gauche, Mlle Livardon, une gaillarde aux yeux effrontés, la seule qui ait l'audace de porter les cheveux courts comme cherchent à les imposer à l'Europe les femmes américaines ; elle s'arrangera pendant le repas pour frôler mon bras à plusieurs reprises. A ma droite, Mlle Pointu, qui est plutôt ronde, me laissera savoir, pour le cas où cela m'intéresserait, que son père est un gros marchand de bois de Courpière, qu'il possède deux camions Peerless et, dans sa salle à manger, un tableau représentant la lune sur un moulin à vent, signé Vandenpeerboom, probablement authentique *selon elle*. En face, Mlle Germain se tait et sourit, ce qui n'est pas si mal. Mlle Mirafior, qui porte un nom d'écuyère de cirque, est remarquable par la longueur et le volume de sa chevelure, ruissellement de boucles et de bouclettes que sépare sur le sommet une ligne de partage des eaux, assez semblable à ce qu'on appelait au Grand Siècle coiffure à la hurluberlu. Mlle Cathonet, qui a un œil sur moi, un œil sur le pâté en croûte, s'agite beaucoup, sans doute préfère-t-elle l'action à la parole, à certains chatouillements, je la soupçonne de faire du pied à ma jambe droite. La foule m'intimide, j'écoute beaucoup, je ris quand il faut, je parle peu, et seulement si l'on me pousse dans mes derniers retranchements. Aucune de ces femmes, dont certaines sont jolies et plusieurs spirituelles, aucune, dis-je, n'a le nez busqué, des cheveux de basalte et des marguerites noires à la place des yeux. Pourquoi faut-il que j'aie un jour regardé cette saleté de négresse qui hante à présent ma semaine et mes dimanches ? Pourquoi m'obstiné-je contre toute raison à convoiter une femme qui est l'épouse éperdument fidèle d'un fantôme ? Depuis notre explication du jardin public, je lui ai envoyé trois lettres, elle a répondu à la seconde :

... Vous savez mieux que moi écrire de jolies phrases qui d'ailleurs sont peut-être sincères. Je ne suis qu'une pauvre fille simple. S'il n'y avait eu la nuée ardente de la montagne Pelée, je serais maintenant à la Martinique, servante comme ma mère chez M. Mauricet ou tout autre notable. Je ne connaîtrais pas même l'alphabet et serais heureuse de manger les restes de la cuisine.

Je ne sais si je serais plus ou moins heureuse, le bonheur ne réside pas forcément dans ce qu'on mange pourvu que l'on n'ait pas faim. En définitive, je suis cependant ici chez moi autant et plus qu'aux Antilles, car j'ai dans les veines beaucoup de sang français : ma mère est née d'un Blanc et d'une Noire, je suis donc fille d'une demi-Blanche ; et d'un père entièrement blanc, quoique je ne l'aie jamais connu, elle refusait de me parler de lui. Je soupçonne que c'était M. Mauricet ou quelqu'un de sa famille asphyxié en 1902. Là-bas, ces histoires de sang ont une importance extrême et je vous suis reconnaissante d'avoir sur ce point des idées plus larges que les nôtres...

Pardi ! Ne suis-je pas moi-même fils de nègre ? D'un nègre blanc ? J'ai vu mon père se battre contre la poudre et la montagne, tailler les plus beaux moellons du pays, ceux qui servent à construire les maisons des riches, aussi parfaitement équarris que des morceaux de sucre ; je l'ai vu cracher la poussière qu'il avale chaque jour depuis quarante ans, il en a dans les poumons une telle réserve qu'il la crachera quarante ans encore s'il vit assez vieux. Tout cela pour dix-neuf francs par mois avant la guerre. La somme est plus grosse, à présent que le franc n'est plus fait d'argent ni d'or, mais de sin-sin-gomme. Et la France est pleine de nègres de son espèce : dans les mines, dans les usines, dans les coutelleries, dans les ports de pêche, sur les chantiers de construction et même dans les campagnes. Pourquoi devrais-je me soucier de savoir si Automne est fille de négresse ? Ce qui me soucie, c'est qu'elle existe.

« Vous ne mangez pas votre dessert, monsieur Vendange ? demande Mlle Livardon, ma voisine aux cheveux courts. Peut-être n'aimez-vous pas la Forêt-Noire ?

— Si, si, dis-je. Beaucoup.

— Vous me rassurez ! »

Elle rit, d'un air équivoque et provocant.

Voici venu le moment des chansons et des gaudrioles. Les convives ont entièrement oublié la présence rectangulaire de M. Delachambre qui ne sourit que pour signifier : Monsieur, vous êtes un imbécile, Monsieur, vous venez de dire une grosse bêtise, Monsieur, vous êtes la honte de la corporation. Les dégourdis se lancent dans le répertoire de Mayol, Dranem, Bach, Mistinguett, Bérard. Les sentimentales exploitent Aristide Bruant, Paulette Darty, René de Buxeuil. Ceux qu'animent des pensées de révolte se donnent le genre Montéhus, en surveillant d'un œil le chef pour voir s'il sourcillera :

... Et vous, dormez en paix, les riches,
Dans vos villas et vos châteaux,
Tant que les gueux auront des miches
Pour y planter leurs grands couteaux !

Ceux qui n'ont pas de voix débitent un monologue de circonstance : *La puce de la mariée, Le curé et sa servante.* M. Tournebize récite un poème d'Hector Casteloux. Tout le monde doit y passer. La foule insiste : une chanson ! une chanson ! pour obliger les récalcitrants à sortir de leur réserve. Je renâcle, mais à la fin il me faut céder, sous peine des plus graves sanctions. Je leur expédie *Le Temps des cerises.* Mon interprétation les met en joie, ils reconnaissent bien les paroles, mais non la mélodie. Par solidarité de canaque, Beyssac vient à mon secours :

« Croyez-moi, chers collègues, mon camarade Vendange a une voix extrêmement juste. Mais il fait exprès de chanter un autre air que celui qu'on a l'habitude d'entendre, voilà tout. »

On nous applaudit, au suivant. Cela continue de la sorte jusque vers cinq heures. A ce moment, sur l'exemple de M. Delachambre, chacun rendosse son sérieux et reprend le chemin de son école, à pied, à bicyclette ou par la voiture à crottin et les guimbardes à essence des commissionnaires. On appelle ainsi les pataches qui arrivent le matin des communes avoisinantes et y retournent le soir. En attendant, elles patientent le long du square ou à la Porte-Neuve, les chevaux ont à la portée des babines l'avoine d'une musette retenue à leurs oreilles. Elles peuvent transporter huit ou dix personnes ; mais leur cargaison principale est faite de colis, de sacs, de rouleaux, de caisses, de cartons, et surtout de paquets enveloppés de toile bise : ils contiennent les couteaux assemblés par les monteurs des campagnes. Les gens des fabriques viennent en prendre livraison et les échangent contre des paquets de pièces détachées, lames, côtes, platines, ressorts, poinçons, tire-bouchons. Ces aller et retour fonctionnent aussi bien que le flux et le reflux des marées. Les seules anicroches proviennent des moteurs qui parfois refusent de partir. Le chauffeur s'escrime et jure sur la manivelle, des clients prennent sa place, on soulève le capot, on pousse l'avance ou on la réduit, on ouvre et ferme les purgeurs, on souffle dedans, ou bien l'on y verse un peu d'eau-de-vie de marc. Et si le mécanisme démarre par ce moyen, le chauffeur consolé s'éponge le front et l'injurie avec cordialité :

« Ah ! grand gourmand ! Grande gourle ! Tu es bien pareil à ton maître ! Tu ne bouges pas sans le coup de l'étrier ! »

Les chevaux, eux, démarrent au claquement de langue, laissant sur la chaussée une jonchée de nourriture pour les petits oiseaux.

Voilà comment Beyssac remonte à Sainte-Agathe, Mlle Cathonet redescend à Courty et Jules Vendange au Faux. Je ne rapporte de ces saturnales pédagogiques que des souvenirs amers : l'impudence de mes voisines, la niaiserie des monologues, l'exagération des rires, l'hypocrisie des flatteurs, la vanité des opposants, le mépris du chef pour les uns et les autres. Sans doute n'ai-je pas choisi le métier qui me convenait. Je serais plus heureux paysan, bûcheron, peut-être même carrier, sans mon aversion pour le fromage et ma jambe de bois.

Heureusement, mes enfants sont gentils, nous nous entendons bien, à une exception près dont je reparlerai. Tout le jour, je me partage donc en trois, je me distribue aux petits, aux moyens et aux territoriaux, lecture à gauche, dessin au centre, problème à droite, et pour tout le bataillon : morale, leçon de choses, histoire, géographie. Les minuscules entendent passer sur leur tête le vol de grands noms comme des aigles d'altitude dont ils distinguent mal les formes : Vercingétorix, Jeanne d'Arc, la Poule-au-Pot, Colbert, Napoléon. Plus que toutes les surprennent ces figures qui s'appellent par un nombre : Premier, Quatre, Seize, Dix-huit, Trois. Nous nous dépatouillons dans les conjugaisons. Malgré les précieux conseils de M. Delachambre, le subjonctif reste notre cauchemar, le participe notre terreur, les noms composés nous donnent des sueurs froides : *des gardes-chasse, des garde-boue ; un perce-oreille, une perce-neige ; un porte-plume, un portefeuille.*

Autre difficulté insurmontable pour moi : le chant. Et pourtant, une classe sans chant serait aussi triste qu'une campagne sans oiseaux. Je songe d'abord à exploiter le répertoire acquis les années précédentes. Seulement voilà : il n'y a aucun acquis, à cause de ma devancière sourdissime. Alors, je puise à pleines mains dans mon traitement mensuel et j'achète un phonographe avec sa manivelle, son immense pavillon en forme de trompe d'Eustache et plusieurs disques de chansons populaires enregistrés par Mlle Arlette d'Oisy, de l'Opéra-comique de Paris. Une fois démontée, cette encombrante machine prend place au rayon inférieur dans le placard qui rassemble également les trente volumes de notre bibliothèque et les pièces de notre musée : timbres-poste, minéraux, herbier, éclats d'obus, balle de lebel, nid d'hirondelle, pattes de poule, plumes d'oie, fer à cheval, peau de serpent recueillie après la mue. Instrument éducatif, le phonographe se révèle aussi instrument de discipline. Si mes mammifères se montrent agités, il suffit que je les menace de les priver de phonographe pour que tombe aussitôt un silence sépulcral. La demi-heure de musique est en principe la dernière de la journée, elle est le bain d'huile de palme où se retrempent nos esprits las. Deux costauds de l'effectif, Chassaigne et Piérounet, se lèvent, vont au placard, apportent et déposent sur ma table le corps et le pavillon, procèdent à l'assemblage. Je me réserve la manivelle, le disque, le bras articulé. La voix minuscule de Mlle d'Oisy entre dans l'aiguille, fait vibrer le diaphragme, suit le tunnel du bras articulé, monte, enfle dans le pavillon, jaillit, éclate enfin comme un soleil sonore dans nos oreilles éblouies. Nous essayons de chanter en même temps qu'elle. Au commencement, c'est plutôt cafouilleux, cela ressemble aux glapissements d'une ménagerie. Ensuite, les choses s'arrangent. Insensible à la hauteur exacte des sons, j'ai du moins le sens du rythme, je bats la mesure, c'est le même principe que pour réciter la table de multiplication. Le rythme est partout dans le monde, tic-tac du réveil, mouvement de mon cœur, retour sans erreur des saisons. Mlle d'Oisy et nous, on finit par s'accorder. Encore un effort, et nous n'avons plus besoin d'elle :

« Et maintenant, chantons sans phonographe ! Y êtes-vous ? On part à trois : un, deux, trois ! »

J'ai l'impression que ce n'est pas si mal.

Pour contraindre mes ouailles à l'obéissance, je dispose aussi d'un autre moyen, tout simplet, mais fort efficace : un jeu de baguettes de coudrier, des courtes, des moyennes, des longues. En cela, je suis l'exemple de mon maître de Vollore-Montagne, M. Chevalérias. Elles sont toujours près du bureau et de ma main. Sans que j'aie besoin de faire un pas, elles me permettent de rappeler à l'ordre, d'un coup sec sur le crâne, la plupart des indisciplinés. Seuls ceux du fond restent hors de mon atteinte. Les élèves ne manquent pas de me ravitailler eux-mêmes en baguettes, non point parce qu'ils ont conscience de la nécessité de lois et de sanctions en tout groupe social, animal ou humain, mais simplement pour me faire plaisir. Ils croient, j'en suis certain, comme je le croyais moi-même à Vollore-Montagne, que j'éprouve un plaisir extrême à leur taper sur la coucourle, chaque profession a ses petits agréments. Celui du métier d'instituteur est d'abord de pouvoir battre les enfants. Alors, ils m'apportent les bâtons indispensables à mon bonheur, de même que de loin en loin une mère m'apporte six œufs ou un panier de pommes.

Celle de Chassaigne vient un jour, justement, dans ces dispositions. Quand elle m'a remis ses œufs et que j'ai protesté, remercié, elle s'écrie toute pleurante :

« Ah ! monsieur l'instituteur, je ne peux rien faire de mon gars ! Ce bougre-là me répond, me fait jurer : si je lui commande quelque chose, je parle au mur. Voyez-vous, je crois que je l'ai un peu gâté quand il était petit, à cause que c'est un pauvre orphelin de guerre. Et maintenant, il a pris de mauvaises habitudes. Alors, je voudrais que vous le corrigiez sérieusement, voilà. »

Chassaigne marche sur ses douze ans, il a le front noueux, l'œil sombre, les poings carrés. Son père a été tué en 1914 et c'est par amitié pour le mort que je charge son fils de transporter le phonographe. L'an dernier, déjà, j'avais remarqué son tempérament querelleur et sournois. Or voici qu'il devient franchement imbuvable : brutal, insolent, peut-être obscène. Il accueille mes observations en redressant la tête d'un air de bravade et marmonne entre ses dents.

« Je pense, dis-je, qu'étant petit il a manqué de coups de pied au derrière.

— Justement. Ça doit pouvoir se rattraper. Faites ce qu'il faut.

— Vous m'y autorisez ?

— Je vous y autorise. Pour son bien, naturellement.

— Naturellement. »

Dès lors, je change de tactique à l'égard de Chassaigne, je ne ferme plus les yeux sur ses gestes déplacés, plus les oreilles sur ses grommellements. Et un jour, ma baguette tombe sur son crâne par surprise. Il se lève avec indignation :

« Vous n'avez pas le droit ! Pas le droit de nous frapper ! Je me plaindrai ! »

Stupeur. Enorme stupeur dans la classe. Tous les autres le considèrent, plus indignés que lui. Non seulement il se permet de *répondre* à l'instituteur, et en quels termes ! Mais encore il prétend le priver du seul plaisir sans doute qui lui reste, avec sa jambe coupée : celui de leur taper dessus ! Et puis, que veut-il dire avec son droit ? Le maître d'école dans sa classe comme le père dans sa maison a tous les droits, puisqu'il est le maître. Voilà ce que pensaient, ce que sentaient les enfants de 1920, les choses ont bien changé depuis. En fait, les miens avaient tort de s'indigner, car Chassaigne ne se révoltait pas, il ne rejetait pas l'autorité légale, il ne la poursuivait pas autour d'une table ovale, il ne la jetait pas dans un bassin rempli de nénuphars. Simplement, il se levait, il protestait à la face du monde contre ce qu'il croyait être une iniquité : il n'était pas Couthon, mais Mirabeau. C'est pourquoi je n'ai pas crié : tais-toi quand je parle, malappris ! Je lui ai expliqué son erreur :

« Tu te trompes, j'ai le droit de te corriger. Ta mère me l'a donné. »

Il se rassoit, rageant plus que confus. Le soir, quand vient l'heure de chant, je désigne un autre que lui pour porter le phonographe. Il ricane et se tape le menton pour me laisser entendre combien il s'en moque. Quand son rival sort du placard, serrant le sacré meuble contre sa poitrine, il allonge le pied avec l'intention de lui faire un croc-en-jambe, ce qui lui vaut un autre coup sur la coucourle. Depuis, nous sommes fâchés.

Après la Toussaint, on m'amène le petit Camille Dubost. Il est pareil à un oisillon tombé du nid, quelqu'un l'a ramassé par terre et me l'a apporté pour que je le garde au chaud sous mon gilet. Cent fois par jour, mes yeux vont vers lui sans autre nécessité que de le voir et de le boire. Il ressemble à Raoul Nadaud, en plus rose, en plus blond, en plus blanc. Il est l'enfant que je n'ai pas, que je n'aurai sans doute jamais et dont je rêve. En son honneur, je m'arrache à mon siège, et je marche dans l'allée, tchonc-tchonc-tchonc, et quand je passe près de lui, je caresse sa tête bouclée, j'effleure de la main sa joue de soie. Afin de tromper la foule et d'empêcher les jalousies, je gratifie de même quelques autres. Je dois maintenant avouer une infamie abominable. Voici donc mon comportement : je ne lui passe rien, je n'excuse aucune distraction, aucun papotage ; mais au lieu de le gronder, de lui faire simplement les gros yeux, j'ordonne :

« Camille, au piquet ! Ici, près de moi ! »

Il se lève tout penaud, rougissant, au bord des larmes, se demandant les raisons d'une aussi révoltante rigueur, et vient se mettre en pénitence où j'ai dit, le nez bas. Alors, je m'offre le plaisir sadique de le consoler, de lui chuchoter dans l'oreille :

« Ne pleure pas, petit nigaud, je ne veux pas te manger ! »

De lui faire sentir que je suis prêt à le défendre contre toute injustice, qu'il peut compter sur moi. Je le caresse encore, comme un petit chat. Une fois ou deux, il m'arrive même de l'embrasser au vu et au su de tout le monde. Aujourd'hui, il me vient bien des regrets, petit Camille que j'appelais *Camomille* par plaisanterie, de t'avoir puni si souvent, à cette époque de ta vie qui n'aurait dû être que fleurs, que miel, que papillons. Comme tu appartenais à la classe 1935, tu es à présent un monsieur aux cheveux gris, probablement retraité des Chemins de fer ou en passe de quitter l'Enregistrement. Tu n'as aucun souvenir de ta tête blonde, et n'en as pas beaucoup plus du boiteux qui t'apprit le b.a.-ba et te mettait au piquet pour une peccadille. Seul Chassaigne ne se laissait point tromper par ma feinte sévérité, chaque fois que mon index t'appelait près de moi, je l'entendais marmonner et ricaner chouchou, sale chouchou.

Les fins de mois m'autorisent à revoir Automne dans son bureau. Maintenant, elle ne reste plus les yeux rivés à ses chiffres ; quand elle entend le bruit de ma béquille, elle lève les yeux, me regarde, me salue d'un clignement des paupières, parfois d'une ombre de sourire. Je continue de lui envoyer des épîtres. De loin en loin elle répond en me donnant d'étranges rendez-vous : *Dimanche prochain, j'entendrai la messe de onze heures à Saint-Genès... Demain (vous ne travaillez pas le jeudi, n'est-ce pas ?) je suivrai les obsèques civiles de M. Limagne, mon voisin de palier, lever du corps à dix heures...* J'assiste à la messe comme elle me le suggère, je l'attends près du bénitier afin de lui offrir de l'eau bénite suivant l'usage de ma montagne, elle ne peut me refuser cela, le bout de mes doigts frôle le bout des siens. Ses cheveux sont dissimulés sous un voile de dentelle. Elle ne peut non plus m'empêcher de m'asseoir à sa gauche, elle regarde le prêtre ou reste abîmée dans ses méditations, elle communie. Moi je la regarde. A l'*Ite missa est*, elle me salue du front et s'éloigne sans m'avoir dit un mot. La foule et ma jambe de bois me freinent, très vite elle a pris de l'avance, en arrivant sur le parvis je ne vois que des dos anonymes. J'assiste aussi à l'enterrement de cet inconnu en me plaçant près d'elle. Tandis que nous marchons, Automne accepte de me parler, mais uniquement du mort, c'était un homme très bon, sa femme ne l'était pas moins, ils gardaient Raoul quand j'avais besoin d'aller seule en ville, ils m'ont beaucoup aidée dans les débuts. Très bien, j'en suis ravi, mais qu'est-ce que je fais, moi, derrière ce corbillard ? Vous n'étiez pas obligé de venir, vous pouvez encore vous échapper quand il vous plaira. Je me tape la marche jusqu'au cimetière des Limandons, un second éloge funèbre par le représentant de la société gymnique la Thiernoise dont M. Limagne était le président actif, ce sportif éminent, ancien champion du Puy-de-Dôme, sélectionné aux championnats de France, les vertus civiques que développent les barres parallèles, la Patrie, le Progrès, l'Avenir. Je me tape les pleurs et les gémissements, les condoléances à sa famille qui ne me remet pas, mais le pauvre défunt avait tant d'amis ! Finalement, nous pouvons sortir et revenir ensemble.

« J'ai reçu des nouvelles de Pierre », me dit-elle tout de go.

Pierre Nadaud, son mari, le teinturier, l'homme-miracle, le disparu. Mon cœur s'arrête, mes jambes aussi. Elle m'observe, juge d'un œil froid l'effet de cette annonce sur ma physionomie. Puis, sans doute satisfaite de mon trouble, elle esquisse un trente-deuxième de sourire :

« ... Enfin pas de lui-même. Du gouvernement, à son sujet. Au terme de la quatrième année de sa disparition – en juillet prochain, donc – j'aurai le droit d'être considérée officiellement comme veuve de guerre et je pourrai présenter une demande de pension. Si, après enquête, elle est agréée, je toucherai quatre ans d'arrérages. Une fortune ! »

Mon sang s'est remis un peu en circulation, nous reprenons notre marche.

« Pourquoi me dites-vous cela ?

— Pour vous informer, simplement.

— Ainsi, dans quelques mois, vous serez une veuve reconnue par la loi. Vous pourrez vous remarier ?

— Sans doute. Mais pas une veuve reconnue par moi-même, cela ne changera rien à mon attitude.

— Jusqu'à cent ans ?

— Peut-être.

— Alors vous ne devez pas présenter la demande en question. C'est de la duplicité. Une sorte d'escroquerie.

— Je vais réfléchir. »

Ces rencontres occasionnelles ruinent ma santé. Une fois rentré à Bidon 5, je cherche du réconfort dans le vin violet que me vendent les vignerons des alentours. Ou dans le rhum Negrita, j'ai choisi cette marque à cause de la négresse sur l'étiquette. Mes nuits sont pleines de fantômes. En pleurant, je prie la Bonne Vierge de me rendre la paix, d'animer Automne de sentiments plus humains à mon égard, ou d'extirper de mon cœur, de ma mémoire l'image de l'infernale Martiniquaise. J'appelle à la rescousse les disparus qui m'ont été chers, qui sont désormais à l'abri des intempéries et des passions et n'ont rien d'autre à faire qu'à protéger les pauvres vivants. Luco et mes camarades perdus. Ma grand-mère Marie-Louise, mes oncles Vendange, ma tante Rigaudie, ma petite sœur Jeannette, morte à trois ans d'un cours de ventre. Les maladies d'alors n'avaient pas la complication des présentes. On disait : « Elle a été emportée par une colique, un cours de ventre, une douleur, un crachement de sang. » C'étaient des maladies analphabètes qui ne savaient pas seulement dire leur nom. Dans mes divagations d'ivrogne, il m'arrive même, une nuit, de prier et supplier la jambe que j'ai perdue au Chemin des Dames, enterrée quelque part dans l'ancien jardin public de Craonne, sous la falaise de craie, et dont l'âme est sans nul doute à présent au Paradis, vu son innocence et le martyre qu'elle a souffert ici-bas. Je lui demande son intercession, pauvrette, tu ne peux sans doute rien faire par toi-même, mais va-t'en trouver Qui-de-Droit, essaie de me pistonner un peu, tchouf-tchouf, et implore ma délivrance.

En novembre, j'adresse à M. l'inspecteur d'académie une demande rédigée de ma plus belle main, *J'ai l'honneur de solliciter de votre haute bienveillance l'autorisation de subir les épreuves écrites et pratiques du certificat d'aptitude pédagogique*... Le CAP est indispensable à ma titularisation. En principe, c'est un examen auquel on n'échoue pas, on s'en tire seulement avec des notes plus ou moins brillantes. Le jury est composé de l'inspecteur de l'Enseignement primaire sous les ordres de qui j'exerce habituellement mes fonctions et de deux pédagogues expérimentés dont, habituellement, un directeur d'école. Il se trouve qu'en l'occurrence celui-ci sera M. Maurière qui m'enseigna jadis à faire des expériences sans appareils et à me moucher sans souffler. Les stagiaires munis du béhesse étant exemptés de l'écrit, seuls une douzaine de candidats, dont quatre ou cinq canaques, se trouvent réunis le 8 décembre dans une salle de la mairie de Thiers qui prend jour sur la rue des Barres. Sous la surveillance de deux titulaires, nous devons commenter ce passage de la célèbre lettre de Jules Ferry aux instituteurs : *Ce qui importe, ce n'est pas l'action du livre, c'est la vôtre. Il ne faudrait pas que le livre vînt en quelque sorte s'interposer entre vos élèves et vous, refroidir votre parole, en émousser l'impression sur l'âme de vos élèves, vous réduire au simple rôle de répétiteur. Le livre est fait pour vous et non vous pour le livre. Il est votre conseiller et votre guide, mais c'est vous qui devez rester le guide et le conseiller par excellence de vos élèves.* Dites comment vous tiendrez compte... illustrez... les diverses disciplines... formation livresque et formation humaine...

Au Café de Bordeaux, nous nous sommes, Beyssac et moi, mis en garde mutuellement : attention, tu ne seras pas corrigé par le Khâgne, mais par des praticiens, ne cherche pas le brillant (pour le profit que tu en as tiré !), mais le raisonnable, tiré de ton expérience quotidienne. Donc, pas de Bergson, pas de Fénelon : des faits, des faits, des faits. Pendant que nous composons, les deux surveillants bavardent, nous adressent des encouragements : alors ça va ? le moral est bon ? le sujet vous inspire ? prenez garde à l'orthographe, surtout ! A la fin des trois heures, nous remettons nos feuilles et regagnons nos résidences. Quelques jours après, une lettre m'informe que je suis admissible aux épreuves pratiques et orales, elles se dérouleront au Faux tel jour de huit à onze heures, une leçon de chant et une leçon de gymnastique sont en principe obligatoires, mais vu mon amputation pour faits de guerre, je serai dispensé de la seconde. La veille, je préviens mes élèves que le lendemain nous recevrons des visiteurs importants. Tout de suite, ils croient deviner : l'inspecteur ? Pas un, trois ! Trois inspecteurs ? En même temps ? Pour nous seuls ? Comme je vous le dis. Vouaaaah ! Sur les cahiers des petits je dessine avec soin et en rouge les modèles d'écriture. Je passe une nuit plus mauvaise encore qu'à l'accoutumée. Avant le jour, je suis debout. Je balaye, j'époussette, je descends trois chaises de l'appartement, je me rase de près, je prends ma chemise à faux col, j'ajuste ma cravate à système.

A l'heure convenue, le jury arrive dans le tilbury inspectoral, à roues caoutchoutées et silencieuses, spécialement équipé pour surprendre la clientèle. Mes mammifères aussi ont soigné leur mise : ils arborent des tabliers neufs, des cols blancs, des raies au milieu. Seul Chassaigne a ostensiblement gardé son tablier sale, ses chaussettes sur les chevilles.

Morale : l'économie, vertu éminemment auvergnate, histoire du jeune Laffitte qui, pour avoir ramassé dans la rue une épingle, devint baron et banquier, c'est-à-dire très riche et très important. Je suppose qu'à la suite de cette lecture mes grimauds aspireront tous à devenir importants et riches, ils ne manqueront pas de se lancer à la chasse aux épingles, il faut tout de même que je les mette en garde. Résumé : *Ne gaspillons rien, les petits sous font les gros francs, mais n'espérons pas tous devenir banquiers et barons, sinon qui ferait pousser les pommes de terre ?*

A partir de là, je me découpe en tranches, comme le melon. A gauche, *dessin*. Au milieu et à droite, *dictée* commune qui se prolonge pour les territoriaux du cours supérieur. *Questions* : deux pour les moyens, quatre pour les grands. Retour à gauche : *lecture*, ta, te, ti, to, tu, tata, toto, tartine. *Ecriture* : toto a tâté la tomate. Retour au centre tandis que la droite repasse sa leçon d'histoire. *Calcul* : le périmètre. On mesure le périmètre de la table, de la porte, d'une table, de la classe tout entière. Vous, occupez-vous de votre écriture !!! Et vous de votre histoire !!! Excusez-nous, monsieur l'inspecteur, laissez passer le périmètre s'il vous plaît. On additionne les quatre côtés, conclusion... Maintenant, je dessine la classe au tableau noir, deux longueurs, deux largeurs, additionnons... Dessinez à votre tour sur votre cahier... Passons à l'*histoire :* qui voyez-vous sur cette pièce de deux sous ? Qui était Napoléon ? Pourquoi s'appelait-il Trois ?... Vous, n'écoutez pas, dessinez votre périmètre !!! Et toi, Camille, ne suce pas ton crayon. Manaranche, tiens-toi droit, sinon tu deviendras bossu. Donc, ce Napoléon III...

J'ai l'impression d'être un mousquetaire, Porthos, Athos ou Aramis, seul contre plusieurs ennemis, harcelé de tous côtés, par-devant, par-derrière, je fais front, je feinte, je me fends, je recule. La récréation me donne dix minutes de répit, pendant lesquels mes juges examinent mes cahiers, cahier du jour, cahier du soir, cahier de compositions, cahier mensuel, cahier de roulement. Et l'on repart.

Leçon de choses. J'ai choisi un objet insolite : la main. Chacun examine la sienne, à l'œil nu. Un univers ! Le dos, les veines, les nerfs, les doigts, phalange, phalangine, phalangette, les poils, les ongles, le pouce opposable aux autres doigts. On compare avec les doigts de pied. Camille Dubost, viens ici, monte sur la table, quitte ta chaussette. Rires du public. Sourires du tribunal. Retourne à ta place, voici un bon point. Dessinez le contour de votre main sur votre cahier du jour…

Dix heures trente : *chant* obligatoire. Sortez votre cahier de chants. On copie d'abord tous ensemble le premier couplet de *Il était une bergère*. J'explique que le ron-ron-petit-patapon n'a aucun sens, qu'il n'est mis là que pour faire joli, comme des fleurs sur un meuble.

« Et maintenant, Thuel, apporte la boîte, Martinet le pavillon ! »

La sensation parmi les jurés est énorme. Principalement à l'apparition de l'entonnoir que Martinet transporte l'embouchure en bas, comme une corne d'abondance. On installe cette machinerie au milieu de la table, on visse, je tourne la manivelle, place le disque sur le plateau et Mlle d'Oisy, de l'Opéra-comique de Paris, nous détaille la triste aventure du chaton et du fromage. Quand elle a chanté les huit couplets, nous reprenons le premier avec elle. Encore une fois. Parfait. Et maintenant, sans le phonographe ! Un, deux, trois ! Nous verrons les autres vendredi prochain. Rangez vos affaires en silence. Ils sortent, moins ceux qui ne retournent pas chez eux à midi, dont la gamelle chauffe sur le poêle et qui ont droit à une demi-heure de récréation. Le tribunal en profite pour m'interroger, me complimenter, m'abreuver néanmoins de conseils et d'observations, m'attribuer enfin la note de 14. Ce qui, combiné à l'écrit, me donne une moyenne de 13 sur 20.

« C’est un beau résultat, félicitations ! » conclut l’inspecteur rectangulaire en me serrant la main.

Les deux titulaires l’imitent en souriant. Je les accompagne avec reconnaissance jusqu’au tilbury. Me voici donc, sans gloire ni déshonneur, engagé dans la voie royale. Dès le 1er janvier suivant, je serai promu instituteur titulaire de huitième classe.

Cela n’apaise point les élancements de mon cancer.

Automne

Un dimanche, Automne accepte de venir jusqu'au Faux « en promenade », accompagnée de Raoul. Elle me sourit, me tend sa main gantée. J'ai mis en ordre mon logement, je lui montre les splendeurs : la cuisine et son évier, la chambre et son lit de fer, le salon-salle à manger, sa table, son buffet, ses six chaises de paille. Je les promène dans le potager, que je ne cultive pas, mais dont je récolte les fruits, mirabelles, cerises, groseilles, il y a de quoi faire de la confiture. J'aimerais cueillir les violettes, ma jambe de bois me l'interdit, je charge Raoul de se baisser à ma place. Vous les emporterez en souvenir de ce jardin abandonné. Puis j'introduis les visiteurs dans mon sanctuaire : la classe. Raoul admire les dessins exposés, les cartes de Vidal de la Blache :

« Qu'est-ce que c'est ?

— La France.

— La France ? Qu'est-ce que c'est, la France ? »

Je le lui explique *grosso modo*. Nous palpons chaque pièce du musée, il pousse des cris de joie, il applaudit aux surprises, le phonographe l'enthousiasme :

« Oh ! maman ! C'est ici que je veux venir à l'école !

— Vous voyez bien ! » dis-je, ravi de ce secours inattendu.

Elle répond sèchement qu'on a le temps d'en reparler, qu'il n'a pas encore l'âge de la grande école, qu'il en existe à Thiers de plus proches de leur maison. De temps en temps, elle porte le bouquet à son nez. Je deviens audacieux :

« Qu'y sentez-vous ?

— Le parfum des violettes, pardi !

— Seulement ?

— Que voulez-vous que j'y sente d'autre ? »

Je secoue la tête avec tristesse. Faut-il dire que j'ai caché dedans mon... tagada-tsouin-tsouin ? Mais non, elle ne veut pas le remarquer, même s'il embaume aussi fort que tous les cèdres du Liban. Lorsque vient le moment du goûter, je leur offre des raretés qui m'ont coûté les yeux de la tête à l'épicerie de la rue du Bourg : des bananes sèches, des pamplemousses et surtout un ananas que je sors pompeusement, à la dernière minute, avec son plumet de mamamouchi. Quoique fils d'octavonne, Raoul n'a jamais vu d'ananas, il ne le trouve d'ailleurs pas à son goût, il me demande si j'ai du chocolat, heureusement j'en ai une tablette. Automne le gronde :

« Il faut toujours aimer ce qu'on t'offre.

— Laissez, dis-je, c'est un enfant, il n'a pas appris à déguiser. »

Elle apprécie les fruits de son île et m'en complimente. Mais tout cela sur le ton de la plus fade mondanité. Elle m'autorise à les raccompagner un bout de chemin. La lenteur de mon pas la gêne. Sans doute ne sommes-nous pas faits pour marcher ensemble. Nous allons ainsi jusqu'aux Catharins, clopin-clopant, là elle me demande de la quitter. Au moment où elle veut me tendre la main encore, elle laisse tomber un de ses gants. Par un effort de flexion inouï, je le ramasse, je le porte à mes lèvres. Elle me le reprend d'un geste rageur :

« Il n'y a donc pas moyen que nous soyons amis ? Simplement amis ? »

Je fais semblant de ne pas entendre, moi je sais déguiser. Je les regarde partir en agitant la main. Quand elle a pris un peu d'avance, elle se retourne et crie :

« Merci pour l'ananas ! »

A partir de cette époque, mon intempérance s'accentue. J'ai fait la connaissance de Gauthier, un jardinier qui habite le village voisin de Lamirand. Il m'a ramassé un jour que je finissais mon voyage à pied, pour motif de crevaison, en tenant mon vélo par l'oreille :

« Alors, monsieur Vendange, vous avez donc crevé ? »

A une lieue à la ronde, tout le monde connaît ma prothèse. Gauthier et moi ne faisons pas le même métier, ne pratiquons ni la même religion ni la même politique, mais nous nous sommes découvert un lien de première importance : nous avons l'un et l'autre fréquenté le Chemin des Dames. Il m'invite chez lui, me présente à sa mère, à sa sœur, aux voisins. Ceux-ci paraissent flattés de serrer la main d'un maître d'école. Pas fier, et bien à plaindre à cause de sa patte folle. Ils m'entraînent dans leur cave, me font goûter du vin de leurs tonneaux, me demandent mon avis. Vous qui êtes un fin connaisseur, disent-ils. En fait, je ne le suis pas plus que quiconque, mais leur ambition visible est de m'enivrer. Un instituteur saoul, un curé saoul, un médecin saoul ne sont plus ni médecin, ni curé, ni instituteur, mais trois hommes saouls, de la viande saoule, pareille à la leur quand ils ont chargé, comme ils disent, « à en faire péter l'essieu ». Par ce moyen, ils suppriment les distances et l'injustice sociales. Ne pouvant s'élever, ils rêvent de m'abaisser.

Pour ne pas les désobliger, je les suis dans cette voie, mais jusqu'à une certaine limite. Je garde toujours assez d'équilibre pour rentrer à Bidon 5 sans accompagnement.

Je profite alors de la nuit et des espaces solitaires que je traverse pour crier à la face du ciel, seul à m'entendre, le bien que je pense des femmes en général, des négresses en particulier, et tout spécialement de la dénommée Automne, native de la Martinique. Ces épanchements me procurent une telle consolation qu'il arrive à ma complainte de finir sur l'air de Mayol :

A la Martinique, Martinique, Martinique,
C'est ça qu'est chic ! C'est ça qu'est chic !...

Quand je reste enfermé dans mes appartements, j'ai moins de retenue. Je me réveille alors au petit matin en des endroits qui chaque fois me sont une surprise : sur mon lit, sur le parquet, affaissé sur le bureau de ma classe. La fraîcheur de l'aube, un peu d'eau froide, un bol de café me rendent ma lucidité. Je me rase, je prépare le scénario de mon travail, je trace mes modèles d'écriture d'une main dont je domine les tremblements. A huit heures moins le quart, lorsque je mets en branle ma cloche, je me sens dispos comme un merle.

Si j'en crois ses confidences, Beyssac mène au sommet de sa montagne parmi les bois et les pâturages une existence comparable à la mienne. Au temps du bleu horizon, la République française nous a trop longtemps abreuvés de pinard, trop longtemps réconfortés d'eau-de-vie pour que nous oubliions le pouvoir de ces médicaments contre les maux du corps et de l'âme. Une seule différence entre lui et moi : il rassemble ses ouailles à l'olifant :

« Tu comprends, la chaîne s'est cassée trois fois de suite. J'en ai eu marre. Alors, j'ai employé la trompette de chasseur, comme M. Seguin. Ça donne d'excellents résultats. Le son porte très loin. Dès que je souffle, je vois la gaminaille dévaler les pentes, tu dirais des rats. Il m'en vient même que je n'ai jamais vus. »

Au début de juillet, tous les Français entre sept et quatre-vingt-dix-sept ans se mettent soudain à sucrer les fraises, à voir passer des mouches volantes, à claquer des dents et des genoux : ils attendent le résultat du combat de boxe Carpentier-Dempsey au Madison Square qui n'est pas un jardin public, comme le square des Grammonts, mais une sorte de grand marché couvert new-yorkais. Un affrontement disproportionné, David contre Goliath, vu que Dempsey a la tête de plus que notre champion et pèse quasiment le double. Personne chez nous cependant ne doute de la victoire du svelte et élégant Georges sur la brute épaisse américaine. Les Parisiens attendaient la fusée rouge, et ils voient jaillir une bleue. A moins que ce ne soit l'inverse. Ce qu'il y a de clair, c'est que Carpentier a été battu à la quatrième reprise. Deuil national. Des femmes se suicident au gaz. Des feuilles imprimées circulent dans le pays, on y voit la silhouette des deux boxeurs, le buste recouvert de petits cercles pareils à des ventouses. Chaque cercle porte un numéro et représente un coup reçu. Dans la cour de mon école, sous l'arbitrage de Martinet, Chassaigne et Thuel jouent le rôle de deux pugilistes et font mine, au ralenti, de s'appliquer les marrons numérotés. A la quatrième reprise, Thuel-Dempsey s'effondre, Martinet compte jusqu'à dix : Quenocoute ! Carpentier vainqueur !

Personnellement, je ne suis pas un amateur du *nobeularte*, la boxe m'excite peu, je me vois mal sur un ring dans l'état où je me trouve réduit. Le soir du 4 juillet, je célèbre l'anniversaire de mon amputation, le rite est devenu traditionnel. J'y invite aussi le camarade Gauthier, de Lamirand, et son cheval qui nous ramènera, Beyssac couchera chez le tonton charbonnier. Lorsqu'il entre dans l'Aigle d'Or avec sa casquette et sa veste de velours à côtes, Gauthier subit le choc des glaces parallèles. Il s'y voit répété à l'infini, investi par une armée de Gauthier en veste de velours. Et tous lèvent le bras quand il le lève, se grattent le nez quand il se le gratte. Il se frotte les yeux, saisi de berlue. Mais nous rions, il se rassure, il rit aussi, dès lors la soirée se déroule dans la plus parfaite allégresse. Bien qu'il préfère le vin de Lamirand, Gauthier veut bien reconnaître quelque vertu à ceux qu'on nous sert et il leur fait honneur. Quand nous nous levons, un peu avant minuit, nous nous sentons les oreilles brûlantes.

« Camarades, dit Beyssac, nous avons bien fêté ce 4 juillet, nous en remercions le camarade Jules Vendange, du 121e. Mais nous avons complètement oublié les autres.

— Quels autres ?

— Nos autres camarades. Ceux, par exemple, qui sont inscrits sur le monument aux morts. Je vous propose, camarades, que nous allions les saluer pour leur montrer qu'on ne les oublie point.

— Pas d'objection. »

Dans le square des Grammonts, en effet, au pied de la muraille de soutènement, les maçons ont dressé un émouvant groupe de pierre blanche. Deux figures debout et embrassées : un bel Arverne, en braies, en casque, en sayon, soutient avec dignité un poilu dont la tête s'abandonne sur son épaule fraternelle. Depuis des mois, les sculpteurs ajustent et fignolent les blocs. On doit inaugurer la chose au prochain 11 novembre, en présence de toutes les autorités civiles, militaires, religieuses, laïques et coutelières. De chaque côté et au-dessous, des plaques de marbre portent en creux 554 noms dorés. Malheureusement, quand nous nous avançons dans le jardin, bras dessus, bras dessous pour nous protéger réciproquement des chausse-trapes, ce soir du 4 juillet 1921, à la seule lueur des lointains becs de gaz, les listes sont totalement illisibles. On ne va pas saluer des anonymes !

« Attendez ! fait Gauthier. J'ai mon briquet. »

Il s'accroupit au pied de chaque table et déchiffre non sans peine et en remontant, à l'inverse de l'alphabet, les noms glorieux. Beyssac et moi, appuyés l'un à l'autre comme le Gaulois et le fantassin dans un garde-à-vous approximatif, saluons chacune d'une exclamation répétée :

« Boudai Auguste.

— Mort pour la France !

— Boisson, ou Bosson Jean.

— Mort pour la France !

— Barnéras, ou Barnérias, je peux pas lire.

— Ça ne fait rien. Mort pour la France !

— Avignat Antoine.

— Mort pour la France… »

Gauthier continue de la sorte en pratiquant l'élongation et la circumduction du tronc ; mais malgré ses efforts, il n'arrive pas à lire les noms du haut. Peu à peu, la flamme du briquet s'étiole, elle finit par s'éteindre faute de carburant. L'appel des morts se trouve ainsi interrompu, nous le reprendrons l'année prochaine, on apportera un flacon d'essence. Nous retournons à l'hôtel où le canasson et son picotin, l'un mangeant l'autre, nous attendent dans la remise. Nous les poussons dans les brancards, et fouette cocher ! Au passage, le camarade Beyssac est déchargé en haut de la rue Conchette, il n'a plus qu'à se laisser glisser jusqu'au dépôt de Grosménil, tata charbonnière l'y attend avec patience en surveillant le *millar* aux cerises qu'en son honneur elle a mis à cuire dans le four. Le brave cheval nous ramène aux Faux et à Lamirand, il connaît le chemin.

Dans les délais prescrits par les règlements et en suivant la voie hiérarchique, j'avais présenté une demande en bonne et due forme afin d'être muté dans une école à plusieurs classes, Puy-Guillaume, Courpière, Lezoux, Maringues, Châteldon, où je n'aurais qu'un cours à enseigner au lieu de quatre. C'était aussi une héroïque tentative pour m'arracher au voisinage d'Automne puisque je n'avais pas inclus Thiers dans ma liste. La presse départementale publia au mois d'août le tableau des « Mouvements dans l'enseignement primaire » : je n'y figurais point. Il ne me restait plus qu'à retourner à Bidon 5, poste de débutant qui convenait bien à un pédagogue certifié, mais dépourvu de béhesse.

Lors de la conférence d'octobre, Beyssac m'apprit qu'il avait enfin trouvé l'âme sœur, elle logeait chez le plus riche fermier de la commune de Sainte-Agathe, possédait trente vaches, dix cochons et cent hectares de terres et bois. Il devrait dorénavant surveiller sa conduite et employer ses loisirs différemment, le futur beau-père, qui manquait de main-d'œuvre, ayant des idées précises là-dessus.

Ces chagrins successifs me poussèrent à boire davantage encore. La soif me prenait à tout moment, même aux heures de classe, si bien que j'installai un nécessaire dans le placard du fond. Au début, je prenais la peine de m'y rendre. Mais à cause des douleurs qui en naissaient dans mon pied gauche, je me mis à commander aux deux qui me servaient habituellement de commissionnaires : « Thuel, apporte-moi la bouteille. Martinet, apporte-moi le verre. »

C'était quand même moins lourd que le phonographe. Martinet posait le verre sur mon bureau, Thuel le remplissait jusqu'à mon signal d'arrêter, je buvais le vin, je me suçais les babines, ils allaient reposer les objets dans leur remise. Chassaigne et un ou deux autres qu'il avait contaminés de son mauvais esprit ricanaient de ces manœuvres, mais aux yeux de la majorité, seul maître dans ma classe après Dieu, j'avais bien le droit de m'abreuver en cas de soif urgente. Je n'abusais point d'ailleurs de cette faculté et ne recourais à mes porteurs jamais plus d'une fois par demi-journée. Ils y trouvaient leur compte, je les récompensais avec des bons points de carton, contre dix on gagnait une image, cela leur inculquait le goût de l'épargne.

A ce régime-là, je savais qu'il m'arriverait des malheurs, qu'à l'âge de vingt-quatre ans je suivais la plus désastreuse des routes. Une main secourable aurait suffi à me tirer de là, et je ne trouvais partout que trahison et dédain. Sur la terre comme au ciel. Là-haut, personne ne se dérangeait en ma faveur, ni la Bonne Vierge, ni ma grand-mère, ni mes oncles et tantes, ni ma petite sœur, ni Jeanne Gaillard, ni l'âme de ma jambe défunte. En bas, certaines filles me manifestaient bien quelque intérêt, le mari était rare sur le marché, mais c'est à mon traitement et à ma pension militaire qu'allaient leurs sourires, j'en étais convaincu. Même Gauthier essayait de me bazarder sa sœur Philomène, une bonne grosse à qui il manquait des dents et qui renversait quelque chose chaque fois que je paraissais dans la maison : tantôt le sel, tantôt une chaise, tantôt une casserole d'eau. Un vrai danger public. On me faisait admirer ses ouvrages de couture, ses broderies, les cagettes à fleurs qu'elle avait construites de ses mains. « Celui qui l'épousera ne fera pas une mauvaise affaire ! » disait le jardinier en clignant de l'œil. Mais justement, j'avais le romantisme de ne pas concevoir le mariage comme une affaire. J'étais pourtant bien reçu chez ces gens, je trouvais ma chaise au coin du feu, nous mangions ensemble des châtaignes en buvant du vin nouveau, la chienne qui m'avait pris en amitié sincère se couchait près de moi et posait la tête sur mon soulier. Néanmoins, trop de regards m'enveloppaient, si la lumière s'était tout à coup éteinte, je suis sûr que je les aurais vus luire dans l'ombre comme ceux des loups. Un jour, la mère me posa carrément la question :

« Est-ce que vous n'avez pas l'intention de vous marier, monsieur Vendange ? Vous êtes bien en âge. Et je pense que votre mère en serait contente.

— Oh ! que si ! Je me marierai sûrement un jour. Quand j'aurai trouvé une femme qui voudra de moi et de mon infirmité.

— Je suis sûre qu'il y en a plus d'une qui voudrait de vous. Et que vous n'auriez pas à chercher bien loin !

— Il faudra aussi que je veuille d'elle, naturellement. »

Ça y est, me dis-je, la prochaine fois que je remets les pieds dans cette maison, elle me lance sa fille à la figure. Aussi évitai-je de revenir durant plusieurs semaines. Il y eut ensuite les vacances de Noël et du Jour de l'An, je reçus d'Automne une carte de vœux où elle me souhaitait « la réalisation de mes plus chers désirs » ! C'était un peu fort de lire des choses pareilles ! Le Faux disparut sous une de ces neiges profondes et durables, comme elles avaient cours en ce temps-là, je ne sortais pas de mon ermitage, j'avais du bois, du charbon, des allumettes, des pommes de terre, un tonneau de vin, je pouvais y attendre le printemps avec sérénité. Les élèves se raréfiaient. Seuls venaient encore quelques garçons intrépides : les plus longues jambes, qui osaient braver les congères. En tout, quatre ou cinq grimauds, au lieu de la trentaine habituelle. L'emploi du temps se trouvait entièrement désorganisé. Je descendais des chaises, comme le jour du CAP, nous nous serrions autour du poêle, je leur lisais des fables et des contes, nous nous posions des devinettes. Puis, la neige fondit un peu. Puis arriva la première hirondelle : le *Planteur de Caïffa*, avec sa trompette, sa brouette à couvercle, sa cargaison d'épices, de sucre, de chocolat, de confitures, de conserves. Les autres ne tardèrent point, un couple avait nidifié sous la toiture de l'école, nous observions ses faits et gestes et les notions sur le « cahier de roulement » : celui qu'un élève nouveau tenait chaque semaine. Il m'arriva de rencontrer Gauthier au-dessus de sa charrette pleine de salades et de céleris, il fit claquer son fouet et me dépassa en feignant de ne pas reconnaître ma jambe de bois. Dès lors, malgré nos souvenirs de Craonne, nous fûmes brouillés. A tout prendre, j'aimais mieux boire seul un vin sans arrière-goût ni traîtrise, payé de ma solde, que d'avaler le *pouzin* gratuit mais perfide qu'on me tendait à Lamirand. Déjà, dans ce village d'ivrognes, les hommes m'appelaient Jules tout court, me tutoyaient, me tapaient sur l'épaule, leur fréquentation risquait non seulement de me faire perdre toute dignité, mais de déshonorer en moi et à jamais l'auguste fonction enseignante.

L'attitude d'Automne restait cependant toujours aussi déroutante à mon égard. Il m'arriva de lui envoyer un poème qu'elle m'avait inspiré, en l'adressant ostensiblement à *Madame veuve A. Nadaud, 30, rue de Barante*... Elle me le retourna accompagné d'un billet furibond, elle n'était pas veuve, je prenais mes désirs pour des réalités, elle ne m'encourageait pas à poursuivre cette correspondance et ces rencontres stériles, elle n'avait besoin de personne pour gagner son pain, elle annulait la rencontre qu'elle avait acceptée pour le dimanche suivant. Alors, je la suppliai de n'en rien faire, je demandai pardon, je la priai seulement de lire mon poème, et puis de le jeter au feu. Elle en accusa réception, m'assura qu'elle avait pris un vif plaisir à sa lecture, promit de me rencontrer puisque je me montrais raisonnable, m'assura que si elle devait se remarier un jour c'est moi qu'elle épouserait. Les mots *teinture, teinturier, teinturerie* me donnaient des éblouissements, en ville je faisais de longs détours pour éviter de passer devant ce genre de commerce. Ses lettres m'infligeaient la torture la plus inhumaine, me plongeant successivement dans le bain tiède de l'espérance et dans la glace du désespoir. Ainsi, dit-on, les Esquimaux préparent-ils la viande de caribou, avant de la manger crue ou assaisonnée d'huile rance. Elle me traitait comme la viande de caribou. A cause de ce tourment qui sans cesse, de jour comme de nuit, me tenaillait le cœur, j'en venais à regarder avec envie les pauvres diables que je rencontrais dans la rue : les mendiants à la porte de Saint-Genès, les *sidis* en guenilles, les aveugles, les goitreux, les culs-de-jatte, je me disais qu'ils pensaient au froid, à la faim, à un travail, à une infirmité, à un mal avouable, concret, et presque toujours susceptible de guérison ou de soulagement, tandis que moi, en apparence sain de corps et d'esprit, muni d'un honnête gagne-pain, je souffrais d'un mal invisible, ridicule, avilissant.

Un certain jour du mois de mai 1922, ayant lu et relu plusieurs de ces désastreuses missives, je me consumais ainsi dans le marasme, n'ayant pas même le recours de ma classe pour m'en arracher puisqu'il s'agissait d'un jeudi. Je méditai diverses formes de suicide, les termes du billet d'adieu que je déposerais sur ma table de cuisine, les obsèques qui suivraient, les larmes que l'octavonne verserait enfin sur mon tombeau. Automne ! Cruelle Automne ! Par bonheur, il faisait un soleil merveilleux qui donnait soif, mais non point l'envie de mourir. Ce jour-là, je n'absorbai aucune autre nourriture que mon chagrin et un vin noir. Pour plus de commodité, je m'étais étendu sur une chaise longue héritée de ma devancière, à l'ombre du préau, à mes pieds, dans la poussière, deux moineaux se passaient une frottée pour quelque rivalité mystérieuse. Mes paupières s'alourdirent, je m'enlisai dans un sommeil épais. Afin d'être plus à mon aise et de soulager le moignon, j'avais déboutonné les bretelles de ma tulipe. Je dormis longtemps et sans rêve. Lorsque je rouvris les yeux, je fus très surpris de me trouver en ce lieu, sous une charpente que d'abord je ne reconnus pas, tourné vers le soleil couchant. Près de moi, gisaient deux flacons vides. Je me sentais la langue sèche et dure comme une pierre ponce, le crâne douloureux. Machinalement, je me passai une main sur les joues, qui crissèrent d'une barbe de trois jours. Tu vas te lever, tu iras te raser, te débarbouiller, ça te remettra d'aplomb. Quand je veux poser les pieds par terre, m'arrive la surprise de ma vie : ma prothèse n'est plus dans le pantalon. Sans doute a-t-elle glissé au cours de mon sommeil. A trois pattes, je cherche autour de moi et sous le fauteuil. Mon étonnement se mue soudain en horreur : je n'ai plus mon pilon ! ma bonne patte d'excellent châtaignier ! ma chère tulipe si bien faite à mes mesures ! Pour la seconde fois de ma vie, il m'arrive de perdre une jambe, quelle est cette malédiction ? Et comment a-t-elle pu disparaître de la sorte, sans laisser d'autre trace que mes sangles déboutonnées ? Qui a osé me jouer cette farce ignominieuse ? Se moque-t-on d'un pauvre infirme comme moi, d'un invalide de guerre, de quelqu'un qui a donné dix livres de chair à la Patrie ? Quel est l'enfant de salaud et de putain qui m'a volé ma jambe de bois ? A cloche-pied, me soutenant d'un manche de bêche, trébuchant, m'écroulant, me relevant comme je peux, je me mets à sa recherche. Le pantalon vide ballotte de-ci, de-là. Mon Dieu ! Si mes élèves me voyaient ! Après tout, pourquoi le coupable ne serait-il pas tel ou tel d'entre eux ? Chassaigne, par exemple, qui va nous quitter dans trois mois et veut emporter ce souvenir d'un instituteur qu'il exècre à cause de ses pleins pouvoirs. Tout seul ou avec l'aide de complices. Je les vois très bien passer par hasard devant l'école, lorgner à travers la grille, m'apercevoir dans le fauteuil où je dors recru de solitude et d'abêtissement, près de mes bouteilles vides.

« Une idée, les gars ! On va rigoler un bon coup ! »

Ils entrent sur la pointe des pieds, s'avancent vers moi, constatent que je leur ai mâché la besogne, qu'ils n'ont guère qu'à tirer sur le pilon avec délicatesse. Ils l'emportent en étouffant leurs rires. Qu'en font-ils ? A partir de là, mon imagination se tarit.

Ou bien le voleur est un adulte. Un des soiffards de Lamirand qui cherchent, par jalousie, à déshonorer le maître d'école. Ils emportent ma jambe comme un trophée, elle circule de cave en cave, ils boivent dedans, elle arrive chez les Gauthier, Philomène la reconnaît et casse un bol. Ils finiront par me la rapporter dans un jour ou deux, au pire dans une semaine, quand elle n'amusera plus personne.

En attendant, je continue à cloche-pied mes investigations. Ayant fouillé chaque recoin de la cour, du jardin, de la classe, du couloir, je décroche mon vélo monopédale et me prépare à visiter les alentours. Où tourner ? Où ne pas tourner ? Je sillonne chemins et sentiers, ruminant ma colère, n'osant adresser la parole à qui que ce soit. Je m'arrête seulement pour reprendre mon souffle. Encore une heure de jour, et la nuit tombera, arrêtera mes efforts, consacrera ma honte, demain, je devrai affronter mes enfants avec une seule jambe, leur avouer :

« Quelqu'un a volé ma jambe de bois pendant que je dormais. Si c'est l'un d'entre vous, je le prie de me la rendre et lui promets de ne pas le punir. Si c'est une grande personne que vous connaissez, je compte sur vous, je n'ai que vous sur qui compter, pour qu'elle me soit rendue, contre récompense. Dix pour cent de sa valeur. »

On en profitera pour faire des problèmes sur les pourcentages.

C'est fait : la nuit tombe. En arrivant au carrefour dit La Croix du Branle, je jette les yeux vers la croix rustique, rafistolée par des cercles et des crochets. Une infirme de mon espèce. D'abord, je n'en crois pas mes yeux, j'avance la main, je touche, je palpe : ma tulipe est liée par une corde à la croisée des fûts, là où devrait se trouver le Christ s'il y en avait un. Tremblant de la tête aux pieds, je la délie, c'est bien elle, je l'enfile, je la fixe à mes sangles. Je rentre à Bidon 5 réhabilité. Et songeur. Il est possible que mon larron ait eu l'idée d'augmenter le scandale et la moquerie en crucifiant de la sorte ma jambe de bois. Mais une autre chose est également possible. Qui sait si, dans sa disposition, puis son retour, il ne faut pas voir la main du ciel ? Dois-je me plaindre d'une farce ou me réjouir d'un miracle ? Je ne le saurai jamais. Cette nuit-là, pour la première fois depuis longtemps, la pensée d'Automne ne me visite point. Quand, le lendemain, rasé de frais, nourri, reposé, je retrouve mes écoliers, je n'ai devant moi que des figures innocentes. La plus angélique est sans conteste celle de Chassaigne.

Le salut définitif, cependant, ne me vint pas de là, plusieurs semaines encore, je continuai de me faire servir à boire dans la classe par Thuel et Martinet. Un soir que je marchais dans la campagne pour favoriser ma circulation, je sentis que quelqu'un me suivait, je me retournai et vis un chien maigre et crotteux. Il s'arrêta comme moi, ne recula point, se contentant de me regarder, la tête plus basse que les épaules, comme pour me prier de pardonner sa hardiesse. Je fis un geste brusque pour le chasser, il eut un écart, mais me suivit encore dès que je repris ma route. Alors, je me baissai, feignis de ramasser une pierre et de la lui jeter. Cette fois, il s'enfuit en gémissant. L'instant d'après, il était encore sur mes talons. La scène se répéta trois ou quatre fois de suite. Je finis par lancer une pierre pour de bon, en même temps que des injures, galvaudeux, vagabond, cul-terreux, fils de chien, tête à claques. Mon caillou l'atteignit entre les pattes, mais ne l'empêcha pas de revenir. Alors, je sentis entre cette bête inconnue et moi-même une parenté. Tu appartiens à cette race qu'on peut battre, tu gémis peut-être, mais reviens lécher la main qui a lancé la pierre. Qu'ai-je fait pour toi ? Quand donc ai-je mérité ton attention ? Est-ce que je vaux plus qu'un autre ? Sais-tu même à qui tu as affaire ? Il entra dans la cour de l'école derrière moi, je pris un bâton et le lui jetai de toutes mes forces :

« Va-t'en ! Tu vois bien que je ne te veux pas ! »

Le lendemain matin, je le trouvai couché sous le préau, à peu près à l'endroit où l'on m'avait subtilisé ma prothèse. A ma vue, il se leva, non sans effort, remua la queue, baissa le nez jusqu'au sol pour signifier qu'il baiserait les traces de ma semelle. Alors, mon cœur s'ouvrit, je lui donnai de la nourriture, sachant que ce geste nous engageait, nous liait l'un à l'autre comme un sacrement. Et je l'appelai Vendredi. Nous fûmes deux désormais sur mon île déserte. Ma conduite s'en trouva bouleversée. Vendredi n'aimait pas la soupe au vin, je dus préparer des soupes aux légumes et toutes sortes de plats raffinés dont il prenait sa part : pommes de terre à l'étouffée, nouilles au beurre, farinades, *patchas*. Je bus moins et mangeai davantage. J'eus quelqu'un à qui confier mes peines, qui pleurait sur mes départs, accueillait joyeusement mes retours. Si ceux-ci se faisaient trop attendre, il lui venait sous le ventre des croûtes qui le faisaient se gratter jusqu'au sang.

« C'est de l'eczéma psychique, me révéla le pharmacien.

— Psychique ?

— Oui. Le cas existe chez les personnes et chez certains animaux particulièrement sensibles. Enduisez-le avec cette pommade. Mais il vaudra mieux que vous lui épargniez toute émotion désagréable. »

Il ne m'arriva donc plus de découcher, de fêter la nuit entière le 4 juillet ou toute autre célébration :

« Excusez-moi, je dois rentrer, mon chien m'attend. L'inquiétude lui donne de l'eczéma. »

Vendredi m'apporta ce sentiment précieux entre tous et que je n'avais jusque-là éprouvé qu'à Vollore-Montagne, de me sentir nécessaire au bonheur de quelqu'un.

Ephémérides

Le 8 juillet, Chassaigne et Thuel sont glorieusement reçus au certificat d'études.

Le 30, garçons et filles ornent la classe de guirlandes et de fleurs. Le 31 se passe en danses, chants, goûters, lectures, allégresses. L'ensemble de l'effectif s'est cotisé pour m'offrir un cadeau de fin d'année : une glace ovale avec pompons et cadre en faux argent. Tout le monde participe, y compris les disques et le chien. Cette fête nous offre une découverte mirifique : Vendredi sait chanter. Moins bien que Paulette Darty, mais beaucoup mieux que moi. La chose apparaît de façon manifeste à l'intervention de la trompette dans *Ne doutez pas de mon amour*, juste avant le refrain :

Ne doutez pas de mon amour…
Tralala-la-la-la

Il reproduit le *Tralala-la-la-la* avec une justesse miraculeuse. Les enfants s'amusent à le lui faire répéter et rient aux éclats de ses talents. Sa voix a la nuance soprano coloratur. Une fois cultivée, je suis certain qu'un jour elle pourra remplacer celle du phonographe.

Au début d'août, Vendredi et moi nous rendons à Vollore-Montagne, lui à pattes, moi à bicyclette. C'est aussi un excellent sportif. Je le présente à ma famille, elle l'accueille bien, sauf les deux chiens qui essayent aussitôt de l'étrangler. Je lui mets un collier à pointes, mais il fait une terrible poussée d'eczéma psychique. Je dois lui fabriquer une niche avec porte coulissante pour le protéger de ses confrères chapelats.

Le 29, la presse locale publie les « Mouvements dans l'enseignement primaire ». J'ai renouvelé ma demande de mutation, repoussée par les autorités compétentes pour barème insuffisant. Toujours à cause du béhesse. M. Delachambre, à qui je me plains par écrit, me répond que l'école à classe unique de Bidon 5 est un « poste de choix qui réunit les avantages de la ville par la proximité du chef-lieu cantonal, et ceux de la campagne » ; que je dois m'estimer heureux d'y avoir été nommé dès ma sortie de l'Ecole normale, par suite de mes « mérites militaires ».

Le 14 septembre, foire du Pré. J'y rencontre Automne et Raoul au milieu de trente-cinq mille autres personnes. Devant une baraque, je cède avec bonheur au mouvement de la foule qui me presse contre elle. Alors, profitant de son attention captivée par les jongleurs, j'ose effleurer sa main. Elle me regarde, sourit, ne se dégage pas. Le cœur battant, je vais plus loin, j'emprisonne doucement cette main dans la mienne, puis je la caresse du pouce, enfin nos doigts s'emmêlent. Nous restons ainsi immobiles tout le temps du numéro, je suffoque de joie : sans qu'un mot ait été dit, Automne vient de m'accorder sa main. Du moins est-ce ainsi que je veux comprendre sa passivité.

Le 21, jour de sa naissance, de sa fête et de l'équinoxe, je lui offre un coq-baromètre. Fait de je ne sais quel minéral, il vire au bleu pour annoncer la pluie, au rouge pour prédire le soleil.

Le 23, anniversaire de la mienne, je reçois d'Automne les poésies complètes de la comtesse de Noailles.

Le 1er octobre, une autre année commence. Raoul Nadaud entre à la « grande école » que dirige M. Maurière.

Je ne m'étais pas trompé : en m'abandonnant sa main, Automne se livrait tout entière. Le reste n'était plus qu'une affaire de points et de virgules :

« Nous nous marierons seulement au printemps, en avril ou mai.

— Plutôt en avril, si j'ai le choix... »

Je suis sûr que par ce délai elle entendait laisser au teinturier une chance ultime.

« Je garderai mon ancienne alliance au même doigt que la nouvelle.

— Comme il vous plaira.

— Je continuerai de travailler.

— Je n'y vois que des avantages.

— Pour que je sois proche de mon bureau, nous habiterons mon logement de la rue de Barante, tant pis pour celui du Faux.

— Tant pis !

— Nous demanderons le consentement de Raoul.

— Naturellement !

— Et vous vous engagerez à l'aimer comme s'il était votre propre fils.

— C'est déjà fait. »

Quand je lui posai la question : « Veux-tu que j'habite avec vous tout le temps, comme si j'étais ton papa ? », Raoul me sauta au cou. Comment m'appelleras-tu ? Papa ! Non, non, ce n'est pas convenable. Appelle-moi « parrain ». Le mariage eut lieu fin avril à Vollore-Montagne, Raoul s'y passionna pour les vaches et les cochons. Ma mère voulut bien le garder pendant nos trois jours de congé exceptionnel, ce qui nous permit, en voyage de noces, d'aller voir la tour Eiffel et le Trocadéro.

Dès notre retour, la vie prend une organisation qui durera des années. D'abord, je compterai un élève de plus : Raoul veut absolument avoir parrain pour instituteur.

« Mais non ! proteste Automne. Ton école est à deux pas, tu y vas à pied, tranquillement, tu n'as pas besoin de cette fatigue jusqu'au Faux ! A quelle heure devrez-vous partir ? »

Et moi : « Je le transporterai sur le cadre de ma bicyclette.

— Quelle horreur ! Vous allez vous casser la figure au moins une fois par semaine !

— On se ramassera.

— Oui ! Oui ! applaudit Raoul, enthousiaste. On se ramassera !

— Tu prendras froid l'hiver.

— On le couvrira de gants et de lainages.

— Et à midi, que mangerez-vous ?

— Je ferai la popote, j'ai l'habitude. Quand il y en a pour deux, il y en a pour trois. »

La navette a donc commencé : un aller le matin, un retour le soir, par rues, chemins et raccourcis. Confiés aux lois de l'équilibre instable, quand le centre de gravité se trouve au-dessus du point de sustentation. Entre mes bras, une main au milieu du guidon, l'enfant, lui, se sent en parfaite sécurité. Dans les côtes, nous mettons pied à terre et je souffle un peu, tandis qu'il trottine devant ou derrière en compagnie de Vendredi. Mais nos voyages ne sont pas de simples trajets : en cours de route, j'explique l'univers à mon petit passager, comme dans une permanente classe-promenade. Tout m'est prétexte à leçon : les fleurs, les fruits, les feuilles, les racines, les cailloux, les nuages, le soleil ; les animaux sauvages : oiseaux, hérissons, belettes, hannetons, papillons, chenilles ; et les civilisés : chiens, chats, chevaux, bourriques ; les tas de sable, les tas de bois, les tas de fumier, les tas de foin. Je lui montre au loin le puy de Dôme et les autres volcans rassemblés sous sa présidence, nous parlons de la montagne Pelée et de la Martinique où sa maman était petite fille. Et de la France. Et des autres pays où l'on n'emploie pas le français. Au Pontel, nous passons par-dessus la voie ferrée : arrêt obligatoire, avec l'espérance d'un train, parfois satisfaite, il défile sous nos pieds, à grand fracas, nous enveloppe d'un nuage chaud, épais, plein d'épices, d'étincelles, d'escarbilles, c'est l'odeur des lointains pays d'où il arrive, vers lesquels un jour il te transportera, quand tu seras un homme, avec des moustaches comme les miennes et un portefeuille plein d'argent. Plus tard, nous repasserons sur notre bécane la table de multiplication, le conditionnel et le subjonctif, la leçon d'histoire, *La cigale ayant chanté*.

De temps en temps, de graves sujets se présentent. Par exemple, le jour où nous devons côtoyer aux Catharins un rassemblement autour d'une étrange charrette, noir et argent.

« Tu as vu ? Il y a des gens qui pleurent. Qu'est-ce que c'est ?

— Un enterrement. »

J'ai répondu sans ambages, avec honnêteté ; mais voilà que je dois aborder la plus embarrassante des leçons de choses. Il a déjà une certaine idée de la mort.

« Quand on est mort, je sais ce que c'est : on ne bouge pas, on dort.

— Oui. Mais on ne se réveille jamais.

— Jamais ?

— Jamais.

— Même si on te secoue ?

— Même si on te secoue. »

Je lui épargne les plus affreux détails : « Alors, puisque tu ne sers à rien, que tu n'as aucune conversation, que tu embarrasses l'appartement, on te place dans une boîte appelée *cercueil* et on te porte dans un endroit appelé *cimetière*. Tes amis et tes parents t'accompagnent, et tout ça forme un *enterrement*.

— Et pourquoi pleurent-ils ?

— Parce qu'ensuite ils ne te verront plus. »

Un long silence. Il réfléchit. Puis :

« Toi aussi tu mouriras un jour ?

— Il faut dire : tu mourras. Oui, moi aussi, je mourrai un jour.

— Oh ! c'est dommage ! Et... maman ?

— Et maman aussi, puisque tout le monde meurt. Non seulement les personnes, mais les animaux et les plantes. »

Peut-être aurais-je dû l'envelopper dans le coton des mensonges, lui laisser croire en un monde meilleur qu'il n'est, comme on fit, paraît-il, au Bouddha enfant. Mais ma mission de maître d'école est d'enseigner la vérité, en toutes circonstances, ce que je crois être la vérité, rien que la vérité, sinon toute la vérité, avec les réserves nécessaires en cas de doute. Je suis prêtre de la Vérité. Je crois en la Vérité toute-puissante. Je vous salue, Vérité pleine de grâces. Que Votre nom soit sanctifié, que Votre règne arrive sur la terre comme au ciel. Ainsi soit-il.

« Et moi, est-ce que je mourrai ? demande le petit Raoul.

— Oui, toi aussi, mon fils. Toi aussi, comme les autres. Mais seulement quand tu seras très, très vieux.

— Pour l'instant, je suis jeune, n'est-ce pas ?

— Oui, tu es très, très jeune. »

Ma jambe droite pédale. Lui s'appuie à mon ventre et au moignon de ma cuisse gauche. Je le porte littéralement dans mon moignon et il naît de moi chaque jour. Il en sera de même pendant six années. Je lui ferai franchir toutes les étapes, du b.a.-ba jusqu'à la dictée de Mérimée, des chiffres dessinés laborieusement sur l'ardoise jusqu'aux problèmes de trains qui se poursuivent entre Strasbourg et Paris, à quarante minutes d'intervalle mais à des vitesses différentes, on demande si le second rattrapera le premier et, dans l'affirmative, à quelle heure ; la dernière question laisse entendre la réponse à la précédente ; il est bon de supposer aussi qu'ils ne courent pas sur la même voie, sinon imaginez la catastrophe ! Avec de telles bases, on peut entreprendre n'importe quelles études. Qui osera prétendre ensuite, après une si longue gestation, que je ne suis pour Raoul qu'une façon de parrain ?

Il accepte sa jeunesse avec une satisfaction moins grande que la mienne. Durant les trois quarts de siècle qui au bas mot lui restent à vivre, Dieu sait ce que les savants auront inventé pour prolonger notre existence ! Je suis sûr qu'on verra se multiplier les centenaires comme on verra se multiplier les bacheliers. Personnellement, je serai venu au monde trop tôt pour assister à ces merveilles ; du moins aurai-je travaillé à leur avènement.

Au Faux, il n'est plus question de verre ni de bouteille dans le placard du fond. Une seule difficulté me préoccupe quotidiennement : celle de faire accepter la supériorité manifeste de Raoul sur ses camarades de division. Elle tient à son intelligence, certes, mais aussi au dopage que je lui administre sur le cadre de mon vélo. Les élèves, eux, expliquent cela simplement par notre parenté : comment le fils de l'instituteur (même s'il ne porte pas son nom, seuls les grands et les grandes comprennent cette bizarrerie) ne serait-il pas classé avant les autres ? Moi Dieu le Père, et lui Jésus-Christ. A ce niveau-là, le chouchoutage disparaît pour faire place à la légitimité. C'est l'usage, c'est la loi, toute protestation ne sert de rien. Nadaud peut réciter 7 fois 8 = 52, il aura quand même 10 sur 10. Voilà ce que pensent mes mammifères. J'en suis humilié pour Raoul et pour moi. Alors, désireux de combattre ce préjugé, je me montre à son endroit d'une sévérité extrême, je l'interpelle d'une voix tonnante :

« Nadaud ! Tu n'écoutes pas ! Tu donnes le mauvais exemple ! »

Car entre tous mes élèves il est le seul qui *doive* donner le bon exemple. Et j'éprouve un plaisir presque sadique lorsque, sans injustice trop évidente, je peux attribuer à un autre des notes égales ou supérieures aux siennes. Ces rigueurs l'affligent, mais nous arrangeons cela sur le cadre du vélo : tu comprends bien, mon fils...

Après quatre heures, il apprend ses leçons et fait ses devoirs dans la classe, tandis que je note et annote mes cahiers. Dans le proche bûcher, Vendredi mange sa soupe ou les restes abandonnés par mes « pensionnaires » de midi. Quand nous partons, le chien ne nous donne aucun souci de transport : il galope derrière la bicyclette, à moins qu'il ne la précède pour nous montrer le chemin. En hiver, lorsque la lumière est courte, nous rentrons aux chandelles. J'attache par prudence deux lampions de papier huilé à ma bécane, l'un au porte-bagages antérieur, l'autre au postérieur. Ils se plient et se déplient en accordéon, j'allume les bougies, ils se balancent pendant la marche, ça n'éclaire pas beaucoup, mais c'est très poétique, nous avons l'air d'une jonque chinoise. Ils sont conçus de telle sorte qu'ils résistent même à la pluie et à la neige. Si le temps est trop mauvais, il nous arrive de coucher dans l'appartement de fonction. Automne me pousse chaque année à demander ma mutation à un poste moins déshérité, mais il se trouve toujours quelqu'un de plus digne que moi, plus âgé, plus prolifique, muni du béhesse. Je finis par renoncer. « Un de ces soirs, prophétise Automne, on vous rapportera rue de Barante écrabouillés comme des noix. »

A Bidon 5, mon ménage se compose de trois personnes : Raoul, Vendredi et moi. A Thiers, il faut en ajouter deux autres : Automne et Pierre Nadaud. Car celui-ci a beaucoup moins disparu que je ne pouvais l'espérer, chaque jour il est question de lui dans la maison : Pierre disait ceci, Pierre disait cela, Pierre avait l'intention de... c'est Pierre qui m'a appris à... De temps en temps, par une effroyable confusion, il arrive même à ma femme de dire : « Pierre, veux-tu me faire plaisir ?... » Je la regarde d'un air douloureux, elle s'aperçoit de son lapsus :

« C'est ta faute ! A-t-on idée de s'appeler Jules ? De porter un prénom si ridicule ? Jamais je ne m'y habituerai.

— Il y a de grands hommes qui se sont appelés Jules : Jules César, Jules Michelet, Jules Ferry, Jules Claretie...

— Ça n'arrange rien. »

Un jour, en revenant du Faux, je trouve une photo de Pierre sur le buffet du salon. Je proteste vivement :

« Que fait ce monsieur dans ma maison ?

— Eh bien ! C'est le père de Raoul !

— Raoul se soucie autant de lui que d'une guigne. Je l'ai entendu parler de moi à ses copains, dans la cour de l'école. Il m'appelait son “père”. Car je le suis devenu, que tu le veuilles ou non.

— Mais je le veux, j'en suis très heureuse. N'empêche que, théoriquement... »

Je hausse les épaules. Théoriquement ! Bon d'accord, je veux bien tolérer le portrait de M. Nadaud à condition qu'il soit accompagné du mien. Automne éclate de rire :

« Le tien ? Pour quoi faire ? On met la photo des absents, mais toi tu es présent et tu vis, grâce au ciel ! es-tu jaloux de ce bout de papier ?

— Du papier, non. Mais du mort, oui.

— Comme c'est absurde ! Pourquoi serais-tu jaloux ?

— Parce que... parce que...

— Parce que quoi ?

— Parce qu'il t'a tenue dans ses bras pendant des années, de nuit et de jour. Parce que tu penses à lui beaucoup plus qu'il n'est convenable à une femme mariée. Parce que j'ai l'impression que tu m'es infidèle à chaque instant, à mon nez et à ma barbe. »

Elle secoue la tête, elle m'embrasse, elle explique doucement :

« Il ne faut pas être jaloux de Pierre. A présent, ce garçon est devenu pour moi un grand frère, il habite un pays très lointain d'où il ne reviendra pas, mais il m'écrit quelquefois.

— Il t'écrit ?

— Oui. Je le revois en rêve. Il me prodigue toujours de bons conseils. Je dois même te révéler une chose : s'il ne m'en avait pas donné la permission, je ne t'aurais pas épousé. L'an dernier, il m'a dit : "Ma chère Automne, je suis réellement mort. Alors, accepte l'amour de Jules Vendange, tu en auras besoin." Voilà pourquoi, lorsque tu as pris ma main au milieu de cette foule, je ne l'ai pas retirée. Il faut que tu lui en aies de la reconnaissance.

— Ben... je ferai de mon mieux.

— D'autres fois, il m'apparaît tout sanglant. C'était un de tes compagnons d'armes. Peux-tu être jaloux d'un de tes compagnons mort au combat ?

— Si tu vois les choses ainsi...

— Il n'a pas même reçu de sépulture. Les autres en ont une, avec une jolie croix de bois, ou de fer, ou de ciment. Leurs parents apportent des fleurs et des prières, cela les console un peu d'être en un endroit si humide. Et lui, rien. Comme une bête crevée. Comme ce personnage de la tragédie grecque qui a causé tant de taraboum. Mais lui est discret. Cela dit, si tu l'exiges, j'enlèverai sa photo et je la jetterai au feu. »

Non, je n'exige plus rien. Pierre Nadaud serait en droit, lui aussi, de m'adresser des reproches, à moi qui ai la vie, le mouvement, toutes les saisons et tous les fruits, les pieds au sec, la tête au chaud. Et je ne suis pas encore satisfait ? Il me faut jusqu'aux plus fugitives pensées de sa femme ?... Pardonne-moi, vieux frère, je ne le ferai plus.

Ce qui bientôt arrange les choses, c'est l'annonce d'une prochaine naissance. Par je ne sais quel message ultra-terrestre, Automne sait qu'il s'agira d'une fille, j'en accepte l'augure, nous l'appellerons Philippine en souvenir de sa mère martiniquaise morte en 1902. Pendant des mois, nous nageons dans le ravissement, Raoul consulté n'est pas le moins heureux de cette petite sœur que nous allons lui acheter, il nous presse chaque matin de faire les démarches nécessaires, il nous apporte l'argent de sa tirelire pour compléter nos fonds. Et puis, au printemps 1925, catastrophe : Automne fait une très mauvaise chute dans l'escalier. Raoul comprend en nous voyant pleurer que la petite sœur est décommandée, il pleure avec nous, Vendredi ne sait où donner de la tête pour consoler tout le monde.

Par la suite, aucune autre espérance de cet ordre ne viendra plus jamais. Je n'aurai jamais un enfant de moi à qui transmettre mon nom, mon hérédité chapelate, ma détestation du fromage, la fraise que je porte sur le sein gauche. Cet enfant de moi dont j'ai rêvé longtemps à travers quelques-uns de mes élèves. Qui eût été aussi l'enfant d'Automne, eût réuni nos sangs et définitivement effacé les traces de la teinturerie. Je n'entendrai jamais les premiers vagissements de l'aube, je ne recevrai jamais le premier sourire du matin, l'ensoleillement de midi pour réchauffer mon crépuscule. Je garderai pour moi mon héritage et mon tagada-tsouin-tsouin. Ou bien je les placerai sur une tête étrangère. C'est ce que je fais. J'avais prévu un agrandissement et certaines transformations dans mon cœur, Raoul désormais y dispose de toute la surface locative.

J'ai déjà parlé des dons exceptionnels de mon chien. Son répertoire s'enrichit par la fréquentation d'Automne. Outre *Ne doutez pas de mon amour,* il exécute maintenant avec très peu d'erreurs *Alouette gentille alouette, Je suis l'époux de la reine* et le second motif de la *Danse macabre* de Saint-Saëns :

Houhou ! houhou ! houhou ! houhou !
Hou, hou, hou, hou, hou, hou, hou, hou – houhou !
Houhou ! houhou ! houhou ! houhou !
Hou, hou, hou, hou, hou, hou, hou, hou – houhou !

Je dois dire que c'est là son morceau de bravoure. Lorsque nous recevons du monde, quelque collègue d'Automne avec sa famille, Vendredi s'approche discrètement près de ma chaise, émet une légère plainte dont je connais la signification :

« Ah ! dis-je. Vendredi me propose de vous interpréter quelque chose.

— Vendredi ? Vraiment ? Votre chien ? » font les visiteurs souriants et sceptiques. Moi, je souris de leur scepticisme : « Allons, Vendredi ! Fais-nous entendre la *Danse macabre* de Saint-Saëns. »

Notre numéro est parfaitement au point. Pour amener sa phrase, j'exécute d'abord moi-même les huit premières mesures au moyen de deux cuillers en guise de xylophone, là où il faut imiter le bruit des os qui s'entrechoquent : *Tapatatapata, tapatapatapa, Tapatapata, tapatapata...* Et sur un signe de mon index, il fait une entrée impeccable :

Houhou ! houhou ! houhou ! houhou !
Hou, hou, hou, hou, hou, hou, hou, hou – hou-hou !...

Les visiteurs n'en reviennent pas :

« Mais c'est une bête terrible que vous avez là ! Quel artiste ! Vous devriez l'engager dans un cirque ! Elle vous rapporterait une fortune ! Jamais je n'ai entendu un chien chanter aussi juste !

— Et du classique, encore ! La *Danse macabre* de Saint-Saëns ! »

Je comprends leur enthousiasme, mais je ne retiens pas leur suggestion, Vendredi chante en simple amateur, il n'est pas question d'en faire un professionnel avec tous les risques que cela comporte. Quand nous sommes conviés à un mariage, un baptême, une première communion, les gens recommandent : surtout, n'oubliez pas votre chien, j'ai l'impression que le vrai invité c'est lui, on nous retient par simple politesse. Au dessert, il interprète la *Danse macabre* de Saint-Saëns pour le plaisir de la société, elle le rétribue avec des os de poulets. Il n'a pas le mauvais esprit de mon copain Moignoux, enfant de chœur à Vollore-Montagne, il ne s'estime pas exploité, il ne cherche pas à implanter le socialisme.

Pédagogies

Quand je me retourne pour revoir le chemin parcouru, toutes ces années me semblent aussi lointaines que les Croisades. Et cependant, chacune m'apportait sa charretée de peines et sa brassée de plaisirs, les uns et les autres se sont fanés, quand j'ouvre le vieil herbier de ma mémoire il n'en tombe qu'un peu de poudre. Qu'est devenue cette légion d'enfants que j'ai reçus et formés, à qui j'apprenais, autant que je le pouvais, les choses essentielles ? Hommes et femmes maintenant et quelques-uns, mes territoriaux d'Aulhat par exemple, presque aussi vieux que moi, parlent-ils de M. Vendange à leur descendance, disant j'ai eu un maître comme ci et comme ça, racontant mes défauts et mes qualités, ma méthode et mes résultats, me faisant sans doute plus sévère, plus savant, plus maniaque que je n'étais réellement, il avait une jambe de bois, et aussi toutes sortes de baguettes, des longues et des courtes, suivant notre distance, et une terrible règle qu'il appelait Rosalie, avec laquelle, lorsque nous le méritions, mais uniquement si nous le méritions, il nous passait des fessées. « Toi, viens un peu ici, Rosalie a quelque chose à te dire ! » Il nous coinçait la tête entre ses genoux, le naturel et l'artificiel, et pan-pan-pan ! Ça cuisait horriblement, mais ça ne laissait pas de séquelle. Certains mauvais sujets profitaient de cette position arc-boutée pour pousser des épaules, comme le font les talonneurs de rugby dans une mêlée, et tenter de le fiche en l'air avec sa patte folle, mais il tenait bon et avait toujours le dessus. Ah ! c'était un maître exceptionnel !

En ce temps-là, les pédagogues n'avaient pas encore inventé les méthodes dites « actives », la classe-capharnaüm, le travail de groupe : une équipe d'archivistes, une d'imprimeurs, une de potiers, une de plâtriers-peintres, une de menuisiers-charrons. Mes ambitions étaient plus modestes. J'enseignais comme j'avais été enseigné moi-même à Vollore-Montagne par M. Chevalérias, sauf que je ne faisais pas travailler le jardin par mes élèves. Ainsi, notre pédagogie nous arrivait, à peine modifiée, de la nuit des temps, telle que l'avaient conçue Jules Ferry, Rousseau, Fénelon, Montaigne, Rabelais, Isidore Chapuzade. Efficace, stricte, sans bavures avec l'aide de Rosalie, du coup de pied au derrière et du théorème à copier cent fois. Cela n'empêchait ni la réflexion ni l'activité. On réfléchissait à longueur de jour et sur tous les sujets. On tripatouillait le carton, la glaise, le bois, la paille, le fer, la laine, les ficelles. Mais accessoirement, pendant les heures de travail manuel, ou à la maison, sur commande. On semait des graines dans des pots, on élevait des scarabées et des cochons d'Inde, on protégeait les hirondelles, les coccinelles, les écureuils, les taupes, les couleuvres. Si l'un de mes élèves possédait un talent particulier, s'il savait par exemple rempailler les chaises, il en faisait la démonstration devant ses camarades, mais je ne cherchais pas à faire d'eux des rempailleurs. Je ne confondais pas mes attributions et celles des parents, des oncles, des voisins : à moi les participes passés, les dates d'histoire, la liste des départements, à eux les travaux des champs ou de la ville. Je ne cherchais pas leur *épanouissement*, à cette époque aucun d'eux n'aspirait à s'épanouir. Il se pelotonnait dans le temps privilégié de son enfance comme le bombyx dans son cocon, ne le trouvant que trop bref, s'il avait pu il aurait repoussé l'âge de la majorité officielle. Mon collègue Beyssac me racontait qu'il recevait en 1920 des élèves de vingt-cinq ans, de jeunes paysans qui avaient fait une partie de la guerre et venaient le soir, après leur journée, réapprendre la lecture, l'écriture, la rédaction, sans le moindre complexe. C'est pourquoi je me méfie des trouvailles modernes, la méthode globale, la linguistique, le défoulement, le bavardage sans retenue, l'imprégnation, l'enseignement sans récompense ni sanction, bref : l'épanouissement. Chez les plantes, il y a un temps pour la graine, un temps pour la fleur, un temps pour le fruit, et si un pêcher voit ses fleurs s'épanouir trop tôt, avant les dernières gelées, tu peux être sûr qu'il ne produira quasiment aucun fruit. Il ne faut pas traiter les enfants comme des hommes, ni les hommes comme des enfants.

Et moi, est-ce que je me souviens de mes élèves ? Ils m'arrivaient le lait du sein encore sur les lèvres, et je les gardais jusqu'au certificat d'études. Six, sept, huit, neuf ans nous vivions ensemble. Fils et filles de vignerons, de jardiniers, d'artisans, de paysans-couteliers, de paysans tout court. Pour des raisons diverses, certains me sont restés mieux que les autres dans la mémoire : Camille Dubost, Chassaigne, Thuel, Martinet, dont j'ai parlé. Joffrette Dumas, qui était un petit diable en jupons et qui, dix ans après notre séparation, est entrée au couvent pour des raisons que je n'ai jamais sues. Beaucoup restaient à la ferme ou à l'atelier paternels ; d'autres préféraient quitter l'agriculture et devenaient ouvriers à Thiers ou à Clermont ; quelques-uns ont suivi une brillante carrière dans les postes, l'enseignement, l'armée, les finances, le commerce ou l'industrie. Tel fut le cas de Raymond Panazol, que dans mon esprit j'appelle « Raymond le Paon ». Sa mère était une pauvre bougresse qui, par les œuvres de je ne sais quel goujat, l'avait mis au monde hors du mariage. Afin d'échapper à l'opprobre dont on la couvrait chez elle, elle avait quitté son Limousin natal, était venue se réfugier en Auvergne et vivait tant bien que mal au village des Catharins, tricoteuse, ravaudeuse, nourrice sèche, cueilleuse de champignons et de mûres. Elle participait aux réjouissances familiales des autres comme femme de peine, lavait les entrailles des cochons, faisait la vaisselle, lessivait la maison et le linge. Forte et vaillante à l'ouvrage, elle ne manquait ni d'embauche ni d'estime, on lui pardonnait son bâtard. Elle m'amena celui-ci la figure pleine de tics, les yeux papillotants à la lumière comme si on l'avait tenu jusque-là caché dans quelque trou de souris, et affligé d'un défaut de langue : il n'arrivait pas à prononcer le *L* comme une autre consonne, et disait : « Le drapeau français est beu-banc-rouge. » Je le gardais le soir après la classe pour d'interminables séances de rééducation :

« Dis après moi : ba-la.

— Ba-la.

— Bo-lo.

— Bo-lo.

— Be-le.

— Be-le.

— Et à présent : be-le-eu.

— Be-le-eu.

— En accélérant : bele-eu, bele-eu, bele-eu.

— Bele-eu, bele-eu, bele-eu.

— De plus en plus vite : bele-eu, bele-eu, bele-eu !

— Bele-eu, beleu-eu, beleu-eu.

— Beleu, beleu... Bleu ! Bleu !

— Bleu, beleu... Beu ! Beu ! »

Sang du Christ ! Quelles tonnes de patience j'ai usées ! Des mois de cette gymnastique ! Mais quelle récompense enfin, le jour où j'ai pu lui faire dire comme tout le monde : *blond, plein, clou, fleur !* Une fois cet obstacle franchi, ses progrès furent très rapides. Il perdit la plupart de ses tics, il fit même preuve d'une assez belle intelligence. Je le présentai au concours des bourses 2e série, il s'en alla poursuivre ses études au cours complémentaire de Thiers. La mère se limait les mains sur les draps des maîtres-couteliers pour lui fournir le nécessaire, nourriture, vêtements, argent de poche. Son rêve eût été qu'il devînt instituteur comme moi, tu seras logé dans une belle maison, tu trouveras bien un petit coin pour m'installer, je serai ta bonne, j'élèverai tes enfants, je cultiverai ton jardin, je ne demande aucun salaire, sauf ma nourriture, ta présence, celle de ta famille. Tout cela était parfaitement réalisable, j'avais inculqué à mon élève de bons principes, les mêmes à peu près que ceux du catéchisme : ta mère honoreras, tu ne voleras ni l'âne ni les brebis de ton voisin, tu ne commettras point l'homicide, tu détesteras l'orgueil et le mensonge, tu gagneras ton pain à la sueur de ton front et tout le tagada. Malheureusement, Raymond Panazol les retint mal, j'aurais dû les lui faire copier cinq cents fois. Il regardait plus haut que la pauvre bougresse de Limousine, la fonction enseignante ne l'intéressait point. A force de bûcher, de se démener, de saigner sa mère aux quatre veines, il prépara et obtint une licence en droit à la faculté de Clermont. Elle et moi fûmes presque effrayés des succès obtenus par un tel prodige, sorti de nos mains ignorantes. Quand je la rencontrais aux Catharins, je ne manquais pas de la féliciter :

« Eh bien ! madame Panazol ! Votre fils licencié ! Qui aurait cru cela du petit Raymond qui venait en classe avec des sabots aussi ferrés que ceux d'un âne ! »

Et elle, toute riante : « Ah ! monsieur Vendange ! Vous rappelez-vous quand il disait “le drapeau beu-banc-rouge” ? Quelle reconnaissance il vous doit !

— Il ne me doit rien du tout, chère madame Panazol. Je n'ai fait que mon devoir, je suis payé pour ça par le gouvernement.

— Tout de même, tout de même ! »

Le licencié s'éleva davantage encore : il épousa la fille d'un gros notaire lyonnais. Une famille où il y avait non seulement de l'argent, mais de la religion. Quand les beaux-parents pressentis connurent sa naissance illégitime, ils mirent une condition expresse à leur consentement : vous réduirez vos relations avec votre mère au strict minimum, elles seront de préférence uniquement épistolaires, vous vous abstiendrez de la présenter à votre femme et à vos futurs enfants. Il accepta le marché, devint gendre notarial.

« Que voulez-vous, m'expliquait la Limousine en s'essuyant les yeux, ce garçon-là, je ne l'ai pas voulu, il est né d'une mauvaise action. Il fallait bien qu'il ait quelque chose de moins que les autres, ce n'est pas sa faute mais la mienne. Je n'avais qu'à me tenir comme il faut. »

Même dans ces conditions, elle trouvait le moyen de le défendre. Voilà pourquoi, ce Raymond Panazol, je l'appelle Raymond le Paon. Une certaine année, ma mère avait reçu en cadeau de voisinage un œuf de paonne, elle l'avait confié à notre poule rouge qui s'était mise à le couver sans méfiance, parmi d'autres plus petits, comme la cane d'Andersen. Au bout de trois semaines, tous les œufs ordinaires déjà éclos, lui seul s'obstinait à demeurer fermé. Alors, un grand souci vint à notre poule rouge pour cet œuf retardataire, il lui en resta plus tard le complexe de Jocaste. Après dix autres jours d'incubation forcenée, finit par naître un poussin grisâtre et peureux que tout effrayait, les chiens, les chats, l'ombre des pigeons : il courait vers notre poule rouge qui levait une aile pour le recevoir et le protéger. Il commença de grandir, fut une sorte de poulet à petite tête et jabot enflé qui toujours, à la moindre alerte, se précipitait sous l'aile maternelle. Il grossit encore, son croupion s'orna d'un plumage multicolore dont il faisait orgueilleusement parade. Chaque sujet de la basse-cour comprit qu'il ne s'agissait pas là d'une volaille commune et le traita avec admiration et déférence. Mais lui ne se contentait pas de ce tribut, sa vanité devint bientôt tyrannie, sa tyrannie cruauté. Abusant de sa taille, de son prestige, de sa voix claironnante il exigea une soumission sans bornes et se mit à frapper ceux qu'il jugeait trop indépendants. Il n'hésita pas à s'en prendre à sa mère dont il picorait le crâne rageusement, avec ou sans prétexte, pour affirmer sa suprématie. Et elle, notre poule rouge, tandis que les coups lui pleuvaient sur la tête, au lieu de les rendre abondamment et de le plumer comme il le méritait, continuait par une longue et tendre habitude de lever une aile pour le protéger. Voilà, chère Mme Panazol, ce qu'il en coûte de trop gâter les enfants.

Personnellement, comme j'ai dit, je n'ai jamais eu cette faiblesse, ni envers Raoul ni envers mes élèves. Eux-mêmes ne craignaient pas quelque bonne taloche, ils ne s'en plaignaient point à la maison, sachant bien qu'ils s'attireraient cette réponse du père :

« Vraiment ? Le maître d'école t'a flanqué une calotte ? C'est que tu l'avais méritée. Tiens, en voici une seconde pour faire bonne mesure. »

En ce temps-là, les pères étaient des pères, les fils étaient des fils, ils ne s'étonnaient pas de recevoir des coups de pied au derrière jusqu'au jour de leur mariage. Parfois au-delà. Cela n'empêchait ni l'amour ni le respect. Au contraire. Ayayaye ! Je suis vraiment de la très vieille école !

J'eus par exemple un autre mauvais sujet appelé Vidal Joseph, fils d'un maçon mort d'accident, méchant comme une fourmi rouge, qui battait ses camarades, me répondait avec insolence, essayait de me soulever de terre quand je lui infligeais le supplice de Rosalie, me tendait le poing si je le mettais au piquet, en vociférant :

« Vous me cognez parce que je n'ai pas de père ! Si mon père était là, il vous tuerait !

— Si ton père était là, il te fermerait le bec comme je veux faire, parce que j'ai le devoir de le remplacer ! »

J'avais essayé de le garder après la classe pour le raisonner, lui expliquer la folie de sa conduite, la nécessité de changer de route. Mais il restait insensible à mes sermons, aussi fermé qu'une huître. Comme il n'était pas stupide, je réussis cependant à lui faire avoir son certificat d'études, il me quitta sans me remercier. Or, quinze ans plus tard, tandis que j'étais de passage à Clermont, je vois s'avancer vers moi un beau gendarme bleu qui me salue en souriant :

« Me reconnaissez-vous ? Je suis Joseph Vidal, votre ancien élève du Faux.

— Pas possible ! Toi, Vidal ! Dans la maréchaussée !

— Vous vous attendiez plutôt à me voir finir en prison, n'est-ce pas ?... Ah ! monsieur Vendange ! Quelle gratitude je vous ai de vos calottes et de vos punitions ! Sans vous, en effet, je serais devenu un voyou. »

Et il me serre les mains, et nous nous embrassons, les larmes aux yeux. « Vous saluerez Rosalie pour moi ! » me dit-il quand nous nous quittons. Je suis heureux de ce résultat de ma virile pédagogie, pour lui et pour son père.

Quand je fais le bilan de ma carrière enseignante, la conscience ne me chatouille qu'une seule fois. A propos du petit Manaranche Frédéric qui me fut confié un jour d'octobre tempétueux et plein de mauvais présages. C'était une pauvre créature pâle et malingre, enveloppée d'un très long tablier noir qui lui donnait l'air d'un minuscule séminariste. Il commença d'apprendre à lire et à écrire normalement, il se tenait plié sur son ardoise, le nez presque à hauteur du crayon. Cent fois par jour, je lui répétais : « Manaranche, tiens-toi droit ! Tiens-toi droit, Manaranche ! Si tu ne te tiens pas droit, tu deviendras tout pareil à la fée Carabosse ! » Les autres riaient servilement, lui levait vers moi des regards tristes, faisait un effort pour se redresser, s'affaissait de nouveau dès que je n'avais pas les yeux sur lui. Comme il venait de loin et apportait chaque jour sa gamelle, je surveillais à midi sa façon de manger, j'exigeais qu'il fît largement honneur à ses provisions, mais il les entamait à peine. Ce corps sans fibre, cette âme de roseau m'irritaient. Je sais bien que l'homme est un roseau pensant, le plus faible de la nature, mais l'Auvergnat est plutôt un topinambour pensant, vivace en diable, lourd de richesses cachées, envoyant en tous sens des racines si longues et si ramifiées qu'il faut le tuer douze fois avant qu'il ne meure. Ce petit morveux-là déshonorait la race, je le sentais marqué au front d'une étoile noire et me désespérais du désir de l'effacer. Je m'étais enfoncé comme un clou cette idée dans la cervelle : si tu parviens à lui rectifier l'échine, ses poumons se développeront, son estomac s'ouvrira, on en fera un homme. Alors, je le torturais, je l'interpellais d'un bout à l'autre de la classe :

« Manaranche, vas-tu te tenir droit, tête de barbignac ! »

Il me regardait effaré, il ne sut jamais ce qu'était un barbignac et moi non plus, mais ça lui faisait de l'effet pour un certain temps. Et un jour, j'eus cette idée saugrenue : je lui glissai Rosalie dans le col de la chemise, par-devant, jusqu'à la poitrine, de façon qu'elle retînt le menton, comme on tuteure une plante de haricot Saint-Fiacre. Inutile de dire les éclats de rire autour de nous, c'est ce que je voulais, le toucher par le ridicule, lui faire honte de sa courbure. Je crus avoir trouvé la solution, il demeura longtemps tout raide, comme empalé, puis je le vis insensiblement fléchir de nouveau, enfoncer la règle dans les profondeurs, écrire enfin avec son nez. Jusqu'au mois de juillet, je livrai ainsi ma guerre à la scoliose et au rachitisme, en même temps, naturellement, qu'une foule de combats latéraux. Vinrent les grandes vacances. A la rentrée, le petit Manaranche ne prit pas place parmi nous, on m'apprit qu'il était mort deux semaines auparavant d'un « chaud et froid ». Comme le Grand Ferré de nos livres d'histoire. Ainsi, pendant que les autres transpiraient aux travaux des champs, à vendanger, à arracher les patates, à faucher les regains, à gauler les noix, à cueillir les poires et les pommes, lui avait trouvé moyen de boire glacé et de mourir. Aussi discrètement qu'il avait vécu, juste à la fin du mois de septembre, après la foire du Pré pour ne déranger personne. Sa petite figure sérieuse, sa tête rase, ses lèvres serrées hantèrent mes nuits, je me reprochais sévèrement ma conduite à son égard, j'en avais fait trop ou pas assez : pas assez pour le sauver, trop s'il ne s'agissait que de brimades. Comment avais-je pu ? Comment avais-je osé le tourmenter de la sorte avec son étoile noire ? Un demi-siècle plus tard, je garde encore en moi le remords de la règle et des moqueries.

Deux ou trois de mes élèves, à ma connaissance, sont morts ainsi en bas âge. Je n'ai garde d'oublier Jeanne Gaillard, d'Aulhat, dont la pureté préserva mes dix-sept ans. C'est évidemment la plus triste chose qui puisse t'arriver dans cette profession, des mois tu regardes la place de l'absent, son nom te vient sur les lèvres, tu regrettes de ne l'avoir pas chaque jour de sa courte vie couvert de fleurs, de louanges, de caresses, de bons points, de 10 sur 10.

Quant à mon fils Raoul, il ne m'a donné que des sujets de satisfaction. A force de vivre en Auvergne, délavé par nos pluies, fouetté par nos vents, raboté par nos neiges, il a échangé le teint légèrement fumeux de ses débuts contre une carnation blanche et rose très proche de celle qui se porte chez nous, personne ne se doute qu'il est né d'une négresse, il m'arrive même souvent d'entendre dire qu'il est mon portrait tout craché. Je ne souris pas, je ne proteste pas, après tant de transports et de leçons sur le cadre de mon vélo, rien d'étonnant que je l'aie formé à mon image, par le corps et par l'esprit. Je l'ai conduit de la sorte jusqu'au certificat d'études, en 1929, après quoi il m'a échappé. Automne, qui avait des ambitions de bourgeoisie, voulait le mettre au collège Audembron, lui faire apprendre le latin, l'espagnol, la philosophie, que sais-je ! J'ai dit n'exagérons pas, si tu suis mon conseil nous le placerons au cours complémentaire comme moi-même, il entrera à l'Ecole normale comme moi-même, rien ne l'empêchera par la suite de faire une quatrième année, d'aller à Saint-Cloud, de devenir professeur ou inspecteur. Elle m'a dit tu crois, naturellement que je crois, je pourrai l'aider encore dans ses études, tandis qu'en philosophie, en espagnol, en latin, je suis une nullité absolue. La philosophie est une science des plus trompeuses, elle ne consiste pas, comme son nom l'indique, à être un « ami de la sagesse », car l'ami de la sagesse se chauffe les pieds en silence dans sa maison, ou bien il boit le vin de sa cave en compagnie de ses amis. Il ne casse les pantoufles à personne ; tandis que le philosophe universitaire est capable de disséquer un pet de lapin, d'écrire trente mille mots là-dessus ou sur n'importe quel autre sujet aussi passionnant, l'essence et l'existence, l'apparence et la réalité, la machtangouine et le tagada, il faut être un grand spécialiste pour fournir ce genre de prestations, pour démontrer à la fin que le monde est absurde, que son fabricant n'était qu'une pauvre cloche. Elle m'a dit tu crois, j'ai dit j'en suis sûr. Un vieil instinct me guidait, celui du boulanger qui garde son fils aîné dans la boulange, du boucher qui garde le sien dans la boucherie. Les choses se sont déroulées comme je le souhaitais, Raoul a fait une carrière enseignante, je l'ai mis en garde contre les écueils du métier, le voilà professeur à l'Ecole normale du Puy, sous la protection de la Vierge rouge. L'exemple de Raymond Panazol m'a montré par la suite les risques que l'on courait à vouloir échapper au milieu héréditaire.

Lorsque Raoul n'a plus eu besoin du cadre de ma bécane, rien ne m'empêchait de quitter le Faux pour un poste à Thiers plus proche de mon domicile, mon ancienneté compensait dans le barème l'absence du foutu béhesse. Seulement voilà : je m'étais attaché aussi à mes nourrissons, pendant des années ils suçaient le lait de mes mamelles, ils me devaient tout, je traversais les intempéries et les frimas pour leur apporter la règle des participes, je m'en retournais le soir avec au derrière mon lampion de ver luisant, ce sont des choses que la clientèle apprécie. A partir de 1930, je dispensai Vendredi de m'accompagner, il souffrait de rhumatismes qui le faisaient gémir et ne pouvait plus se permettre ces courses biquotidiennes quand il faisait un temps à ne pas mettre un chien dehors. Vingt-sept ans je suis donc resté à la tête de cette classe unique. Après les pères et les mères, j'ai formé les fils et les filles, j'étais pour ainsi dire l'instituteur de la famille. D'anciens élèves m'amenaient leur garçon :

« Ah ! monsieur Vendange ! Vous m'avez bien dressé autrefois. Tâchez de dresser celui-là à son tour, c'est un caillou, une tête de barbignac, dressez-le à son tour !

— Je ferai de mon mieux, sois tranquille. »

Non, je n'ai jamais fait de dressage, mais je comprenais ce qu'il voulait dire : faites-en un homme. De m'entendre tutoyer son père et recevoir le *vous*, ça impressionnait terriblement le morveux, il découvrait avec stupeur que quelqu'un se tenait au-dessus de lui dans la hiérarchie du monde.

Ma carrière se serait ainsi déroulée sans bavure s'il n'y avait eu les années détestables. En 1939, ma jambe de bois m'épargna une nouvelle mobilisation, il y eut un afflux de réfugiés, mon effectif scolaire s'accrut de plusieurs unités, elles s'appelaient Dreyfus ou Blumberg, mais je les inscrivis sous les noms de Troisvilles ou de Fleury. En 1942, des détachements allemands s'installèrent un peu partout à Thiers et aux environs, leur état-major occupait l'hôtel de l'Aile d'Or. Au cours de mes voyages cyclistes, je fus souvent arrêté par leurs patrouilles, *Papieren !* Mais mes cartes étaient en règle. Ils regardaient ma jambe de bois :

« *Wo ?*

— Chemin des Dames.

— *Mein Gott !* Chemin tes Tames ! *Schrecklich !* »

Ils me saluaient avec respect, en faisant claquer les talons. Ils n'avaient pas besoin de savoir qu'à partir de 1943, s'ils l'avaient fouillée, ils auraient trouvé plus d'une fois dans ma tulipe certains documents, certains messages qui les auraient fort intéressés. Elle était pour moi le meilleur des sauf-conduits. le 25 août 1944, il y eut à Thiers ces combats de rue où j'oubliai un peu mes qualités de boiteux et de fonctionnaire de l'Etat français.

En 1946, je me décide enfin à demander ma mutation pour la capitale de la coutellerie et suis nommé dans la ville haute, au groupe scolaire de Turelet. Tous les villages environnant Bidon 5 décrètent un deuil national d'une semaine, les habitants organisent une cérémonie d'adieu dans la classe même, parée de fleurs, de feuilles et de fruits. On m'embrasse, on me couvre de compliments. Charles Thuel, mon ancien élève, ex-préposé à la bouteille de vin rouge, prononce un discours en trois points où il évoque ma carrière militaire, les difficultés de mes débuts, le courage, la solitude (je me demande s'il fut de ceux qui volèrent ma prothèse et la crucifièrent à la croix du Branle)... il a suivi mon évolution... mon dévouement indéfectible... une race particulière de maître d'école... les hussards de la République... rataplan, rataplan, rataplan...

« Ah ! monsieur ! proclame-t-il au nom de tous, si le Faux avait une place, elle serait immédiatement baptisée place Jules-Vendange ! »

Applaudissements. Moi je regarde la salle où j'ai eu mes erreurs de jeunesse, mais tant sué, tant ri, tant pleuré, tant répété, tant crié, tant menacé, tant boité – tchonc, tchonc –, tant balayé, allumé tant de feux, surveillé tant de fricots, pansé tant de genoux, essuyé tant de larmes, usé tant de blouses et de patience. Elle brille aujourd'hui de mille bougies, cette classe, au milieu de son désert, avec les quatre points cardinaux marqués à la craie sur les quatre murs : *E, O, N, S*, en attendant une autre sentinelle qui viendra demain me remplacer. Peut-être une frêle jeune fille fraîche émoulue de son Ecole normale, et que les Bédouins dévoreront dans les trois mois. Je veux dire que, terrorisée par sa solitude, elle épousera le premier croquant qui lui offrira un bouquet de violettes.

A Turelet, je perds énormément de mon importance, ma jambe de bois n'intéresse personne, mes collègues la trouvent archaïque et dépassée ; pendant la récréation certains élèves imitent mon marcher en faisant tchonc-tchonc, d'autres chantent dans les coins où je ne suis pas :

Il avait un' jamb' de bois
Pas plus gross' que mon p'tit doigt,
Et il mettait par-dessous
Un' rondelle en caoutchouc...

Alors, je décide de me moderniser, j'abandonne mon vieux pilon pour une jambe articulée qui me donne la satisfaction d'user deux souliers à la fois, au lieu de gaspiller le gauche. Cela fonctionne à merveille : en vertu de la pesanteur, la partie basse se déplie toute seule ; tu marches sans effort, sans nécessité de décrire des demi-cercles ; sous le pantalon, tu jurerais une patte naturelle. Elle a un *zigoui* comme les brodequins de mon grand-père. Mes collègues me félicitent, mais Automne se montre un peu déçue :

« Avec ton ancienne jambe, je te trouvais plus...

— Plus quoi ?

— Plus émouvant. J'ai l'impression que je t'ai aimé un peu à cause d'elle.

— Tu m'as aimé ? Vraiment ? »

Elle sourit, avec quelque tristesse :

« Il me semble... je crois... c'est si vieux. »

Je me demande – mais je ne lui demande pas – si ses sentiments de 1923 à mon égard étaient, selon l'expression de mon copain Beyssac, de l'amour-beurre ou de l'amour-saindoux.

« D'accord, m'expliquait-il quelque temps après nos noces, tu as épousé ta femme pour son profil, j'ai pris la mienne pour ses hectares de terre et ses vertus paysannes. Toi par amour, moi par amitié. Mais tu verras que d'ici un certain nombre d'années, vingt ou trente peut-être, la différence n'y paraîtra point. Les sentiments rancissent comme le beurre et le saindoux, quand tu renifles un saindoux et un beurre très vieux et très rances, tu ne peux plus les distinguer l'un de l'autre. »

Quoi qu'il en soit du contenu de son cœur, Automne et moi vieillissons ensemble sans histoires, nous sommes un couple heureux, même si nous n'avons pas beaucoup d'enfants. Le souvenir de Pierre Nadaud, mon prédécesseur, a dû s'effacer complètement de sa mémoire, jamais je ne le lui ai entendu prononcer durant son sommeil. Pas même durant son délire, l'année où elle eut, pour avoir mangé des huîtres un mois sans *r*, cette infection intestinale qui lui donna 41° de température. Même si le nom du teinturier est encore lâché de loin en loin, je n'en éprouve plus aucun élancement douloureux, je considère Pierre désormais comme un simple ami de la famille.

En 1949, nouvelle modernisation ; déjà quinquagénaire, après un laborieux apprentissage de la conduite, j'achète notre première automobile : une 4 CV Renault. Tout est sensationnel dans cet objet : les dimensions, la forme, la couleur (au début on se demande s'il s'agit réellement d'un véhicule ou de quelque gros légume), la place du moteur et celle du coffre, l'absence de marchepied et de manivelle, la consommation, la vitesse, les sièges, les vitres, les bouchons. Elle nous permet de monter voir plus souvent mes frères et ma sœur, mais nous n'en abusons pas, une telle merveille doit durer jusqu'à la fin de nos jours, nous l'économisons. Automne pour la protéger lui tricote des couvertures, des housses, des tapis, tu dirais une marraine de guerre. Quand je prends ma retraite, en 1955, le compteur n'indique encore que 32 000 kilomètres, elle est pratiquement à l'état neuf : pas une tache de goudron sur sa peinture, de boue sous ses ailes, d'huile sous son capot.

J'ai cinquante-huit ans et ma femme soixante quand nous cessons notre service, nous nous retirons à Vollore-Montagne où j'ai acquis depuis longtemps une ancienne ferme, restaurée, aménagée, eau courante chaude et froide, salle de bains, chauffage central, car j'ai toujours eu le désir de mourir dans mon pays natal.

Dialogues

Peu avant mon départ de Turelet, il arriva dans ma classe un accident qui fut pour moi de grande conséquence. J'avais un élève nommé Durbosky, ou Dorbusky, ou Bordusky, je ne sais plus bien, une espèce de grand escogriffe, maigre comme une bicyclette, et constamment agité à sa place comme s'il était assis sur une fourmilière. Un jour, je l'entends qui pousse un ha ! je le vois la bouche béante, les yeux hors de la tête et un bras écarté du corps :

« Qu'est-ce qu'il y a, Burdosky ?

— Mon épaule !

— Quoi, ton épaule ?

— Mon épaule ! »

Sa mécanique avait du jeu dans les rouages. Chahutant avec son voisin de derrière, il s'était démis une épaule et restait là, le bras droit crispé en portemanteau, sans oser faire un geste. Je lui dis : « Sors un peu de ta table, viens ici. » Je tâte l'articulation qui a l'air bien coincée, je saisis la main, j'appuie sur le déboîtement et soudain, crac ! les diverses pièces se trouvent remises à leur juste place sans que je sache comment je m'y suis pris : je l'ai *rhabillé*. Lui me regarde avec surprise, puis il bouge le bras : tout fonctionne. Dans les semaines qui suivront, lorsqu'il m'ennuiera, je menacerai Dubrosky de lui déglinguer une épaule ou deux.

Cet heureux hasard me laissa supposer que je possédais peut-être des dons de rebouteux, je me mis à les cultiver, j'achetai des ouvrages d'anatomie, pendant des heures je me tâtais le corps, du crâne aux doigts de pied. Bientôt je connus de nom et de forme chacun des 208 os et osselets qui composent notre squelette, je vérifiais aussi mes connaissances sur Automne quand elle voulait bien s'y prêter. Puis, je fis des voyages jusqu'à Bulhon, dans la Limagne, où exerçait une célèbre rhabilleuse nommée Mme Faraby, elle voulut bien me reconnaître certaines aptitudes et accepta de me donner quelques leçons :

« En principe, je ne devrais pas, vu que le don ne devrait pas sortir de la famille, mais je suis sûre que vous ne faites pas ça pour l'argent.

— C'est la vérité.

— Voyez-vous, la différence principale entre les médecins et nous, c'est que nous devons toujours reconnaître dans certains cas : je ne sais pas, je ne peux pas, ce n'est pas de ma compétence. Eux ne disent jamais des choses pareilles. Voilà pourquoi ils tuent du monde qui ne demandait qu'à vivre, même en souffrant. »

Elle m'apprit les diverses luxations et les points sur lesquels il fallait presser pour les réduire. D'abord, contentez-vous de ça, ne soyez pas trop ambitieux, laissez aux docteurs tout le reste. Dans trois ou quatre ans, revenez me voir si je ne suis pas morte, je vous apprendrai les fractures. Quand nous fûmes installés à Vollore-Montagne, je continuai mes études. La première fois qu'on m'amena une personne à rhabiller – c'était une fillette – j'éprouvai les mêmes tourments que Pasteur en face de Joseph Meister. Heureusement, le cas était simple : une trochlée de l'humérus sortie de la cavité sigmoïde, je pus la remettre en place d'un coup de pouce. Mon aisance impressionna. J'eus d'autres clients dont je soulageai de même les entorses, les fêlures, les luxations. Je refusais les fractures caractérisées et à plus forte raison tout ce qui ne concernait point la charpente osseuse, car on prétendait me faire soigner n'importe quel mal, de l'eczéma au cancer. Parfois, les malades insistaient en pleurant : « Vous pourriez bien si vous vouliez, ayez pitié de moi. — Mais j'ai pitié de vous, ma pauvre femme, c'est pourquoi je vous renvoie aux médecins. — J'en viens. — Alors, adressez-vous à la Bonne Vierge, elle ne m'a pas choisi pour faire ses miracles, elle se passe d'intermédiaire. » En principe, je n'acceptais pas qu'on me récompensât en argent, sauf si l'on n'avait vraiment rien d'autre à me proposer, les billets gagnés de la sorte ne me faisaient pas plaisir :

« Prends-les donc, recommandait ma femme. Tu en auras peut-être besoin un jour quand il faudra qu'on te soigne toi-même. »

Mais ce qui consternait le plus la reconnaissance de mes patients, c'est mon refus de leurs fromages. Hé oui, que voulez-vous ! Il n'y en a pas beaucoup de mon espèce, mais je suis un Auvergnat qui n'aime pas le fromage !... Pas possible ?... C'est comme je vous le dis. Alors, ma maison fut bientôt pleine de saucissons, de jambons, de pâtés, de bouteilles d'eau-de-vie, de mottes de beurre, de bonbonnes de vin, d'épiceries en tous genres. Quand ça débordait, je remplissais la 4 CV de tout ce qui menaçait perdition, et je l'emportais aux hospices de Noirétable, de Thiers ou de Courpière.

Les premières années de ma retraite furent ainsi très occupées par ce commerce, je poursuivais mes études livresques, Mme Faraby voulut bien se rappeler sa promesse et compléter mes connaissances pratiques. Mais, comme dit Montaigne, il faut se prêter aux autres et ne se donner qu'à soi-même. Je me réservais de longues heures de loisir que je consacrais à ma famille, à mes amis, à la pêche, à la cueillette des champignons, des framboises, des airelles, des pissenlits. En ce temps-là, malgré ma patte folle, j'étais capable de parcourir la campagne en tous sens. Avec le nouveau curé, j'aimais les longues parties de cartes au bistrot, nous parlions des écrevisses, des truites, j'évoquais aussi mes souvenirs, je lui demandais si ses enfants de chœur lui chipaient les hosties non consacrées et buvaient son vin de messe comme je faisais autrefois, en compagnie de Moignoux et d'autres mauvais chrétiens.

« Aujourd'hui, me révéla-t-il, le corps du Christ est protégé par le chewing-gum, dont les gamins ont toujours plein la bouche. Ils n'ont pas envie d'autre gourmandise. »

Parfois, Automne venait nous interrompre, disant : « Viens vite, j'ai un bras cassé », ou : « J'ai trois côtes enfoncées. » Ce qui signifiait qu'un client attendait mon intervention. On couchait les cartes sur la table, la figure en bas, je recommandais au prêtre de ne pas profiter de mon absence pour tricher en examinant les miennes, et j'allais, comme disent les journaux, « prodiguer mes soins ». A mon retour, mon partenaire précisait :

« C'est atout trèfle. J'ai fait une tournée avec mon valet, c'est à moi de jouer. »

Et la partie reprenait.

J'avais aussi pour ami Batcholle, son fossoyeur-sonneur de cloches, avec qui je parlais de choses profondes, comme il convenait à sa profession. La mort ne le troublait pas plus que le printemps, il s'en félicitait.

« Y a deux métiers qui doivent pas se laisser impressionner par elle : le mien et celui du médecin. Un jour, je me suis trouvé en chamaille avec un de ces hommes qui croient tout connaître sous prétexte qu'ils sont docteurs. C'est le jour – je te parle d'il y a trente ans – où Jacques Lavet est tombé du toit de sa grange. Il se trouvait justement de passage un médecin de Noirétable avec sa voiture Ford, on va le chercher, il examine Lavet, je l'examine aussi, puis il dit comme ça : "Faites-le transporter à l'hôpital de Thiers, il est encore vivant." Et moi, je fais : "Pas la peine, il est déjà mort. — Moi je vous dis qu'il est vivant, et je suis médecin à Noirétable. — Et moi, je vous dis qu'il est mort, et je suis croque-mort à la Chapelle-Trinquard." Les parents n'ont pas voulu m'écouter, s'ils l'avaient fait, ils auraient économisé un transport et d'autres frais. Le lendemain ils l'ont remonté et je l'ai fourré dans le trou. Que veux-tu : à chacun sa spécialité. »

Batcholle se plaignait du manque de clientèle, on n'enterrait plus beaucoup à Vollore-Montagne, la commune se dépeuplait par suite de cette manie qu'avaient les jeunes d'aller s'établir ailleurs. Même les vieux partaient mourir dans les hospices et se faisaient inhumer là-bas, en terre étrangère. Il secouait la tête et soupirait :

« S'ils s'en vont, peut-être qu'il y a aussi un peu de ma faute.

— Un peu de ta faute ? Comment ça ?

— A cause de cette sale habitude que j'avais de menacer les gens de mon calepin. Si quelqu'un m'embêtait, s'il refusait de me payer à boire ou me manquait de respect, je prenais mon crayon rouge et j'inscrivais son nom sur mon calepin. Des fois, même, je le soulignais. “Toi, mon petit ami, que je lui disais, t'en fais pas ! Quand tu crèveras, je te soignerai !” Au début, ça les faisait rigoler : “Et qu'est-ce que tu me feras ? Tu m'enterreras plus profond ou moins profond que les autres ?” Moi, je précisais pas ma pensée, je secouais seulement la tête et je répétais : “Te tracasse pas ! Je te soignerai comme il faut ! Tu seras sucré !” J'en avais comme ça toute une liste en rouge sur mon carnet, dont plusieurs soulignés, je la montrais, je faisais lire les noms. Tellement que les clients ont fini par prendre des inquiétudes, se demandant bien ce que je pourrais leur faire. Alors, je dois pas me plaindre à présent s'ils sont allés porter leurs os ailleurs.

— Et moi, dis-je, est-ce que tu m'as couché sur ton calepin ?

— Pas encore. Mais ça viendra peut-être. »

Je lui ai offert du vin de mon tonneau pour échapper à ce désastre. Un jour, je lui ai demandé comment il voyait ses propres funérailles :

« Ça se passera très bien. Viens avec moi, je te montrerai quelque chose. »

Il m'emmène au cimetière et là, dans un coin abrité de la bise et de la traverse, il me présente sa fosse toute creusée, il tire de sa poche un double mètre pour m'en faire remarquer les dimensions : quatre-vingts centimètres de large, deux mètres de long et de profond. En fait, sur ce dernier point les règlements n'exigent qu'un mètre cinquante, mais il a voulu descendre plus bas, il s'est sucré. Le terrain est bien sec, d'ici, chaque matin, il verra se lever le soleil :

« Et tu crois que je serai mal ? Dans le fond, j'ai ménagé une pente, pour que l'eau s'écoule. Comme ça, je me garderai propre mille ans, jusqu'au jour de la résurrection. En attendant, j'entretiens le trou : de temps en temps, il se produit de petits éboulements, alors je descends dedans pour nettoyer. On peut pas dire que je suis pas prêt. »

Il rallume sa pipe et lance dans sa tombe l'allumette à demi consumée.

Ainsi, toutes ces années qui passent nous poussent vers le royaume de Batcholle. Mais ce qu'il y a de plus triste, dans la vieillesse, c'est de voir changer ce qu'on aime. Antonine, la petite sœur qui se blottissait sur mes genoux pour que je lui raconte des histoires, est à présent une paysanne grise, efflanquée, les mains rouges et noueuses, accablée d'enfants, de lapins, de rhumatismes. Au moment où j'écris ces lignes, Raoul, que j'ai tant traîné jadis sur ma bicyclette, approche à son tour de la retraite ; il a déjà le ruban bleu, il a pris beaucoup d'avancement, même du côté du ventre ; par lui, je suis arrière-grand-père. Automne surtout, ma très chère Automne, a gardé sa belle voix rauque qui me troublait jadis de la tête aux pieds ; le reste, il vaut mieux par charité que je n'en parle pas. L'hiver rude de Vollore-Montagne la fait souffrir, elle qui naquit aux Iles fortunées ; elle passe cinq mois l'an enfermée à tisonner son feu ; mais sa grande affliction lui vient des yeux, les médecins parlent de cataracte et d'opération, elle s'y refuse, elle dit le peu de vue qui me reste suffit maintenant pour me conduire là où je dois aller.

Je lui lis le journal. Autrefois, nous nous intéressions aux problèmes de l'humanité tout entière. Puis, notre intérêt s'est rapetissé : l'Auvergne nous a suffi. Nous suivions la carrière de nos collègues et de nos anciens élèves, nous dépouillions attentivement les « Mouvements dans l'enseignement primaire », les résultats des examens et des concours, les succès scolaires et universitaires. A présent, sitôt les gros titres lus, je cours aux avis d'obsèques. Les efforts des gouvernements successifs pour se renouveler et changer de politique ressemblent à ceux d'un malade condamné au lit, qui se met tantôt sur le flanc gauche et tantôt sur le droit, tantôt sur le ventre et tantôt sur l'échine, et croit ainsi tromper son mal. Notre indifférence croissante envers le monde, le monde nous la rend bien. Il n'est question partout que des problèmes de la jeunesse, de la crise de la jeunesse, de la promotion de la jeunesse ; qui a souci des problèmes de la vieillesse ? Radotez, et fichez-nous la paix. Mes petits-enfants me demandent, avec une ironie que je ne perçois pas toujours : « Grand-parrain, raconte-nous ta guerre. » Comme on dirait à un perroquet : « Chante-nous *La Paimpolaise,* Coco ! » Je leur fais mon numéro d'ancien combattant, ils me donnent un sucre. Je radote.

Je radote, et je reboute. On m'apporte encore de temps en temps des membres, des côtes, des colonnes vertébrales à requinquer. Les succès que j'obtiens me valent plus de considération que mes autres titres réunis. Le 4 juillet, je célèbre toujours l'anniversaire de mon amputation ; cela se passe dans l'intimité, en compagnie d'un ou deux autres Chapelats, anciens du Chemin des Dames. Nous buvons une bouteille et chantons *C'est à Craonne sur le plateau.* La serveuse sourit et secoue la tête avec indulgence à nos gamineries. Nous radotons.

Beyssac est mort. Des canaques de 1919 qui jetèrent le Zig dans le bassin de l'Ecole normale et enlevèrent manu militari l'inspection académique, nous survivons à cinq ou six. A présent si usés que nous avons renoncé à nous rencontrer, à nous écrire. Les seules nouvelles que nous ayons les uns des autres nous parviennent par les avis d'obsèques. Encore certains disparaissent-ils mystérieusement : ils étaient allés s'établir je ne sais où, sur la Côte d'Azur, en Roussillon, en Corse, avec l'espoir de se prolonger.

Ma jeunesse fut guerrière, elle devint ensuite pacifiste pour les raisons que j'ai racontées, mais sans rougir de ses anciennes espérances, et assez fière de ce qu'elle avait subi et accompli. Clemenceau nous fit croire que nous avions des droits sur les autres, et il leur recommandait : « Si vous rencontrez un de ces hommes qui ont combattu et souffert pour nous, ne le saluez pas, mais allez l'embrasser. » Personne ne m'a jamais offert ce genre d'embrassade. La jeunesse d'aujourd'hui se prétend pacifiste, et elle revendique des droits sur nous. Il m'est arrivé d'avoir avec elle une étrange chamaille, comme disait Batcholle. Cela s'est passé l'année dernière. Il faut dire que je suis abonné à une revue destinée aux anciens combattants, mutilés et victimes de guerre, *La Charte*. On y lit des échos réjouissants, comme celui-ci :

A Rome, jadis, les jours d'émotion populaire, les vétérans venaient sur le forum, arrachaient leur tunique et montraient orgueilleusement leurs cicatrices pour se faire entendre et rappeler leurs droits...

Ou celui-là :

Le secrétariat d'Etat aux Anciens combattants va disparaître, M. André Bord aura été le dernier titulaire de ce poste...

On nous y appelle facétieusement des *veaux d'or*, parce que nous sommes toujours debout. Ou encore des *octogéneurs*. Le journal rapporte le résultat d'une enquête impromptu faite parmi les passants d'une rue parisienne : trente pour cent ignorent complètement ce que signifie la date du 11 novembre. Un nombre infime cependant réclame la suppression de cette fête, car elle représente un jour de congé bon à prendre, comme le lundi de Pâques et la fête de l'Assomption.

L'année dernière donc, *La Charte* nous invita à faire un grand effort à l'occasion du prochain 11 novembre. A sortir de nos retraites, de nos fauteuils, de nos pantoufles, à bien nous couvrir, à emporter si nécessaire une topette de rhum dans la poche du paletot, et à participer visiblement aux célébrations, de préférence au chef-lieu de canton le plus proche. Un ou deux veaux d'or à Vollore-Montagne, cela ne se remarque pas ; mais trente ou quarante veaux d'or à Thiers, cela doit se voir. C'est pourquoi, avec deux autres Chapelats, je me suis fait transporter en taxi jusqu'à la capitale du couteau. Encadrés par des anciens combattants moins vieux que nous, mais déjà passablement délabrés, ceux de la Seconde, de la Résistance, d'Indochine, d'Algérie, nous nous sommes rassemblés dans le square des Grammonts, devant le monument aux morts, avec nos échines rondes, nos têtes chauves, chenues, branlantes, nos yeux larmoyants, nos moustaches affligées, nos cannes, nos petites voitures. Il y avait aussi, bien sûr, tous ceux qui viennent au commandement : quelques enfants des écoles, des pompiers, des gendarmes, la *Philharmonique*, la municipalité, le sous-préfet, plusieurs prêtres de diverses religions, beaucoup de drapeaux, de médailles, de clarinettes. En revanche, très peu de civils volontaires, les 11 novembre ça ne les intéresse plus, ils sont ailleurs, ils font le pont. Quelqu'un a déposé une gerbe de fleurs, on a eu du clairon, *la Marseillaise*, la minute de silence. C'est alors, avant qu'elle ne soit écoulée, dans le magnifique recueillement de l'assistance, que nous est tombé du ciel un charivari sans pareil en ce genre de manifestation. Des jeunes gens, garçons et filles, s'étaient faufilés derrière le monument par l'escalier double qui descend de la place Duchasseint, en enjambant la grille. Et les voilà qui se mettent à vociférer :

« A bas la guerre ! A bas l'armée ! Guerre égale profit ! On en a ras le bol des anciens combattants ! De ces vieux jetons qui toute leur vie se sont laissé mener à coups de pied dans les fesses ! Et qui entretiennent le culte du massacre collectif ! Ancien combattant égale ancien mouton ! *Go home !* Rentrez vos pendeloques ! Complices du capitalisme et des marchands d'armes, nous ferons l'amour, nous ne ferons pas la guerre !... »

En même temps, ils nous bombardaient de tomates avariées et jetaient à la tête du Poilu et de son copain l'Arverne des flacons d'encre noire et d'encre rouge. Tout cela n'a duré que quelques secondes. Puis ils ont reflué vers leur base de départ, avant que les gendarmes et les pompiers ne se soient décidés à réagir, empêtrés dans leur minute de silence, leur costume du dimanche, leur protocole et leurs trombones. Un moment les tomates et les encriers ont plu encore. Nous, les vieux de la vieille, nous nous sommes regardés avec consternation, certains complètement sourds n'avaient rien compris et demandaient : « Qu'est-ce qui se passe ? Qu'est-ce qui se passe ? » Muets, nous frottant les yeux, abasourdis, nous ne croyions pas encore à ce que nous venions de voir et d'entendre. Puis un ou deux, de leur voix cassée, ou chevrotante, ou aiguë comme celle des castrats, se sont mis à glapir :

« Vive l'Armée ! Vive la France ! Vive la France ! Vive l'Armée ! »

Et les autres ont suivi. Même les sourds qui braillaient plus fort que tous : « Qu'est-ce que c'est, qu'est-ce que c'est, sacré bon Dieu ? » Je me suis égosillé tout mon saoul, en essuyant sur ma figure une tomate écrasée.

Voilà ma chamaille avec les jeunes classes. A chaque génération, les jeunes ont toujours inventé la liberté, la fraternité, la contestation.

La municipalité nous a offert un vin d'honneur, elle a enlevé avec des serviettes en papier les derniers pépins qui nous restaient collés aux moustaches.

Avant de remonter à Vollore-Montagne, j'ai voulu revoir, non l'école de Turelet, mais celle du Faux et la montrer à mes compatriotes chapelats. Nous nous sommes engagés dans les travaux de l'autoroute et avons failli nous perdre, il a fallu que je demande mon chemin. Je n'y retournerai plus.

Certains jours, je ne sais plus bien où j'en suis. Automne me parle et je ne la comprends pas, comme si elle usait d'une langue étrangère. Je vais dans mon jardin, je tourne autour de mes ruches, je prête l'oreille à ce fin bourdonnement intérieur qui est la rumeur de leur industrie ; et il me semble, contrairement à ce qu'il advient avec ma femme, que j'entends très bien leur langage. Elles parlent de moi en termes amicaux, jamais on ne distingue chez les abeilles un souffle de haine, de dépit, de jalousie ou de tout autre sentiment désagréable, contrairement à ce qui existe dans la conversation des hommes.

L'hiver dernier, par l'effet d'une mauvaise pneumonie, j'ai failli rendre mon âme à celui qui l'a créée. Le docteur Dumas, de Vollore-Ville, m'a bien soigné ; connaissant mes activités annexes, mais n'y voyant qu'une inoffensive manie de retraité, il m'appelle son « cher collègue », il sait bien que je me garde de piétiner ses plates-bandes. D'ailleurs, ma clientèle se raréfie, elle semble même avoir profité de ma maladie pour me déserter à peu près complètement, depuis un mois personne n'est venu sonner à ma porte. Avec la Sécurité sociale pour tout le monde, les éclopés ne craignent plus désormais les soins coûteux des spécialistes, les radiographies, les hospitalisations. Il y a une crise du reboutage.

Il faut dire que la médecine a fait des progrès quasi miraculeux, voici qu'elle pratique journellement des transplantations d'organes. En toute modestie, je lègue aux hôpitaux ma jambe articulée que j'ai huilée et entretenue avec constance, elle peut faire la consolation d'un unijambiste peu fortuné. La faiblesse de la chirurgie est qu'en greffant un cœur, elle ne greffe point les sentiments qu'il est supposé sécréter, si l'on met le cœur d'un brave homme dans la poitrine d'un gredin, celui-ci demeure un gredin, ce qu'il faudrait, c'est qu'on parvienne un jour à pratiquer les transplantations d'âmes. Raoul est loin, mes petits-enfants et arrière-petits-enfants plus loin encore. Aucun de mes anciens élèves ne se soucie du vieux Vendange ni ne lui envoie de temps en temps quelque bout de lettre. Ainsi va le monde. Petit *b*, nous disait M. Langlais, « la mémoire de l'homme est faite de plus d'oubli que de souvenirs ».

Quand il fait doux, ma femme et moi risquons de petites promenades, à pas de souris, dans les chemins de faible pente, nous donnant le bras plus étroitement que jamais, chacun a besoin de l'autre pour l'empêcher de trébucher, comme l'aveugle et le paralytique. Il ne nous arrive désormais rien d'heureux ni de malheureux, je dois mettre au compte de mes plaisirs une bonne digestion, une sieste reposante, une carte postale inattendue, une violette prématurée, une mouche bleue que j'écrase d'un coup de journal. Nous trouvons de grands réconforts dans la compagnie des animaux, de notre chatte Musette, de notre chien Lundi : ses prédécesseurs Vendredi, Samedi et Dimanche séjournent depuis longtemps au Jardin des Délices, mais nous ne finirons sûrement pas la semaine. L'hiver, je m'enveloppe de plusieurs cache-nez et vais répandre des miettes de nourriture devant ma porte à l'usage des moineaux et des merles. Et si j'en trouve un tout paralysé de froid dans la neige ou le givre, je place le pain devant son bec, disant : « Allons, ne te laisse pas abattre », quand il a mangé je fais brou-brou pour qu'il s'envole et résiste à l'engourdissement. Des hommes, nous n'avons plus rien à espérer. Du ciel, nous attendons seulement un départ en douceur quand nous en aurons terminé avec notre tour du doigt.

DU MÊME AUTEUR *(suite et fin)*

Les Doigts bleus de la pluie (Presses de la Cité, 2011)
Le Dernier de la paroisse (Calmann-Lévy, 2011)
Un lit d'aubépine (Presses de la Cité, 1995 ; coll. Trésors de France, 2011)
Le Choix d'Auguste (Calmann-Lévy, 2012)
Le Faucheur d'ombres (Presses de la Cité, 2012)
Le Saintier (Presses de la Cité, 1997 ; coll. Trésors de France, 2012)
Les Ventres jaunes (Presses de la Cité, 2007 ; coll. Trésors de France 2013)
Le Sculpteur de nuages (Calmann-Lévy, 2013)
Une pomme oubliée (Julliard, 1969 ; Presses de la Cité, 2013)
Le Tilleul du soir (Julliard, 1975 ; Presses de la Cité, 2014)
Le Point de suspension (Gallimard, 1969 ; Presses de la Cité, 2013)
La Rose et le Lilas (Presses de la Cité, 2003 ; coll. Trésors de France 2014)
Les Convoités (Gallimard, 1955 ; Presses de la Cité, 2014)
La Soupe à la fourchette (Presses de la Cité, 1994 ; éd. collector 2015)
Un souper de neige (Presses de la Cité, 2000 ; éd. collector 2015)

Biographies

Hervé Bazin (Gallimard, 1962)
Sidoine Apollinaire (Volcans, 1963)
Pascal l'insoumis (Perrin, 1988)
Les Montgolfier (Perrin, 1990)
Qui t'a fait prince ? (Robert Laffont, 1997)
Aux sources de mes jours (Presses de la Cité, 2002)

Histoire

La Vie quotidienne dans le Massif central au xixe siècle (Hachette, 1971)
Histoire de l'Auvergne (Hachette, 1974)
La Vie quotidienne contemporaine en Italie (Hachette, 1973)
Les Grandes Heures de l'Auvergne (Perrin, 1977)
La Vie quotidienne des immigrés en France, de 1919 à nos jours (Hachette, 1984)
Le Pape ami du diable (Le Rocher, 2002)

Essais

Les Greffeurs d'orties (La Palatine, 1958)
Grands Mystiques (Pierre Waleffe, 1967)
Solarama Auvergne (Solar, 1972)

Vous souhaitez en savoir plus sur les livres et les auteurs
de la collection Terres de France ?

Retrouvez toutes les informations sur le site
www.collection-terresdefrance.fr
et abonnez-vous à notre lettre d'information.

Suivez-nous également sur notre page Facebook
et sur notre fil Twitter.

FSC
www.fsc.org
MIXTE
Papier issu de sources responsables
FSC® C003309

Composé par Nord Compo à Villeneuve-d'Ascq, Nord
Imprimé en Espagne par Cayfosa
en janvier 2015